CARAMBAIA

ilimitada

Carson McCullers

O coração é um caçador solitário

Tradução
ROSAURA EICHENBERG

Posfácio
GIOVANA PROENÇA GONÇALVES

Para Reeves McCullers e para
Marguerite e Lamar Smith

Parte um

1

Na cidade havia dois mudos, e eles estavam sempre juntos. Toda manhã bem cedo, os dois saíam da casa onde moravam e andavam pela rua de braços dados para ir ao trabalho. Os amigos eram muito diferentes. Aquele que sempre guiava o caminho era um grego obeso e sonhador. No verão, ele saía com uma camisa amarela ou verde, enfiada com desleixo na frente das calças e pendendo solta atrás. Quando fazia mais frio, ele usava sobre a camisa um suéter cinza disforme. Seu rosto era redondo e oleoso, as pálpebras sempre estavam meio fechadas e os lábios se curvavam num sorriso amável e estúpido. O outro mudo era alto. Tinha os olhos vívidos e inteligentes. Estava sempre imaculado e vestido com muita sobriedade.

Toda manhã, os dois amigos caminhavam juntos em silêncio até a rua principal da cidade. Quando chegavam a uma certa loja de frutas e doces, faziam uma pequena pausa na calçada do lado de fora. O grego, Spiros Antonapoulos, trabalhava para seu primo, o dono da frutaria. Sua tarefa era fazer balas e doces, desencaixotar as frutas e manter a loja limpa. O mudo magro, John Singer, quase sempre punha a mão no braço do amigo e pousava os olhos por um segundo em seu rosto antes de ir embora. Depois dessa despedida, Singer atravessava a rua e ia sozinho para a joalheria em que trabalhava fazendo gravações em prata.

No fim da tarde, os amigos se encontravam de novo. Singer voltava à frutaria e esperava até que Antonapoulos tivesse terminado todo o trabalho e pudesse ir para casa. O grego estaria desempacotando indolentemente pêssegos ou melões, ou talvez espiando a seção de quadrinhos do jornal na cozinha atrás da loja, onde ele cozinhava. Antes de partirem, Antonapoulos sempre abria um saco de papel que mantinha escondido durante o dia numa das prateleiras da cozinha. Lá dentro estavam guardados vários nacos de comida que ele ia juntando – um pedaço de fruta, amostras de balas ou a ponta de uma linguiça. Em geral, antes de sair, Antonapoulos se aproximava, com passos leves e bamboleantes, da vitrine na frente da loja, na qual ficavam algumas carnes e queijos. Ele deslizava o vidro para abrir a parte traseira da vitrine e sua mão gorducha agarrava com prazer alguma gulodice que estivesse cobiçando. Às vezes seu primo, o dono do estabelecimento, não via. No entanto, se percebesse, olhava fixo para o primo com uma advertência no rosto pálido e fechado. Com tristeza, Antonapoulos passava o bocado de um canto para o outro da vitrine. Durante esses instantes, Singer se mantinha muito ereto, com as mãos nos bolsos, e olhava para o outro lado. Ele não gostava de observar essa pequena cena entre os dois gregos. Pois, além da bebida e de um certo prazer secreto solitário, Antonapoulos, mais que qualquer outra coisa no mundo, gostava de comer.

Na hora do crepúsculo, os dois mudos voltavam com lentidão para casa. Singer estava sempre falando com Antonapoulos. Suas mãos modelavam as palavras numa série rápida de desenhos. Seu rosto ficava ansioso e os olhos verde-acinzentados cintilavam. Com as mãos magras e fortes, ele contava a Antonapoulos tudo o que tinha acontecido durante o dia.

Antonapoulos se reclinava preguiçosamente e olhava para Singer. Poucas vezes ele movia as mãos para falar – fazia isso apenas para dizer que queria comer, dormir ou beber. Ele sempre falava essas três coisas com os mesmos vagos sinais desajeitados. À noite, se não estivesse bêbado demais, se ajoelhava diante da cama e rezava por algum tempo. Suas mãos rechonchudas modelavam as palavras "sagrado Jesus" ou "Deus" ou "Maria querida". Essas eram as únicas palavras que Antonapoulos dizia. Singer nunca soube até que ponto seu amigo compreendia todas as coisas que ele lhe contava. Mas não importava.

Eles compartilhavam o andar de cima de uma pequena casa perto da zona comercial da cidade. Havia dois quartos. Sobre o fogão a óleo na cozinha, Antonapoulos preparava todas as suas refeições. Havia cadeiras comuns de cozinha para Singer e um sofá bem estofado para Antonapoulos. O quarto de dormir tinha como mobília uma grande cama de casal coberta com um edredom para o enorme grego e uma cama estreita de ferro para Singer.

O jantar sempre levava muito tempo, pois Antonapoulos gostava de comida e era muito vagaroso. Depois que tinham comido, o enorme grego se recostava no sofá e passava a língua com lentidão sobre cada um dos dentes, para sentir de novo uma certa iguaria ou porque não queria perder o sabor da refeição – enquanto Singer lavava os pratos.

Às vezes, de noite, os mudos jogavam xadrez. Singer sempre sentia grande prazer com esse jogo, e anos antes ele tinha tentado ensiná-lo a Antonapoulos. Primeiro, seu amigo não conseguia se interessar em saber por que mover as várias peças do tabuleiro. Então Singer começou a manter uma garrafa com algo bom sob a mesa para que fosse degustada depois de cada lição. O grego nunca chegou a entender os movimentos erráticos dos cavalos e a mobilidade abrangente das rainhas, mas aprendeu a fazer algumas jogadas iniciais bem definidas. Ele preferia as peças brancas e não jogava se recebesse as pretas. Depois dos primeiros lances, Singer elaborava o jogo sozinho, enquanto o amigo ficava olhando, sonolento. Se Singer fazia brilhantes ataques a suas próprias peças a ponto de eliminar no final o rei preto, Antonapoulos ficava sempre muito orgulhoso e satisfeito.

Os dois mudos não tinham outros amigos e, salvo quando trabalhavam, viviam a sós juntos. Os dias eram sempre muito parecidos, pois eles os passavam tão sozinhos que nada jamais os perturbava. Uma vez por semana iam à biblioteca para que Singer retirasse um livro de mistério, e nas sextas à noite assistiam a um filme. No dia do pagamento, sempre iam à casa de fotos a dez centavos localizada em cima da loja de artigos militares, para que Antonapoulos pudesse tirar uma foto sua. Esses eram os únicos lugares que eles costumavam visitar. Havia muitas partes da cidade que eles nunca tinham sequer visto.

A cidade ficava no meio do Sul profundo. Os verões eram longos, e os meses frios de inverno, muito poucos. Quase sempre o céu exibia um azul cristalino e intenso, e o sol queimava com um brilho desenfreado. Depois vinham as chuvas breves e frias de novembro, e talvez mais tarde houvesse geada e alguns meses curtos de frio. Os invernos eram mutáveis, mas os verões, sempre abrasadores. A cidade era bem grande. Na rua principal havia vários quarteirões de lojas e escritórios de dois e três andares. Mas as maiores edificações eram as fábricas, que empregavam grande parte da população. Os moinhos de algodão eram grandes e prósperos, e a maioria dos trabalhadores na cidade era pobre. Muitas vezes, nos rostos ao longo das ruas, via-se a expressão desesperada da fome e da solidão.

No entanto, os dois mudos não se sentiam nem um pouco solitários. Em casa, eles gostavam de comer e beber, e Singer falava com mãos ansiosas para seu amigo sobre tudo o que lhe passava pela cabeça. Assim, os anos transcorreram tranquilos, até que Singer fez 32 anos, quando já morava na cidade com Antonapoulos fazia uma década.

Então, certo dia, o grego ficou doente. Sentou-se na cama com as mãos sobre a barriga gorda, e grandes lágrimas oleosas rolaram pelas bochechas. Singer foi procurar o primo do amigo, o dono da frutaria, e conseguiu também uma licença de seu próprio trabalho. O médico determinou uma dieta para Antonapoulos e disse que ele não poderia mais tomar vinho. Singer impôs com rigor as ordens do médico. Ficava o dia inteiro sentado ao lado da cama do amigo e fazia o que podia para que o tempo passasse rápido, mas Antonapoulos só olhava para ele de esguelha, raivoso, e não se distraía.

O grego estava muito irritadiço e continuava a encontrar defeitos nos sucos de frutas e na comida que Singer lhe preparava. Obrigava constantemente seu amigo a ajudá-lo a sair da cama para que pudesse rezar. Suas nádegas imensas afundavam sobre os pezinhos gordos quando se ajoelhava. Ele mexia as mãos desajeitadamente para dizer "Maria querida" e então agarrava a pequena cruz de latão atada a seu pescoço com um barbante sujo. Seus grandes olhos rolavam até o teto com uma expressão de medo, e depois ele ficava muito amuado e não deixava que o amigo lhe falasse.

Singer era paciente e fazia tudo o que podia. Desenhava pequenas figuras, e certa vez fez um esboço do amigo para alegrá-lo. Esse desenho feriu a sensibilidade do enorme grego, e ele não quis fazer as pazes enquanto Singer não deixou seu rosto muito jovem e belo, colorindo o cabelo de amarelo vivo e os olhos de azul-escuro. E depois tentou não demonstrar seu contentamento.

Singer cuidou do amigo com tanto zelo que, passada uma semana, Antonapoulos já pôde voltar ao trabalho. Mas desde então surgiu uma diferença no modo de vida dos mudos. O conflito se instalou na vida dos dois amigos.

Antonapoulos não estava mais doente, mas tinha mudado. Vivia irritadiço e já não se contentava em passar as noites quieto em casa. Quando ele queria sair, Singer o seguia de perto. Antonapoulos entrava num restaurante e, enquanto se sentavam a uma mesa, ele sorrateiramente punha cubos de açúcar, um pimenteiro ou alguns talheres no bolso. Singer sempre pagava pelo que o grego surrupiava, e não havia confusão. Em casa, ele ralhava com Antonapoulos, mas o enorme grego só olhava para ele com um leve sorriso.

Conforme os meses iam passando, esses hábitos de Antonapoulos só pioravam. Certa vez, ao meio-dia, ele saiu sossegadamente da frutaria do primo e urinou em público contra a parede do prédio do First National Bank, do outro lado da rua. Às vezes, ele encontrava pessoas na calçada cujas faces não lhe agradavam, e então se chocava contra elas e empurrava-as com os cotovelos e a barriga. Certo dia, entrou numa loja e saiu carregando uma luminária de chão sem pagar, e em outra ocasião tentou levar um trem elétrico que tinha visto na vitrine.

Para Singer, foram tempos de grande aflição. Ele vivia levando Antonapoulos ao tribunal durante a hora do almoço para resolver essas transgressões da lei. Singer se familiarizou com o procedimento das cortes e estava sempre em constante agitação. O dinheiro que tinha poupado no banco foi gasto em fianças e multas. Todos os seus esforços e dinheiro foram usados para manter o amigo fora da prisão por causa de acusações como roubo, atentado ao pudor, ataques e agressões.

O primo grego para quem Antonapoulos trabalhava não se metia nessas encrencas. Charles Parker (pois esse era o nome que o primo tinha adotado) deixava que Antonapoulos continuasse na loja, mas sempre o observava com seu rosto pálido e carrancudo e não fazia nada para ajudá-lo. Singer tinha um sentimento estranho a respeito de Charles Parker. Começou a antipatizar com ele.

Singer vivia num estado de contínua turbulência e preocupação. Mas Antonapoulos era sempre brando, e, não importava o que acontecesse, o sorriso suave e frouxo permanecia em sua face. Em todos os anos anteriores, Singer tinha julgado que havia algo muito sutil e sábio no sorriso de seu amigo. Nunca ficara sabendo o quanto Antonapoulos realmente compreendia e o que estava pensando. Agora, na expressão do enorme grego, Singer pensava detectar algo dissimulado e um pouco de deboche. Ele sacudia o amigo pelos ombros até ficar muito cansado e explicava as coisas várias vezes com as mãos. Mas nada adiantava.

Todo o dinheiro de Singer acabou, e ele teve de pedir emprestado ao joalheiro para quem trabalhava. Em certa ocasião, não conseguiu pagar a fiança para o amigo e Antonapoulos passou a noite na prisão. Quando Singer chegou para buscá-lo no dia seguinte, ele estava muito amuado. Não queria sair da prisão. Tinha gostado do jantar de toucinho e pão de milho com melaço derramado por cima. E as novas acomodações para dormir e seus companheiros de cela lhe agradaram.

Eles viviam tão sozinhos que Singer não tinha ninguém para ajudá-lo em sua aflição. Antonapoulos não deixava que nada o perturbasse ou lhe curasse os hábitos. Em casa, ele às vezes cozinhava o novo prato que tinha comido na prisão, e nas ruas nunca havia como saber o que ele faria.

E então a encrenca final despencou sobre Singer.

Certa tarde, quando foi se encontrar com Antonapoulos na frutaria, Charles Parker lhe entregou uma carta. Nela, explicava-se que ele tinha feito arranjos para que seu primo fosse levado para o hospício estadual a 322 quilômetros de distância. Charles Parker tinha usado sua influência na cidade e os detalhes já estavam acertados. Antonapoulos devia partir e ser admitido no hospício na próxima semana.

Singer leu a carta várias vezes e por algum tempo não conseguiu pensar. Charles Parker estava lhe falando do outro lado do balcão, mas ele nem sequer tentava ler seus lábios e compreender. Por fim, Singer escreveu no caderninho de notas que sempre carregava no bolso:

Você não pode fazer isso. Antonapoulos precisa ficar comigo.

Charles Parker sacudiu a cabeça nervoso. Ele não sabia se expressar muito bem na língua americana. "Não é da sua conta", ficava falando sem parar.

Singer sabia que estava tudo perdido. O grego tinha medo de que algum dia pudesse se tornar responsável pelo primo. Charles Parker podia não conhecer a fundo a língua americana, mas compreendia o dólar americano muito bem e tinha usado seu dinheiro e influência para que o primo fosse admitido no hospício sem demora.

Não havia nada que Singer pudesse fazer.

A semana seguinte foi cheia de atividade febril. Ele falava e falava. Embora as mãos nunca parassem para descansar, Singer não conseguia falar tudo o que tinha a dizer. Ele queria contar a Antonapoulos todos os pensamentos que sempre estiveram em sua mente e em seu coração, mas não havia tempo. Os olhos cinzentos cintilavam, e seu rosto vivaz e inteligente expressava grande tensão. Antonapoulos o observava sonolento, e seu amigo não sabia o quanto ele realmente compreendia.

Então, chegou o dia em que Antonapoulos devia partir. Singer pegou a própria mala e acondicionou nela, com cuidado, as melhores de suas posses em comum. O próprio Antonapoulos preparou um lanche para comer durante a viagem. Ao cair da tarde, eles caminharam de braços dados ao longo da rua pela última vez. Era uma tarde fria de fim de novembro, e pequenas baforadas de sua respiração apareciam no ar à sua frente.

Charles Parker devia viajar com o primo, mas ele se manteve à distância na estação. Antonapoulos subiu no ônibus e se instalou, com preparativos elaborados, num dos assentos da frente. Singer o observava pela janela e suas mãos desesperadas começaram a falar pela última vez com o amigo. Mas Antonapoulos estava tão ocupado conferindo os vários itens em sua lancheira que por algum tempo não prestou atenção. Só pouco antes de o ônibus se afastar do meio-fio é que ele se virou para Singer com seu sorriso muito insípido e distante – como se eles já estivessem separados por muitos quilômetros.

As semanas que se seguiram não pareciam reais. Todos os dias, Singer trabalhava em sua bancada nos fundos da joalheria e depois, à noite, voltava para casa sozinho. Mais que qualquer outra coisa, ele queria dormir. Assim que voltava para casa do trabalho, ele se estendia na cama de ferro e tentava cochilar um pouco. Sonhos o visitavam enquanto ele ficava ali, meio adormecido. E, em todos eles, Antonapoulos estava presente. As mãos de Singer se sacudiam, nervosas, pois nos sonhos ele falava com o amigo e Antonapoulos o observava.

Singer tentou pensar em como sua vida era antes de ter conhecido o amigo. Tentou recontar a si mesmo certas coisas que tinham acontecido quando ele era jovem. Mas nenhuma dessas coisas das quais tentava se lembrar parecia real.

Havia um fato em particular do qual ele se lembrava, mas não tinha importância nenhuma para ele. Singer recordava que, embora tivesse sido surdo desde a mais tenra idade, ele nem sempre fora realmente mudo. Ficou órfão muito cedo e o puseram numa instituição para surdos. Tinha aprendido a falar com as mãos e a ler. Antes dos 9 anos, conseguia falar com uma das mãos à maneira americana – e também sabia empregar as duas mãos segundo o método dos europeus. Aprendera a seguir os movimentos dos lábios das pessoas e compreender o que diziam. Depois, finalmente, o ensinaram a falar.

Na escola, todos o consideravam muito inteligente. Ele aprendia as lições antes do resto dos alunos. Mas nunca conseguiu se acostumar a falar com os lábios. Não era natural para ele, e a língua parecia uma baleia em sua boca. Pela expressão vazia na face das pessoas com as quais falava dessa maneira, Singer sentia que sua voz devia lembrar o som de algum animal ou que havia algo repugnante em seu discurso. Era-lhe doloroso tentar falar com a boca, mas suas mãos estavam sempre prontas para modelar as palavras que queria dizer. Com 22 anos, ele saiu de Chicago e veio para essa cidade do Sul, onde logo conheceu Antonapoulos. Desde então, jamais voltou a falar com a boca, porque com o amigo não havia necessidade disso.

Nada parecia real, exceto os dez anos que passara com Antonapoulos. Em seus sonhos meio acordado, ele via o amigo de forma muito vívida, e, quando despertava, uma grande e dolorosa solidão o invadia. De vez em quando, enviava uma caixa para Antonapoulos, mas nunca recebeu nenhuma resposta. E assim os meses se passavam nesse ritmo vazio e sonhador.

Na primavera, uma mudança ocorreu em Singer. Ele não conseguia dormir e seu corpo se agitava muito. À noite, caminhava monotonamente pelo quarto, incapaz de debelar uma nova sensação de energia. Se chegava a descansar, era apenas durante algumas horas antes do amanhecer – então caía abruptamente num sono que durava até que a luz da manhã incidisse de repente como uma cimitarra embaixo de suas pálpebras, que se abriam.

Singer começou a passar as noites andando pela cidade. Já não conseguia suportar os aposentos em que Antonapoulos tinha vivido, por isso alugou um dos quartos de uma pensão desconjuntada não muito longe do centro da cidade.

Fazia suas refeições num restaurante localizado apenas a dois quarteirões de distância. Esse restaurante, o New York Café, ficava no fim da longa rua principal. No primeiro dia em que esteve ali, Singer passou rapidamente os olhos pelo cardápio e escreveu uma nota curta, que entregou ao proprietário.

> Todos os dias, para o café da manhã, quero um ovo, torrada e café – $0,15
> No almoço, quero sopa (qualquer tipo), um sanduíche de carne e leite – $0,25
> Por favor, traga-me no jantar três legumes (qualquer tipo exceto repolho), peixe ou carne, e um copo de cerveja – $0,35
> Obrigado.

O proprietário leu a nota e fitou-o com um olhar atento e diplomático. Era um homem forte, de altura mediana, com uma barba tão escura e espessa que a parte inferior de sua face parecia ter sido moldada em ferro. Ele em geral ficava no canto ao lado da caixa registradora, com os braços dobrados sobre o peito, observando calado tudo o que se passava ao seu redor.

Singer acabou conhecendo o rosto desse homem muito bem, pois comia sentado a uma de suas mesas três vezes por dia.

Toda noite, o mudo caminhava sozinho pela rua por horas a fio. Às vezes, as noites eram frias, com os ventos fortes e úmidos de março, e chovia torrencialmente. Mas Singer não se importava. Seu andar era agitado, e ele sempre mantinha as mãos bem enfiadas nos bolsos das calças. Depois, com o passar das semanas, os dias se tornaram quentes e lânguidos. Sua agitação cedeu aos poucos à exaustão, e havia nele uma expressão de profunda calma. Em seu rosto apareceu uma paz melancólica que é vista com frequência na face das pessoas muito tristes ou muito sábias. Ainda assim, ele errava pelas ruas da cidade, sempre silencioso e sozinho.

2

Numa noite escura e abafada do início do verão, Biff Brannon estava atrás da caixa registradora do New York Café. Era meia-noite. Lá fora, as luzes da rua já tinham sido apagadas, por isso a luz vinda do lugar formava um grande retângulo amarelo na calçada. A rua estava deserta, mas dentro do café havia meia dúzia de clientes tomando cerveja, vinho barato ou uísque. Biff aguardava impassível, com o cotovelo apoiado no balcão e o polegar amassando a ponta de seu longo nariz. Seus olhos estavam atentos. Ele observava em especial um homem atarracado de macacão que, embriagado, começara a se tornar escandaloso. De vez em quando, passava os olhos pelo mudo sentado sozinho a uma das mesas do meio, ou pelos outros clientes na frente do balcão. Mas sempre voltava para o bêbado de macacão. As horas avançavam e Biff continuava a esperar em silêncio atrás do balcão. Por fim, ele deu uma última geral no restaurante e dirigiu-se para a porta dos fundos que conduzia ao andar de cima.

Sem fazer barulho, entrou no quarto que ficava no alto da escada. Estava escuro ali dentro e ele caminhou com cautela. Depois de já ter dado alguns passos, o dedo do pé bateu em algo duro e ele se abaixou para procurar a alça de uma mala no chão. Entrara no quarto apenas por alguns segundos e já estava pronto para sair quando a luz foi acesa.

Alice sentou-se na cama amarrotada e olhou para ele. "O que o senhor está fazendo com essa mala?", ela perguntou. "Não pode se livrar desse lunático sem devolver pra ele o que ele já perdeu em bebida?"

"Então acorda e vai lá embaixo a senhora mesma. Chama a polícia pra ele ir encher a cara de pão de milho e ervilha com os detentos. Vai lá, sra. Brannon."

"Eu vou lá embaixo sim, pode apostar, se ele ainda estiver por aqui amanhã. Mas não mexe nessa mala. Não é mais desse parasita."

"Conheço parasitas, e Blount não é um deles", disse Biff. "Eu próprio... não sei muito bem. Mas não sou nenhum ladrão."

Com muita calma, Biff saiu do quarto e colocou a mala nos degraus da escada. O ar não estava tão viciado e abafadiço quanto lá embaixo. Ele decidiu ficar ali mais um pouco e encharcar o rosto com água fria antes de voltar.

"Eu já te disse o que vou fazer se o senhor não se livrar desse sujeito hoje à noite de uma vez por todas. De dia ele fica cochilando nos fundos do restaurante, e depois à noite o senhor serve pra ele jantar e cerveja. Faz uma semana que ele não paga nem um centavo. E o falatório dele e aquele comportamento de doido acabam com qualquer negócio decente."

"A senhora não conhece as pessoas, e não entende nada de negócios de verdade", disse Biff. "O sujeito em questão chegou aqui doze dias atrás e era um estranho na cidade. Na primeira semana, ele deixou pra gente no restaurante uns 20 dólares. No mínimo esse tanto."

"E, desde então, pagou tudo fiado", disse Alice. "Cinco dias comprando fiado, e ele fica tão bêbado que é uma desgraça pro negócio. Além disso, o sujeito não passa de um vagabundo, um esquisito."

"Eu gosto de esquisitos", disse Biff.

"Claro que gosta! Claro que deve gostar, sr. Brannon – o senhor mesmo é um esquisitão."

Ele esfregou o queixo azulado e não lhe deu atenção. Nos primeiros quinze anos de sua vida de casados, eles chamavam um ao outro apenas de Biff e Alice. Depois, numa de suas brigas, tinham começado a se tratar por senhor e senhora, e desde então nunca tinham feito realmente as pazes a ponto de abandonar esse hábito.

"Estou só avisando que é melhor que ele não esteja mais aqui quando eu descer amanhã."

Biff entrou no banheiro e, depois de ter lavado o rosto, concluiu que também teria tempo para se barbear. Sua barba estava preta e espessa, como se ele não a fizesse há três dias. Ficou parado diante do espelho e, pensativo, esfregou a bochecha. Lamentou ter falado com Alice. Com ela, a melhor coisa era manter silêncio. Estar por perto dessa mulher sempre o fazia se distanciar de seu verdadeiro eu. Tornava-o grosseiro, mesquinho e comum como ela era. Os olhos de Biff refletiam frieza, meio escondidos pelo ângulo cínico que as pálpebras formavam. No dedo mínimo de sua mão calejada havia uma aliança de mulher. A porta estava aberta às suas costas, e pelo espelho ele podia ver Alice deitada na cama.

"Escuta", disse ele. "O seu problema é que a senhora não tem nem um pingo de bondade. Só conheci uma mulher que tinha essa verdadeira bondade de que estou falando."

"Bem, eu vi o senhor fazer coisas de que nenhum homem no mundo se orgulharia. Eu vi..."

"Ou talvez curiosidade, quero dizer. A senhora nunca vê nem nota nada de importante que esteja acontecendo. Nunca observa, pensa e tenta compreender algo. Essa talvez seja a maior diferença entre mim e a senhora, no fim das contas."

Alice estava quase dormindo de novo, e pelo espelho ele a observava com distanciamento. Não havia nela nenhum ponto inconfundível em que ele pudesse fixar a atenção, e seu olhar deslizava dos cabelos castanho-claros para o contorno volumoso dos pés da esposa embaixo da coberta. As curvas suaves de seu rosto levavam ao arredondado das ancas e coxas. Quando Biff estava longe dela, nenhuma dessas características se destacava em sua mente, e ele se lembrava dela como uma figura inteira e completa.

"O prazer de ver um espetáculo é algo que a senhora nunca conheceu", disse ele.

A voz dela soava cansada. "Aquele sujeito lá embaixo é um espetáculo, com certeza, e de circo. Mas não quero mais saber de aturá-lo."

"Diabo, esse sujeito não significa nada pra mim. Não é meu parente nem meu amigo. Mas a senhora não sabe o que é juntar um monte de detalhes e então descobrir algo real." Ele abriu a torneira de água quente e começou rapidamente a fazer a barba.

Foi na manhã de 15 de maio, sim, que Jake Blount entrou em cena pela primeira vez. Ele o notou imediatamente e ficou só observando. O homem era baixo, com ombros fortes como vigas. Sob um pequeno bigode irregular surgia o lábio inferior, que parecia ter sido picado por uma vespa. Muitas coisas no sujeito pareciam contraditórias. Sua cabeça era muito grande e bem torneada, mas o pescoço era macio e fino como o de um menino. O bigode parecia falso, como se houvesse sido aplicado ali para uma festa à fantasia e estivesse prestes a cair se ele falasse rápido demais. Dava-lhe uma aparência quase de meia-idade, embora a face, com a testa ampla, lisa e os olhos bem abertos, fosse jovem. As mãos eram imensas, manchadas e calejadas, e ele estava vestido com um terno barato de linho branco. Havia algo muito engraçado no homem, mas ao mesmo tempo ele irradiava outro sentimento que não deixava ninguém rir.

Ele pediu um litro de aguardente e bebeu tudo em meia hora. Depois se sentou diante de uma das mesas e comeu um grande prato com frango. Mais tarde, leu um livro e tomou cerveja. Esse foi o início. Embora tivesse observado Blount com cuidado, Biff nunca teria adivinhado as coisas loucas que aconteceriam mais tarde. Jamais tinha visto um homem mudar tantas vezes em doze dias. Nunca vira um sujeito beber tanto e permanecer bêbado por tanto tempo.

Biff levantou a ponta do nariz com o polegar e raspou o lábio superior com a gilete. Sua barba estava feita e o rosto parecia mais fresco. Alice estava dormindo quando ele atravessou o quarto a caminho do andar de baixo.

A mala era pesada. Ele a levou para a frente do restaurante, atrás da caixa registradora, onde em geral permanecia a noite inteira. Passou os olhos pelo lugar metodicamente. Alguns clientes tinham ido embora e o salão não estava apinhado, mas a configuração era a mesma. O surdo-mudo[1] ainda bebia café

---

1   No original, o termo que se usa para descrever Singer é "surdo-mudo". Mas a nomenclatura correta e mais aceita nos dias de hoje é apenas "surdo". [NOTA DO EDITOR]

sozinho numa das mesas do meio. O bêbado não tinha parado de falar. Não se dirigia a ninguém ao redor dele em particular, tampouco havia alguém escutando. Quando entrou no restaurante naquela noite, o bêbado vestia um macacão azul em vez do terno de linho sujo que usara por doze dias. Suas meias tinham sumido e os tornozelos estavam arranhados e cobertos de barro.

Atento, Biff ouvia fragmentos de seu monólogo. O sujeito parecia estar falando de novo sobre um tipo esquisito de política. Na noite anterior, ele tinha falado sobre alguns lugares em que estivera – Texas, Oklahoma e as Carolinas. Certa vez, tinha abordado o assunto dos bordéis, e depois suas piadas se tornaram tão cruas que ele precisou ser silenciado com cerveja. Mas, na maioria das vezes, ninguém sabia ao certo do que ele estava falando. Falava... falava... falava. As palavras saíam da garganta como uma enxurrada. E o estranho é que o sotaque que ele usava estava sempre mudando, assim como os tipos de palavras que empregava. Ora falava como um trabalhador dos moinhos de algodão, ora como um professor universitário. Usava palavras longuíssimas e depois escorregava na gramática. Era difícil dizer que tipo de família o sujeito tinha ou de que parte do país ele vinha. Estava sempre mudando. Pensativo, Biff coçou a ponta do nariz. Não havia nexo. No entanto, em geral o nexo aparecia com o cérebro. Esse homem tinha uma boa mente, não havia dúvida, mas pulava de uma coisa para outra sem nenhuma lógica aparente. Era como um homem que se desviava de sua trilha por alguma coisa.

Biff apoiou o peso do corpo no balcão e começou a ler o jornal da tarde. As manchetes noticiavam uma decisão da Câmara de Vereadores, depois de quatro meses de deliberação, determinando que o orçamento local não comportava instalar semáforos em certos cruzamentos perigosos da cidade. A coluna da esquerda reportava a guerra no Oriente. Biff leu ambas as notícias com igual atenção. Enquanto seus olhos seguiam as palavras impressas, o resto de seus sentidos estava alerta às várias comoções que aconteciam ao redor. Depois de ter acabado a leitura dos artigos, ele ainda continuou fitando o jornal com os olhos entrecerrados. Estava nervoso. O sujeito era um problema, e, antes que amanhecesse, Biff teria de fazer algum tipo de acordo com ele. Além disso, sentia, sem saber bem a razão, que algo importante aconteceria naquela noite. Blount não podia continuar daquele jeito para sempre.

Biff sentiu que havia alguém na entrada e levantou os olhos rapidamente. Uma menina loira e desengonçada, de uns 12 anos, olhava para dentro do café na soleira da porta. Estava usando um short cáqui, uma camisa azul e tênis – à primeira vista, parecia um menino de pouca idade. Biff afastou o jornal quando a viu e sorriu quando ela se aproximou.

"Olá, Mick. Estava com as escoteiras?"

"Não", disse ela. "Não sou escoteira."

Pelo canto do olho, ele percebeu que o bêbado bateu com o punho numa mesa e se afastou dos homens com quem estava falando. A voz de Biff se tornou áspera quando ele se dirigiu à menina à sua frente.

"Seus pais sabem que você anda na rua depois da meia-noite?"

"Tá tudo certo. Tem um bando de crianças brincando até tarde na nossa rua hoje de noite."

Ele nunca a tinha visto entrar no café com alguém de sua idade. Alguns anos antes, ela sempre aparecia andando atrás do irmão mais velho. Os Kelly eram uma família muito numerosa. Mais tarde, ela vinha ao café puxando um par de bebês remelentos num carrinho. Contudo, se não estivesse cuidando dos pequenos ou tentando acompanhar os mais velhos, ela vinha sozinha. Agora a garota estava ali, parecendo incapaz de decidir o que queria. Vez ou outra, puxava para trás o cabelo úmido e esbranquiçado com a palma da mão.

"Eu queria um maço de cigarros, por favor. O mais barato."

Biff começou a falar, hesitou, e depois estendeu a mão para dentro do balcão. Mick pegou um lenço e começou a desatar o nó que fazia para guardar o dinheiro. Quando deu um puxão nesse nó, as moedas tilintaram no chão e rolaram na direção de Blount, que continuava murmurando para si mesmo. Por um momento, ele fitou o dinheiro num estado de torpor, mas, antes que a garota pudesse apanhá-lo, Blount se agachou concentrado e pegou as moedas. Caminhou pesadamente até o balcão e ficou sacudindo as duas moedas de 1 centavo, a de 5 centavos e a de 10 centavos na palma da mão.

"Agora um maço de cigarros custa 17 centavos?"

Biff esperou, e Mick olhava de um para o outro. O bêbado empilhou as moedas num pequeno monte sobre o balcão, ainda protegendo o dinheiro com a mão grande e suja. Lentamente, pegou 1 centavo e deu um piparote na moeda.

"Cinco milésimos de dólar pros brancos pobretões que cultivaram a erva e cinco pros bobos que a enrolaram", disse ele. "Um centavo pra você, Biff." Depois tentou focar os olhos para poder ler os lemas cunhados nas moedas de 5 e 10 centavos. Continuou a manusear as duas moedas movendo-as ao redor num círculo. Por fim, afastou-as para o lado. "E essa é uma humilde homenagem à liberdade. À democracia e à tirania. À liberdade e à pirataria."

Com toda a calma, Biff pegou o dinheiro e fez a caixa tilintar. Mick parecia querer ficar mais tempo por ali. Ela examinou o bêbado com um longo olhar, e então desviou os olhos para o meio do salão, onde o mudo estava sentado à sua mesa sozinho. Depois de um momento, Blount também começou a olhar de vez em quando na mesma direção. O mudo sentava-se em silêncio com seu copo de cerveja, desenhando à toa sobre a mesa com a ponta de um fósforo queimado.

Jake Blount foi o primeiro a falar. "Engraçado, mas tenho visto esse sujeito no meu sono nas últimas três ou quatro noites. Ele não me deixa em paz. Se já perceberam, parece que ele nunca diz nada."

Era raro que Biff discutisse a respeito de um cliente com outro. "Não, ele não diz nada", respondeu evasivo.

"É engraçado."

Mick passou seu peso de um pé para o outro e enfiou o maço de cigarros no bolso do short. "Não é nada engraçado, se você sabe alguma coisa sobre ele", disse ela. "O sr. Singer mora com a gente. Ele ocupa um quarto na nossa casa."

"Verdade?", perguntou Biff. "Quer dizer... eu não sabia disso."

Mick caminhou para a porta e respondeu sem se virar. "Claro. Ele já tá com a gente faz três meses."

Biff desenrolou as mangas da camisa e depois as arregaçou de novo com cuidado. Não afastou os olhos de Mick, enquanto ela deixava o restaurante. E, mesmo depois que ela já tinha partido havia vários minutos, ele ainda continuou a mexer nas mangas da camisa e fitar a entrada vazia. Então cruzou os braços sobre o peito e se voltou de novo para o bêbado.

Blount apoiava todo o seu peso sobre o balcão. Seus olhos castanhos pareciam úmidos e estavam arregalados com uma expressão atordoada. Ele precisava tanto de um banho, fedia como um bode. Havia gotas de sujeira no pescoço suado e uma mancha de óleo na face. Os lábios estavam intumescidos e vermelhos e o cabelo castanho, embaraçado na testa. O macacão era demasiado curto para o corpo, e Blount não parava de puxá-lo na altura da virilha.

"Cara, você tem que andar mais na linha", disse Biff por fim. "Não pode aparecer por aí desse jeito. Ora, minha surpresa é que ainda não tenha sido pego por vagabundagem. Você tem que tomar juízo. Precisa se lavar e cortar o cabelo. Mãe de Deus! Você não tá decente pra andar no meio das pessoas."

Blount amarrou a cara e mordeu o lábio inferior.

"Ora, não fica aí todo ofendido e explodindo de raiva. Faz o que eu tô dizendo. Volta pra cozinha e diz pro menino de cor te dar uma panela grande de água quente. Pede pro Willie uma toalha e muito sabão e se lava bem. Depois come uma torrada ao leite, abre sua mala e veste uma camisa limpa e umas calças do seu tamanho. Então amanhã você pode começar a fazer seja o que for que vai fazer e trabalhar onde quer que pretenda trabalhar, e pôr tudo em ordem."

"Você sabe o que pode fazer", Blount disse, embriagado. "Pode apenas..."

"Tudo bem", disse Biff bem baixinho. "Não, não posso. Agora você trata de se comportar."

Biff foi até o final do balcão e voltou com dois copos de chope. O bêbado pegou o copo de modo tão desajeitado que o líquido se derramou por suas mãos e sujou o balcão. Biff bebericou sua porção saboreando o chope com cuidado. Continuava a observar Blount de olhos entrecerrados. Blount não era um esquisitão, embora tivesse essa aparência quando era visto pela primeira vez. Era como se houvesse algo deformado nele – mas, quando se olhava de perto, cada parte sua era normal e como devia ser. Portanto, se essa diferença não estava no corpo, provavelmente estivesse em sua mente. Blount era como um homem que tivesse passado um tempo na prisão, ou tivesse estudado na Universidade Harvard, ou tivesse vivido por muito tempo com estrangeiros na América do Sul. Era como uma pessoa que tivesse estado em algum lugar que outras pessoas provavelmente não visitariam ou tivesse feito algo que os outros não tinham a capacidade de fazer.

Biff inclinou a cabeça para um lado e disse: "De onde você é?".

"De nenhum lugar."

"Ora, você tem que ter nascido em algum lugar. Carolina do Norte... Tennessee... Alabama... algum lugar."

Os olhos de Blount estavam sonhadores e sem foco. "Carolina", disse.

"Dá pra ver que você andou por muitos lugares", Biff sugeriu com delicadeza.

No entanto, o bêbado não estava escutando. Ele tinha se afastado do balcão e fitava a rua vazia e escura. Depois de um momento, caminhou até a porta com passos frouxos e incertos.

"*Adiós*", gritou em resposta.

Biff estava sozinho de novo. Ele examinou o restaurante com um de seus olhares rápidos e abrangentes de reconhecimento. Já passava de uma hora da manhã e havia apenas quatro ou cinco clientes no salão. O mudo ainda estava sentado sozinho à mesa do meio. Biff o fitou sem interesse e sacudiu as poucas gotas de cerveja remanescentes no fundo de seu copo. Depois acabou de beber com um lento gole e voltou ao jornal esparramado sobre o balcão.

Dessa vez, ele não conseguia manter a mente presa às palavras à sua frente. Lembrava-se de Mick. Não sabia se deveria ter vendido o maço de cigarros ou se fumar realmente fazia mal para as crianças. Pensou na maneira como Mick estreitava os olhos e puxava para trás as mechas de cabelo com a palma da mão. Pensou em sua voz rouca de menino e em seu hábito de puxar o short cáqui para cima e de andar cheia de prosa, como um caubói no cinema. Um sentimento de ternura surgiu dentro dele. Estava apreensivo.

Inquieto, Biff voltou sua atenção para Singer. O mudo estava sentado com as mãos nos bolsos diante do copo de cerveja pela metade, a bebida já quente e choca. Biff pensou em oferecer a Singer uma dose de uísque antes de o mudo ir embora. O que Alice dissera era verdade – ele gostava dos esquisitos. Nutria um sentimento especial pelos doentes e aleijados. Sempre que alguém com um lábio leporino ou tuberculose entrava no café, ele lhe arrumava uma cerveja. Ou, se o cliente fosse corcunda ou muito mutilado, então seria uísque como cortesia da casa. Havia um sujeito que tivera o pênis e a perna esquerda estraçalhados numa explosão de caldeira, e sempre que vinha à cidade encontrava uma caneca de cerveja à sua espera. E, se Singer fosse homem de beber, ele poderia conseguir qualquer bebida pela metade do preço sempre que desejasse. Biff meneou a cabeça, pensando consigo mesmo. Depois dobrou o jornal com esmero e guardou-o embaixo do balcão junto com vários outros. No fim de semana, ele os levaria de volta para a despensa atrás da cozinha, onde mantinha um arquivo completo dos jornais da tarde, que abrangia sem interrupção um período de 21 anos.

Às duas da manhã, Blount entrou no restaurante de novo. Veio acompanhado de um negro alto que carregava uma maleta preta. O bêbado tentou levá-lo até o balcão para tomar um drinque, mas o negro foi embora assim que compreendeu por que tinha sido induzido a entrar no café. Biff o reconheceu como um médico negro que clinicava na cidade desde quando podia se lembrar. Ele tinha alguma relação com o jovem Willie que trabalhava na cozinha. Antes de sair, Biff viu o negro se virar para Blount com um olhar palpitante de ódio.

O bêbado apenas ficou ali parado.

"Você não sabe que não pode trazer preto num lugar onde os brancos bebem?", alguém lhe perguntou.

Biff observou o que acontecia de uma certa distância. Blount estava muito bravo, e agora era fácil ver o quanto estava bêbado.

"Eu mesmo sou meio preto", gritou como desafio.

Biff observou-o com atenção, e o lugar estava em silêncio. Com as narinas grossas e o branco dos olhos revirados, até parecia que ele poderia estar falando a verdade.

"Sou meio preto, carcamano, húngaro e china. Todos esses."

Houve alguns risos.

"E sou holandês, turco, japonês e americano." Ele caminhou

em zigue-zague ao redor da mesa onde o mudo tomava seu café. Sua voz estava ruidosa e esganiçada. "Sou alguém que sabe. Sou um estranho numa terra estranha."

"Fica calmo", Biff lhe disse.

Blount não prestava atenção em ninguém no café, exceto no mudo. Estavam os dois olhando um para o outro. Os olhos do mudo eram frios e gentis como os de um gato, e todo o seu corpo parecia escutar. O bêbado estava num frenesi.

"Você é o único nesta cidade que entende o que eu quero dizer", disse Blount. "Há dois dias tenho falado com você na minha mente, porque sei que você compreende as coisas que eu quero dizer."

Algumas pessoas em torno de uma mesa estavam rindo, porque sem saber o bêbado tinha escolhido o surdo-mudo para tentar conversar. Biff observava os dois homens disparando olhadelas e escutando com atenção.

Blount sentou-se à mesa e se inclinou mais para perto de Singer. "Há aqueles que sabem e há os que não sabem. E para cada 10 mil que não sabem, há apenas um que sabe. Este é o milagre de todos os tempos — o fato de que esses milhões sabem tanto, mas não se dão conta disso. É como no século XV, quando todo mundo acreditava que o mundo era plano e só Colombo e alguns outros sujeitos conheciam a verdade. Mas é diferente, porque foi preciso talento pra descobrir que a Terra é redonda. Enquanto essa verdade é tão óbvia, é um milagre da história que as pessoas não saibam. Você compreende."

Biff apoiou os cotovelos no balcão e olhou para Blount com curiosidade. "Saibam o quê?", perguntou.

"Não presta atenção nele", disse Blount. "Esquece esse cretino intrometido, grosseiro, de mandíbula escura. Pois vê só, quando nós que sabemos topamos uns com os outros, é um acontecimento. Quase nunca acontece. Às vezes nos encontramos, e nenhum dos dois sabe que o outro é alguém que sabe. Isso é ruim. Aconteceu comigo muitas vezes. Mas vê só, somos muito poucos."

"Maçons?", Biff perguntou.

"Cala a boca, aí! Senão eu te arranco o braço e te dou uma surra e tanto com ele", Blount gritou. Ele se curvou mais para perto do mudo e sua voz baixou para um sussurro embriagado. "Como assim? Por que esse milagre de ignorância perdurou? Por causa de uma coisa. Uma conspiração. Uma imensa e insidiosa conspiração. Obscurantismo."

Os homens ao redor da mesa ainda estavam rindo do bêbado que tentava manter uma conversa com o mudo. Só Biff estava sério. Ele queria ter certeza de que o mudo realmente compreendia o que lhe era dito. O sujeito fazia sinais frequentes com a cabeça e o rosto parecia contemplativo. Ele era apenas lento – só isso. Blount começou a contar umas piadas junto com essa conversa sobre conhecimento. O mudo nunca sorria até que se tivessem passado vários segundos depois que a observação engraçada tinha vindo à tona; e, quando a conversa voltava a ser sombria, o sorriso ainda demorava tempo demais em seu rosto. O sujeito era francamente estranho: atraía a atenção das pessoas mesmo antes de elas saberem que havia algo diferente nele. Os olhos do mudo faziam alguém pensar que ele escutava coisas que ninguém jamais tinha escutado, que ele sabia de coisas que ninguém jamais havia pensado antes. Ele não parecia muito humano.

Jake Blount se inclinou sobre a mesa, e as palavras saíam como se uma barragem dentro dele tivesse se rompido. Biff não conseguia mais compreendê-lo. A língua de Blount estava tão pesada por causa da bebida, e ele falava num ritmo tão violento, que os sons saíam todos estremecidos. Biff se perguntava para onde ele iria quando Alice o expulsasse do café. E de manhã era o que ela faria... como tinha dito.

Biff bocejou desanimado, dando tapinhas na boca aberta com as pontas dos dedos até que seu maxilar relaxasse. Eram quase três da manhã, o horário mais parado do dia ou da noite.

O mudo era paciente. Ficou escutando Blount por quase uma hora. Então começou a olhar para o relógio de vez em quando. Blount não percebeu e continuou a falar sem pausa alguma. Por fim, ele parou para enrolar um cigarro, e então o mudo fez um sinal com a cabeça na direção do relógio, sorriu daquele seu jeito enigmático e se levantou da mesa. Suas mãos continuavam enfiadas nos bolsos, como sempre. Saiu rapidamente.

Blount estava tão bêbado que não se deu conta do que tinha

acontecido. Ele nem sequer percebera que o mudo não dava respostas. Começou a olhar ao redor, de boca aberta, revirando os olhos embriagados. Uma veia vermelha estava saltada em sua testa, e ele, raivoso, começou a bater na mesa com os punhos. Seu acesso de loucura não podia durar muito mais tempo agora.
"Vem pra cá", disse Biff com gentileza. "Seu amigo foi embora."
O sujeito ainda estava procurando Singer. Nunca tinha parecido realmente tão bêbado como agora. Sua expressão era feia.
"Tenho uma coisa pra você aqui e quero conversar um minuto", Biff tentava convencê-lo.
Blount se levantou de seu assento à mesa e caminhou com grandes passos instáveis para a rua de novo.
Biff se encostou contra a parede. O outro entrava e saía – saía e entrava. Mas, enfim, não era da sua conta. O salão estava muito vazio e silencioso. Os minutos se estendiam. Cansado, ele deixou a cabeça tombar para a frente. Todo e qualquer movimento parecia estar abandonando o salão. O balcão, as faces, os bancos e as mesas, o rádio no canto, os ventiladores zumbindo no teto – tudo parecia estar se tornando muito fraco e parado.
Ele deve ter cochilado. A mão de alguém sacudia seu cotovelo. O entendimento lhe voltou aos poucos, e ele levantou o olhar para ver o que queriam. Willie, o menino de cor da cozinha, estava atrás dele com seu boné e seu longo avental branco. Willie gaguejava porque estava excitado com o que quer que procurava dizer.
"E então ele tava so-so-socando a pa-pa-parede de tijolo."
"Onde?"
"Num desses becos duas ca-ca-casas pra lá."
Biff endireitou os ombros caídos e arrumou a gravata. "O quê?"
"E eles querem trazer o cara pra cá e devem chegar a qualquer momento..."
"Willie", disse Biff com paciência. "Começa pelo início e deixa ver se eu entendo direito essa história."
"É esse branco baixinho de bi-bi-bigode."
"O sr. Blount. Sim."
"Bom... eu não vi como começou. Eu tava de pé na porta dos fundos quando escutei essa confusão. Parece que tinha uma

baita de uma briga lá no beco. Por isso eu co-co-corri pra ver. E esse homem branco tava doido de pedra. Tava batendo a cabeça na parede e socando os tijolos. Ele xingava e lutava como eu nunca vi um branco lutar. Só que ele tava brigando era com a parede. Parecia que ia quebrar a própria cabeça do modo que tava batendo. Então dois homens brancos que tinham escutado a confusão apareceram, ficaram por ali e olharam..."

"E aí o que aconteceu?"

"Bom... sabe esse senhor que não fala... o homem que fica com as mãos enfiadas nos bolsos... este..."

"O sr. Singer."

"Isso, ele veio andando e só ficou parado olhando em volta pra ver o que tava acontecendo. E o sr. B-B-Blount viu ele e começou a falar e gritar. E então de repente caiu no chão. Se bobear, quebrou mesmo a cabeça. Aí um po-po-policial chegou perto e alguém disse pra ele que o sr. Blount tava ficando aqui."

Biff inclinou a cabeça e organizou a história que tinha escutado numa estrutura coerente. Coçou o nariz e pensou por um minuto.

"Eles devem estar chegando logo mais." Willie foi até a porta e olhou pela rua. "Tão vindo. Tão tendo que carregar o bêbado."

Uma dúzia de curiosos e um policial tentavam entrar no restaurante. Lá fora, duas prostitutas olhavam pela janela da frente. Era sempre engraçado quanta gente podia se amontoar ali dentro surgindo do nada, quando acontecia alguma coisa fora da rotina.

"Não adianta criar mais confusão que o necessário", disse Biff. Ele olhou para o policial que segurava o bêbado. "O restante de vocês pode muito bem sair do restaurante."

O policial pôs o bêbado numa cadeira e empurrou a pequena multidão de volta para a rua. Depois se virou para Biff: "Alguém disse que ele tava hospedado aqui com você."

"Não. Mas poderia muito bem estar", disse Biff.

"Quer que eu leve ele comigo?"

Biff pensou. "Ele não vai se meter em mais nenhuma encrenca hoje à noite. Claro que eu não posso me responsabilizar... mas acho que agora ele vai se acalmar."

"Tudo bem. Passo aqui de novo antes de largar o serviço."

Biff, Singer e Jake Blount ficaram sozinhos. Pela primeira vez desde que Blount tinha sido carregado para o restaurante, Biff prestou atenção no embriagado. Blount parecia ter machucado o maxilar de forma bem feia. Ele estava caído sobre a mesa com sua grande mão sobre a boca, balançando para a frente e para trás. Havia um corte na cabeça e, por sua têmpora, o sangue escorria. Os nós de seus dedos tinham ficado tão esfolados que se mostravam quase em carne viva, e ele estava tão sujo que parecia ter sido puxado de um esgoto pela nuca. Toda a seiva de vida tinha jorrado para fora dele, seu colapso era completo. O mudo estava sentado à mesa diante dele, nada perdendo da cena com seus olhos cinzentos.

Então Biff viu que Blount não tinha machucado o maxilar, e sim que mantinha a mão sobre a boca pois seus lábios tremiam. As lágrimas começaram a rolar pelo rosto encardido. De vez em quando, ele olhava de soslaio para Biff e Singer, furioso por eles estarem vendo seu choro. Era constrangedor. Biff deu de ombros para o mudo e ergueu as sobrancelhas com uma expressão de "fazer o quê?". Singer inclinou a cabeça para um lado.

Biff estava num dilema. Pensativo, ele se perguntava como lidaria com a situação. Ainda tentava se decidir, quando o mudo virou o cardápio e começou a escrever.

Se não conseguir pensar num lugar em que possa deixá-lo, ele pode ir para casa comigo. Primeiro, uma sopa e um café lhe fariam bem.

Aliviado, Biff concordou com um sinal vigoroso de cabeça.

Sobre a mesa, colocou três pratos especiais da última refeição da noite, duas tigelas de sopa, café e sobremesa. Mas Blount não queria comer. Ele não tirava a mão da boca, como se seus lábios fossem alguma parte muito secreta de si mesmo que estava sendo exibida. A respiração vinha em soluços irregulares e seus ombros imensos se sacudiam nervosos. Singer apontou para um prato após o outro, mas Blount apenas se mantinha sentado com a mão sobre a boca e sacudia a cabeça.

Biff pronunciou lentamente para que o mudo pudesse ver. "Está nervoso...", comentou.

O vapor da sopa continuava a subir ao rosto de Blount, e depois de certo tempo ele estendeu a mão trêmula para pegar a colher. Bebeu a sopa e comeu parte da sobremesa. Os lábios intumescidos e brutos ainda tremiam e ele inclinava a cabeça sobre o prato.

Biff percebeu. Estava pensando que quase toda pessoa tinha uma parte física especial que mantinha sempre resguardada. Com o mudo, eram as mãos. A garota Mick vivia pegando na frente da blusa para não deixar o tecido roçar nos mamilos novos e tenros que começavam a despontar em seu peito. Com Alice era o cabelo; ela nunca deixava que Biff dormisse a seu lado quando passava óleo no couro cabeludo. E com ele mesmo?

Devagar, Biff girou o anel no dedo mínimo. De qualquer maneira, ele sabia o que não era. Não. Não mais. Uma linha pronunciada cortou sua testa. A mão no bolso se moveu nervosa para os genitais. Ele começou a assobiar uma canção e se levantou da mesa. Mas era engraçado descobrir a tal parte especial nas outras pessoas.

Os dois ajudaram Blount a ficar de pé. Ele cambaleou, fraco. Já não chorava, mas parecia estar cismado com alguma coisa vergonhosa e soturna. Caminhou na direção em que estava sendo levado. Biff tirou a mala de trás do balcão e explicou ao mudo tudo sobre ela. Singer olhou como se não pudesse ficar surpreso com mais nada.

Biff foi com eles até a entrada. "Coragem, e limpa esse nariz", disse para Blount.

O céu negro da noite começava a clarear, passando a um azul-escuro com a nova manhã. Havia apenas umas poucas estrelas fracas, prateadas. A rua estava vazia, silenciosa, quase fria. Singer carregava a mala com a mão esquerda, e com a mão livre escorava Blount. Despediu-se de Biff com um aceno de cabeça, e ele e Blount partiram juntos pela calçada. Biff ficou observando. Depois que já tinham percorrido meio quarteirão, apenas suas formas escuras apareciam na escuridão azul – o mudo reto e firme e o cambaleante Blount de ombros largos se agarrando a ele. Quando já não podia vê-los, Biff esperou um momento e examinou o céu.

O imenso abismo o fascinava e oprimia. Esfregou a testa e tornou a entrar no restaurante fortemente iluminado.

Postou-se atrás da caixa registradora, e seu rosto se contraiu e endureceu quando tentava recordar as coisas que haviam acontecido durante a noite. Ele tinha a sensação de que desejava explicar alguma coisa a si mesmo. Lembrava-se dos incidentes com detalhes enfadonhos e ainda estava perplexo.

A porta se abriu e fechou várias vezes, quando um jorro repentino de clientes começou a entrar. A noite estava terminada. Willie empilhou algumas das cadeiras sobre as mesas e passou o esfregão no chão. Estava prestes a ir para casa e cantava. Willie era preguiçoso. Na cozinha, sempre parava de trabalhar para tocar um pouco a gaita que levava consigo por toda parte. Agora ele esfregava o chão com golpes sonolentos e cantarolava sem parar sua música negra de solidão.

O lugar ainda não estava cheio — era a hora em que os homens que passaram a noite em claro se encontravam com aqueles que acabavam de acordar e estavam prontos para começar um novo dia. A garçonete, sonolenta, servia cerveja e café. Não havia ruído nem conversas, pois cada pessoa parecia estar sozinha. A desconfiança mútua entre os homens que mal acordavam e aqueles que terminavam uma longa noite dava a todos uma sensação de isolamento.

O prédio do banco no outro lado da rua parecia muito descorado no amanhecer. Então, aos poucos, suas paredes de tijolos brancos se tornaram mais nítidas. Quando por fim os primeiros raios do sol nascente começaram a iluminar a rua, Biff deu uma última inspeção no lugar e subiu a escada.

Girou ruidosamente o trinco da porta quando entrou, para perturbar Alice. "Mãe santíssima!", disse ele. "Que noite!"

Alice acordou com cautela. Ficou deitada na cama desarrumada como um gato emburrado e se espreguiçou. O quarto estava meio escuro ao sol recente da manhã de calor, e um par de meias de seda pendia, flácido e murcho, da corda da persiana.

"Aquele bêbado idiota ainda tá zanzando lá embaixo?", perguntou.

Biff tirou a camisa e examinou seu colarinho para ver se estava limpo, assim poderia usá-la de novo. "Desce e vai descobrir por si mesma. Eu já disse que ninguém vai impedir que a senhora mande o bêbado embora com um chute no traseiro."

Com sono, Alice abaixou o braço e pegou do chão ao lado da cama uma Bíblia, o lado vazio de um cardápio e um livro de escola dominical. Ela fez farfalhar as páginas de papel fino da Bíblia até chegar a uma certa passagem que começou a ler, pronunciando as palavras em voz alta com uma concentração penosa. Era domingo, e ela estava preparando a aula semanal para seu grupo de meninos na seção infantil de sua igreja. "Ora, quando caminhava ao lado do mar da Galileia, ele viu Simão e André, seu irmão, jogando uma rede no mar: pois eram pescadores. E Jesus disse a eles: 'Sigam-me, e farei de vocês pescadores de homens'. E imediatamente eles abandonaram as redes e o seguiram."

Biff entrou no banheiro para se lavar. O murmúrio suave continuou, enquanto Alice estudava em voz alta. Ele escutava: "... e de manhã, levantando-se muito antes do dia, Ele saiu e afastou-se para um lugar solitário, e ali rezou. E Simão e todos os que estavam com Ele foram atrás. E quando o encontraram, disseram a Ele: 'Todos os homens procuram por ti'".

Ela terminara. Biff deixou que as palavras girassem de novo suavemente dentro dele. Tentou separar as palavras reais do som da voz de Alice, que as proferira. Biff queria se lembrar da passagem como sua mãe costumava ler para ele em criança. Com nostalgia, relanceou os olhos para a aliança em seu quinto dedo, o anel que tinha sido dela no passado. Perguntou-se de novo o que a mãe teria pensado sobre seu abandono da igreja e da religião.

"A aula de hoje é sobre Jesus convocando os discípulos", Alice disse para si mesma, preparando-se. "E o texto é: 'Todos os homens procuram por ti'."

Abruptamente, Biff despertou da meditação e abriu a torneira com força total. Tirou a camiseta de baixo e começou a se lavar. Ele estava sempre escrupulosamente limpo da cintura para cima. Toda manhã ensaboava o peito, os braços, o pescoço e os pés – e umas duas vezes durante a estação entrava na banheira e limpava todas as suas partes.

Biff ficou de pé ao lado da cama, esperando impaciente que Alice se levantasse. Pela janela, ele via que o dia seria abafado e abrasador. Alice tinha acabado de preparar a aula. Ainda estava deitada preguiçosamente, ocupando toda a cama, apesar de saber que ele estava esperando. Uma raiva calma e ranzinza se formou dentro dele. Deu um risinho irônico. Depois disse com amargura: "Se quiser, posso me sentar e ler o jornal por algum tempo. Mas eu preferia que a senhora me deixasse dormir agora".

Alice começou a se vestir e Biff arrumou a cama. Com destreza, inverteu os lençóis de todas as maneiras possíveis, pondo o de cima por baixo, virando-os ao contrário e de cabeça para baixo. Quando a cama estava maciamente pronta, ele esperou que Alice saísse do quarto antes de tirar as calças e se enfiar nos lençóis. Seus pés se destacavam debaixo da coberta e os pelos crespos do peito se mostravam muito escuros contra o travesseiro. Ele estava contente de não ter contado a Alice nada do que acontecera ao bêbado. Desejava falar com alguém sobre isso, porque, se falasse todos os fatos em voz bem alta, talvez fosse possível pôr o dedo na ferida que o intrigava. O pobre filho da puta falando e falando sem conseguir que alguém compreendesse o que queria dizer. Era muito provável que ele próprio não soubesse. E a maneira como gravitara ao redor do surdo-mudo e o escolhera, tentando lhe dar de presente tudo o que havia dentro de si.

Por quê?

Porque faz parte da natureza de alguns homens abrir mão de tudo o que é pessoal em determinado momento, antes que fermente e se torne veneno – atirá-lo a algum ser humano ou a alguma ideia humana. Eles têm de agir assim. Alguns homens têm isso em seu íntimo... O texto é "Todos os homens procuram por ti". Talvez fosse por isso – talvez... Ele era chinês, o sujeito tinha dito. E era preto e carcamano e judeu. E se acreditasse nisso com toda a força, talvez fosse mesmo. Todas as pessoas e tudo o que ele dizia que era...

Biff esticou os braços e cruzou os pés nus. Seu rosto estava mais velho à luz da manhã, com as pálpebras fechadas e enrugadas, a barba parecendo feita de ferro sobre as bochechas e o maxilar. Aos poucos, sua boca amoleceu e relaxou. Os duros raios amarelos do sol entravam pela janela, tornando o quarto quente e brilhante. Biff se virou, cansado, e cobriu os olhos com as mãos. E ele não era ninguém senão – Bartholomew – o velho Biff, com dois punhos e uma língua rápida – o sr. Brannon – apenas ele mesmo.

3

O sol despertou Mick cedo, embora ela tivesse ficado na rua até tarde na noite anterior. Estava quente demais até para tomar café no desjejum, portanto ela bebeu água gelada com calda de açúcar e comeu biscoitos frios. Passou um tempo andando à toa na cozinha e depois foi até o alpendre para ler os quadrinhos. Tinha pensado que talvez o sr. Singer estivesse lendo o jornal no alpendre, como em geral fazia nas manhãs de domingo. Mas o sr. Singer não estava ali, e mais tarde seu pai lhe disse que ele voltara muito tarde na noite anterior e tinha companhia em seu quarto. Ela esperou muito tempo pelo sr. Singer. Todos os outros pensionistas desceram, exceto ele. Por fim, Mick voltou para a cozinha, tirou Ralph de sua cadeirinha, trocou sua roupa e limpou seu rosto. Assim, quando Bubber entrou em casa, vindo da escola dominical, ela estava pronta para sair com as crianças. Deixou Bubber ir no carrinho com Ralph, porque ele estava descalço e a calçada quente queimava a sola de seus pés. Puxou o carrinho por uns oito quarteirões até chegarem à grande casa nova que estava sendo construída. A escada de mão ainda se encontrava escorada contra a beirada do telhado, e ela tomou coragem e começou a subir.

"Cuida do Ralph", gritou para Bubber. "Não deixa os mosquitos pousarem nas pálpebras dele."

Cinco minutos mais tarde, Mick se ergueu e ficou bem empinada. Estendeu os braços como asas. Este era o lugar em que todo mundo queria estar. O verdadeiro topo. Mas não eram muitos os garotos que conseguiam chegar até ali. Muitos deles ficavam com medo, pois, se perdessem a força de se agarrar e rolassem pela beirada, acabariam morrendo. Ao seu redor estavam os telhados das outras casas e os cimos verdes das árvores. No outro lado da cidade, os campanários das igrejas e as chaminés dos moinhos. O céu era de um azul brilhante e quente como fogo. O sol transformava tudo que estava no chão num branco estonteante ou em preto.

Ela queria cantar. Todas as canções que conhecia pressionavam sua garganta, mas não saía som algum. Um menino mais velho que tinha chegado à parte mais alta do telhado na semana passada soltara um berro e depois começara a gritar um discurso que tinha aprendido na escola – "Amigos, romanos, conterrâneos, sede todo ouvidos!". Havia algo sobre chegar ao topo que gerava nas pessoas uma sensação doida e fazia todos quererem gritar ou cantar, ou levantar os braços e voar.

Mick sentiu as solas de seus tênis escorregando e se abaixou devagar para andar de pernas escarranchadas no pico do telhado. A casa estava quase terminada. Seria uma das maiores do bairro – dois andares, quartos com pé-direito muito alto, e o telhado mais íngreme que o de qualquer casa que ela já tinha visto. Mas logo o trabalho estaria todo concluído. Os carpinteiros iriam embora e os garotos teriam de encontrar outro lugar para brincar.

Ela estava sozinha. Não havia ninguém à sua volta, e tudo estava tão quieto que ela poderia pensar por algum tempo. Tirou do bolso do short o maço de cigarros que tinha comprado na noite anterior. Inspirou a fumaça lentamente. O cigarro lhe deu uma sensação de embriaguez que fazia sua cabeça parecer pesada e solta sobre os ombros, mas ela tinha de fumá-lo até o fim.

M. K. – Era o que ela escreveria em tudo, quando tivesse 17 anos e fosse muito famosa. Voltaria para casa num Packard vermelho e branco com suas iniciais nas portas. Mandaria escrever M. K. em vermelho nos lenços e em sua roupa de baixo. Talvez ela se tornasse uma grande inventora. Inventaria rádios minúsculos do tamanho de uma ervilha verde que as pessoas levariam por toda parte e enfiariam nos ouvidos. E também máquinas voadoras que as pessoas poderiam prender nas costas como mochilas e andar zunindo por todo o mundo. Depois disso, ela seria a primeira a fazer um grande túnel pelo mundo até a China, e as pessoas poderiam descer por ele em grandes balões. Essas seriam as primeiras coisas que ela inventaria. Já estavam planejadas.

Quando terminou metade do cigarro, Mick esmagou e jogou a guimba pelo declive do telhado. Depois se inclinou para a frente a fim de apoiar a cabeça nos braços e começou a cantarolar para si mesma.

Era engraçado — mas quase sempre havia uma peça de piano ou outra música tocando lá no fundo de sua mente. Não importava o que ela estivesse fazendo ou pensando, a melodia estava quase sempre ali. A srta. Brown, que morava com eles, tinha um rádio em seu quarto, e no inverno anterior ela se sentava nos degraus todas as tardes de domingo para escutar os programas. Tratava-se provavelmente de peças clássicas, mas essas eram as que Mick recordava melhor. Havia a música de um sujeito especial que fazia seu coração ficar apertado sempre que a escutava. Às vezes, a música desse sujeito era como pedacinhos coloridos de balas de cristais de açúcar, e outras vezes era a coisa mais delicada e triste que ela jamais tinha imaginado.

De repente, ouviu o som de um choro. Mick sentou-se direito e escutou. O vento embaralhou a franja de cabelo em sua testa e o sol brilhante tornou seu rosto branco e úmido. O choramingar continuava, e Mick se moveu lentamente ao longo do telhado pontiagudo, apoiando-se nas mãos e nos pés. Quando chegou ao fim, inclinou-se para a frente e ficou de bruços para que a cabeça se projetasse sobre o beiral e ela pudesse ver o chão lá embaixo.

As crianças estavam onde ela as deixara. Bubber se agachara sobre alguma coisa no chão, e ao lado dele havia uma pequena sombra nanica e escura. Ralph ainda estava preso em seu lugar. Mal tinha idade para sentar-se direito e se agarrava às laterais do carrinho, com a touca torta sobre a cabeça, chorando.

"Bubber!", Mick gritou lá para baixo. "Descobre o que o Ralph quer e dá pra ele."

Bubber se levantou e olhou bem no rosto do bebê. "Ele não quer nada."

"Bom, então dá uma boa sacudidela nele."

Mick voltou a subir para o lugar onde estivera sentada.

Ela queria pensar por muito tempo em duas ou três pessoas específicas, cantar para si mesma e fazer planos. Mas aquele chato do Ralph ainda estava gritando, e não haveria nem um pouco de paz para ela.

Audaciosa, começou a descer na direção da escada escorada contra a beirada do telhado. A inclinação era muito íngreme e havia apenas alguns blocos de madeira pregados, muito distantes um do outro, que os trabalhadores usavam como apoio para os pés. Ela estava tonta, e o coração batia com tanta força que a fazia tremer. Em tom de comando, falou em voz alta para si mesma: "Agarra aqui com as mãos bem firmes e depois desliza pra baixo até o dedo do pé direito conseguir um apoio, e então não arreda pé e passa se contorcendo pra esquerda. Coragem, Mick, você tem que manter a coragem".

Descer era a parte mais difícil de qualquer subida. Ela levou muito tempo para chegar até a escada e sentir-se segura de novo. Quando estava por fim no chão, parecia ser muito mais baixa e menor e por um minuto sentiu uma sensação estranha nas pernas, como se elas, e todo o seu corpo, fossem se amassar. Puxou o short e mexeu no cinto para prendê-lo num buraco mais apertado. Ralph ainda estava chorando, mas ela não deu atenção ao som e entrou na casa nova e vazia.

No mês anterior, eles tinham pregado um cartaz na frente da casa avisando que não era permitida a entrada de crianças no lote. Um bando de garotos andara brigando dentro de uma sala certa noite, e uma menina, sem conseguir enxergar no escuro, entrara correndo num quarto que ainda não tinha assoalho. Tinha levado um tombo e quebrado a perna. Ela ainda estava no hospital com a perna engessada. Além disso, em outra ocasião alguns garotos valentões fizeram xixi por toda parte numa das paredes e escreveram uns palavrões bem cabeludos. Mas não importava quantos cartazes de NÃO ENTRE fossem postos ali, ninguém conseguiria afugentar as crianças enquanto a casa não estivesse pintada e terminada, com os moradores já instalados.

Os quartos recendiam a madeira nova, e, quando ela caminhava, as solas de seus tênis faziam um som estrepitoso que ecoava por toda a casa. O ar estava quente e imóvel. Ela ficou parada no meio do cômodo da frente por um tempo e então, de repente, teve uma ideia. Vasculhou o bolso e tirou dois tocos de giz — um verde e outro vermelho.

Mick desenhou as grandes letras maiúsculas bem devagar. No alto, ela escreveu EDISON, e embaixo desenhou os nomes de DICK TRACY e MUSSOLINI. Depois, em cada canto, com as maiores letras de todas, feitas com miolo verde e contorno vermelho, ela escreveu suas iniciais — M. K. Feito isso, atravessou o quarto até a parede oposta e escreveu um palavrão bem feio — XOXOTA —, e embaixo também pôs suas iniciais.

Parou no meio do aposento vazio e fitou o que tinha feito. O giz ainda estava em suas mãos, e ela não se sentia realmente satisfeita. Procurava pensar no nome daquele sujeito que tinha escrito a música que ela escutara no rádio no inverno anterior. Havia perguntado sobre ele a uma menina na escola que tinha um piano e tomava aulas de música, e a menina perguntou à sua professora. Parecia que o sujeito era apenas uma criança que tinha vivido em algum país da Europa muito tempo atrás. Mas, mesmo que fosse apenas uma criança, ele havia composto todas essas belas peças para piano, violino e também para banda ou orquestra. De cabeça, ela podia se lembrar de umas seis melodias diferentes nas peças que tinha escutado. Algumas eram meio rápidas e tilintantes, e uma outra era como aquele aroma que se sente na primavera depois da chuva. Mas, de algum modo, todas lhe provocavam tristeza e euforia ao mesmo tempo.

Ela cantarolou uma das melodias e, depois de um tempo sozinha na casa quente e vazia, sentiu lágrimas surgirem em seus olhos. A garganta ficou apertada e rouca, e ela não conseguia mais cantar. Escreveu depressa o nome do sujeito no topo da lista — MOTSART.

Ralph estava preso no carrinho assim como ela o deixara. Sentado ereto bem calmo e sem se mexer, as mãozinhas gordas segurando dos dois lados. Ralph parecia um pequeno bebê chinês com sua franja preta quadrada e olhos pretos. O sol batia em seu rosto, e era por isso que estivera gritando. Bubber não estava por perto. Quando Ralph a viu chegando, começou a fazer cara de choro de novo. Ela puxou o carrinho para a sombra ao lado da casa nova e tirou do bolso da camisa uma jujuba azul. Enfiou a bala na boca macia e quente do bebê.

"Toma essa bala e chupa aí", disse. De certa maneira era um desperdício, porque Ralph ainda era pequeno demais para sentir o sabor verdadeiro da bala. Uma pedra limpa seria mais ou menos a mesma coisa para ele, só que o pequeno idiota a engoliria. Ele compreendia tanto sobre paladar quanto sobre fala. Se ela dizia que estava tão chateada e cansada de arrastá-lo por toda parte que tinha vontade de atirá-lo no rio, era para ele o mesmo que se tivesse falado frases amorosas. Nada fazia diferença para Ralph. Era por isso que arrastá-lo por toda parte vinha a ser uma chatice só.

Mick fez uma concha com as mãos, juntou as duas com força e soprou pelo vão entre os polegares. Suas bochechas se estufaram, e primeiro se escutou apenas o som do ar correndo através dos punhos. Depois se ouviu um assobio alto e estridente, e, passados alguns segundos, Bubber apareceu, saindo de trás do canto da casa.

Ela tirou a serragem do cabelo de Bubber e endireitou a touca de Ralph. Essa touca era o que Ralph tinha de mais refinado. Era feita de renda e toda bordada. A fita sob o queixo era azul de um lado e branca do outro, e sobre cada orelha havia grandes rosetas. A cabeça de Ralph já era grande demais para a touca e os bordados davam coceira, mas ela sempre fazia questão de vestir a touca no bebê, quando o levava para passear. Ralph não tinha um verdadeiro carrinho de bebê como na maioria das famílias, tampouco sapatinhos de verão. Ele precisava ser deslocado num velho e cafona carrinho de puxar que ela ganhara de presente de Natal havia três anos. Mas a bela touca lhe dava ares de respeito.

Não havia ninguém na rua, porque a manhã de domingo chegava ao fim e estava muito quente. O carrinho guinchava e chacoalhava. Bubber vinha descalço, e a calçada estava tão quente que queimava seus pés. Os carvalhos verdes criavam sombras negras de aparência fresca no chão, mas não havia sombra que chegasse.

"Entra no carrinho", ela disse a Bubber. "E deixa o Ralph sentar no seu colo."

"Eu posso andar, não tem problema."

A longa temporada de verão sempre causava cólicas em Bubber. Ele estava sem camisa e se viam com nitidez suas costelas brancas. O sol o empalidecia em vez de bronzeá-lo, e seus pequenos mamilos pareciam passas azuis sobre a pele.

"Eu não ligo de te puxar", disse Mick. "Pode subir."

"Tá bom."

Mick puxou o carrinho lentamente porque não estava com pressa de voltar para casa. Começou a falar com as crianças. Mas na verdade era mais como dizer coisas a si mesma do que palavras para elas.

"É engraçado... os sonhos que tenho tido nos últimos tempos. É como se eu estivesse nadando. Mas, em vez de ser na água, empurro e estendo os braços pra nadar através de grandes multidões. A multidão é cem vezes maior que a da loja Kresses numa tarde de sábado. A maior multidão do mundo. E às vezes eu grito e nado no meio das pessoas, derrubando elas em qualquer lugar pra onde vou – e outras vezes tô no chão e as pessoas me pisoteiam e minhas entranhas vazam sobre a calçada. Acho que é mais um pesadelo que um sonho comum..."

Aos domingos, a casa estava sempre cheia de gente, porque os pensionistas tinham visitantes. Os jornais farfalhavam e havia fumaça de charuto, e sempre passos nas escadas.

"Algumas coisas que a gente não quer naturalmente contar pra ninguém. Não por serem ruins, mas apenas porque a gente quer segredo. Tem duas ou três que eu não gostaria nem que vocês soubessem."

Bubber saiu do carrinho quando chegaram à esquina para ajudar Mick na manobra de fazer o pequeno veículo descer o meio-fio e subir na outra calçada.

"Mas por uma coisa eu daria tudo no mundo. Um piano. Se a gente tivesse um piano, eu ia estudar toda noite e aprender toda peça musical que existe no mundo. É o que eu desejo, mais que qualquer outra coisa."

Eles tinham chegado ao quarteirão de seu lar. Ele ficava apenas a algumas casas de distância. Era uma das maiores casas em todo o lado norte da cidade – com três andares. Mas é que havia catorze pessoas na família. Não que fossem todos da família Kelly, do mesmo sangue – mas muitos comiam e dormiam ali por 5 dólares cada um, e então se podia contá-los como pertencentes ao grupo. O sr. Singer não se incluía entre os catorze, pois ele só alugava um quarto que ele próprio arrumava.

A casa era estreita e havia muitos anos que não era pintada. Não parecia uma construção sólida para seus três andares de altura. Inclinava-se para um dos lados.

Mick desamarrou Ralph e o tirou do carrinho. Ela se lançou rapidamente pelo hall de entrada e pelo canto do olho viu que na sala de estar havia um monte de pensionistas. Seu pai também estava lá. A mãe devia estar na cozinha. Todos fazendo hora à espera do almoço.

Ela entrou no primeiro dos três quartos que a família reservava para si. Pôs Ralph na cama em que o pai e a mãe dormiam e lhe deu um colar de contas para brincar. Por trás da porta fechada do quarto seguinte, podia escutar o som de vozes, então decidiu entrar.

Hazel e Etta pararam de falar quando a viram. Etta estava sentada na cadeira ao lado da janela, pintando as unhas dos pés com esmalte vermelho. Seus cabelos estavam presos com rolos de aço e havia um pouco de creme branco num pontinho sob o queixo onde tinha aparecido uma espinha. Hazel estava estirada na cama, preguiçosa como de costume.

"Do que é que vocês estavam falando?"

"Não é da sua conta, intrometida", disse Etta. "Vê se cala a boca e deixa a gente em paz."

"O quarto é meu tanto quanto de qualquer uma das duas. Aqui tenho tanto direito quanto vocês." Mick andou pomposamente de um lado para outro até percorrer todo o espaço do piso. "Mas não me importo de arrumar uma briga. Só quero meus direitos."

Mick puxou para trás a franja desgrenhada com a palma da mão. Ela já fizera isso tantas vezes que havia uma pequena fila de remoinhos acima de sua testa. Ela estremeceu o nariz e fez caretas para si mesma no espelho. Depois começou a caminhar pelo quarto de novo.

Hazel e Etta até que eram boas irmãs. Mas Etta parecia um emaranhado de bobagens. Só queria saber de estrelas do cinema e de entrar para o cinema. Certa vez, tinha escrito para Jeanette MacDonald e recebera uma carta datilografada dizendo que, se um dia fosse a Hollywood, Etta poderia visitá-la e nadar em sua piscina. E desde então essa piscina não saía da cabeça de Etta. Ela só pensava em ir até Hollywood quando pudesse juntar o dinheiro da passagem de ônibus, para conseguir um emprego de secretária, fazer amizade com Jeanette MacDonald e entrar ela própria para o cinema.

Ela se enfeitava o dia inteiro, e essa era a parte ruim da história. Etta não era naturalmente bonita como Hazel. O principal é que ela não tinha queixo. Vivia mexendo em seu maxilar e fazia exercícios para o queixo, exercícios que tinha encontrado num livro sobre cinema. Estava sempre olhando para seu perfil lateral no espelho e tentando manter a boca ajustada de certa maneira. Mas não adiantava nada. Às vezes, Etta segurava o rosto nas mãos e chorava de noite por causa disso.

Hazel era simplesmente preguiçosa. Era bonita, mas tinha a cabeça oca. Tinha 18 anos e, depois de Bill, era a mais velha dos filhos na família. Talvez esse fosse o problema. Ela ganhava o primeiro e o maior pedaço de tudo – o primeiro quinhão das roupas novas e a maior parte de qualquer agrado especial. Hazel nunca tivera de se esforçar para conquistar algo, e ela era mole.

"Você vai ficar andando pelo quarto o dia todo? Me dá nojo te ver nessas roupas ridículas de menino. Alguém devia falar sério com você, Mick Kelly, fazer você se comportar", disse Etta.

"Cala a boca", disse Mick. "Eu uso short porque não quero usar as velhas roupas usadas que passaram pra mim. Não quero ser como vocês e não quero me parecer com nenhuma das duas. E não vou. É por isso que eu uso short. Prefiro ser menino todo dia, e eu ia gostar se pudesse me mudar pro quarto do Bill."

Mick procurou embaixo da cama e retirou de lá uma grande caixa de chapéus. Quando levou a caixa para a porta, as duas irmãs gritaram: "Já vai tarde!".

Bill tinha o melhor quarto de todos na família. Era como uma toca – e todinha para ele – com exceção de Bubber. Nas paredes, Bill pregava com tachinhas retratos cortados de revistas, a maioria de rostos de belas damas, e num outro canto estavam algumas imagens que a própria Mick tinha pintado no ano anterior na aula gratuita de arte. Havia apenas uma cama e uma escrivaninha no quarto.

Bill estava debruçado sobre a escrivaninha, lendo a revista *Popular Mechanics*. Ela foi para trás do irmão e passou os braços ao redor de seus ombros. "Ei, seu velho sacana."

Ele não começou a brigar com ela como costumava fazer. "Ei", disse, e sacudiu um pouco os ombros.

"Você se incomoda se eu ficar aqui por um tempo?"

"Claro... não ligo se você ficar."

Mick se ajoelhou no chão e desatou o cordão que prendia a caixa de chapéus. Suas mãos pairavam sobre a beirada da tampa, mas por alguma razão ela não conseguia se decidir a abrir.

"Estive pensando sobre o que já fiz com isso", disse ela. "Talvez funcione, e talvez não."

Bill continuava a ler. Ela ainda estava ajoelhada diante da caixa, mas não a abriu. Os olhos erraram até onde estava Bill, sentado de costas para ela. Um de seus pés enormes pisava sobre o outro enquanto lia. Os sapatos estavam riscados. Certa vez, o pai deles tinha dito que todos os almoços e jantares de Bill iam para os pés, o café da manhã ia para uma das orelhas e a ceia para a outra orelha. Não era um comentário lisonjeiro, e Bill tinha amargado a observação por um mês, mas havia sido engraçado. Suas orelhas eram de abano e muito vermelhas, e, apesar de mal ter se formado no secundário, ele já usava sapato tamanho 46. Tentava esconder os pés esfregando um atrás do outro quando estava de pé, mas isso só piorava tudo.

Mick abriu a caixa alguns centímetros e depois a fechou de novo. No momento, ela se sentia emocionada demais para espiar lá dentro. Levantou-se e caminhou pelo quarto até se acalmar um pouquinho. Depois de alguns minutos, parou diante da imagem que tinha pintado no inverno anterior na aula gratuita de arte para estudantes patrocinada pelo governo. Era a imagem de uma tempestade no oceano e de uma gaivota sendo precipitada através do ar pelo vento. Era chamada "Gaivota com dorso quebrado na tempestade". A professora tinha descrito o oceano durante as duas ou três primeiras lições, e foi a partir de suas palavras que todo mundo começou a pintar. Quase todas as crianças eram como ela, entretanto, e nunca tinham visto o oceano com os próprios olhos.

Essa foi a primeira pintura que ela fez, e Bill a pregara com tachinhas em sua parede. Todo o resto das imagens estava cheio de gente. Primeiro, ela havia feito mais algumas tempestades no oceano — uma com um avião caindo e as pessoas saltando para se salvar, e outra com um transatlântico afundando e todas as pessoas tentando se empurrar e se amontoar num único pequeno bote salva-vidas.

Mick entrou no closet do quarto de Bill e tirou algumas outras imagens que tinha feito na classe — alguns desenhos a lápis, algumas aquarelas e uma tela a óleo. Estavam todas cheias de pessoas. Ela havia imaginado um grande incêndio na rua Broad e pintou como achava que seria. As chamas exibiam um verde e laranja bem vivo, e o restaurante do sr. Brannon e o First National Bank eram talvez os únicos prédios que ainda restavam. As pessoas jaziam mortas nas ruas e outras corriam para salvar a vida. Um homem estava de pijama e uma mulher tentava levar consigo um cacho de bananas. Outra imagem tinha o título "A caldeira explode na fábrica", e os homens pulavam das janelas e corriam, enquanto um pequeno grupo de garotos de macacão se comprimia para não ser dispersado, segurando as marmitas que tinham trazido para os pais. A pintura a óleo era a imagem da cidade inteira lutando na rua Broad. Ela nunca entendia por que tinha pintado essa cena e não conseguia pensar num nome apropriado para ela. Não havia fogo, nem tempestade, nem alguma razão visível na pintura que explicasse por que toda essa batalha estava acontecendo. Mas havia mais e mais pessoas se movendo pela pintura do que em qualquer outra imagem. Ela a considerava a melhor de todas, mas era muito chato não conseguir pensar em seu verdadeiro nome. No fundo de sua mente, em algum ponto, ela sabia o que era.

Mick pôs a pintura de volta na prateleira do closet. Nenhuma das imagens era grande coisa. As pessoas não tinham dedos e alguns dos braços eram mais longos que as pernas. Mas a aula tinha sido divertida. Só que ela desenhara apenas o que lhe vinha à cabeça sem motivo algum — e em seu coração o sentimento não chegava nem perto do que a música lhe proporcionava. Nada era realmente tão bom quanto música.

Mick se ajoelhou no chão e levantou rapidamente a tampa da grande caixa de chapéus. Dentro dela havia um ukulele rachado, encordoado com duas cordas de violino, uma corda de violão e uma corda de banjo. A rachadura na parte de trás do ukulele tinha sido habilmente emendada com esparadrapo, e o buraco redondo no meio estava coberto com um pedaço de madeira. O cavalete de um violino mantinha erguidas as cordas no final, e uns efes tinham sido entalhados em cada um dos lados. Mick estava fazendo um violino para si mesma. Sustentou o violino em seu colo. A sensação era de nunca ter realmente olhado para ele antes. Algum tempo atrás, tinha feito para Bubber um pequeno bandolim de brinquedo usando uma caixa de charutos com elásticos, e foi isso que lhe deu a ideia. Desde então, ela havia procurado por toda parte as diferentes peças e acrescentado um pouquinho todos os dias. Mick achava que tinha feito tudo, exceto usar a cabeça.

"Bill, isso não se parece com nenhum violino de verdade que já vi."

Ele ainda estava lendo... "Siiim...?"

"Não parece certo. Simplesmente não..."

Ela pensara em afinar o violino naquele dia aparafusando os pinos. Mas, como de repente tinha percebido o resultado de todo o trabalho, não queria olhar para ele. Lentamente dedilhou uma corda após a outra. Elas todas produziram o mesmo zunido curto e de som oco.

"Como é que eu vou arrumar um arco? Você tem certeza de que eles precisam ser feitos com crina de cavalo?"

"Sim", disse Bill, impaciente.

"Arame fino ou cabelo humano preso num bastão de madeira não servem?"

Bill esfregou os pés um contra o outro e não respondeu.

A raiva fazia gotas de suor brotarem na testa dela. Sua voz estava rouca. "Não é nem um violino ruim. É apenas um híbrido de bandolim e ukulele. E odeio os dois. Odeio..."

Bill se virou.

"Saiu tudo errado. Não vai funcionar. Não presta."

"Cala o bico", disse Bill. "Você continua choramingando sobre esse velho ukulele quebrado com que andou brincando?

Eu podia ter te falado desde o início que era loucura pensar que você ia ser capaz de fazer um violino. Não é uma coisa que a gente senta e faz – tem que comprar. Eu achava que todo mundo sabia disso. Mas pensei que não te faria mal se descobrisse por si mesma."

Às vezes, ela odiava Bill mais que qualquer outra pessoa no mundo. Ele estava completamente diferente do que costumava ser. Ela começou a bater com o violino no chão e pisar em cima dele, mas mudou de ideia e voltou a guardá-lo de qualquer jeito dentro da caixa de chapéus. As lágrimas ardiam em seus olhos como fogo. Deu um chute na caixa e saiu correndo do quarto, sem olhar para Bill.

Quando estava se esquivando pelo corredor para chegar ao quintal, esbarrou com sua mãe.

"O que aconteceu com você? Em que andou se metendo?"

Mick tentou se soltar, mas a mãe a segurou pelo braço. Mal-humorada, a garota limpou as lágrimas do rosto com as costas da mão. Sua mãe estivera enfiada na cozinha e usava um avental e sapatos de ficar em casa. Como de costume, parecia ter muitas coisas na cabeça e estar sem tempo para lhe fazer mais perguntas.

"O sr. Jackson trouxe as duas irmãs dele pra almoçar e não vai ter cadeira que chegue, por isso hoje você vai comer na cozinha com o Bubber."

"Tudo certo por mim", disse Mick.

Sua mãe a soltou e foi tirar o avental. Da sala de jantar vinha o som do sino chamando para a refeição e uma repentina eclosão alegre de conversas. Ela podia ouvir o pai contando o quanto tinha perdido por não manter seu seguro contra acidentes até a época em que quebrou o quadril. Essa era uma coisa que o pai não conseguia tirar da cabeça – como poderia ter ganhado dinheiro, mas não ganhou. Ouvia-se um tinido de pratos, e depois de algum tempo as conversas se interromperam.

Mick se encostou no corrimão da escada. O choro repentino lhe provocara soluços. Repensando o que acontecera no mês passado, sentia que, em sua mente, nunca tinha realmente acreditado que o violino funcionaria. Mas, em seu coração, havia teimado em se forçar a acreditar. E mesmo agora era difícil não acreditar um pouco. Ela estava exausta. Sempre achara que

Bill era a pessoa mais formidável do mundo. Costumava segui-lo por onde quer que ele fosse – lá fora pescando na mata, nas barraquinhas que construía com outros meninos, na máquina caça-níqueis nos fundos do restaurante do sr. Brannon – por toda parte. Talvez ele não tivesse querido desapontá-la desse jeito. Mas, de qualquer maneira, eles nunca mais poderiam ser bons amigos de novo.

Do hall da entrada, vinha o aroma de cigarros e do almoço de domingo. Mick respirou fundo e caminhou de volta à cozinha. A comida começou a espalhar um cheiro bom e ela estava com fome. Podia ouvir a voz de Portia, que falava com Bubber, e era como se ela estivesse meio que cantando ou contando uma história.

"E essa é uma das minhas tantas razões pra ter mais sorte que a maioria das garotas de cor", dizia Portia, quando ela abriu a porta.

"Por quê?", perguntou Mick.

Portia e Bubber estavam sentados à mesa da cozinha comendo seu almoço. O vestido verde estampado de Portia criava um visual agradável contra a pele marrom-escura. Ela usava brincos verdes e o cabelo estava bem esticado e penteado.

"Toda hora cê pega o final do que alguém tá dizendo e depois quer saber de tudo", disse Portia. Ela se levantou e parou perto do fogão quente, colocando a comida no prato de Mick. "O Bubber e eu távamos só falando da casa do meu vô na Old Sardis Road. Eu tava contando pro Bubber como ele e meus tios são os donos de todo o lugar. Quinze acres e meio. Eles sempre plantam algodão em quatro dos acres, e alguns anos eles trocam por ervilha porque querem manter a terra boa, e um acre numa colina é só pro pêssego. Tem uma mula e uma porca reprodutora, e sempre tem também umas 20 ou 25 galinhas poedeiras e uns frangos pra cozinhar. Tem uma horta e duas nogueiras-pecã e muito figo, ameixa e frutinha. Essa é a verdade. Poucos brancos cuidam da fazenda tão bem como meu vô."

Mick pôs os cotovelos sobre a mesa e se inclinou sobre o prato. Portia sempre gostava de falar sobre a fazenda, mais que sobre qualquer outra coisa, exceto quando contava sobre o marido e o irmão. Escutando o que ela dizia, tinha-se a impressão de que a fazenda de sua família de cor era a própria Casa Branca.

"A casa começou só com um quarto pequeno. E, com os anos, eles foram construindo a partir desse quarto até conseguir espaço pro meu vô, os quatro filhos dele com as mulheres e os filhos, e meu irmão Hamilton. No salão, eles têm um órgão de verdade e um gramofone. E na parede tem um grande retrato do meu vô com o uniforme do serviço. Eles enlatam tudo quanto é fruta e legume, e, mesmo se o inverno chegar com muito frio e chuva, eles quase sempre têm o que comer."

"Como é que você não mora com eles, então?", perguntou Mick.

Portia parou de descascar as batatas e os longos dedos marrons tamborilaram sobre a mesa ao ritmo das palavras. "Vou te contar o que acontece. Sabe... cada pessoa construiu um quarto pra sua família. Trabalharam duro durante todos esses anos. E, claro, os tempos tão difíceis pra todo mundo agora. Mas sabe... eu morei com meu vô quando era pequena. Só que eu nunca fiz trabalho nenhum por lá. Mas, a qualquer momento, se eu e o Willie e o Highboy nos metermos numa encrenca braba, a gente sempre pode voltar."

"Seu pai não construiu um quarto?"

Portia parou de mastigar. "O pai de quem? Cê quer dizer *meu* pai?"

"Claro", disse Mick.

"Cê sabe muito bem que meu pai é um médico de cor que trabalha aqui na cidade."

Mick já tinha ouvido Portia afirmar isso antes, mas sempre pensara que era ficção. Como é que um sujeito de cor podia ser um médico?

"Aí é que tá. Antes da minha mãe se casar com meu pai, ela só tinha conhecido bondade. Meu vô é a bondade em pessoa. Mas meu pai é diferente dele, assim como o dia é diferente da noite."

"Malvado?", perguntou Mick.

"Não, ele não é um homem malvado", disse Portia devagar. "É só que existe algum problema. Meu pai não é como os outros homens de cor. É uma coisa difícil de explicar. Meu pai sempre estudou sozinho. E muito tempo atrás, ele adotou todas essas ideias de como uma família deve ser. Ele mandava mesmo nas menores coisas da casa e à noite tentava ensinar todas aquelas lições pra gente, as crianças."

"Isso não parece nada de muito errado pra mim", disse Mick.

"Escuta aqui. Vê só, a maior parte do tempo ele vivia muito quieto. Mas aí, umas noites rebentava numa espécie de fúria. Ele podia ficar mais maluco que qualquer doido que eu já vi. Todo mundo que conhece meu pai diz que ele era, com certeza, um homem transtornado. Ele fez umas coisas doidas, malucas, e nossa mãe abandonou ele. Eu tinha 10 anos naquela época. Nossa mãe levou a gente, quando a gente ainda era criança, junto com ela pra fazenda do meu vô e a gente foi criado lá. Nosso pai, o tempo todo, queria a gente de volta. Mas, mesmo quando nossa mãe morreu, nós crianças nunca voltamos pra casa. E agora meu pai vive o tempo todo sozinho."

Mick foi até o fogão e encheu o prato pela segunda vez. A voz de Portia subia e descia como uma canção, e nada poderia interrompê-la agora.

"Eu quase não vejo meu pai – quem sabe uma vez por semana –, mas já pensei muito sobre ele. Eu sinto mais pena dele que de qualquer outra pessoa que eu conheço. Acho que ele leu mais livro que qualquer homem branco nesta cidade. Ele leu mais livro e se preocupou com muito mais coisa. Ele é cheio de livro e de preocupação. Acabou perdendo Deus e virou as costas pra religião. Tudo que é problema dele é só por causa disso."

Portia estava empolgada. Sempre que começava a falar de Deus – ou de Willie, seu irmão, ou de Highboy, seu marido –, ela ficava empolgada.

"Ora, eu não sou de ficar gritando aos berros. Faço parte da Igreja Presbiteriana e a gente não acredita em ficar rolando no chão e falando em línguas. A gente não é santificado toda semana nem chafurda na lama juntos. Na nossa igreja, a gente canta e deixa o pregador fazer o sermão. E, falando sério, não acho que um pouco de cantoria e um pouco de pregação vão fazer mal procê, Mick. Cê devia levar seu irmãozinho na escola dominical, e tem mais, cê já tá bem grande pra se sentar na igreja. Pelo seu comportamento besta nos últimos tempos, acho que cê já tá com um dedo do pé no abismo."

"Asneiras", disse Mick.

"Agora o Highboy, ele foi menino do Altíssimo antes da gente casar. Ele gostava de receber o espírito todo domingo e de gritar e se santificar. Mas, depois que a gente casou, eu consigo que ele fique junto de mim e, apesar de ser meio difícil fazer ele ficar quieto por algum tempo, acho que tá no bom caminho."

"Acredito tanto em Deus quanto acredito no Papai Noel", disse Mick.

"Espera um minuto! É por isso que às vezes eu tenho a impressão de que cê é parecida com meu pai, mais que qualquer outra pessoa que eu já conheci."

"*Eu*? Você tá dizendo que *eu* me pareço com ele?"

"Não tô falando do rosto ou de qualquer traço físico. Tava falando da forma e da cor da alma docês."

Bubber, sentado, olhava de uma para a outra. Seu guardanapo estava amarrado em volta do pescoço, e na mão ele ainda segurava a colher vazia. "O que é que Deus come?", ele perguntou.

Mick se levantou da mesa e parou na passagem da porta, prestes a sair. Às vezes, era divertido azucrinar Portia. Ela entoava a mesma melodia e dizia a mesma coisa várias vezes — como se fosse tudo o que ela sabia.

"Gente como você e meu pai, que não frequenta a igreja, não pode nunca ter paz. Agora escuta — eu acredito e eu tenho paz. E o Bubber, ele tem a paz dele também. E meu Highboy e meu Willie, igual. E eu acho, só de olhar pra ele, que esse sr. Singer tem paz. Foi o que eu senti desde a primeira vez que vi ele."

"Pode pensar como quiser", disse Mick. "Mas você é mais louca do que seu pai já foi ou pode ser algum dia."

"Mas cê nunca amou Deus nem qualquer outra pessoa. Cê é dura e áspera que nem couro de boi. Mesmo assim, eu te conheço. Hoje de tarde cê vai andar por aí sem nunca ficar satisfeita. Vai andar sem rumo por toda parte como se tivesse que encontrar alguma coisa perdida. Vai ficar cada vez mais nervosa e agitada. Seu coração vai bater forte e pode até te matar, porque cê não ama e não tem paz. E então um dia cê vai estourar pra se ver livre e vai se despedaçar. Nada vai te ajudar, então."

"O quê, Portia?", perguntou Bubber. "Que tipo de coisas Deus come?"

Mick riu e saiu da sala batendo os pés.

Ela realmente vagou pela casa durante a tarde, porque não conseguia ficar tranquila em nenhum canto. Alguns dias eram assim. Em primeiro lugar, o pensamento do violino continuava a preocupá-la. Ela nunca poderia ter construído algo parecido com um violino real – e, depois de todas aquelas semanas de planejamento, sentia-se mal só de pensar no objeto. Mas como foi que lhe veio tanta certeza de que a ideia funcionaria? Seria assim tão idiota? Quando as pessoas queriam muito alguma coisa, talvez o desejo as levasse a confiar em qualquer meio que pudesse lhes dar o que desejavam.

Mick não queria voltar para os quartos ocupados pela família. E não queria ter de conversar com nenhum dos pensionistas. Só restava a rua – e lá fora o sol estava queimando, de tão forte. Ela vagou sem rumo, andando de um lado para outro do corredor, e continuou a puxar pra trás o cabelo desgrenhado com a palma da mão. "Que inferno", disse em voz alta para si mesma. "Depois de um piano de verdade, o que eu realmente queria era ter um lugar pra mim, mais do que qualquer outra coisa no mundo."

Portia tinha um certo tipo de loucura de gente preta, mas era boa gente. Ela nunca faria nada perverso para Bubber ou Ralph às escondidas, como algumas garotas de cor. Mas Portia tinha dito que Mick nunca amara ninguém. Ela parou de caminhar e ficou imóvel, esfregando o punho no topo da cabeça. O que Portia pensaria se ela realmente soubesse? É simples: o que ela pensaria?

Ela sempre tinha guardado as coisas para si mesma. Essa era uma verdade cristalina.

Mick subiu lentamente as escadas. Passou pelo primeiro patamar e continuou, indo em direção ao segundo. Algumas das portas estavam abertas para fazer uma corrente de ar e havia muitos sons na casa. Mick parou no último lance de escada e sentou-se. Se a srta. Brown ligasse seu rádio, Mick poderia ouvir música. Talvez ela escutasse um bom programa.

Ela apoiou a cabeça nos joelhos e deu um nó nos cadarços dos tênis. O que Portia diria se soubesse que sempre tinha havido uma pessoa após a outra? E toda vez era como se alguma parte sua se desmanchasse em centenas de pedaços.

No entanto, ela sempre guardava tudo para si mesma e ninguém jamais ficava sabendo.

Mick ficou sentada nos degraus por muito tempo. A srta. Brown não ligou o rádio, e tudo o que se ouvia eram os ruídos produzidos pelas pessoas. Ela pensou por um bom tempo e continuou a dar socos nas coxas com os punhos. Sentia como se o rosto estivesse desfeito em pedaços e ela não conseguisse consertá-lo. A sensação era muito, muito pior do que sentir fome e querer comer alguma coisa, mas era o que Mick sentia. Eu quero... eu quero... eu quero... era só no que conseguia pensar..., mas exatamente qual era esse desejo real, ela não sabia.

Depois de mais ou menos uma hora, ouviu-se o som de um trinco de porta sendo girado no patamar acima. Mick levantou os olhos bem rápido e viu o sr. Singer. Ele ficou no corredor por alguns minutos, e seu rosto estava triste e calmo. Depois se dirigiu ao banheiro. Quem lhe fazia companhia não saiu com ele. De onde estava sentada, ela conseguia ver parte do quarto, e a pessoa que estava lá dentro dormia na cama com um lençol puxado sobre si. Ela esperou que o sr. Singer saísse do banheiro. Suas bochechas estavam muito quentes, e ela as sentia com as mãos. Talvez fosse verdade que ela às vezes subia até os degraus de cima apenas para poder ver o sr. Singer, enquanto escutava o rádio da srta. Brown no andar abaixo. Ela se perguntava que espécie de música ele escutava em sua mente, que seus ouvidos não conseguiam ouvir. Ninguém sabia. E que espécie de coisas ele diria, se pudesse falar. Ninguém sabia tampouco.

Mick esperou, e dali a pouco ele saiu do banheiro e apareceu no corredor de novo. Ela queria que ele olhasse para baixo e sorrisse para ela. E então, quando chegou à sua porta, ele realmente deu um rápido olhar para baixo e acenou com a cabeça. O sorriso de Mick foi grande e trêmulo. O mudo entrou em seu quarto e fechou a porta. Quem sabe ele quisesse convidá-la a entrar para visitá-lo. De repente, Mick sentiu vontade de entrar no quarto dele. Muito em breve, quando ele não tivesse companhia, ela realmente entraria e visitaria o sr. Singer. Era o que ela realmente faria.

A tarde calorenta passava devagar, e Mick ainda continuava sozinha sentada nos degraus. A música do sujeito Motsart estava em sua mente de novo. Era curioso, mas o sr. Singer lhe lembrava essa música. Mick queria que existisse algum lugar aonde ela pudesse ir para cantarolá-la em voz alta. Algumas músicas eram íntimas demais para cantar numa casa abarrotada de gente. Era curioso, também, como uma pessoa podia sentir-se solitária numa casa cheia. Mick tentou pensar em algum bom lugar recôndito aonde pudesse ir para ficar sozinha e estudar sobre essa música. Mas, embora pensasse nisso por muito tempo, ela sabia desde o início que não havia esse bom lugar.

4

Já quase no fim da tarde, Jake Blount acordou com a sensação de que tinha dormido bastante. O quarto em que estava era pequeno e arrumado, mobiliado com uma escrivaninha, uma mesa, uma cama e algumas cadeiras. Sobre a escrivaninha, um ventilador elétrico girava lentamente de um lado para outro, e, quando sua brisa passava pelo rosto de Jake, ele pensava em água fresca. Ao lado da janela, um homem estava sentado diante da mesa e fitava um jogo de xadrez disposto à sua frente. À luz do dia, o quarto não era familiar para Jake, mas ele reconheceu no mesmo instante o rosto do homem, e foi como se o conhecesse há muito tempo.

Muitas lembranças se confundiam na mente de Jake. Ele continuou deitado sem se mover, de olhos abertos e as palmas das mãos viradas para cima. Suas mãos eram imensas e se destacavam, muito marrons, contra o lençol branco. Quando as ergueu até a altura do rosto, ele viu que estavam arranhadas e feridas — e as veias, inchadas como se ele tivesse se agarrado com muita força a alguma coisa por muito tempo. Seu rosto parecia cansado e descomposto. Os cabelos castanhos caíam-lhe sobre a testa e seu bigode estava torto. Até as sobrancelhas em formato de asas estavam em desordem e desgrenhadas. Enquanto ele continuava ali deitado, seus lábios se moveram uma ou duas vezes e o bigode se sacudiu com um estremecimento nervoso.

Depois de algum tempo, ele se sentou na cama e, com um de seus grandes punhos, deu em si mesmo uma pancada no lado da cabeça para se endireitar. Quando se moveu, o homem que estava jogando xadrez levantou os olhos rapidamente e sorriu para ele.

"Meu Deus, estou com sede", disse Jake. "Sinto como se o exército russo inteiro tivesse marchado descalço pela minha boca."

O homem olhou para ele, ainda sorrindo, e então de repente se abaixou para o outro lado da mesa e fez surgir um jarro fosco de água gelada e um copo. Jake bebeu com grandes goles ofegantes – de pé meio despido no meio do quarto, a cabeça jogada para trás e uma das mãos fechada num punho tenso. Bebeu quatro copos antes de respirar fundo e relaxar um pouco.

No mesmo instante, certas lembranças lhe vieram à mente. Ele não se lembrava de ter vindo para casa com esse homem, mas as coisas que tinham acontecido depois eram mais claras agora. Ele havia acordado imerso numa banheira de água fria, e mais tarde eles tomaram café e conversaram. Ele desabafou sobre muitas coisas e o homem o escutara. Jake ficou rouco de tanto falar, mas ele lembrava as expressões no rosto do homem mais que qualquer coisa que havia sido dita. Eles tinham se deitado de manhã com a persiana bem abaixada para que nenhuma luz pudesse entrar. Primeiro, ele acordou várias vezes com pesadelos e precisava acender a luz para se acalmar. A luz acordava também o outro sujeito, mas ele não tinha reclamado.

"Como é que você não me chutou pra fora do quarto na noite passada?"

O homem apenas sorriu de novo. Jake se perguntava por que ele era tão quieto. Deu uma olhada ao redor à procura de suas roupas e viu que sua mala estava no chão, ao lado da cama. Não se lembrava de como tinha conseguido retirá-la do restaurante onde ainda devia muito dinheiro. Seus livros, um terno branco e algumas camisas estavam todos ali, como ele os tinha arrumado. Rapidamente começou a se vestir.

Uma cafeteira elétrica borbulhava sobre a mesa quando ele acabou de se vestir. O homem enfiou a mão no bolso do colete dependurado sobre o espaldar de uma cadeira. Estendeu-lhe um cartão e Jake o pegou, curioso. O nome do homem –

John Singer – estava gravado no centro, e abaixo, escrita à tinta com a mesma precisão elaborada do nome gravado, havia uma breve mensagem.

Sou surdo-mudo, mas leio os lábios e compreendo o que é dito para mim. Por favor, não grite.

O choque fez Jake sentir-se leve e vazio. Ele e John Singer apenas olharam um para o outro.
"Eu me pergunto quanto tempo eu teria levado pra descobrir isso", disse ele.

Singer olhava com muita atenção para seus lábios enquanto ele falava – isso Blount já tinha percebido. Mas um mudo!

Eles se sentaram à mesa e tomaram café quente em xícaras azuis. O quarto estava fresco e as persianas meio abaixadas suavizavam a claridade das janelas. Singer trouxe de seu closet uma lata que continha um pão, algumas laranjas e queijo. Ele não comeu muito, mas ficou recostado na cadeira com uma das mãos no bolso. Jake comeu com voracidade. Ele precisava sair deste lugar imediatamente e refletir sobre sua vida. Enquanto estivesse encalhado, sem recursos, teria de procurar alguma espécie de trabalho às pressas. O quarto silencioso era tranquilo e confortável demais para acolher as preocupações – ele sairia e caminharia sozinho por um tempo.

"Existem outros surdos-mudos aqui?", perguntou. "Você tem muitos amigos?"

Singer ainda estava sorrindo. Ele custou a entender as palavras, e Jake teve de repeti-las. Singer ergueu as sobrancelhas escuras e expressivas e sacudiu a cabeça.

"Se sente sozinho?"

O homem sacudiu a cabeça de um modo que poderia significar sim ou não. Eles ficaram sentados em silêncio por algum tempo e depois Jake se levantou para sair. Agradeceu a Singer várias vezes a hospedagem daquela noite, movendo os lábios com cuidado para ter certeza de ser compreendido. O mudo apenas sorriu de novo e deu de ombros. Quando Jake perguntou se poderia deixar sua mala embaixo da cama por uns dias, o mudo fez que sim com a cabeça.

Então Singer tirou as mãos dos bolsos e escreveu cuidadosamente num bloco de papel com um lápis cinza-prateado. Moveu o bloco na direção de Jake.

Posso pôr um colchão no chão e você pode ficar aqui até encontrar um lugar. Passo a maior parte do dia fora de casa. Não será nenhum incômodo.

Jake sentiu os lábios tremerem com um sentimento repentino de gratidão. Mas não podia aceitar. "Obrigado", disse. "Já tenho um lugar."

Quando estava saindo, o mudo lhe entregou um macacão azul, enrolado numa trouxa apertada, e 75 centavos. O macacão estava imundo, e, quando Jake o reconheceu, a peça de roupa despertou nele um redemoinho de memórias repentinas da semana passada. O dinheiro, Singer lhe deu a entender, estava nos bolsos do macacão.

"*Adiós*", disse Jake. "Voltarei em breve."

Ele deixou o mudo de pé na soleira da porta com as mãos ainda nos bolsos e o meio sorriso no rosto. Quando já tinha descido vários degraus da escada, ele se virou e acenou. O mudo acenou de volta para ele e fechou a porta.

Lá fora, a claridade repentina e aguda atingiu em cheio seus olhos. Parou na calçada diante da casa, a princípio ofuscado demais pela luz do sol para ver com muita nitidez. Uma garota estava sentada na balaustrada da casa. Ele a vira em algum lugar antes. Ele se lembrava do short de menino que ela usava e da maneira como semicerrava os olhos.

Jake ergueu a trouxa suja do macacão. "Quero jogar isso fora. Sabe onde posso encontrar uma lata de lixo?"

A garota saltou da balaustrada. "Lá no quintal. Vou te mostrar."

Ele a seguiu pela passagem estreita e úmida ao lado da casa. Quando chegaram ao quintal, Jake viu que dois negros estavam sentados nos degraus dos fundos. Ambos se vestiam com ternos brancos e calçavam sapatos brancos. Um dos negros era muito alto, e sua gravata e as meias eram de um verde brilhante. O outro era um mulato claro de altura mediana. Ele esfregava uma gaita de lata contra o joelho. Em contraste com o companheiro alto, a cor de suas meias e gravata era vermelho vivo.

A garota apontou para a lata de lixo perto da cerca dos fundos e depois se virou para a janela da cozinha. "Portia!", chamou. "O Highboy e o Willie estão aqui te esperando."

Uma voz doce respondeu da cozinha. "Não precisa gritar tão alto. Eu sei que eles tão aqui. Tô pondo meu chapéu."

Jake desenrolou o macacão antes de jogá-lo fora. Estava duro de lama. Uma das pernas tinha rasgões e algumas gotas de sangue manchavam a parte da frente. Jogou o macacão na lata de lixo. Uma garota negra saiu da casa e se juntou aos rapazes de ternos brancos nos degraus. Jake percebeu que a menina de short estava olhando para ele com muita atenção. Ela passava o peso de um pé para o outro e parecia animada.

"Você é parente do sr. Singer?", perguntou.

"Nem um pouco."

"Bom amigo?"

"O bastante pra passar a noite com ele."

"Apenas por curiosidade..."

"Em que direção fica a rua principal?"

Ela apontou para a direita. "Dois quarteirões mais à frente, indo nesse sentido."

Jake penteou o bigode com os dedos e se pôs a caminho. Fez tinir os 75 centavos na mão e mordeu o lábio inferior até deixá-lo marcado e vermelho. Os três negros caminhavam lentamente à sua frente, falando entre si. Como se sentia solitário na cidade desconhecida, ele os seguiu de perto e escutou a conversa. A garota segurava os dois pelos braços. Usava um vestido verde com um chapéu e sapatos vermelhos. Os rapazes caminhavam bem perto dela.

"Quais os planos pra essa noite?", ela perguntou.

"Cê que sabe, querida", disse o rapaz alto. "Eu e o Willie não temos nenhum plano especial."

Ela olhou de um para o outro. "Cês têm que decidir."

"Bom...", disse o rapaz mais baixo de meias vermelhas. "O Highboy e eu achamos t-talvez que nós três podíamos ir até a igreja."

A garota cantou sua resposta em três tons diferentes. "Tudo... bem... E depois da igreja tô com essa ideia que eu preciso fazer uma visitinha pro pai... rapidinho." Eles viraram na primeira esquina, e Jake ficou observando os três por um momento antes de seguir seu rumo.

A rua principal estava silenciosa e quente, quase deserta. Ele não tinha se dado conta de que era domingo – e pensar nisso o deprimiu. Os toldos sobre as lojas fechadas estavam erguidos, e os prédios pareciam despidos ao sol brilhante. Ele passou pelo New York Café. A porta estava aberta, mas o lugar parecia vazio e escuro. Ele não tinha encontrado meias para usar naquela manhã, e o chão quente queimava-lhe os pés através das solas finas dos seus sapatos. O sol se fazia sentir como um pedaço de ferro quente pressionando sua cabeça. A cidade parecia mais solitária que qualquer outro lugar em que já tivesse estado. O ar parado da rua lhe dava uma sensação estranha. Quando estava bêbado, aquele lugar lhe parecera violento e tumultuado. E agora era como se tudo tivesse atingido uma repentina e estática paralisação.

Ele entrou numa loja de frutas e doces para comprar um jornal. A coluna "Procura-se Ajudante" era muito breve. Havia vários anúncios solicitando homens jovens entre 25 e 40 anos que tivessem carros para vender vários produtos por comissão. Estes, ele pulou bem depressa. Um anúncio pedindo um motorista de caminhão chamou sua atenção por alguns minutos. Mas a nota no final foi a que mais lhe interessou. Dizia:

Procura-se – Mecânico experiente. Sunny Dixie Show. Apresentar-se na esquina da Weavers Lane com a rua 15.

Sem perceber, ele tinha caminhado de volta à porta do restaurante onde passara a maior parte do tempo durante as duas últimas semanas. Além da frutaria, era o único lugar no quarteirão que não estava fechado. Jake decidiu de repente entrar e ver Biff Brannon.

O café estava muito escuro, em contraste com a claridade lá fora. Tudo parecia mais encardido e mais calmo do que ele se lembrava. Brannon estava de pé atrás da caixa registradora, como de costume, com os braços cruzados sobre o peito. Sua bela mulher roliça lixava as unhas na outra ponta do balcão. Jake notou que os dois trocaram um olhar rápido quando ele entrou.

"Tarde", disse Brannon.

Jake sentiu algo no ar. Talvez o sujeito estivesse rindo porque se lembrava de coisas que tinham acontecido enquanto ele estava bêbado. Jake sentiu-se sem jeito e ressentido. "Um pacote de Target, por favor." Enquanto Brannon estendia a mão embaixo do balcão para pegar o tabaco, Jake concluiu que ele não estava rindo. À luz do dia, o rosto do sujeito não era tão duro como à noite. Estava pálido como se não tivesse dormido, e seus olhos pareciam os de um urubu cansado.

"Diz aí", falou Jake. "Quanto é que eu te devo?"

Brannon abriu uma gaveta e colocou sobre o balcão um bloco de anotações. Virou lentamente as páginas enquanto Jake o observava. O bloco parecia mais um caderno pessoal do que o lugar onde registrava as contas regulares. Havia longas linhas de números, somados, divididos e subtraídos, e uns desenhos pequenos. Ele parou numa certa página e Jake viu seu sobrenome escrito no canto. Na página não havia números – apenas pequenos tiques e cruzes. Ao acaso, por toda a página, estavam desenhados gatinhos redondos, sentados, com longas linhas curvas fazendo as vezes de rabos. Jake os observou. As caras dos gatinhos eram humanas e femininas. As caras dos gatinhos eram a sra. Brannon.

"Anoto aqui as cervejas com tiques", disse Brannon. "Cruzes pras refeições e linhas retas pro uísque. Deixe-me ver..." Brannon coçou o nariz e suas pálpebras se entrecerraram. Depois fechou o bloco. "Mais ou menos uns 20 dólares."

"Vai levar muito tempo", disse Jake. "Mas talvez você receba a quantia."

"Não tem pressa."

Jake se apoiou contra o balcão. "Me diz uma coisa, que tipo de lugar é esta cidade?"

"Comum", disse Brannon. "Mais ou menos como qualquer outro lugar do mesmo tamanho."

"Qual é a população?"

"Uns 30 mil."

Jake abriu o pacote de tabaco e enrolou um cigarro. Suas mãos estavam trêmulas. "A maior parte do trabalho vem dos moinhos?"

"Isso mesmo. Tem quatro grandes moinhos de algodão – esses são os principais. Uma fábrica de artigos de malha. Algumas descaroçadoras e serrarias."

"Que tipo de salários?"

"Eu diria por volta de 10 ou 11 por semana na média – mas, claro, os trabalhadores são demitidos de vez em quando. Por que está perguntando tudo isso? Pretende conseguir emprego num moinho?"

Jake encostou o punho no olho e esfregou-o sonolento. "Não sei. Talvez sim, talvez não." Estendeu o jornal sobre o balcão e apontou para o anúncio que tinha acabado de ler. "Acho que vou andar por aí e dar uma olhada nisso."

Brannon leu e considerou. "Sim", disse por fim. "Já vi esse show. Não é grande coisa – apenas algumas engenhocas, como um carrossel pequeno e balanços. Cativa os negros, os trabalhadores dos moinhos e as crianças. O espetáculo é montado em diferentes terrenos baldios na cidade."

"Me diz como é que eu chego lá."

Brannon foi com ele até a porta e apontou a direção. "Você foi pra casa com o Singer esta manhã?"

Jake fez que sim com a cabeça.

"O que acha dele?"

Jake mordeu os lábios. O rosto do mudo surgia muito definido em sua mente. Era como o rosto de um amigo que ele conhecesse há muito tempo. Andava pensando no homem desde quando deixara seu quarto. "Nem sabia que ele era mudo", disse por fim.

Ele começou a caminhar de novo pela rua quente e deserta. Não andava como um estranho numa cidade estranha. Parecia estar procurando por alguém. Logo entrou num dos bairros dos moinhos às margens do rio. As ruas se tornaram estreitas e não pavimentadas, além de já não estarem vazias. Grupos de crianças encardidas e aparentemente famintas gritavam umas para as outras e brincavam. Os barracos de dois quartos, cada um igual ao outro, estavam apodrecidos e sem pintura. O fedor de comida e esgoto se misturava com a poeira no ar. As quedas-d'água rio acima produziam um leve som de água corrente. As pessoas se mantinham silenciosas nas soleiras das portas ou descansavam nos degraus. Olhavam para Jake com rostos acanhados, inexpressivos. Ele as fitava de volta com os olhos castanhos bem abertos. Caminhava desajeitado e de vez em quando limpava a boca com as costas peludas da mão.

No final da Weavers Lane havia um terreno baldio. Já tinha sido usado certa vez como depósito de ferro-velho para carros sem serventia. Peças enferrujadas de engrenagem e câmaras de ar rasgadas ainda entulhavam o terreno. Um trailer estava estacionado num canto do terreno, e ali perto se via um carrossel coberto em parte por uma lona.

Jake se aproximou devagar. Dois garotos de macacão estavam diante do carrossel. Perto deles, sentado numa caixa, um negro cochilava ao brilho tardio do sol, os joelhos recolhidos um contra o outro. Numa das mãos, ele segurava um saco de chocolate derretido. Jake o observou enfiar os dedos no doce enlameado e depois lamber cada um deles, devagar.

"Quem é o gerente deste negócio?"

O negro enfiou os dois dedos cheios de doce entre os lábios e deixou que a língua rolasse sobre eles. "É um ruivo", disse quando terminou. "É tudo o que eu sei, chefe."

"Onde é que ele tá agora?"

"Ali atrás do caminhão maior."

Caminhando pela grama, Jake arrancou a gravata e a enfiou no bolso. O sol começava a se pôr no oeste. Acima da linha preta do topo das casas, o céu exibia um tom caloroso de carmim. O dono do espetáculo estava fumando sozinho. O cabelo vermelho brotava como uma esponja no topo de sua cabeça, e ele olhou para Jake com olhos cinzentos e débeis.

"Você é o gerente?"

"Hum-hum... Meu nome é Patterson."

"Quero saber do trabalho que eu vi anunciado no jornal desta manhã."

"Sim. Não quero novato. Preciso de um mecânico experiente."

"Tenho muita experiência", disse Jake.

"O que você já fez?"

"Trabalhei como tecelão e no conserto de teares. Trabalhei em garagens e em oficinas de carros. Todo tipo de coisa."

Patterson o levou para o carrossel parcialmente coberto. Os cavalos de madeira imóveis pareciam fantásticos ao sol da tardinha. Eles se empinavam estáticos, perfurados por suas barras douradas foscas. O cavalo mais próximo de Jake apresentava uma rachadura de madeira lascada no lombo sujo e os olhos se reviravam, cegos e frenéticos, com a tinta descascando nas órbitas. O carrossel sem movimento parecia a Jake o sonho de um bêbado.

"Quero um mecânico experiente pra fazer isso funcionar e manter o mecanismo em bom estado", disse Patterson.

"Com certeza eu dou conta disso."

"É um trabalho pra duas pessoas", explicou Patterson. "Você fica encarregado de todo o espetáculo. Além de cuidar do mecanismo, tem que manter a multidão em ordem. Tem que saber com certeza se todos os que sobem no carrossel compraram um bilhete. Tem que verificar se os bilhetes são verdadeiros, e não algum velho bilhete de salão de dança. Todo mundo quer andar nos cavalos, e você vai ficar surpreso em descobrir como os pretos tentam te enrolar, quando estão sem dinheiro. Tem que manter três olhos abertos o tempo todo."

Patterson o levou aos mecanismos dentro do círculo de cavalos e apontou as várias partes. Ajustou uma alavanca, e logo irrompeu o fino som estridente da música mecânica. A cavalgada de madeira ao redor deles parecia separá-los do resto do mundo. Quando os cavalos pararam, Jake fez algumas perguntas e operou sozinho o mecanismo.

"O sujeito que eu tinha me abandonou", disse Patterson, quando já estavam de novo no terreno. "Detesto quando tenho que treinar um novo homem."

"Quando eu começo?"

"Amanhã de tarde. Tem espetáculo seis dias e seis noites por semana – começa às quatro da tarde e fecha à meia-noite. Você tem que vir por volta das três e ajudar pra que as coisas entrem nos eixos. Depois do espetáculo, leva mais ou menos uma hora pra guardar tudo pra noite."

"E quanto ao pagamento?"

"Doze dólares."

Jake concordou com a cabeça, e Patterson lhe estendeu a mão tão mole que parecia nem ter ossos, e com as unhas sujas.

Era tarde quando ele deixou o terreno baldio. O céu azul intenso tinha esmaecido, e ao leste havia uma lua branca. O crepúsculo suavizava o contorno das casas ao longo da rua. Jake não voltou imediatamente pela Weavers Lane, mas ficou andando a esmo nos bairros ali por perto. Certos aromas, certas vozes escutadas à distância faziam que estancasse de vez em quando à beira da rua empoeirada. Ele caminhava erraticamente, mudando de uma direção para outra sem motivo. A cabeça parecia muito leve, como se fosse feita de vidro fino. Uma mudança química estava ocorrendo dentro dele. As cervejas e o uísque que tinha armazenado sem trégua em seu sistema provocaram uma reação. Jake recebeu um golpe sorrateiro da embriaguez. As ruas antes tão mortas estavam agora cheias de vida. Havia uma faixa irregular de grama à margem da rua, e, enquanto Jake caminhava, o chão parecia chegar mais perto de seu rosto. Sentou-se sobre a margem de grama e se encostou contra um poste telefônico. Acomodou-se de um jeito confortável, cruzando as pernas à maneira turca e alisando as pontas do bigode. Algumas palavras lhe vinham à mente, e ele as dizia em voz alta para si mesmo, num tom sonhador.

"O ressentimento é a flor mais preciosa da pobreza. Sim."

Era bom falar. O som de sua voz lhe dava prazer. Os tons pareciam ecoar e persistir no ar, de modo que cada palavra soava duas vezes. Ele engoliu e umedeceu a boca para falar de novo. De repente, sentiu vontade de voltar ao quarto silencioso do mudo para lhe contar sobre os pensamentos que habitavam sua mente. Era esquisito querer falar com um surdo-mudo. Mas ele se sentia solitário.

A rua diante dele se escurecia com a noite chegando. De vez em quando, alguns homens passavam ao longo da via estreita bem perto dele, conversando em tons monocórdicos, e uma nuvem de poeira se levantava ao redor de seus pés a cada passo. Ou eram garotas que passavam juntas, ou uma mãe com uma criança de colo. Jake continuou ali sentado entorpecido por algum tempo e por fim se levantou e seguiu adiante.

A Weavers Lane estava escura. As lâmpadas a óleo criavam manchas de luz nas portas e janelas. Algumas das casas estavam mergulhadas na escuridão e as famílias sentavam-se nos degraus da frente apenas com a luminosidade dos reflexos de uma casa vizinha. Uma mulher se inclinou para fora da janela e esparramou um balde de água suja na rua. Algumas gotas respingaram no rosto de Jake. Vozes altas e zangadas podiam ser ouvidas nos fundos de algumas casas. De outras, vinha o som pacífico de uma cadeira se balançando lentamente.

Jake parou diante de uma casa onde três homens estavam sentados juntos nos degraus da frente. Uma luz amarela fraca, vinda do interior da casa, brilhava sobre eles. Dois dos homens estavam de macacão sem camisa e sem sapatos. Um deles era alto e desconjuntado. O outro era pequeno e tinha uma ferida purulenta no canto da boca. O terceiro homem usava calças e uma camisa. Segurava um chapéu de palha sobre o joelho.

"Oi", disse Jake.

Os três homens olharam para ele com o rosto desbotado e sem expressão. Murmuraram alguma coisa, mas não mudaram de posição. Jake tirou o pacote de Target do bolso e passou para os três. Sentou-se no degrau de baixo e tirou os sapatos. O terreno fresco e úmido foi uma sensação boa nos pés.

"Trabalhando agora?"

"Sim", disse o homem com o chapéu de palha. "Na maior parte do tempo."

Jake esgaravatou a pele entre os dedos do pé. "Eu tenho o evangelho aqui dentro de mim", disse. "Quero contar pra alguém."

Os homens sorriram. Do outro lado da rua estreita, ouvia-se o som de uma mulher cantando. A fumaça dos cigarros se mantinha pairando perto deles, no ar estagnado. Passando pela rua, um menino parou e abriu a braguilha para fazer xixi.

"Tem uma tenda virando a esquina, e hoje é domingo", disse finalmente o homem pequeno. "Você pode ir até lá e contar todo o evangelho que quiser."

"Não é desse tipo. É melhor. É a verdade."

"De que tipo?"

Jake chupou o bigode e não respondeu. Depois de um tempo, disse: "Vocês já tiveram greves por aqui?".

"Uma vez", disse o homem alto. "Eles fizeram uma dessas greves aqui uns seis anos atrás."

"O que aconteceu?"

O homem com a ferida na boca arrastou os pés e deixou cair o toco do cigarro no chão. "Bom... eles pararam de trabalhar porque queriam 20 centavos por hora. Tinha uns trezentos fazendo greve. Só ficavam andando pelas ruas o dia todo. Aí o moinho mandou caminhões pra outros lugares, e numa semana a cidade inteira tava com um enxame de gente que veio pra arrumar emprego."

Jake se virou para encará-los. Os homens estavam sentados em dois degraus acima dele, de modo que teve de levantar a cabeça para olhar em seus olhos. "Isso não deixa vocês loucos de raiva?", perguntou.

"O que você quer dizer com... loucos?"

A veia na testa de Jake estava inchada e vermelha. "Pelo amor de Deus, cara! Quero dizer louco... l-o-u-c-o... *louco.*" Fez uma cara feia para os rostos perplexos, acovardados. Atrás deles, pela porta da frente aberta, ele podia ver o interior da casa. No quarto da frente, havia três camas e uma pia. No quarto dos fundos, uma mulher descalça dormia sentada numa cadeira. De uma das varandas no escuro, ali perto, vinha o som de um violão.

"Eu fui um dos que vieram nos caminhões", disse o homem alto.

"Isso não faz diferença. O que eu estou tentando dizer é claro e simples. Os donos patifes desses moinhos são milionários. Enquanto os cardadores, os que removem as bobinas e todos os outros atrás das máquinas que fiam e tecem o pano, esses mal ganham pra manter a barriga sossegada. Entendem? Assim, quando vocês andam pelas ruas, e pensam nisso, e veem pessoas famintas, esgotadas, e crianças de pernas raquíticas, isso não deixa vocês loucos de raiva? Não mesmo?"

O rosto de Jake estava corado e sombrio, e os lábios tremiam. Os três homens olhavam para ele com cautela. Então o homem com o chapéu de palha começou a rir.

"Podem continuar com essas risadinhas. Fiquem na sua e tratem de ir pelos ares."

Os homens riam devagar e sem gana como riem três homens ao mesmo tempo. Jake tirou a sujeira das solas dos pés e calçou os sapatos. Seus punhos estavam bem fechados, e sua boca se contorcia num esgar zangado. "Podem rir... é só o que sabem fazer. Espero que continuem com essas risadinhas até apodrecer!" Enquanto caminhava com passos duros pela rua, o som dos risos e assobios ainda o seguia.

A rua principal estava bem iluminada. Jake se demorou numa esquina, apalpando as moedas no bolso. Sua cabeça latejava, e, apesar de a noite estar quente, um frio percorreu seu corpo. Pensou no mudo e desejou urgentemente voltar para ficar sentado ao seu lado por algum tempo. Na loja de frutas e doces onde tinha comprado o jornal naquela manhã, escolheu uma cesta de frutas embrulhada com celofane. O grego atrás do balcão disse que o preço era 60 centavos; portanto, depois de ter pagado, ele ficou apenas com uma moeda de 5 centavos. Logo que saiu da loja, pareceu-lhe um presente estranho para levar a um homem saudável. Algumas uvas pendiam abaixo do celofane, e ele as comeu com avidez.

Singer estava em casa quando ele chegou. Sentado ao lado da janela, com o jogo de xadrez disposto à sua frente sobre a mesa. O quarto se encontrava exatamente como quando Jake tinha saído, com o ventilador ligado e o jarro de água gelada ao lado da mesa. Havia um chapéu-panamá sobre a cama e um pacote de papel, por isso parecia que o mudo tinha acabado de chegar em casa. Ele sacudiu a cabeça na direção da cadeira próxima junto da mesa e empurrou o tabuleiro de xadrez para o lado. Recostou-se com as mãos nos bolsos, e seu rosto parecia perguntar a Jake sobre o que acontecera desde que tinha saído.

Jake colocou as frutas sobre a mesa. "Para esta tarde", disse, "o mote foi: saia e tente o impossível, como calçar meias num polvo".

O mudo sorriu, mas Jake não sabia se ele captara o que tinha dito. O mudo olhou para as frutas com surpresa e depois desfez o embrulho de celofane. Ao manusear as frutas, havia algo muito peculiar no rosto do sujeito. Jake tentou compreender essa expressão e ficou desconcertado. Então Singer abriu um sorriso iluminado.

"Consegui um trabalho hoje de tarde numa espécie de espetáculo. Vou operar o carrossel."

O mudo não pareceu nem um pouco surpreso. Entrou no

closet e trouxe de lá uma garrafa de vinho e dois copos. Eles beberam em silêncio. Jake sentiu que nunca tinha estado num quarto tão silencioso. A luz sobre sua cabeça criava um reflexo esquisito de si mesmo no copo de vinho cintilante que segurava à sua frente – a mesma caricatura que já tinha percebido muitas vezes nas superfícies curvas de jarros ou canecas de lata – com seu rosto em forma de ovo atarracado e o bigode se desgarrando quase até as orelhas. Diante dele, o mudo segurava seu copo com as duas mãos. O vinho começou a zumbir pelas veias de Jake e ele se sentiu entrando mais uma vez no caleidoscópio da embriaguez. O excitamento fazia o bigode tremer em espasmos. Inclinou-se para a frente com os cotovelos sobre os joelhos e pousou um olhar amplo e perscrutador em Singer.

"Aposto que eu sou o único homem desta cidade que já ficou louco de raiva – estou falando de uma loucura de raiva realmente terrível – por dez longos anos a fio. Quase entrei numa briga agora há pouco. Às vezes, acho até que sou meio maluco. Não sei."

Singer empurrou o vinho na direção de seu convidado. Jake bebeu da garrafa e esfregou o alto da cabeça.

"Sabe, é como se eu fosse duas pessoas. Uma parte de mim é um homem instruído. Já estive em algumas das maiores bibliotecas do país. Eu leio. Leio o tempo todo. Leio livros que contam a verdade pura e honesta. Ali na minha mala tenho livros de Karl Marx e Thorstein Veblen e outros escritores como eles. Eu leio esses livros várias vezes e, quanto mais estudo, mais louco de raiva eu fico. Sei toda palavra impressa em cada página. Pra começar, gosto das palavras. Materialismo dialético... prevaricação jesuítica", Jake rolava as sílabas na boca com uma solenidade amorosa, "propensão teleológica".

O mudo limpou a testa com um lenço muito bem dobrado.

"Mas o que estou querendo dizer é isto. Quando alguém *sabe* e não consegue fazer os outros entenderem, o que é que ele faz?"

Singer estendeu o braço para pegar um copo de vinho, encheu-o até a borda e pôs com firmeza na mão machucada de Jake. "Se embebedar, hein?", disse Jake com um empurrão do braço que derramou gotas de vinho nas calças brancas. "Mas espera! Pra onde quer que você olhe, existe maldade e corrupção. Este quarto, esta garrafa de vinho tinto, estas frutas no cesto são todos produtos de lucro e perda. Um sujeito não vive sem aceitar passivamente a maldade. Alguém fica exausto de tanto trabalhar por toda comida que comemos e todo pano que vestimos... e ninguém parece saber. Todo mundo é cego, idiota e obtuso... estúpido e malvado."

Jake pressionou os punhos contra as têmporas. Seus pensamentos tinham adernado em várias direções e ele não conseguia controlá-los. Ele queria chutar o balde. Queria sair e lutar violentamente com alguém numa rua apinhada de gente.

Ainda olhando para ele com interesse paciente, o mudo pegou seu lápis cinza-prateado. Escreveu com muito capricho num pedaço de papel, *Democrata ou republicano?*, e passou o papel pela mesa. Jake o amassou. O quarto tinha começado a girar ao seu redor de novo, e ele nem conseguia mais ler.

Manteve os olhos no rosto do mudo para se firmar. Os olhos de Singer eram as únicas coisas no quarto que não pareciam se mover. Eram de cor variada, salpicados de âmbar, cinza e castanho-claro. Ele fitou esses olhos por tanto tempo que quase ficou hipnotizado. Perdeu a vontade de ser turbulento e sentiu-se calmo de novo. Os olhos do mudo pareciam compreender tudo o que ele tinha querido dizer, além de guardar alguma mensagem para ele. Depois de algum tempo, o quarto voltou a se estabilizar.

"Você entende", disse numa voz confusa. "Você sabe o que quero dizer."

Ao longe, soava o toque suave e melódico dos sinos da igreja. O luar se esparramava, branco, sobre o telhado vizinho e o céu exibia um azul delicado de verão. Ficou combinado sem palavras que Jake ficaria com Singer alguns dias até encontrar um quarto. Quando o vinho acabou, o mudo arrumou um colchão no chão ao lado da cama. Sem tirar nenhuma peça de roupa, Jake se deitou e adormeceu no mesmo instante.

5

Longe da rua principal, num dos bairros negros da cidade, o dr. Benedict Mady Copeland estava sozinho em sua cozinha escura. Já passava das nove horas, e os sinos de domingo estavam calados. Embora a noite estivesse muito quente, havia um pouco de fogo no fogão a lenha de formato arredondado. Dr. Copeland estava sentado perto do fogão, inclinado para a frente numa cadeira de cozinha de espaldar reto, com a cabeça entre as mãos longas e finas. O brilho vermelho que saía das fendas do fogão iluminava seu rosto – sob essa luz, seus lábios grossos pareciam quase cor de violeta contra a pele escura, e o cabelo grisalho, rente contra o crânio como uma touca de lã, adquiria também uma cor azulada. Ele se manteve imóvel nessa posição por um longo tempo. Até os olhos, que fitavam por trás dos aros de prata dos óculos, não mudavam o foco contemplativo e sombrio. Então ele pigarreou de forma áspera e pegou um livro do chão ao lado de sua cadeira. Ao redor dele, tudo estava muito escuro, e ele precisava segurar o livro perto do fogão para decifrar as palavras. Esta noite, ele lia Spinoza. Não compreendia inteiramente o jogo intricado de ideias e as expressões complexas, mas ao ler percebia um propósito forte e verdadeiro por trás das palavras e sentia que quase compreendia.

Muitas vezes, à noite, o som estridente da campainha da porta o despertava de seu silêncio, e na sala da frente ele encontrava um paciente com um osso quebrado ou um ferimento de navalha. Mas essa noite ele não foi perturbado. E depois das horas solitárias passadas na cozinha escura, aconteceu que ele começou a se balançar lentamente de um lado para outro, e de sua garganta saía um som semelhante a um lamento cantado. Estava produzindo esse som quando Portia chegou.

Dr. Copeland soube de sua chegada de antemão. Vindo da rua lá fora, ele captou o som de um blues numa gaita e sabia que a música estava sendo tocada por William, seu filho. Sem acender a luz, atravessou o hall de entrada e abriu a porta da frente. Não saiu para a varanda, mas ficou no escuro atrás da porta de tela. O luar brilhava, e Portia, William e Highboy formavam sombras negras e compactas na rua empoeirada. As casas na vizinhança tinham uma aparência miserável. A do dr. Copeland era diferente de qualquer uma das construções ali perto. Era bem sólida, construída com tijolos e revestida de estuque. Ao redor do pequeno jardim da frente, havia uma cerca de estacas. Portia se despediu do marido e do irmão no portão e bateu na porta de tela.

"Como é que o senhor fica aqui no escuro desse jeito?"

Atravessaram juntos o hall escuro de volta à cozinha.

"O senhor tem boa luz elétrica aqui. Eu não acho normal ficar o tempo todo sentado no escuro desse jeito."

Dr. Copeland torceu a lâmpada suspensa sobre a mesa e a cozinha ficou de repente muito clara. "O escuro me convém", disse ele.

A cozinha era limpa e simples. De um lado da mesa, havia livros e um tinteiro – do outro lado, um garfo, uma colher e um prato. Dr. Copeland se mantinha ereto na cadeira com as longas pernas cruzadas, e primeiro Portia também se sentou com o corpo rígido. Pai e filha se pareciam bastante um com o outro – ambos tinham o mesmo nariz largo e achatado, a mesma boca e testa. Mas a pele de Portia era muito clara quando comparada à do pai.

"Tá um forno aqui dentro", disse ela. "Acho melhor o senhor deixar este fogo apagado quando não tá cozinhando."

"Se preferir, podemos subir ao meu escritório", disse o dr. Copeland.

"Tô bem, acho. Não prefiro, não."

Dr. Copeland ajustou seus óculos de aro de prata e depois dobrou as mãos sobre o colo. "Como tem passado desde a última vez que estivemos juntos? Você e seu marido... e seu irmão?"

Portia relaxou e tirou os pés de dentro dos sapatos. "O Highboy, o Willie e eu, a gente se dá às mil maravilhas."

"O William ainda mora com vocês?"

"Claro que sim", disse Portia. "Sabe… a gente tem nossa maneira de viver e nosso planejamento. O Highboy – ele paga o aluguel. Eu compro toda a comida com meu dinheiro. E o Willie – ele cuida de todas as nossas obrigações com a igreja, os seguros, as contas da casa e os gastos das noites de sábado. Nós três temos nosso planejamento e cada um faz sua parte."

Dr. Copeland estava com a cabeça baixa, puxando os longos dedos até fazer estalar todas as articulações. Os punhos limpos de suas mangas caíam além dos pulsos – embaixo deles, suas mãos pareciam de uma cor mais clara que o resto do corpo e as palmas mostravam um amarelo suave. Suas mãos tinham sempre uma aparência imaculada, murcha, como se tivessem sido esfregadas com escova e imersas por um longo tempo numa panela de água.

"Ei, eu quase ia esquecendo o que eu trouxe", disse Portia. "O senhor já jantou?"

Dr. Copeland sempre falava com tanto cuidado que cada sílaba parecia ser filtrada por seus lábios grossos e de poucos sorrisos. "Não, eu não comi."

Portia abriu um saco de papel que tinha colocado sobre a mesa da cozinha. "Eu trouxe uma boa penca de couve e pensei que a gente podia talvez jantar junto. Trouxe também um pedaço de carne de porco salgada. É pra temperar a couve. O senhor não se importa se eu cozinhar a couve com carne, né?"

"Não tem importância."

"O senhor ainda não come nadica de carne?"

"Não. Por motivos puramente pessoais, eu sou vegetariano, mas tudo bem se você quiser cozinhar a couve com um pedaço de carne."

Sem calçar os sapatos, Portia parou ao lado da mesa e com todo o cuidado começou a selecionar a couve. "Este chão daqui faz muito bem pro meu pé. Incomoda o senhor se eu andar assim descalça sem calçar de novo aquele sapato apertado que machuca meu pé?"

"Não", disse o dr. Copeland. "Tudo bem."

"Então... a gente vai ter essa couve muito boa e um pouco de bolo de milho e café. E eu vou cortar umas fatias dessa carne branca e fritar pra mim."

Dr. Copeland seguia Portia com os olhos. Ela se movia devagar, andando descalça pela cozinha, pegando as panelas bem polidas penduradas na parede, alimentando o fogo, lavando a couve para limpá-la das pedrinhas e da terra. Ele abriu a boca para falar uma vez, mas depois recompôs os lábios.

"Então você, seu marido e seu irmão têm seu planejamento cooperativo", disse por fim.

"É."

Dr. Copeland sacudiu os dedos e tentou fazer estalar as articulações de novo. "Vocês planejam ter filhos?"

Portia não olhou para o pai. Zangada, deixou espirrar água da panela da couve. "Algumas coisas", disse ela, "acho que dependem inteiramente de Deus".

Eles não disseram mais nada. Portia deixou o jantar cozinhar no fogão e sentou-se em silêncio, com as longas mãos caindo frouxas entre os joelhos. A cabeça do dr. Copeland repousava sobre o peito, como se ele dormisse. Mas ele não estava dormindo; de vez em quando, um tremor nervoso passava por seu rosto. Então ele respirava fundo e recompunha a face. Os aromas do jantar começaram a preencher a cozinha abafada. Na quietude, o relógio em cima do guarda-louça soou muito alto, e, por causa do que tinham acabado de dizer um ao outro, o tique-taque monótono era como a palavra "fi-lhos, fi-lhos", repetida muitas e muitas vezes.

Ele estava sempre se encontrando com um deles – engatinhando sem roupa pelo chão, ou envolvido num jogo de bolinhas de gude, ou até mesmo numa rua escura com o braço ao redor de uma garota. Benedict Copeland, esse era o nome de todos os meninos. Mas, para as meninas, havia nomes como Benny Mae ou Madyben ou Benedine Madine. Ele tinha contado uma vez, e havia mais de uma dúzia com o nome dele. Contudo, durante toda a sua vida, ele tinha falado, explicado e recomendado. Vocês não podem fazer isso, ele dizia. Há tudo quanto é razão para que esse sexto ou quinto ou nono filho não deva nascer, ele lhes avisava. Não precisamos de mais crianças, precisamos é de mais oportunidades para aquelas que já estão na terra. Uma Paternidade Eugênica para a Raça Negra era o que ele os exortava a adotar. Ele lhes falava com palavras simples, sempre da mesma maneira, e com os anos esse discurso veio a ser um poema zangado que ele sempre soubera de cor.

Ele estudava e conhecia o desenvolvimento de qualquer nova teoria. E com os próprios recursos, ele é que distribuía os dispositivos. Foi de longe o primeiro doutor na cidade a sequer pensar em tal coisa. E ele dava e explicava, dava e informava. E depois fazia talvez dois partos por semana. Madyben e Benny Mae.

Esse era apenas um ponto. Somente um.

Ao longo de toda a sua vida, ele sabia que havia uma razão para seu trabalho. Sempre soube que estava destinado a ensinar seu povo. Todo dia saía com sua maleta, de casa em casa, e falava sobre todas as coisas para aqueles que visitava.

Depois do longo dia, um forte cansaço o invadia. Mas, de noite, quando abria o portão da frente de casa, seu cansaço desaparecia. Pois ali se encontravam Hamilton, Karl Marx, Portia e o pequeno William. E também Daisy.

Portia tirou a tampa da panela no fogão e mexeu a couve com um garfo. "Pai...", disse depois de algum tempo.

Dr. Copeland pigarreou e cuspiu num lenço. Sua voz estava amarga e ríspida. "Sim?"

"Vamos deixar de brigar um com o outro."

"Não estávamos brigando", disse o dr. Copeland.

"Uma briga pode ser sem palavras", disse Portia. "Sinto que a gente tá sempre discutindo, mesmo quando a gente tá perfeitamente calmos como agora. É apenas esse sentimento que eu tenho. Vou falar a verdade – sempre que eu venho ver o senhor, isso quase acaba comigo. Então vamos tentar não brigar mais de nenhuma maneira."

"Certamente não é meu desejo brigar. Lamento que você tenha esse sentimento, filha."

Ela serviu o café e entregou uma xícara sem açúcar para o pai. Na sua, despejou várias colheres de açúcar. "Eu tô ficando com fome e essa comida vai ser deliciosa pra gente. Bebe seu café enquanto eu conto uma coisa que aconteceu uns tempos atrás. Agora que tudo já passou, parece um pouquinho engraçado, mas a gente tem muito motivo pra não dar gargalhada."

"Conte", disse o dr. Copeland.

"Bom... uns tempos atrás um negro de boa aparência e muito bem-vestido chegou aqui na cidade. Ele se chamava sr. B. F. Mason e disse que vinha de Washington, D. C. Todos os dias ele andava pra cima e pra baixo na rua com uma bengala e uma camisa colorida bonita que só. Depois, à noite, ia pro Society Café. Comia com muito mais qualidade que qualquer outro homem na cidade. Toda noite ele pedia uma garrafa de gim e duas costelas de porco pra janta dele. Sempre dava um sorriso pra todo mundo e sempre se inclinava pras garotas e mantinha a porta aberta pras pessoas entrarem ou saírem. Por uma semana mais ou menos, ele se comportou de maneira muito agradável por onde quer que andasse. As pessoas começaram a fazer perguntas e especular quem seria esse rico sr. B. F. Mason. Aí, pouco tempo depois, quando o homem já tinha feito uns conhecidos, começou a instalar seus negócios."

Portia abriu os lábios e soprou sua xícara de café. "Imagino que o senhor leu nos jornal sobre esse negócio de pé-de-meia do governo pros velhos, não?"

Dr. Copeland fez que sim com a cabeça. "Pensão", disse ele.

"Bom... ele tinha ligação com isso. Era do governo. Tinha sido mandado pelo presidente, lá de Washington, pra recrutar todo mundo pro pé-de-meia do governo. Andou de casa em casa explicando que cê paga 1 dólar pra entrar no programa e depois disso 25 centavos por semana — e aí quando cê tiver 45 anos, o governo vai te pagar 50 dólares todo mês pro resto da vida. Tudo quanto é gente que eu conheço ficou muito entusiasmada. E pra todo mundo que entrou no programa ele deu um retrato grátis do presidente com o nome dele assinado embaixo. O homem disse que no fim de seis meses cada um ia receber um uniforme de graça. O clube era chamado a Grande Liga dos Adeptos do Pé-de-Meia para Pessoas de Cor — e no final de dois meses todo mundo ia ganhar uma fita laranja com a sigla G. L. A. P. P. C. que representava o nome. Sabe, como todas essas outras coisas com letras do governo. Ele passava de casa em casa com esse livrinho e todo mundo começou a participar. Ele anotava o nome e pegava o dinheiro. Todo sábado ele arrecadava as moedas. Em três semanas, esse sr. B. F. Mason tinha ajuntado tanta gente que não conseguia mais fazer a ronda inteira no sábado. Teve que pagar alguém pra arrecadar o dinheiro em cada três ou quatro quarteirões. Eu arrecadava todo sábado cedo lá pra área perto de onde a gente mora e ganhava esses centavos. Claro que o Willie tinha entrado no programa desde o início, por ele, pelo Highboy e por mim."

"Tenho encontrado muitos retratos do presidente em várias casas perto de onde vocês vivem e me lembro de ter escutado o nome Mason nas conversas", disse o dr. Copeland. "Ele era um ladrão?"

"Era", disse Portia. "Alguém começou a descobrir as histórias desse sr. B. F. Mason e ele foi preso. Ficaram sabendo que ele era de Atlanta e nunca tinha sentido o cheiro nem de Washington nem do presidente. Todo o dinheiro ele escondeu ou gastou. O Willie jogou fora 7 dólares e 50 centavos."

Dr. Copeland estava agitado. "É o que eu quero dizer com..."

"No futuro", disse Portia, "esse homem vai um dia acordar com um forcado quente espetado na barriga. Mas, agora que tudo passou, até parece um pouquinho engraçado, mas claro que a gente tem muito motivo pra não dar gargalhada".

"A raça negra, por vontade própria, sobe na cruz todas as sextas-feiras", disse o dr. Copeland.

As mãos de Portia se mexeram, fazendo respingar café do pires que ela segurava. Ela as lambeu para limpar o braço. "O que o senhor quer dizer?"

"Quero dizer que estou sempre observando. Quero dizer que, se eu pudesse encontrar apenas dez negros — dez do meu próprio povo — com espinha dorsal, cérebro e coragem, que estivessem dispostos a dar tudo o que eles têm..."

Portia largou o café. "A gente não vai falar sobre nada disso assim desse jeito."

"Apenas quatro negros", disse o dr. Copeland. "Apenas a soma de Hamilton, Karl Marx, William e você. Apenas quatro negros com essas qualidades verdadeiras e espinha dorsal..."

"O Willie, o Highboy e eu, a gente tem espinha dorsal", disse Portia, zangada. "Este nosso mundo é duro e me parece que nós três lutamos muito bem."

Por um minuto ficaram em silêncio. Dr. Copeland pôs os óculos sobre a mesa e pressionou os dedos enrugados nos olhos.

"O tempo todo o senhor tá usando esta palavra – negro", disse Portia. "E essa palavra tem um jeito de ferir os sentimentos das pessoas. Até a velha forma 'preto' é melhor que essa palavra. Mas gente educada – não importa o tom da pele – sempre diz pessoas de cor."

Dr. Copeland não respondeu.

"Pega o Willie e eu, por exemplo. A gente não é 100% de cor. Nossa mãe era bem clara e a gente tem uma boa quantidade de sangue de branco em nós dois. E o Highboy – ele é índio. Tem uma boa parte de índio nele. Nenhum de nós é de cor pura e essa palavra que o senhor tá usando o tempo todo tem um jeito de ferir os sentimentos das pessoas."

"Não estou interessado em subterfúgios", disse o dr. Copeland. "Eu me interesso apenas pelas verdades reais."

"Bom, então eu vou te contar uma verdade. Todo mundo tem medo do senhor. O Hamilton, o Buddy, o Willie e meu Highboy precisam de muito gim pra vir nesta casa e sentar com o senhor como eu faço. O Willie diz que lembra de quando era menino pequeno, e ele tinha medo do próprio pai dele então."

Dr. Copeland tossiu asperamente e pigarreou.

"Todo mundo tem seus sentimentos – não importa quem for a pessoa –, e ninguém vai entrar numa casa onde seus sentimentos vão ser feridos. Com o senhor é a mesma coisa. Eu vi seus sentimentos feridos muitas vezes pelos homens brancos pra não saber disso."

"Não", disse o dr. Copeland. "Você não viu meus sentimentos feridos."

"Claro que eu entendo que o Willie, meu Highboy e eu – que a gente não tem grandes estudos. Mas o Highboy e o Willie são bons, de uma bondade de ouro. Tem só uma diferença entre eles e o senhor."

"Sim", disse o dr. Copeland.

"O Hamilton, o Buddy, o Willie ou eu – a gente nunca pensa em falar como o senhor. A gente fala como nossa mãe e o povo dela e o povo deles no passado. O senhor entende tudo com o cérebro. Enquanto a gente prefere falar a partir de alguma coisa no coração que tá ali por muito e muito tempo. Essa é uma das diferenças."

"Sim", disse o dr. Copeland.

"Um sujeito não pode pegar os filhos e espremer pra ficarem da maneira que ele quer. Não importa se isso machuca os filhos ou não. Não importa se é certo ou errado. O senhor tentou isso com muita força como nenhum outro homem ia pensar em tentar. E agora eu sou a única de nós que vem aqui nessa casa pra me sentar do lado do senhor."

A luz brilhava forte nos olhos do dr. Copeland, e a voz de Portia soava alta e rígida. Ele tossiu e todo o seu rosto tremeu. Tentou pegar a xícara de café frio, mas a mão não a segurava com firmeza. As lágrimas vieram a seus olhos, e ele procurou alcançar os óculos para tentar escondê-las.

Portia viu e correu para perto dele. Passou os braços ao redor da cabeça do pai e pressionou sua bochecha contra a testa dele. "Eu feri os sentimentos do meu pai", disse docemente.

A voz dele estava áspera. "Não. É tolo e primitivo continuar a repetir essa lenga-lenga sobre sentimentos feridos."

As lágrimas corriam lentamente pelo rosto dele, e o fogo fazia que assumissem cores em tons de azul, verde e vermelho. "Lamento muito, muito mesmo", disse Portia.

Dr. Copeland limpou o rosto com seu lenço de algodão. "Tudo bem."

"A gente não vai mais brigar, nunca mais. Eu não suporto essa briga entre a gente. Minha impressão é que alguma coisa bem ruim acontece na gente sempre que a gente tá junto. Não quero mais brigar desse jeito, nunca mais."

"Não", disse o dr. Copeland. "Não vamos brigar."

Portia fungou e limpou o nariz com as costas da mão. Por alguns minutos, ficou com os braços em volta da cabeça do pai. Então, depois de um tempo, limpou o rosto pela última vez e foi cuidar da panela de couve sobre o fogão.

"Tá mais que na hora dessas folhas ficarem macias", disse alegremente. "Agora eu acho que vou começar a fazer alguns daqueles belos bolinhos de milho pra comer com a couve."

Portia se movia devagar pela cozinha, ainda com os pés descalços, e seu pai a seguia com os olhos. Por certo tempo, eles ficaram em silêncio.

Graças aos olhos marejados que embaçavam os contornos das coisas, Portia parecia ser de fato sua mãe. Anos atrás, Daisy tinha caminhado assim pela cozinha, silenciosa e atarefada. Daisy não era negra como ele — sua pele tinha um belo tom de mel escuro. Ela era sempre muito quieta e delicada. Mas por baixo daquela delicadeza suave havia algo obstinado, e, por mais que a analisasse, ele não conseguia compreender a obstinação delicada da esposa.

Ele a exortava e lhe dizia tudo o que estava em seu coração, e ainda assim ela era delicada. E ainda assim ela não o escutava e seguia o próprio caminho.

Mais tarde, vieram Hamilton, Karl Marx, William e Portia. E essa sensação de que havia um propósito real para eles era tão forte que ele sabia exatamente como cada coisa devia se passar com os filhos. Hamilton seria um grande cientista; Karl Marx, um professor da raça negra; William, um advogado para lutar contra a injustiça; e Portia, uma médica de mulheres e crianças.

E, quando eles ainda eram bebês, ele lhes falava do jugo que deviam tirar dos ombros — o jugo da submissão e da preguiça. E, quando eram um pouco mais velhos, ele lhes incutia a noção de que não havia Deus, mas que suas vidas eram sagradas e que para cada um deles havia esse propósito verdadeiro. Ele sempre lhes repetia esse propósito, e eles se sentavam juntos bem longe dele e olhavam com seus grandes olhos de crianças negras para a mãe. E Daisy ficava sentada sem escutar nada, delicada e obstinada.

Por causa do verdadeiro propósito que tinha para Hamilton, Karl Marx, William e Portia, ele sabia, com todos os detalhes, como cada coisa deveria ser. No outono de cada ano, levava todos os filhos até a cidade e comprava-lhes bons sapatos pretos e meias pretas. Para Portia, comprava tecidos de lã preta para os vestidos e linho branco para as golas e os punhos. Para os meninos, lã preta para as calças e um fino linho branco para as camisas. Ele não queria que as crianças usassem roupas triviais de cor berrante. Mas, quando foram para a escola, estas eram as roupas que eles queriam usar, e Daisy dizia que os filhos sentiam vergonha e que ele era um pai severo. Ele sabia como a casa devia ser. Não poderia haver extravagâncias – nada de calendários espalhafatosos, nem travesseiros de renda, nem quinquilharias –, mas tudo na casa devia ser simples e escuro, um sinal de trabalho e do propósito verdadeiro.

Então, certa noite, descobriu que Daisy tinha furado as orelhas da pequena Portia para lhe pôr brincos. Em outra ocasião, quando ele chegou em casa, havia uma bonequinha com saias de penas sobre o consolo da lareira, e Daisy, delicada e implacável, se recusou a dar sumiço na boneca. Ele também sabia que Daisy estava ensinando às crianças o culto da docilidade. Ela lhes falava sobre o inferno e o céu. E as convencia da existência de fantasmas e de lugares mal-assombrados. Daisy ia à igreja todos os domingos e falava com tristeza para o pastor sobre o próprio marido. E, com sua obstinação, ela sempre levava as crianças à igreja, e elas escutavam tudo.

Toda a raça negra estava doente, e ele vivia ocupado o dia inteiro e às vezes metade da noite. Depois do longo dia, um grande cansaço o invadia, mas, quando abria o portão da frente de casa, a fadiga ia embora. Só que, quando entrava em casa, encontrava William tocando música num pente embrulhado em papel higiênico, Hamilton e Karl Marx jogando dados para ganhar o dinheiro do lanche, Portia rindo com sua mãe.

Ele começava tudo de novo com eles, mas de outra maneira. Explicava suas lições e conversava com eles. Os filhos se sentavam bem juntos e olhavam para a mãe. Ele falava e falava, mas nenhum deles queria compreender.

Ele então era tomado por um sentimento sombrio, sinistro, terrível. Tentava ficar em seu escritório, lendo e meditando até se acalmar e começar tudo de novo. Abaixava as persianas do quarto para que restassem apenas a luz brilhante, os livros e o sentimento de meditação. Mas às vezes a quietude não se fazia. Ele era jovem, e o sentimento terrível não desaparecia com o estudo.

Hamilton, Karl Marx, William e Portia tinham medo dele e olhavam para a mãe – e às vezes, quando ele se dava conta disso, o sentimento sinistro o dominava e ele não sabia mais o que estava fazendo.

Não conseguia parar com aquelas cenas terríveis e, depois que tudo passava, nunca as compreendia.

"Pra mim, esta janta aqui tá com certeza cheirando bem demais", disse Portia. "Acho que é melhor a gente comer agora, porque o Highboy e o Willie podem chegar de repente aí a qualquer minuto."

Dr. Copeland ajeitou os óculos e puxou sua cadeira para junto da mesa. "Onde é que seu marido e Willie passaram a noite?"

"Jogando ferradura. Um tal de Raymond Jones tem um lugar pra jogar ferradura no quintal dele. Esse Raymond e a irmã dele, a Love Jones, jogam toda noite. A Love é uma garota tão feia que eu não me importo que o Highboy e o Willie andem pela casa deles, quando dá na telha dos dois. Mas eles disseram que iam voltar pra me buscar às quinze pras dez, e eu tô esperando os dois a qualquer minuto."

"Antes que eu me esqueça", disse o dr. Copeland. "Imagino que você tenha notícias frequentes do Hamilton e do Karl Marx."

"Eu recebo umas notícias do Hamilton. Ele praticamente assumiu todo o trabalho na fazenda do nosso vô. Mas o Buddy, ele tá em Mobile – e o senhor sabe que ele nunca foi bom de escrever carta. O Buddy sempre tem um jeito tão doce com as pessoas que eu nunca fico preocupada com ele. Ele é do tipo que sempre se dá bem."

Sentaram-se em silêncio à mesa antes da ceia. Portia continuava a olhar para o relógio sobre o guarda-louça, porque era hora de Highboy e Willie chegarem. Dr. Copeland inclinou a cabeça sobre o prato. Segurou o garfo na mão como se fosse pesado, e seus dedos tremiam. Mal provou a comida, e a cada bocado engolia em seco. Havia uma atmosfera de tensão, era como se os dois quisessem puxar conversa.

Dr. Copeland não sabia como começar. Às vezes, ele pensava que tinha falado tanto nos anos anteriores para os filhos, e eles tinham compreendido tão pouco, que agora não havia mais nada a dizer. Depois de certo tempo, ele limpou a boca com o lenço e pediu, num tom de voz inseguro:

"Você quase não falou de si mesma. Conte-me sobre seu emprego e o que anda fazendo nos últimos tempos."

"Claro que eu ainda tô lá com os Kelly", disse Portia. "Mas eu vou te contar, pai, não sei até quando vou conseguir continuar com eles. O trabalho é duro e eu sempre levo muito tempo pra dar conta de tudo. Mas isso não me incomoda nada. Eu me preocupo é com o pagamento. Eu devia ganhar 3 dólares por semana — mas tem vez que a sra. Kelly deixa de me pagar 1 dólar ou 50 centavos da quantia inteira. Claro que ela sempre paga o que ficou faltando assim que consegue. Mas isso às vezes me deixa num aperto."

"Não está certo", disse o dr. Copeland. "Por que você aguenta isso?"

"Não é culpa dela. Ela não pode fazer nada", disse Portia. "Metade do pessoal naquela casa não paga o aluguel, e a despesa é muito grande pra manter tudo em dia. Vou contar a verdade — os Kelly tão mal e mal conseguindo evitar encrenca com a lei. Tão passando por maus bocados."

"Deve haver outro emprego para você."

"Eu sei. Mas os Kelly são realmente uns brancos muito bons pra trabalhar. Gosto de todos eles de todo o coração. Aqueles três pequenos são como da minha família. Sinto que eu realmente criei o Bubber e o bebê. E, mesmo se a Mick e eu sempre brigamos quando tamos juntas, tenho uma grande simpatia por ela também."

"Mas você deve pensar em si mesma", disse o dr. Copeland.

"A Mick, ora...", disse Portia. "Ela é um caso sério. Ninguém sabe como controlar essa criança. Ela é convencida e cabeça-dura até o último fio de cabelo. Alguma coisa acontece com ela o tempo todo. Eu tenho uma sensação estranha sobre essa criança. Acho que um dia desses ela vai realmente surpreender. Mas, se vai ser boa surpresa ou má surpresa, não sei. A Mick me intriga às vezes. Mas ainda assim eu realmente gosto dela."

"Você deve cuidar do próprio sustento primeiro."

"Como eu disse, não é culpa da sra. Kelly. Custa muito cuidar daquela velha casa enorme e o aluguel que não pagam. Só tem uma pessoa na casa que paga uma quantia decente pelo quarto dele e paga em dia, sem erro. E esse homem tá morando lá faz pouco tempo. É um surdo-mudo. É o primeiro deles que eu já vi de perto – mas ele é um homem branco muito fino."

"Alto, magro, com olhos verde-acinzentados?", perguntou o dr. Copeland de repente. "E sempre cortês com todos e muito bem-vestido? Não parece alguém desta cidade – mais como um homem do Norte ou talvez um judeu?"

"É ele", disse Portia.

A excitação invadiu o rosto do dr. Copeland. Ele esmagou seu bolinho de milho no molho da couve e começou a comer com novo apetite. "Tenho um paciente surdo-mudo", disse ele.

"Como é que o senhor conhece o sr. Singer?", perguntou Portia.

Dr. Copeland tossiu e cobriu a boca com o lenço. "Eu apenas o vi várias vezes."

"É melhor eu limpar tudo agora", disse Portia. "Tá mais que na hora do Willie e do meu Highboy. Mas, com essa pia perfeita e essa água corrente maravilhosa, eu lavo esses pratos num piscar de olhos."

A imperturbável insolência da raça branca era uma das coisas que ele tinha tentado manter afastadas de sua mente por anos. Quando o ressentimento o visitava, ele meditava e estudava. Nas ruas e entre os brancos, ele mantinha a dignidade em seu rosto e ficava sempre em silêncio. Quando mais jovem, era "menino" – mas agora era "tio". "Tio, corre até aquele posto de gasolina na esquina e me manda um mecânico." Um homem branco num carro tinha gritado aquelas palavras para ele havia pouco tempo. "Menino, me dá uma ajuda aqui." "Tio, faz isso." Ele nem escutava, e continuava a caminhar com sua dignidade, em silêncio.

Algumas noites atrás, um homem branco bêbado tinha se aproximado dele e começado a puxá-lo ao longo da rua. Ele carregava sua maleta e ficou certo de que alguém estava ferido. Mas o bêbado o enfiou num restaurante de brancos, e os homens no balcão tinham começado a gritar com toda a sua insolência. Ele sabia que o bêbado estava zombando dele. Mesmo assim, ele manteve sua dignidade.

Contudo, esse homem branco alto e magro de olhos verde-acinzentados tinha lhe feito algo que nunca antes nenhum outro homem branco lhe fizera.

Havia sido numa noite escura e chuvosa, várias semanas antes. Ele tinha acabado de atender uma paciente grávida e estava de pé parado na chuva, na esquina de uma rua. Tentava acender um cigarro e, um a um, os fósforos em sua caixa negavam fogo. Ele estava ali de pé com o cigarro não aceso na boca, quando o homem branco se aproximou e segurou para ele um fósforo aceso. No escuro, com a chama entre eles, os dois podiam ver o rosto um do outro. O homem branco sorriu e lhe acendeu o cigarro. Ele não sabia o que dizer, pois nada assim jamais lhe acontecera antes.

Ficaram parados juntos por alguns minutos na esquina da rua, e depois o homem branco lhe entregou seu cartão. Ele queria falar com o homem branco e fazer-lhe algumas perguntas, mas não sabia ao certo se ele conseguiria responder. Dada a insolência de toda a raça branca, ele tinha medo de perder sua dignidade sendo afável.

No entanto, o homem branco acendera seu cigarro e sorrira, e parecia querer estar com ele. Desde então, ele tinha pensado muitas vezes sobre esse acontecimento.

"Eu tenho um paciente surdo-mudo", disse o dr. Copeland para Portia. "O paciente é um menino de 5 anos. E, de certo modo, não consigo afastar o sentimento de que sou culpado pela sua deficiência. Fui eu que fiz o parto, e depois de duas visitas pós-parto me esqueci do menino. Ele teve um problema no ouvido, mas a mãe não prestou atenção às secreções e não o trouxe em consulta. Quando o caso finalmente se apresentou diante dos meus olhos, era tarde demais. É evidente que ele não escuta nada, e claro que por isso não consegue falar. Mas eu o tenho observado com cuidado, e me parece que, se fosse normal, ele seria uma criança muito inteligente."

"O senhor sempre se interessou muito pelas crianças pequenas", disse Portia. "O senhor gosta muito mais delas que dos adultos, né?"

"Há mais esperança na criança pequena", disse o dr. Copeland. "Mas esse menino surdo — tenho a intenção de fazer umas consultas e descobrir se existe alguma instituição que o aceitaria."

"O sr. Singer pode dizer isso pro senhor. Ele é um homem branco verdadeiramente bom, e nem um pouco arrogante."

"Não sei...", disse o dr. Copeland. "Pensei uma ou duas vezes em escrever uma nota para ele e ver se poderia me dar uma informação."

"Se eu fosse o senhor, eu escrevia. O senhor é um grande escritor de cartas e eu ia entregar a carta ao sr. Singer pro senhor", disse Portia. "Ele desceu pra cozinha faz duas ou três semanas com umas camisas pra eu lavar pra ele. Aquelas camisas estavam tão pouco sujas que era como se são João Baptista tivesse usado. O que eu precisei fazer foi só mergulhar as peças em água quente, dar umas esfregadelas nos colarinhos e passar a ferro. Mas naquela noite, quando eu levei as cinco camisas limpas até o quarto do sr. Singer, sabe quanto ele me deu?"

"Não."

"Ele sorriu como sempre e me entregou 1 dólar. Um dólar inteiro só por aquelas poucas camisas! Ele é um homem branco realmente bom e agradável, e eu não ia ter medo de fazer nenhuma pergunta pra ele. Nem ia me importar de escrever eu mesma uma carta pra esse homem branco gentil. Vai em frente e escreve, pai, se é isso que o senhor quer."

"Talvez eu escreva", disse o dr. Copeland.

Portia se endireitou na cadeira de repente e começou a arrumar seu cabelo oleoso e esticado. Escutava-se o som tênue de uma gaita, e então aos poucos a música se tornou mais forte. "O Willie e o Highboy tão chegando", disse Portia. "Eu tenho que sair pra encontrar os dois. Agora vê se o senhor se cuida bem, e me manda um recado se precisar de mim pra qualquer coisa. Eu gostei muito de jantar com o senhor e da nossa conversa."

A música da gaita era agora muito clara, e eles sabiam que Willie estava tocando à espera no portão da frente.

"Espere um minuto", disse o dr. Copeland. "Só vi seu marido com você umas duas vezes e acredito que nunca fomos realmente apresentados um ao outro. E faz três anos desde que o William visitou seu pai. Por que não diz pra eles entrarem um pouquinho?"

Portia estava na soleira da porta, passando os dedos nos cabelos e nos brincos.

"Na última vez que o Willie veio aqui, o senhor feriu os sentimentos dele. Sabe, o senhor não faz ideia de como..."

"Tudo bem", disse o dr. Copeland. "Era apenas uma sugestão."

"Espera", disse Portia. "Eu vou chamar os dois. Vou convidar eles pra entrarem agora."

Dr. Copeland acendeu um cigarro e caminhou de um lado para outro na cozinha. Ele não conseguia endireitar os óculos na posição correta e seus dedos continuavam a tremer. Do pátio da frente, vinha o som baixo de vozes. Depois passos pesados soaram no hall de entrada, e Portia, William e Highboy entraram na cozinha.

"Aqui tamos todos nós", disse Portia. "Highboy, acho que cê e meu pai nunca foram apresentados de verdade. Mas cês sabem quem é um e outro."

Dr. Copeland apertou a mão dos dois. Willie ficou para trás, tímido contra a parede, mas Highboy deu um passo à frente e se inclinou formalmente. "Sempre ouvi falar tanto do senhor", disse ele. "Um grande prazer conhecê-lo."

Portia e o dr. Copeland trouxeram cadeiras do hall de entrada, e os quatro se sentaram ao redor do fogão. Todos estavam em silêncio e pouco à vontade. Willie olhava nervoso ao redor — para os livros sobre a mesa da cozinha, para a pia, para o catre contra a parede, e para seu pai. Highboy sorria e mexia na gravata. Dr. Copeland parecia prestes a falar, mas então umedecia os lábios e continuava em silêncio.

"Willie, cê tava tocando muito bem sua gaita", disse Portia por fim. "Tô achando que cê e o Highboy entraram com gosto numa garrafa de gim."

"Não, senhora", disse Highboy, muito polido. "A gente não tomou nada desde sábado. A gente tava apenas curtindo nosso jogo de ferradura."

Dr. Copeland ainda não dizia uma palavra, e todos continuavam olhando para ele, à espera. A cozinha era pequena e o silêncio deixava todo mundo nervoso.

"Eu tenho o maior trabalho com as roupas desses meninos", disse Portia. "Eu lavo os ternos brancos deles todo sábado e passo a ferro duas vezes por semana. E olha pros dois agora. É claro que eles só usam os ternos quando chegam em casa do trabalho. Mas depois de dois dias, já parecem encardidos de tão imundos. Passei as calças ontem de noite, e agora já não tem mais nenhum vinco."

Mesmo assim, dr. Copeland continuava calado. Ele não desviava os olhos do rosto do filho, mas, quando percebeu seu olhar, Willie mordeu os dedos brutos e grossos e mirou os próprios pés. Dr. Copeland sentia a palpitação martelando nos pulsos e nas têmporas. Tossiu e levou o punho contra o peito. Queria falar ao seu filho, mas não conseguia pensar em nada para dizer. A velha amargura se agitava dentro dele, e não havia tempo para pensar e abafá-la com panos quentes. A pulsação martelava seu corpo, e ele estava confuso. Mas todos olhavam para ele, e o silêncio era tão forte que foi obrigado a falar.

Sua voz soou alta, como se não viesse de si mesmo. "William, eu me pergunto quanto de tudo o que falei pra você quando era pequeno ficou na sua mente."

"Não sei o que o senhor q-q-quer dizer", disse Willie.

As palavras vieram antes que o dr. Copeland soubesse o que falar. "Quero dizer que pra você, para o Hamilton e para o Karl Marx eu dei tudo o que havia dentro de mim. E depositei toda a minha confiança e esperança em vocês. E só o que recebo é pura incompreensão, indolência e indiferença. De tudo o que expliquei, nada restou. Só o que tentei fazer..."

"Calma", disse Portia. "Pai, o senhor me prometeu que a gente não ia brigar. É doideira. A gente não tem como ir em frente com essas brigas."

Portia se levantou e foi em direção à porta da frente. Willie e Highboy a seguiram rapidamente. Dr. Copeland foi o último a se mover.

Permaneceram no escuro diante da porta da frente. Dr. Copeland tentou falar, mas sua voz parecia perdida em algum recanto profundo de si mesmo. Willie, Portia e Highboy formavam um grupo unido.

Com um dos braços, Portia se agarrava ao marido e ao irmão, e com o outro procurava tocar no dr. Copeland. "Vamos todo mundo fazer as pazes antes de partir. Não aguento essas brigas entre a gente. A gente não pode brigar nunca mais."

Em silêncio, dr. Copeland apertou de novo a mão de cada um deles. "Lamento", disse ele.

"Tudo bem comigo", disse Highboy com gentileza.

"Tudo bem comigo também", resmungou Willie.

Portia segurava todas as mãos juntas. "A gente não tem como ir em frente com essas brigas."

Eles se despediram, e dr. Copeland os observou no escuro da varanda da frente, enquanto os três seguiam juntos pela rua. Seus passos se afastando soavam remotos, e ele se sentiu fraco e cansado. Quando já estavam a um quarteirão de distância, William começou a tocar a gaita de novo. A música era triste e vazia. Ele ficou na varanda da frente até não poder mais ver nem escutar os três.

Dr. Copeland apagou as luzes na casa e sentou-se no escuro diante do fogão. Mas a paz não descia sobre ele. Queria afastar Hamilton, Karl Marx e William de sua mente. Cada palavra que Portia lhe dissera voltava com estardalhaço e dureza à memória. Ele se levantou de repente e acendeu a luz. Acomodou-se junto à mesa com seus livros de Spinoza, William Shakespeare e Karl Marx. Quando lia Spinoza em voz alta para si mesmo, as palavras tinham um som intenso e obscuro.

Dr. Copeland pensou no homem branco de quem eles tinham falado. Seria bom se o homem branco pudesse ajudá-lo no caso de Augustus Benedict Mady Lewis, o paciente surdo. Seria bom escrever ao homem branco mesmo sem ter esse motivo e essas perguntas a fazer. Dr. Copeland segurou a cabeça entre as mãos, e de sua garganta saiu o estranho som semelhante a um lamento cantado. Ele se lembrava do rosto do homem branco sorrindo por trás da chama amarela do fósforo naquela noite chuvosa – e a paz se fez dentro dele.

6

Na metade do verão, Singer já recebia mais visitantes que qualquer outra pessoa na casa. De seu quarto, à noite, chegava quase sempre o som de uma voz. Depois do jantar no New York Café, ele tomava banho, vestia um de seus elegantes roupões e em geral não saía mais de casa. O quarto era fresco e agradável. Ele tinha uma geladeira no closet onde guardava garrafas de cerveja gelada e drinques de frutas. Singer nunca estava ocupado ou com pressa. E sempre recebia seus convidados na porta com um sorriso acolhedor.

Mick gostava muito de subir até o quarto do sr. Singer. Mesmo sendo um surdo-mudo, ele compreendia cada palavra que ela lhe dizia. Falar com ele era como um jogo. Só que abrangia muito mais coisas que qualquer jogo. Era como descobrir coisas novas sobre música. Mick lhe contava alguns dos planos que ela não contaria a mais ninguém. Ele deixava que ela mexesse em suas lindas peças de xadrez. Certa vez, quando ela estava agitada e a barra de sua camisa ficou presa no ventilador, ele agiu de maneira tão gentil que ela nem se sentiu envergonhada. Depois de seu pai, o sr. Singer era o homem mais encantador que ela conhecia.

Quando escreveu a nota a John Singer sobre Augustus Benedict Mady Lewis, dr. Copeland recebeu uma resposta polida e um convite para visitá-lo quando surgisse uma oportunidade. Dr. Copeland entrou pelos fundos da casa e sentou-se com Portia na cozinha por algum tempo. Depois subiu as escadas até o quarto do homem branco. Não havia absolutamente nem uma gota de muda insolência naquele homem. Eles tomaram limonada juntos e Singer escreveu a resposta às perguntas que o doutor desejava esclarecer. Aquele homem era diferente de qualquer outra pessoa da raça branca que o dr. Copeland já conhecera. Mais tarde, ele refletiu sobre o homem branco por muito tempo. Depois de alguns dias, como tinha sido convidado de maneira cordial a voltar, o dr. Copeland fez outra visita.

Jake Blount vinha toda semana. Quando subia até o quarto de Singer, a escada inteira sacolejava. Chegava em geral com um saco de papel cheio de cervejas. Muitas vezes, escutava-se sua voz alta e zangada saindo do quarto. Contudo, antes de ir embora, sua voz ia se aquietando aos poucos. Quando descia as escadas, ele já não carregava o saco de cervejas e saía caminhando pensativo, sem parecer notar para onde estava indo.

Até Biff Brannon veio ao quarto do mudo certa noite. Mas, como não podia ficar muito tempo afastado do restaurante, saiu depois de meia hora.

Singer era sempre o mesmo com todo mundo. Sentava-se na cadeira de espaldar reto perto da janela com as mãos enfiadas nos bolsos e acenava com a cabeça ou sorria para mostrar aos convidados que ele compreendia.

Se não tinha nenhuma visita à noite, Singer ia a uma sessão de cinema. Gostava de relaxar e observar os atores falando e andando na tela. Ele nunca prestava atenção no título de um filme antes de entrar no cinema, e, fosse qual fosse a película, observava cada cena com igual interesse.

Então, certo dia de julho, Singer foi embora de repente, sem avisar. Deixou a porta do quarto aberta, e sobre a mesa, num envelope endereçado à sra. Kelly, havia 4 dólares pelo aluguel da semana anterior. Seus poucos objetos pessoais tinham sumido e o quarto estava muito limpo e vazio. Quando chegaram e viram esse quarto sem nada, os visitantes foram embora com uma surpresa magoada. Ninguém podia imaginar por que ele teria saído daquele jeito.

Singer passou todo o período de suas férias de verão na cidade onde Antonapoulos estava internado no hospício. Ao longo dos meses, ele tinha planejado essa viagem e imaginado cada momento que passariam juntos. Sua reserva no hotel foi feita com duas semanas de antecedência, e por muito tempo ele tinha carregado no bolso a passagem de trem guardada num envelope.

Antonapoulos não estava nem um pouco mudado. Quando Singer entrou em seu quarto, ele veio com passos lentos e descansados ao encontro do amigo. Estava ainda mais gordo que antes, mas o sorriso sonhador em seu rosto continuava o mesmo de sempre. Singer tinha alguns pacotes nos braços, e eles foram os primeiros a receber toda a atenção do enorme grego. Os presentes eram um roupão vermelho, pantufas macias e dois pijamas com monogramas. Antonapoulos vasculhou embaixo de todos os papéis de seda nas caixas com muito cuidado. Quando viu que ali não havia nada de bom para comer, jogou os presentes com desdém sobre a cama e não se preocupou mais com eles.

O quarto era grande e ensolarado. Havia várias camas espaçadas numa fileira. Três velhos jogavam cartas num canto. Não prestavam atenção em Singer ou Antonapoulos, e os dois amigos se sentaram sozinhos no outro lado do quarto.

Parecia a Singer que tinham se passado anos desde o tempo em que viviam juntos. Havia tantas coisas a falar que suas mãos não conseguiam modelar os sinais com bastante rapidez. Seus olhos verdes ardiam e o suor brilhava em sua testa. O antigo sentimento de alegria e felicidade voltava-lhe com tanto ardor que ele não conseguia se controlar.

Antonapoulos mantinha seus olhos escuros e untuosos cravados no amigo e não se movia. Suas mãos apalpavam, lânguidas, a braguilha das calças. Singer lhe contou, entre outras coisas, sobre os visitantes que vinham falar com ele. Disse ao amigo que eles ajudavam a afastar de sua mente o sentimento de solidão. Contou a Antonapoulos que eram pessoas estranhas e sempre faladoras — mas que ele gostava de suas visitas. Traçou rápidos esboços de Jake Blount, de Mick e do dr. Copeland. Depois, quando percebeu que Antonapoulos não estava interessado, Singer deixou os esboços de lado e não pensou mais neles. Quando o atendente entrou para dizer que seu tempo estava esgotado, Singer ainda não tinha contado nem metade das coisas que queria dizer. Mas saiu do quarto muito cansado e feliz.

Os pacientes podiam receber seus amigos apenas às quintas-feiras e aos domingos. Nos dias em que não podia estar com Antonapoulos, Singer andava de um lado para outro em seu quarto do hotel.

A segunda visita ao amigo foi como a primeira, só que os velhos no quarto os observavam com apatia e não jogavam cartas.

Depois de muita insistência, Singer conseguiu permissão para levar Antonapoulos junto com ele num passeio de poucas horas. Planejou com antecedência cada detalhe da pequena excursão. Eles se dirigiram para o campo num táxi e depois, às quatro e meia, entraram na sala de jantar do hotel. Antonapoulos sentiu um grande prazer com sua refeição extra. Pediu metade dos pratos no cardápio e comeu com muita voracidade. Mas, quando terminou, não queria ir embora. Agarrou-se à mesa. Singer procurava convencê-lo, e o motorista do táxi achava melhor usar a força. Antonapoulos continuava sentado impassível e fazia gestos obscenos quando eles chegavam perto demais. Por fim, Singer comprou uma garrafa de uísque do gerente do hotel, e com esse engodo induziu o amigo a entrar no táxi. Quando Singer atirou a garrafa fechada pela janela, Antonapoulos chorou de desapontamento e raiva. O fim da pequena excursão deixou Singer muito triste.

A visita seguinte era a última, pois suas férias de duas semanas estavam quase no fim. Antonapoulos tinha esquecido o que acontecera. Eles se sentaram no mesmo canto do quarto. Os minutos transcorriam velozes. As mãos de Singer falavam desesperadamente, e seu rosto estreito estava muito pálido. Por fim, chegou a hora de partir. Ele segurou o amigo pelo braço e olhou bem no seu rosto, como costumava fazer quando eles se despediam todos os dias antes do trabalho. Antonapoulos o fitou sonolento e não se moveu. Singer deixou o quarto com as mãos bem enfiadas nos bolsos.

Logo depois que Singer voltou a seu quarto na pensão, Mick, Jake Blount e dr. Copeland retomaram suas visitas. Cada um deles queria saber onde é que ele tinha estado e por que não lhes falara de seus planos. Mas Singer fingia que não compreendia as perguntas, e seu sorriso era inescrutável.

Um a um, eles vinham ao quarto de Singer para estar com ele

à noite. O mudo era sempre atento e sereno. Seus olhos delicados, de vários matizes, brilhavam graves como os de um feiticeiro. Mick Kelly, Jake Blount e dr. Copeland vinham e falavam no quarto silencioso – pois sentiam que o mudo sempre compreendia qualquer coisa que tivessem vontade de lhe dizer. E talvez até mais que isso.

Parte dois

1

Aquele verão estava sendo diferente de qualquer outra época de que Mick se lembrava. Não acontecia nada de grande importância que ela pudesse descrever para si mesma em pensamentos e palavras – mas havia a sensação contínua de mudança. Ela estava sempre agitada. De manhã, mal podia esperar para sair da cama e começar o dia. E, de noite, sentia um ódio mortal por ter de dormir de novo.

Logo depois do café da manhã, ela saía com os pequenos e, a não ser pelas refeições, eles passavam fora quase todo o dia. Boa parte do tempo, os três apenas andavam à toa pelas ruas – Mick puxando o carrinho de Ralph, e Bubber seguindo logo atrás. Ela estava sempre ocupada com seus pensamentos e planos. Às vezes, levantava os olhos de repente e percebia que os três estavam bem longe, em alguma parte da cidade que ela nem sequer reconhecia. E uma ou duas vezes toparam com Bill nas ruas, e ela estava tão mergulhada em seus pensamentos que ele teve de agarrá-la pelo braço para que ela o visse.

De manhã cedo havia um pouco de ar fresco, e as sombras dos três se esticavam, compridas, na calçada diante deles. No meio do dia, entretanto, o céu sempre ardia de tão quente. O brilho era tão intenso que era difícil até manter os olhos abertos. Seus planos sobre o que lhe aconteceria no futuro em geral se misturavam com gelo e neve. Às vezes, era como se estivesse na Suíça com todas as montanhas cobertas de neve, e ela patinando sobre o gelo frio e esverdeado. O sr. Singer estaria patinando com ela. E talvez Carole Lombard ou Arturo

Toscanini, que tocava no rádio. Eles patinavam juntos e então o sr. Singer caía dentro do gelo e ela mergulhava sem pensar no perigo, nadava embaixo do gelo e salvava sua vida. Esse era um dos planos que sempre se desenrolavam em sua mente.

Em geral, depois que tinham caminhado por algum tempo, ela estacionava Bubber e Ralph em algum lugar na sombra. Bubber era um garoto legal, e ela o educara muito bem. Se lhe dissesse para não se afastar de Ralph a ponto de não poder escutar seus gritos, ela nunca o encontraria jogando bolinhas de gude com outros garotos a dois ou três quarteirões de distância. Ele brincava sozinho perto do carrinho, e quando os deixava em algum lugar, ela não tinha de se preocupar muito. Ela ou ia à biblioteca para folhear a *National Geographic* ou então apenas zanzava ali por perto e pensava um pouco mais. Se tivesse algum dinheiro, comprava um refrigerante ou uma barra de chocolate no café do sr. Brannon. Ele dava descontos às crianças. Vendia-lhes coisas de 5 centavos por 3 centavos.

Contudo, o tempo todo – não importava o que estivesse fazendo – Mick ouvia música em sua cabeça. Às vezes, ela cantarolava para si mesma enquanto caminhava, e outras vezes escutava em silêncio as canções dentro de si. Havia todos os tipos de música em seus pensamentos. Músicas que tinha ouvido no rádio, e músicas que já estavam em sua mente sem que jamais se lembrasse de ter escutado essas melodias em algum lugar.

À noite, assim que as crianças iam para a cama, ela ficava livre. Esse era o momento mais importante de todos. Muitas coisas aconteciam quando ela estava sozinha e no escuro. Pouco depois do jantar, ela saía correndo de casa outra vez. Não contava a ninguém sobre o que fazia à noite e, quando sua mãe lhe perguntava, ela respondia com qualquer historinha que parecesse razoável. Mas, na maioria das vezes, se alguém a chamasse, ela apenas saía correndo como se não tivesse escutado. Isso acontecia com qualquer um que não fosse seu pai. Alguma coisa na voz dele a impedia de fugir de sua presença. Seu pai era um dos homens mais altos e fortes de toda a cidade. Mas sua voz era tão calma e bondosa que as pessoas se surpreendiam quando ele falava. Por mais pressa que tivesse no momento, Mick sempre parava quando seu pai a chamava.

Naquele verão, ela compreendeu uma coisa sobre seu pai que nunca tinha percebido antes. Até então, nunca pensara nele como sendo uma pessoa realmente única, separada dos outros. Muitas vezes ele a chamava. Ela entrava no quarto da frente onde ele trabalhava e ficava a seu lado por alguns minutos – mas, enquanto o ouvia, sua mente nunca estava atenta ao que ele lhe dizia. Então, certa noite, de repente ela tomou consciência de seu pai. Nada inusitado aconteceu naquela noite, e ela nunca soube o que a fez compreender. Mais tarde, sentiu-se mais velha, e teve a impressão de que conhecia o pai tanto quanto conhecia qualquer outra pessoa.

Foi numa noite no final de agosto, e ela estava no meio de uma grande correria. Tinha de estar numa determinada casa às nove horas, não podia nem pensar em não ir. Seu pai chamou e ela entrou no quarto da frente. Ele estava afundado sobre sua bancada. Por alguma razão, nunca parecia natural ver o pai ali. Até o acidente no ano passado, ele tinha sido pintor e carpinteiro. Antes de cada amanhecer, saía de macacão para passar o dia todo fora de casa. Depois, à noite, ele às vezes ficava mexendo em relógios como um trabalho extra. Tentou várias vezes conseguir emprego numa joalheria onde pudesse passar o dia sentado sozinho diante de uma mesa, com uma camisa branca limpa e gravata. Agora, quando não podia mais exercer o ofício de carpinteiro, ele tinha posto na frente da casa um cartaz com o letreiro "CONSERTO BARATO DE RELÓGIOS EM GERAL E DE RELÓGIOS DE PULSO". Mas ele não se parecia com a maioria dos joalheiros – os do centro da cidade eram judeus baixos, obscuros e astutos. Seu pai era alto demais para sua bancada, e seus grandes ossos pareciam articulados de maneira frouxa.

O pai apenas a fitou. Ela percebeu que ele não tinha nenhum motivo para chamá-la. Apenas queria muito conversar com ela. Seus olhos castanhos eram grandes demais para o rosto longo e magro, e, como ele tinha perdido todo e qualquer fio de cabelo, o topo pálido de sua careca lhe dava uma aparência nua. Ele ainda olhava para a filha sem falar, e ela estava com muita pressa. Mick precisava estar naquela casa às nove em ponto, e não havia tempo a perder. O pai viu que ela estava com pressa e pigarreou.

"Tenho algo pra você", disse ele. "Não é grande coisa, mas talvez você consiga comprar um mimo com isso."

Ele não precisava dar a Mick nenhuma moeda de 5 ou 10 centavos só porque estava se sentindo solitário e queria conversar. Do que ganhava, ele guardava apenas o suficiente para tomar cerveja uma ou duas vezes por semana. Duas garrafas estavam no chão ao lado de sua cadeira, uma vazia e a outra recém-aberta. E, sempre que bebia cerveja, ele queria falar com alguém. O pai mexeu no cinto e ela desviou o olhar. Naquele verão, ele estava se comportando como um garoto, escondendo as moedas de 5 e 10 centavos que guardava para si mesmo. Às vezes, ele as escondia nos sapatos e outras vezes numa pequena ranhura que tinha cortado em seu cinto. Ela nem desejava tanto receber os 10 centavos, mas, quando ele lhe estendeu a moeda, sua mão já estava como que naturalmente aberta e pronta para pegá-la.

"Tenho tanto trabalho pra fazer que nem sei por onde começar", disse ele.

Era exatamente o contrário da verdade, e ele sabia disso muito bem, tanto quanto ela. Nunca tinha muitos relógios para consertar, e, quando terminava, ele ficava andando pela casa fazendo qualquer pequena tarefa que fosse necessária. Depois, à noite, ele se sentava à sua bancada, limpando molas e rodinhas velhas e tentando esticar o trabalho até a hora de dormir. Desde que quebrara o quadril e não tinha mais trabalho regular, ele achava que precisava fazer alguma coisa a todo minuto.

"Estive pensando bastante esta noite", disse o pai. Serviu sua cerveja e jogou uns grãos de sal nas costas da mão. Lambeu o sal e tomou um gole do copo.

Ela estava com tanta pressa que era difícil ficar parada. O pai percebeu e tentou dizer alguma coisa – mas não a chamara ali para dizer nada de especial. Ele apenas queria conversar um pouco com Mick. O pai começou a falar e engoliu em seco. Os dois apenas se olharam. O silêncio se encompridou e nenhum deles conseguia dizer uma palavra.

Foi então que ela tomou consciência de seu pai. Não foi como se estivesse aprendendo um fato novo – mas algo que soubera desde sempre, de todas as maneiras, só que não com o cérebro. Ela apenas *compreendeu* de repente que conhecia seu pai. Ele era solitário e um homem velho. Já que nenhum dos filhos o procurava querendo alguma coisa, e, como ele não ganhava muito dinheiro, o pai se sentia como que cortado da família. E em sua solidão ele queria estar perto de um dos filhos – e eles estavam todos tão ocupados que nem percebiam. Ele sentia que não tinha mais grande utilidade para ninguém.

Ela compreendeu tudo isso enquanto olhavam um para o outro. E isso lhe infundiu um sentimento estranho. O pai pegou a mola de um relógio e a limpou com uma escova molhada com gasolina.

"Sei que você está com pressa. Apenas gritei chamando pra dizer alô."

"Não, eu não estou com pressa nenhuma", disse ela. "Sério."

Naquela noite, ela se sentou numa cadeira ao lado da bancada e eles conversaram por algum tempo. Ele falou sobre contas e despesas, e como as coisas teriam sido se ele tivesse conduzido tudo de modo diferente. Bebeu cerveja, e uma vez as lágrimas encheram seus olhos e ele fungou contra a manga da camisa. Ela ficou com o pai bastante tempo naquela noite. Mesmo tendo toda a pressa do mundo. Entretanto, por alguma razão ela não podia lhe contar sobre o que havia em sua mente – sobre as noites quentes e escuras.

Essas noites eram secretas, e a parte mais importante de todo o verão. No escuro, Mick caminhava sozinha, como se fosse a única pessoa na cidade. Quase todas as ruas passaram a ser tão familiares para ela à noite quanto o próprio quarteirão de sua casa. Alguns garotos tinham medo de caminhar por lugares estranhos no escuro, mas ela não. As meninas temiam que um homem surgisse de algum lugar e enfiasse sua mangueira nelas como se fossem casados. A maioria das garotas era maluca. Se uma pessoa do tamanho de Joe Louis ou Mountain Man Dean saltasse sobre ela querendo brigar, ela sairia correndo. Mas, se não fosse alguém que pesasse pelo menos 9 quilos mais que ela, Mick lhe daria um bom soco e seguiria adiante.

As noites eram maravilhosas, e ela não tinha tempo para se preocupar com esses temores. Sempre que estava no escuro, pensava sobre música. Enquanto andava ao longo das ruas, ela cantava para si mesma. E sentia como se toda a cidade escutasse, sem saber que era Mick Kelly cantando.

Ela aprendeu muito sobre música durante essas noites livres no verão. Quando adentrava as zonas ricas da cidade, toda casa tinha um rádio. Todas as janelas ficavam abertas, e ela podia escutar a música maravilhosa. Depois de algum tempo, Mick sabia quais casas sintonizavam os programas que ela queria escutar. Havia uma casa em especial que transmitia todas as boas orquestras. E à noite ela ia até essa casa e entrava sorrateira no pátio escuro para ouvir a música. Havia belos arbustos ao redor da casa, e ela se sentava embaixo de um deles, perto da janela. Depois de tudo terminado, ela ficava no pátio escuro com as mãos nos bolsos e pensava por um longo tempo. Essa era a parte mais real de todo o verão – quando ela escutava música no rádio e ficava estudando sobre o que ouvia.

"*Cierra la puerta, señor*", disse Mick.

Bubber era afiado como um espinho pontudo. "*Hágame usted el favor, señorita*", respondeu de volta.

Era formidável estudar espanhol na escola técnica. Falar uma língua estrangeira lhe provocava uma sensação estranha, como se ela tivesse andado por muitos lugares. Toda tarde, desde o início das aulas, ela se divertia falando as novas palavras e expressões espanholas. Primeiro, Bubber ficava perplexo, e era engraçado observar seu rosto quando ela empregava a língua estrangeira. Depois ele as pegou com rapidez e, em pouco tempo, conseguia imitar tudo o que ela dizia, além de se lembrar das palavras que aprendia. Claro que ele não sabia o que todas as frases significavam, mas de qualquer maneira ela não as pronunciava por seu sentido. Passado algum tempo, o garoto aprendeu tão rápido que ela esgotou o espanhol e passou a tagarelar com sons inventados. Mas não demorou para que ele descobrisse seu truque – ninguém conseguia enganar o velho Bubber Kelly.

"Vou fingir que eu tô entrando aqui em casa pela primeira vez", disse Mick. "Então vou saber melhor se todas as decorações estão legais ou não."

Ela saiu para o alpendre e depois voltou e parou no meio do hall de entrada. Ela, Bubber, Portia e seu pai tinham passado o dia inteiro arrumando o hall e a sala de jantar para a festa. A decoração consistia em folhas do outono, trepadeiras e papel crepom vermelho. Sobre o consolo da lareira na sala de jantar, e grudadas mais para cima atrás do cabide de chapéus, havia folhas de um amarelo vivo. Eles tinham estendido as trepadeiras ao longo das paredes e sobre a mesa onde ficaria a tigela do ponche. O papel crepom vermelho pendia em longas franjas de cima do consolo da lareira e também dava voltas ao redor dos espaldares das cadeiras. O ambiente estava bem decorado. Estava tudo bonito.

Ela esfregou a mão na testa e semicerrou os olhos. Bubber estava ao seu lado e copiava cada movimento que ela fazia. "Eu quero muito que essa festa dê certo. Muito mesmo."

Aquela ia ser a primeira festa que ela daria. Ela não tinha ido a mais de quatro ou cinco festas. No verão passado, tinha ido ao baile da escola. Mas nenhum dos garotos a tinha convidado para ir ou tirou-a para dançar. Ela apenas permaneceu ao lado da tigela de ponche até todos os comes e bebes acabarem, e então foi para casa. Essa festa não ia ser nada disso. Em algumas horas, os convidados começariam a chegar e a farra teria início.

Era difícil lembrar como lhe ocorrera a ideia dessa festa. A intenção brotou em sua mente logo depois que Mick começou a estudar na escola técnica. A escola secundária era maravilhosa. Tudo era bem diferente da escola ginasial. Ela não teria gostado tanto se tivesse de fazer o curso de estenografia como Hazel e Etta — mas conseguiu uma permissão especial e ingressou na oficina mecânica, como se fosse um menino. Oficina, álgebra e espanhol eram matérias formidáveis. Inglês, extremamente difícil. Sua professora de inglês era a srta. Minner. Todo mundo dizia que a srta. Minner tinha vendido seu cérebro a um médico famoso por 10 mil dólares, para que depois de sua morte ele cortasse tudo e descobrisse por que ela era tão inteligente. Nas lições escritas, ela propunha questões como "Nomeie oito contemporâneos famosos do dr. Johnson", e "Cite dez frases de *O vigário de Wakefield*". Ela chamava os alunos pela lista em ordem alfabética e mantinha seu diário de classe aberto durante as aulas. E, mesmo sendo intelectual, ela era uma velha rabugenta. A professora de espanhol tinha feito uma viagem para a Europa. Dizia que na França as pessoas levavam os pães para casa sem terem sido embrulhados. Paravam para conversar nas ruas e batiam com o pão no poste de luz. E não havia água na França – apenas vinho.

 De quase todas as maneiras, a escola técnica era maravilhosa. Os estudantes zanzavam de um lado para outro no corredor entre as aulas, e no recreio eles se agrupavam no ginásio de esportes. Essa era uma coisa que logo começou a incomodá-la. Nos corredores, os alunos andavam para cima e para baixo juntos, e todo mundo parecia pertencer a alguma turma especial. Em uma ou duas semanas, ela conhecia gente nos corredores e nas aulas com quem podia conversar – mas nada mais que isso. Não fazia parte de nenhuma turma. Na escola ginasial, bastava ela se aproximar de qualquer grupo do qual desejasse participar, e a questão terminaria por aí. Nessa outra escola, era diferente.

 Durante a primeira semana, ela andou de um lado para outro sozinha nos corredores e pensou a respeito disso. Imaginava modos de ingressar em alguma turma quase tanto quanto pensava na música. Essas duas ideias pairavam em sua cabeça o tempo todo. E, finalmente, ela teve a ideia da festa.

 Ela foi rigorosa com os convites. Ninguém da escola ginasial e ninguém com menos de 12 anos. Convidou apenas gente entre 13 e 15 anos. Conhecia todos os convidados bastante bem a ponto de falar com eles nos corredores – e quando não sabia seus nomes, perguntava para descobrir. Ligou para todos que tinham telefone, e o resto ela convidou na escola.

 No telefone, ela sempre dizia a mesma coisa. Deixava Bubber encostar a orelha para ouvir a conversa. "Aqui é Mick Kelly", dizia. Se eles não compreendessem seu nome, ela o repetia até entenderem. "Vou dar uma festa no sábado à noite, às oito horas, e estou ligando pra te convidar. Eu moro no 103 da rua 4, no apartamento A." Esse apartamento A soava bem no telefone. Quase todo mundo dizia que teria muito prazer em comparecer. Alguns valentões tentaram ser espertos e não paravam de perguntar qual era seu nome. Um deles tentou ser engraçadinho e disse: "Eu não te conheço". Ela respondeu na lata: "Ora, vai pastar!". Fora esse garoto metido a besta, havia dez meninos e dez meninas, e ela sabia que todos viriam. Era uma festa de verdade, e seria melhor e diferente de qualquer festa da qual ela já tivesse participado ou ouvido falar.

Mick examinou o hall e a sala de jantar uma última vez. Ao lado do cabide de chapéus, parou diante do retrato do Velho Cara-Suja. Era uma foto do avô de sua mãe. Ele havia sido major na época da Guerra Civil e tinha morrido numa batalha. Uma criança certa vez desenhara óculos e uma barba sobre a foto, e, quando as marcas do lápis foram apagadas, o riscado deixou a cara toda suja. Era por isso que ela o chamava de Velho Cara-Suja. O retrato estava no meio de um quadro com três partes. Nos dois lados, viam-se as fotos de seus filhos. Pareciam ter mais ou menos a idade de Bubber. Estavam de uniforme e havia um tom de surpresa no rosto deles. Também tinham sido mortos em batalha, muito tempo atrás.

"Vou tirar esses retratos da parede pra festa. Acho que parecem muito ordinários, você não acha?"

"Não sei", disse Bubber. "Nós somos ordinários, Mick?"

"*Eu* não sou."

Ela pôs o retrato embaixo do cabide de chapéus. A decoração estava uma beleza. O sr. Singer ficaria encantado quando voltasse para casa. As salas pareciam muito vazias e silenciosas. A mesa estava arrumada para o jantar. E então, depois da refeição, estaria na hora da festa. Ela entrou na cozinha para conferir os petiscos.

"Você acha que vai dar tudo certo?", perguntou a Portia.

Portia estava fazendo biscoitos. Os comes e bebes estavam em cima do fogão. Havia sanduíches de geleia com pasta de amendoim, biscoitos de chocolate e o ponche. Os sanduíches estavam cobertos com um pano de prato úmido. Ela deu uma espiada, mas não pegou nenhum deles.

"Já falei procê umas quarenta vezes que vai dar tudo certo", disse Portia. "Assim que eu voltar, depois de cuidar do jantar lá em casa, vou vestir aquele avental branco e servir a comida com muita classe. Aí vou sair correndo daqui lá pelas nove e meia. É noite de sábado, e o Highboy, o Willie e eu, a gente também temos um programa."

"Claro", disse Mick. "Só quero que você dê uma ajudinha até as coisas engrenarem — sabe."

Ela voltou atrás e pegou um dos sanduíches. A seguir, fez Bubber ficar com Portia e entrou no quarto do meio. O vestido que usaria estava estendido sobre a cama. Hazel e Etta tinham sido generosas em lhe emprestar suas melhores roupas — levando em conta que não deveriam participar da festa. Mick usaria o vestido longo de Etta para noite, todo de crepe azul, escarpins brancos e uma tiara de *strass* para o cabelo. As roupas eram realmente maravilhosas. Era difícil imaginar como ficaria Mick Kelly dentro delas.

O fim da tarde já se aproximava, e o sol filtrava longos raios oblíquos e amarelados pela janela. Se ela levasse duas horas se vestindo para a festa, era melhor começar já. Quando pensou em vestir as roupas finas, não conseguiu mais ficar à toa esperando o momento. Muito lentamente, entrou no banheiro, tirou seu velho short e a camisa e abriu a torneira. Esfregou as partes ásperas dos calcanhares, dos joelhos e principalmente dos cotovelos. Fez o banho demorar bastante tempo.

Correu nua para o quarto do meio e começou a se vestir. Enfiou a roupa íntima de seda e as meias finas. Até pôs um dos sutiãs de Etta só por brincadeira. Então, com muito cuidado, entrou no vestido e calçou os escarpins. Era a primeira vez que ela usava um vestido para noite. Permaneceu um longo tempo diante do espelho. Ela era tão alta que o vestido só chegava até 5 ou 7 centímetros acima de seus tornozelos — e os sapatos estavam tão apertados que a machucavam. Ela ficou se observando na frente do espelho por muito tempo e finalmente decidiu que ou parecia uma tola, ou então estava muito bela. Ou uma coisa ou outra.

Tentou pentear o cabelo de seis maneiras diferentes. Os cachos eram meio complicados, por isso Mick molhou a franja e grudou na testa três caracóis em espiral. Por fim, enfiou a tiara de *strass* no cabelo e pôs muito batom e maquiagem. Quando terminou, levantou o queixo e semicerrou os olhos como uma estrela do cinema. Devagar, virou o rosto de um lado para outro. Era belo, ela estava — simplesmente bela.

Não se sentia como ela própria de jeito nenhum. Era alguém totalmente diferente de Mick Kelly. Ainda faltavam duas horas para a festa começar, e ela estava com vergonha de que alguém da família a visse toda arrumada com tanta antecedência. Entrou de novo no banheiro e trancou a porta. Não podia amassar o vestido sentando-se, por isso depois ficou de pé no meio do quarto. As paredes muito próximas pareciam comprimir toda a sua excitação. Ela se sentia tão diferente da velha Mick Kelly que sabia que aquilo seria melhor que qualquer outra coisa em toda a sua vida — essa festa.

"Viva! O ponche!"
"O vestido mais bonitinho..."
"Me conta! Você conseguiu resolver a questão do triângulo 46 por 20..."
"Deixa eu passar! Sai do meu caminho!"
A porta da frente batia a cada segundo, enquanto as pessoas se aglomeravam dentro da casa. Vozes agudas e vozes doces soavam juntas, até se escutar apenas um rugido estrondoso. As meninas se juntavam em grupos, em seus finos vestidos longos para noite, e os meninos zanzavam ao redor com suas calças limpas de algodão grosso, seus uniformes do corpo de treinamento de oficiais da reserva ou seus novos ternos escuros de outono. Havia tanta agitação que Mick não conseguia perceber nenhum rosto ou pessoa individual. Ela estava ao lado do cabide de chapéus e olhava ao redor para o panorama geral da festa.
"Todo mundo pode ir pegando um cartão de dança e passeio e tratando de se inscrever."
A princípio, a sala estava barulhenta demais para qualquer um escutar e prestar atenção. Os meninos se apinhavam de tal maneira ao redor da tigela do ponche que a mesa e as trepadeiras nem aparecem. Apenas o rosto de seu pai se elevava acima da cabeça dos meninos, enquanto ele sorria e servia o ponche em pequenos copos de papel. Sobre o banco do cabide de chapéus ao seu lado havia um pote de balas e dois lenços. Algumas meninas pensaram que era seu aniversário, e ela lhes agradecera e abrira os presentes sem lhes dizer que só faria 14

anos dali a oito meses. Todos estavam tão limpos, frescos e bem vestidos quanto ela. Cheiravam bem. Os meninos tinham o cabelo esticado na cabeça, molhado e liso. As meninas, com seus vestidos longos multicoloridos, se agrupavam e pareciam um buquê brilhante de flores. O começo se mostrava maravilhoso. O início da festa estava indo bem.

"Sou em parte escocesa, irlandesa e francesa e..."

"Eu tenho sangue alemão..."

Ela gritou algo sobre os cartões de dança mais uma vez antes de entrar na sala de jantar. Logo eles começaram a se amontoar na sala, vindos do saguão. Cada pessoa pegou um cartão de dança e todos se alinharam em grupos contra as paredes da sala. Agora é que vinha o verdadeiro início da folia.

Aconteceu repentinamente de modo muito estranho – o silêncio. Os meninos estavam juntos num dos lados da sala e as meninas, do outro, na frente deles. Por alguma razão, todos pararam de fazer barulho ao mesmo tempo. Os meninos seguravam seus cartões e olhavam para as meninas, e a sala ficou muito quieta. Nenhum dos meninos começou a procurar seu par na dança, como deveriam fazer. O silêncio terrível se tornava cada vez pior, e ela não tinha participado de tantas festas para saber o que deveria fazer. Então os meninos começaram a se socar e conversar. As meninas davam risadinhas nervosas – porém, mesmo não olhando para os meninos, dava para ver que só pensavam se seriam populares ou não. O silêncio terrível desapareceu, mas havia uma agitação ansiosa na sala.

Depois de algum tempo, um menino se aproximou de uma menina chamada Delores Brown. Assim que a registrou para a dança, todos os outros garotos se precipitaram sobre Delores ao mesmo tempo. Quando o cartão dela ficou cheio, partiram para outra menina, chamada Mary. Daí, de repente, tudo parou de novo. Uma ou duas outras meninas tiveram algumas danças marcadas – e, como Mick estava dando a festa, três meninos se aproximaram dela. Só isso.

As pessoas simplesmente andavam pela sala de jantar e pelo saguão. Os meninos se aglomeravam mais ao redor da tigela do ponche e tentavam se exibir uns para os outros. As meninas se juntavam e riam bastante para fingir que estavam se divertindo muito. Os meninos pensavam sobre as meninas e as meninas pensavam sobre os meninos. Mas o que saía de tudo isso era uma sensação esquisita na sala.

Foi então que ela começou a notar Harry Minowitz. Ele morava na casa ao lado e ela o conhecia desde que se entendia por gente. Apesar de ser dois anos mais velho, Mick havia crescido mais rápido que ele, e no verão eles costumavam brigar e lutar no pedaço de grama ao lado da rua. Harry era um menino judeu, mas não parecia judeu. Seu cabelo era castanho-claro e liso. Naquela noite ele estava com uma roupa muito elegante e, ao entrar na casa, tinha pendurado um chapéu-panamá de adulto, com uma pena de enfeite, no cabide de chapéus.

Não foi pela roupa que ela começou a prestar atenção nele. Havia algo diferente em seu rosto, porque ele estava sem os óculos de aro de chifre que costumava usar. Um terçol vermelho e mole tinha surgido num de seus olhos, e ele precisava inclinar a cabeça de lado como um pássaro para enxergar. Suas mãos longas e finas não paravam de se mexer ao redor do terçol, como se estivesse doendo. Quando pediu ponche, Harry enfiou o copo de papel bem no rosto do pai dela. Ela via que ele precisava muito de óculos. Ele estava nervoso, sempre dando encontrões nas pessoas. Não convidou nenhuma menina para dançar a não ser ela própria – e isso porque a festa era dela.

Todo o ponche tinha sido consumido. Seu pai receava que essa falta de ponche a enchesse de vergonha, por isso ele e sua mãe tinham voltado à cozinha para fazer limonada. Algumas das pessoas estavam no alpendre e na calçada. Ela ficou feliz por sair para o ar fresco da noite. Depois da casa iluminada e quente, podia sentir o aroma do novo outono na escuridão.

Foi então que viu algo inesperado. Ao longo da beira da calçada e na rua escura, havia um bando de garotos da vizinhança. Pete e Sucker Wells, Baby e Spareribs – toda a patota que começava abaixo da idade de Bubber e chegava até um pouco mais de 12 anos. Havia até garotos desconhecidos que tinham farejado uma festa e zanzavam por ali. E garotos de sua idade e outros mais velhos que ela não tinha convidado, ou porque tinham feito algo de ruim para ela ou porque ela fizera algo de ruim para eles. Estavam todos sujos, com shorts comuns, calças curtas desleixadas ou as velhas roupas de todo dia. Tudo o que faziam era rondar no escuro para observar a festa. Ela pensou em dois sentimentos quando viu esses garotos – um era triste e o outro era uma espécie de aviso.

"Tenho esta dança com você." Harry Minowitz fez como se estivesse lendo em seu cartão, mas ela podia ver que ali não havia nada escrito. Seu pai veio para o alpendre e soprou o apito que significava o início da primeira dança.

"Sim", disse ela. "Vamos lá, então."

Saíram para dar uma volta no quarteirão. Com o vestido longo, ela ainda se sentia muito chique. "Olha lá a Mick Kelly!", um dos garotos gritou no escuro. "Olha só!" Ela apenas continuou a caminhar como se não tivesse escutado, mas era aquele Spareribs, e qualquer dia desses ela o pegaria. Ela e Harry andavam depressa ao longo da calçada escura e, quando chegaram ao fim da rua, dobraram para outro quarteirão.

"Você tá com quantos anos, Mick... 13?"

"Tô pra fazer 14."

Ela sabia o que ele estava pensando. Era uma coisa que a preocupava o tempo todo. Ela estava com 1,67 metro de altura e pesava 47 quilos, e isso com apenas 13 anos. Todo garoto na festa não passava de um tampinha perto dela, exceto Harry, que era apenas alguns centímetros mais baixo. Nenhum garoto queria dançar com uma menina muito mais alta que ele. Mas talvez os cigarros ajudassem a retardar o resto de seu crescimento.

"Cresci 8 centímetros só no ano passado", disse ela.

"Certa vez, vi uma mulher na feira de uma exposição que tinha 2,5 metros de altura. Mas você provavelmente não vai ser tão alta assim."

Harry parou ao lado de um arbusto de murta de crepe escura. Ninguém estava à vista. Ele tirou algo do bolso e começou a brincar com o que quer que fosse aquilo. Ela se inclinou para ver – eram seus óculos e ele estava limpando as lentes com o lenço.

"Desculpa", disse ele. Depois colocou os óculos e ela o escutou respirar fundo.

"Você tem que usar óculos o tempo todo?"

"Sim."

"Como é que anda por aí sem eles?"

"Ah, eu não sei…"

A noite estava muito quieta e escura. Harry segurou o cotovelo dela quando cruzaram a rua.

"Uma certa jovem lá na festa acha que usar óculos é coisa de maricas. Essa determinada pessoa… oh, bem, talvez eu seja um…"

Ele não terminou. De repente se retesou, correu alguns passos e pulou para pegar uma folha que aparecia um metro e pouco acima de sua cabeça. No escuro, ela mal podia ver aquela folha lá no alto. Harry deu um bom impulso ao salto e pegou a folha na primeira tentativa. Depois pôs a folha na boca e, boxeando sozinho, deu alguns socos no escuro. Ela o alcançou.

Como de costume, uma canção tocava em sua mente. Ela cantarolava para si mesma.

"O que é que você tá cantando?"

"É uma peça de um sujeito chamado Mozart."

Harry se sentia muito bem. Estava dando passos para o lado a fim de se esquivar como um boxeador rápido. "Parece um nome alemão."

"Acho que é alemão."

"Fascista?", ele perguntou.

"O quê?"

"Quero dizer, esse Mozart é um fascista ou um nazista?"

Mick pensou por um minuto. "Não. Isso é de agora, e esse sujeito morreu faz bastante tempo."

"Ótimo." Ele começou a dar socos no escuro de novo. Queria que ela perguntasse o porquê.

"Eu disse que é ótimo", repetiu.

"Por quê?"

"Porque eu odeio fascistas. Se encontrasse algum deles andando pela rua, eu ia matar o cara."

Ela olhou para Harry. As folhas contra a luz da rua criavam sombras fugazes de sardas em seu rosto. Ele estava emocionado.

"Como assim?", ela perguntou.

"Céus! Você não lê o jornal? Entende, é assim…"

Eles tinham dado a volta no quarteirão. Uma grande agitação

estava acontecendo na casa de Mick. As pessoas gritavam e corriam para a calçada. Ela sentiu um frio na barriga.

"Não vai dar tempo de explicar a não ser que a gente dê uma volta no quarteirão. Não me importo de te contar por que eu odeio os fascistas. Gostaria de falar sobre isso."

Esta era provavelmente sua primeira chance de desabafar toda a lenga-lenga dessas ideias com alguém. Mas ela não tinha tempo para escutar. Estava ocupada examinando o que via na frente de sua casa. "Tudo bem. A gente se fala mais tarde." A dança tinha terminado, por isso ela podia observar e se concentrar na confusão diante de seus olhos.

O que acontecera enquanto ela estava longe? Quando deixou a festa, as pessoas se moviam em suas roupas finas e era uma festa de verdade. Agora – só cinco minutos mais tarde –, o lugar mais parecia uma casa de loucos. Enquanto Mick se ausentou, aqueles garotos tinham saído do escuro e entrado na festa dela. Que atrevidos! Lá estava o velho Pete Wells batendo na porta da frente com um copo de ponche na mão. Eles gritavam, corriam e se misturavam aos convidados – com suas velhas calças folgadas e suas roupas de todo dia.

Baby Wilson fazia a maior bagunça no alpendre – e Baby não tinha mais de 4 anos. Qualquer um podia ver que ela deveria estar em casa na cama a essa hora, assim como Bubber. Baby descia os degraus um de cada vez, segurando o ponche bem acima de sua cabeça. Não havia razão para ela estar ali. O sr. Brannon era seu tio, e ela ganhava balas e bebidas de graça em seu café sempre que desejava. Assim que ela chegou à calçada, Mick a agarrou pelo braço. "Vai direto pra casa, Baby Wilson. Vamos, vai já embora." Mick olhou ao redor para ver o que mais poderia fazer para endireitar as coisas de novo, assim como deveriam ser. Foi na direção de Sucker Wells. Ele estava num canto mais afastado da calçada, onde estava escuro, segurando um copo de papel e olhando para todo mundo com um ar sonhador. Sucker tinha 7 anos e estava apenas de short, com o peito e os pés nus. Não fazia nenhuma confusão, mas ela estava louca de raiva com o que tinha acontecido.

Agarrou Sucker pelos ombros e começou a sacudi-lo. Primeiro ele apertou os maxilares, mas depois de um minuto seus dentes começaram a chacoalhar. "Vai pra casa, Sucker Wells. Para de ficar zanzando por onde não é convidado." Quando ela o soltou, Sucker enfiou o rabo entre as pernas e saiu andando devagar pela rua. Mas ele não foi para casa. Assim que chegou à esquina, ela o viu sentar-se no meio-fio e ficar observando a festa de onde achava que ela não poderia vê-lo.

Por um minuto, ela se sentiu bem por ter despejado toda a sua raiva em Sucker. Logo depois teve um sentimento ruim de preocupação e quase deixou o menino voltar para a festa. Na verdade, os garotos mais velhos eram os culpados pela confusão geral. Umas verdadeiras pestes, é o que eram, e com o pior atrevimento que ela já tinha visto. Consumindo os comes e bebes e arruinando a festa com toda aquela balbúrdia. Eles batiam na porta da frente, gritavam e davam encontrões uns nos outros. Ela foi falar com Pete Wells porque ele era o pior de todos. Estava com seu capacete de futebol e dava cabeçadas nas pessoas. Pete já tinha 14 anos, mas ainda estava empacado na sétima série. Ela se aproximou, mas ele era grande demais para ser sacudido como Sucker. Quando lhe disse que devia ir para casa, ele oscilou e deu um golpe para derrubá-la.

"Estive em seis estados diferentes. Flórida, Alabama..."

"Feito de tecido prateado com uma faixa..."

A festa estava uma bagunça. Todo mundo falando ao mesmo tempo. Os convidados da escola técnica misturados com a gangue da vizinhança. Mas os garotos e as garotas ainda se mantinham em grupos separados – e ninguém dançava. Na casa, a limonada tinha quase sumido. Havia apenas uma pocinha de água com cascas de limão flutuando no fundo da tigela. Seu pai era sempre bondoso demais com as crianças. Tinha servido o ponche para qualquer um que lhe estendia um copo. Portia estava servindo os sanduíches quando ela entrou na sala de jantar. Em cinco minutos, todos sumiram. Ela conseguiu pegar apenas um – de geleia, com pontos molhados cor-de-rosa aparecendo através do pão.

Portia ficou na sala de jantar para observar a festa. "Tô me divertindo muito pra ir embora", disse ela. "Eu já até mandei um recado pro Highboy e pro Willie pra eles tocarem a noite de sábado sem mim. Tá todo mundo tão excitado por aqui que eu vou esperar pra ver o fim dessa festa."

Excitação – essa era a palavra. Ela podia sentir a excitação por toda a sala, no alpendre e na calçada. Ela também se sentia excitada. Não era só o vestido, nem como seu rosto estava belo quando passou pelo espelho do cabide de chapéus e viu o ruge em sua face e a tiara no cabelo. Talvez fosse a decoração, e todas as pessoas da escola técnica, e os garotos sendo amontoados e espremidos.

"Olha como ela corre!"
"Ai! Para com isso..."
"Deixa de ser criança!"

Um bando de garotas corria pela rua, erguendo os vestidos e com os cabelos voando atrás de si. Alguns garotos tinham cortado hastes longas e agudas de um arbusto de iúca e estavam perseguindo as garotas com essa arma improvisada. Eram os garotos da primeira série da escola técnica, todos paramentados para um verdadeiro baile e comportando-se como crianças. Era meio brincadeira e meio coisa séria. Um garoto se aproximou dela com uma vara pontuda, e ela também começou a correr.

A ideia da festa tinha caído inteiramente por terra. Aquilo não passava de um divertimento regular. Mas era a noite mais maluca que ela já vira. Quem causou o transtorno foi a garotada. Eram como uma doença contagiosa, e sua entrada na festa fez todos os outros esquecerem a escola secundária e a realidade de serem quase adultos. Era como antes de tomar um banho à tarde, quando se podia chafurdar no pátio dos fundos e ficar muito sujo, só pela boa sensação de se enlamear antes de entrar na banheira. Todo mundo era uma criança maluca brincando na noite de sábado – e ela se sentia a mais maluca de todas.

Ela gritava, empurrava, sempre a primeira a tentar qualquer nova proeza. Fazia tanto barulho e se movimentava tão rápido que não conseguia notar o que os outros estavam fazendo. O fôlego por vezes curto não a deixava cometer todas as maluquices que desejava fazer.

"A vala na rua! A vala! A vala!"

Mick foi a primeira a partir na direção da vala. Um quarteirão mais à frente, eles tinham instalado novos canos embaixo da rua e cavado uma vala bem profunda. As tochas dispostas em volta da beirada eram vermelhas e brilhavam no escuro. Ela não quis saber de esperar para descer na vala. Correu até alcançar as pequenas chamas ondulantes e então pulou.

Com seus tênis, ela teria aterrissado como um gato – mas os escarpins de salto alto a fizeram escorregar e sua barriga atingiu o cano. Seu fôlego foi interrompido. Ela ficou ali quieta, de olhos fechados.

A festa... Por muito tempo ela se lembrou de como pensava que seria, como imaginava os novos colegas da escola técnica. E sobre a turma com quem queria estar todos os dias. Ela se sentiria diferente nos corredores agora, sabendo que eles não eram algo especial, mas iguais aos outros garotos. Mick não se importava que a festa tivesse sido arruinada. Mas estava tudo terminado. Era o fim.

Mick subiu para fora da vala. Alguns garotos estavam brincando ao redor dos potinhos de chamas. O fogo criava um brilho vermelho, e viam-se sombras longas e vivas. Um garoto tinha ido para casa e voltara com uma máscara feita de massa, comprada de antemão para o Halloween. Nada tinha mudado na festa, exceto ela.

Mick caminhou lentamente para casa. Quando passou pelos garotos, não falou nem olhou para eles. A decoração no saguão estava toda avariada e a casa parecia muito vazia, porque todo mundo tinha saído para o ar livre. No banheiro, ela tirou o vestido azul elegante. A bainha estava rasgada e ela a dobrou de modo que não aparecesse o esfarrapado. A tiara de *strass* ficara perdida em algum lugar. Seu velho short e a camisa estavam no chão, no lugar em que ela os deixara. Mick os vestiu. Era grande demais para usar short, depois de tudo isso. Nunca mais depois desta noite. Nunca mais.

Mick parou no alpendre. Seu rosto estava muito branco sem a maquiagem. Pôs as mãos em concha na frente da boca e tomou fôlego. "Todo mundo pra casa! A porta tá fechada! A festa acabou!"

Na noite silenciosa e secreta, ela estava sozinha de novo. Não era tarde – quadrados amarelos de luz apareciam nas janelas

119

das casas ao longo das ruas. Ela caminhava devagar, com as mãos nos bolsos e a cabeça inclinada para um lado. Por um longo tempo, caminhou sem perceber a direção. Então as casas ficaram mais afastadas umas das outras e havia pátios com grandes árvores e arbustos escuros. Ela olhou ao redor e viu que estava perto da casa para onde tinha ido tantas vezes no verão. Seus pés a levaram até ali, sem que ela soubesse. Quando chegou à casa, ela esperou para ter certeza de que ninguém a veria. Só depois atravessou o pátio lateral.

O rádio estava ligado, como de costume. Por um segundo, ela ficou do lado da janela e observou as pessoas lá dentro. O homem careca e a dama grisalha estavam jogando cartas numa mesa. Mick sentou-se no chão. Aquele era um lugar secreto muito bom. Ao seu redor havia cedros densos, de modo que ela estava sozinha e completamente escondida. O rádio não estava bom naquela noite – alguém cantava cantigas populares que terminavam todas da mesma maneira. Era como se ela estivesse vazia. Enfiou as mãos nos bolsos e vasculhou com os dedos. Havia uvas-passas, uma castanha e um colar de contas – um cigarro com fósforos. Ela acendeu o cigarro e pôs os braços ao redor dos joelhos. Era como se estivesse tão vazia que não havia mais dentro de si nem sombra de sentimento ou pensamento.

Um programa atrás do outro, e todos eram vagabundos. Ela nem prestava atenção. Fumou e colheu um pequeno feixe de lâminas de grama. Dali a pouco, um novo locutor começou a falar. Mencionou Beethoven. Ela havia lido na biblioteca sobre esse músico – seu nome era pronunciado com um *ê* e soletrado com um *e* duplo. Era um sujeito alemão como Mozart. Quando estava vivo, falava numa língua estrangeira e vivia num lugar estrangeiro – como ela queria fazer. O locutor disse que seria executada sua terceira sinfonia. Ela mal o escutou, pois queria caminhar um pouco mais e não ligava muito para o que tocavam. Então a música começou. Mick levantou a cabeça e pôs a mão na garganta.

Como foi que aconteceu? Por um minuto, a abertura balançou de um lado para o outro. Como uma caminhada ou marcha. Como Deus andando empertigado na noite. Seu corpo de repente congelou por fora, e só aquela primeira parte da música vibrava quente dentro de seu coração. Ela nem sequer conseguia escutar o que soou depois, mas ficou ali esperando congelada, com os punhos cerrados. Depois de certo tempo, a música voltou de novo, mais forte e alta. Não tinha nada a ver com Deus. Essa música era ela, Mick Kelly, caminhando ao longo do dia e sozinha à noite. Ao sol quente e no escuro, com todos os planos e sentimentos. Essa música era ela – a verdadeira e inequívoca Mick Kelly.

Não conseguia escutar bem o bastante para ouvi-la inteira. A música fervia dentro dela. O que fazer? Prestar atenção em certas partes maravilhosas e meditar sobre elas, para que mais tarde não esquecesse – ou relaxar e escutar cada parte que surgia, sem pensar ou tentar se lembrar? Céus! O mundo inteiro era essa música, e ela nem tinha como escutar com bastante atenção. Então finalmente a música de abertura voltou, com todos os instrumentos diferentes reunidos para cada nota, como um punho duro e apertado que socava seu coração. E a primeira parte terminou.

A música não levava um longo tempo ou um tempo curto. Não tinha absolutamente nada a ver com o passar do tempo. Ela ficou sentada com os braços apertados ao redor das pernas, mordendo com força o joelho salgado. Poderia ter ficado escutando por cinco minutos ou metade da noite. A segunda parte era tingida de preto – uma marcha lenta. Não era triste, mas como se o mundo inteiro estivesse morto e negro, e não adiantasse relembrar como era antes. Um daqueles instrumentos do naipe de metais tocou uma melodia triste e doce. Depois a música se elevou raivosa e, por trás da raiva, uma certa excitação. E, por fim, a marcha negra acabou.

No entanto, a última parte da sinfonia talvez tenha sido a música de que ela mais gostou – alegre e, como todos os grandes deste mundo, correndo e pulando com ímpeto e liberdade. Uma música maravilhosa como essa era a pior dor que poderia haver. O mundo inteiro consistia nessa sinfonia, e não havia bastante substância de si mesma para escutar.

Estava terminada, e ela ficou ali, sentando-se muito rígida com os braços ao redor dos joelhos. Outro programa surgiu no rádio, e ela tapou os ouvidos com os dedos. A música deixou apenas aquela dor violenta dentro de si, e um vazio. Ela não conseguia se lembrar de nenhuma parte da sinfonia, nem mesmo das últimas poucas notas. Tentou se lembrar, mas nenhum som lhe vinha à cabeça. Agora que estava terminada, restara apenas o coração assustado como um coelho e essa dor terrível.

O rádio foi desligado e as luzes da casa se apagaram. A noite estava muito escura. De repente, Mick começou a golpear as coxas com os punhos. Bateu no mesmo músculo com toda a força até as lágrimas lhe descerem pelo rosto. Mas ela não conseguia sentir a dor com bastante intensidade. As pedras sob o arbusto eram pontiagudas. Ela agarrou um punhado delas e começou a raspá-las para cima e para baixo no mesmo lugar até a mão sangrar. Então voltou a se deitar no chão e ficou olhando para a noite no alto. Com a ferida em fogo na perna, ela se sentia melhor. Estava relaxada sobre a grama úmida, e depois de um tempo sua respiração voltou a se tornar lenta e fácil.

Por que os exploradores não tinham descoberto que o mundo era redondo só de olhar para o céu? O céu era curvo, como o interior de uma imensa bola de vidro, de um azul muito escuro com os pingos das estrelas brilhantes. A noite estava quieta. Havia o aroma de cedros cálidos. Nem estava pensando mais na música, quando ela lhe voltou à consciência. A primeira parte aconteceu em sua mente do jeito exato em que tinha sido executada. Ela escutou quieta e lentamente, refletindo sobre as notas como um problema de geometria para que se lembrasse mais tarde. Conseguia ver a forma dos sons com muita clareza e não os esqueceria.

Agora se sentia bem. Sussurrou algumas palavras em voz alta: "Senhor, perdoai-me, pois não sei o que faço". Por que pensou nisso? Todo mundo nos últimos anos sabia que não havia nenhum Deus verdadeiro. Quando refletia no que costumava imaginar ser Deus, ela só conseguia ver o sr. Singer envolto num longo lençol branco. Deus era silencioso – talvez fosse por isso que essa imagem lhe ocorria. Repetiu as palavras, assim como as falaria para o sr. Singer: "Senhor, perdoai-me, pois não sei o que faço".

Aquela parte da música era bela e clara. Agora ela podia cantá-la sempre que desejasse. Talvez mais tarde, quando tivesse acabado de acordar em alguma manhã, outras partes da música voltassem à sua mente. Se escutasse de novo a sinfonia, algum dia, haveria mais frases musicais a acrescentar ao que já estava em sua cabeça. E, talvez, se conseguisse escutá-la mais quatro vezes, apenas mais quatro vezes, ela a conheceria por inteiro. Talvez.

Ela escutou mais uma vez a abertura da música. Depois as notas se tornaram mais vagarosas e suaves, era como se estivesse afundando lentamente na terra escura.

Mick acordou com um sobressalto. O ar tinha se tornado frio, e, ao despertar do sono, ela sonhava que a velha Etta Kelly estava lhe puxando todas as cobertas. "Me dá um cobertor...", tentava dizer. Foi então que ela abriu os olhos. O céu estava muito escuro e todas as estrelas tinham sumido. Sentia a grama molhada. Levantou-se apressada, pois seu pai devia estar preocupado. Então se lembrou da música. Não conseguia saber se era meia-noite, se eram três da madrugada, por isso tratou de sair em disparada para casa. O ar tinha um aroma de outono. A música soava alta e viva em sua mente, e ela corria cada vez mais rápido nas calçadas que levavam ao quarteirão de sua casa.

2

Em outubro, os dias eram azuis e frescos. Biff Brannon trocou suas calças leves de algodão pelas de sarja azul-escura. Atrás do balcão do café, instalou uma máquina que fazia chocolate quente. Mick gostava muito de chocolate quente, e vinha três ou quatro vezes por semana para beber uma xícara. Ele lhe servia o chocolate por 5 em vez de 10 centavos, mas seu desejo era lhe dar o chocolate de graça. Ele a observava parada na frente do balcão e sentia-se perturbado e triste. Gostaria de estender a mão e tocar seu cabelo despenteado queimado pelo sol – como jamais tinha tocado uma mulher. Nele havia um desassossego, e, quando lhe falava, sua voz tinha um som áspero e estranho.

Havia muitas preocupações em sua mente. Para começar, Alice não estava bem. Ela trabalhava no andar de baixo como de costume, das sete da manhã até as dez da noite, mas andava muito devagar, e círculos escuros se formavam embaixo de seus olhos. Era nos negócios que ela mostrava sua doença de forma mais clara. Certo domingo, quando anotava o cardápio do dia na máquina de escrever, ela marcou o prato especial de frango à la King por 20 centavos em vez de 50, e só descobriu o erro quando vários clientes já tinham pedido a refeição e estavam prontos para pagar. Em outra ocasião, ela deu duas notas de 5 e três de 1 dólar como troco para 10 dólares. Biff ficava olhando para ela por muito tempo, coçando o nariz, pensativo e com os olhos semicerrados.

Eles não falavam disso entre si. À noite, ele trabalhava no andar de baixo enquanto ela dormia, e durante a manhã ela cuidava do restaurante sozinha. Quando trabalhavam juntos, ele se mantinha atrás da caixa registradora e cuidava da cozinha e das mesas, como de costume. Eles só conversavam sobre questões do negócio, mas Biff a observava com o rosto perplexo.

Então, na tarde de 8 de outubro, escutou-se um grito repentino de dor vindo do quarto onde eles dormiam. Biff subiu correndo as escadas. No espaço de uma hora, tinham levado Alice para o hospital e o médico lhe retirara um tumor quase do tamanho de um recém-nascido. E, passada mais uma hora, Alice estava morta.

Biff ficou sentado ao lado de sua cama no hospital, imerso numa reflexão de espanto. Ele estava presente quando ela morreu. Os olhos drogados e enevoados por causa do éter endureceram como vidro. A enfermeira e o médico saíram do quarto. Ele continuou a olhar no rosto de Alice. Salvo a palidez azulada, havia pouca diferença. Biff analisou cada detalhe da mulher, como se a não tivesse observado todos os dias por 21 anos. Depois, aos poucos, enquanto se mantinha ali sentado, seus pensamentos se voltaram para uma imagem que estava guardada havia muito tempo dentro dele.

O oceano verde e frio e uma faixa quente e dourada de areia. As crianças pequenas brincando na beira da linha prateada de espuma. A bebê robusta e morena, os menininhos nus e magros, as crianças um tanto crescidas correndo e chamando umas às outras com vozes doces e agudas. Ali estavam crianças que ele conhecia, Mick e sua sobrinha, Baby, e havia também rostos jovens desconhecidos que ninguém tinha visto antes. Biff inclinou a cabeça.

Depois de um longo tempo, levantou-se da cadeira e parou no meio do quarto. Podia escutar sua cunhada, Lucile, caminhando de um lado para outro no corredor lá fora. Uma abelha gorda se arrastava sobre o topo da cômoda, Biff habilmente a apanhou com a mão e a jogou pela janela aberta. Relanceou o olhar pela face morta mais uma vez, e depois, com a gravidade da viuvez, abriu a porta que dava para o corredor do hospital.

Na manhã seguinte, já tarde, ele costurava no quarto do andar de cima. Por quê? Nos casos de amor verdadeiro, por que aquele que resta sozinho não segue no mais das vezes o amado, cometendo suicídio? Só porque os vivos devem enterrar os mortos? Por causa dos ritos comedidos que devem ser cumpridos depois da morte? Porque é como se aquele que continua vivo entrasse num palco por um curto período, onde cada segundo é inflado num tempo ilimitado e ele é observado por muitos olhos? Porque há uma função que ele deve realizar? Ou talvez porque, quando há amor, o viúvo deva ficar para a ressurreição do amado – de modo que aquele que partiu não está realmente morto, mas cresce e é criado uma segunda vez na alma dos vivos? Por quê?

Biff se inclinou para mais perto de sua costura e meditou sobre muitas coisas. Ele costurava com destreza, e os calos nas pontas de seus dedos eram tão duros que ele empurrava a agulha pelo tecido sem um dedal. As faixas de luto já tinham sido costuradas ao redor das mangas de dois ternos cinza, e agora ele trabalhava na última.

O dia estava brilhante e quente, e as primeiras folhas mortas do outono recente roçavam nas calçadas. Biff tinha saído cedo. Cada minuto era muito longo. À sua frente, havia um tempo livre infinito. Ele tinha trancado a porta do restaurante e pendurado no lado de fora uma guirlanda branca de lírios. Foi primeiro à casa funerária e observou com cuidado a seleção de caixões. Apalpou os materiais dos forros e testou a resistência da estrutura.

"Qual é o nome do crepe desse aqui – Georgette?"

O agente funerário respondeu a suas perguntas com voz bajuladora e untuosa.

"E qual é a percentagem de cremações no seu estabelecimento?"

De novo na rua, Biff caminhava com uma formalidade comedida. Soprava do oeste um vento quente, e o sol estava muito brilhante. Seu relógio de pulso tinha parado, por isso ele tomou a direção da rua onde Wilbur Kelly instalara recentemente seu cartaz de relojoeiro. Kelly estava sentado à sua bancada com um roupão remendado. Sua oficina era também quarto de dormir, e o bebê que Mick arrastava num carrinho estava sentado bem quieto sobre um estrado de madeira no chão. Cada minuto era tão longo que havia muito tempo para meditar e fazer perguntas. Pediu que Kelly explicasse o emprego exato das joias num relógio. Notou o olhar distorcido do olho direito de Kelly, assim como aparecia por sua lupa de relojoeiro. Falaram um pouco sobre Chamberlain e Munique. Depois, como ainda era cedo, ele decidiu subir ao quarto do mudo.

    Singer estava se vestindo para o trabalho. Na noite passada, viera de sua parte uma carta de condolências. Ele ia ajudar a carregar o caixão no funeral. Biff sentou-se na cama e eles fumaram um cigarro juntos. Singer olhava para ele de vez em quando com seus olhos verdes observadores. Ofereceu-lhe um pouco de café. Biff não falava, e uma vez o mudo fez uma pausa para lhe dar uma palmadinha no ombro e olhar por um segundo em seu rosto. Quando Singer acabou de se vestir, eles saíram juntos.

    Biff comprou a faixa preta na loja e falou com o pregador da igreja de Alice. Quando tudo estava arranjado, voltou para casa. Para pôr tudo em ordem — esse era o pensamento em sua cabeça. Empacotou as roupas e os objetos pessoais de Alice para dá-los a Lucile. Limpou e arrumou minuciosamente as gavetas da escrivaninha. Até rearranjou as prateleiras da cozinha no andar de baixo e retirou as flâmulas de crepe alegremente coloridas dos ventiladores elétricos. Então, feito tudo isso, sentou-se na banheira e tomou um banho completo. E a manhã transcorrera assim.

    Biff mordeu a linha e alisou a faixa preta na manga de seu casaco. A essa hora, Lucile devia estar esperando por ele. Ele, Lucile e Baby seguiriam juntos no carro fúnebre. Ele afastou a cesta de costura e vestiu o casaco com a faixa de luto, ajeitando-o com muito cuidado sobre os ombros. Deu uma olhada rápida pelo quarto para ver se tudo estava em ordem antes de sair de novo.

    Uma hora mais tarde, estava na quitinete de Lucile. Sentado com as pernas cruzadas, um guardanapo sobre a coxa, bebendo uma xícara de chá. Lucile e Alice tinham sido tão diferentes em todos os aspectos que ficava difícil perceber que eram irmãs. Lucile era magra e morena, e hoje estava toda vestida de preto. Ela tratava de pentear o cabelo de Baby. A criança esperava pacientemente sentada sobre a mesa da cozinha com as mãos dobradas no colo enquanto a mãe trabalhava em seu cabelo. A luz do sol era tranquila e suave no quarto.

"Bartholomew...", disse Lucile.

"O quê?"

"Você nunca começa a pensar pra trás?"

"Não", disse Biff.

"Sabe, é como se eu tivesse que usar antolhos o tempo todo pra não pensar de lado ou no passado. Só me dou permissão de pensar no trabalho de todo dia, no preparo das refeições e no futuro da Baby."

"Essa é a atitude correta."

"Tenho encaracolado o cabelo da Baby lá no salão. Mas os cachos desaparecem tão rápido que estou pensando em deixar que ela faça uma permanente. Não quero aplicar o produto eu mesma – acho que vou levar a Baby até Atlanta, quando eu for à convenção dos cosmetólogos, e deixar que ela faça uma permanente lá."

"Mãe de Deus! Ela tem só 4 anos. É provável que se assuste. E mais, permanentes tendem a engrossar o cabelo."

Lucile mergulhou o pente num copo de água e amassou os cachos sobre as orelhas de Baby. "Não, não engrossam. E ela quer uma permanente. Mesmo sendo bem pequena ainda, ela já tem tanta ambição quanto eu tinha. E isso quer dizer muita."

Biff esfregou as unhas na palma da mão e sacudiu a cabeça.

"Toda vez que a Baby e eu vamos ao cinema e vemos aquelas crianças interpretando papéis maravilhosos, ela sente a mesma coisa que eu sinto. Juro que sente, Bartholomew. Nem consigo fazer com que coma seu jantar mais tarde."

"Pelo amor de Deus", disse Biff.

"Ela está acompanhando tão bem as aulas de dança e expressão! No ano que vem, quero que ela comece com o piano, porque acho que tocar um pouco será uma ajuda pra ela. A professora de dança vai dar pra Baby uma dança solo na *soirée*. Sinto que eu preciso fazer a Baby avançar o máximo possível. Porque, quanto mais cedo ela começar a carreira, tanto melhor pra nós duas."

"Mãe santíssima!"

"Você não compreende. Uma criança com talento não pode ser tratada como uma criança comum. Essa é uma das razões de eu querer tirar a Baby desse bairro ordinário. Não posso deixar que ela comece a falar de maneira vulgar como esses moleques ao seu redor ou passe a correr como maluca do jeito que eles fazem."

"Conheço a garotada desse quarteirão", disse Biff. "São todos legais. Os filhos do Kelly no outro lado da rua... o menino Crane..."

"Você sabe muito bem que nenhum deles está à altura da Baby."

Lucile ajeitou a última onda no cabelo de Baby. Beliscou as pequenas bochechas da filha para lhes dar mais cor. Depois a retirou da mesa. Para o funeral, Baby estava com um vestidinho branco, sapatos brancos, meias brancas e até luvinhas brancas. Baby tinha um certo jeito de erguer a cabeça quando as pessoas olhavam para ela, e assim estava agora.

Eles ficaram algum tempo na quitinete pequena e abafada sem dizer nada. Então, Lucile começou a chorar. "Não é que sempre fomos muito ligadas como irmãs. A gente tinha nossas diferenças e não se via com muita frequência. Talvez porque eu fosse muito mais nova. Mas há alguma ligação entre os que têm o mesmo sangue, e quando algo assim acontece..."

Biff emitiu um murmúrio de simpatia.

"Sei como vocês dois viviam", disse ela. "Não era um mar de rosas entre você e ela. Mas talvez isso ainda piore as coisas pra você agora."

Biff pegou Baby por debaixo dos braços e a pôs sobre seu ombro. A criança estava se tornando mais pesada. Ele a segurou com cuidado ao entrar na sala de estar. Sentia o calor de Baby bem junto ao ombro, e o vestidinho de seda era branco contra o tecido escuro de seu casaco. Ela apertava uma das orelhas com a mãozinha.

"Tio Biff! Quer me ver fazendo um espacate?"

Ele gentilmente pôs Baby no chão. Ela curvou os dois braços sobre a cabeça e os pés deslizaram vagarosos em direções opostas no chão amarelo encerado. Num instante, a garotinha estava sentada com uma perna estendida reta à sua frente e a outra para atrás. Ela fez uma pose com os braços num ângulo elegante, olhando de lado para a parede com uma expressão triste.

Levantou-se de novo. "Olha eu fazendo uma cambalhota. Olha eu fazendo um..."

"Meu amor, fica um pouco quietinha", disse Lucile. Ela se sentou ao lado de Biff no sofá de pelúcia. "Ela não lembra um pouco ele... alguma coisa nos olhos e no rosto?"

"Diabos, não. Não percebo a menor semelhança entre a Baby e o Leroy Wilson."

Lucile parecia magra e acabada demais para sua idade. Talvez fosse o vestido preto ou porque andara chorando. "Afinal, você tem que admitir que ele é o pai da Baby", disse ela.

"Você nunca vai esquecer esse homem?"

"Não sei. Acho que sempre fui louca por duas coisas: pelo Leroy e pela Baby."

A barba que começara a crescer em Biff tinha um tom azulado contra a pele pálida de seu rosto, e sua voz soava cansada. "Você nunca pensa em algo até o fim e descobre o que aconteceu e o que deve resultar disso? Você nunca usa a lógica: se esses são os fatos dados, o resultado deve ser esse?"

"Não sobre ele, acho eu."

Biff falava com uma voz cansada e seus olhos estavam quase fechados. "Você se casou com esse sujeito quando tinha 17 anos, e mais tarde entre vocês só acontecia uma confusão atrás da outra. Você se divorciou dele. Aí, dois anos mais tarde, você se casou com ele pela segunda vez. E agora ele sumiu de novo e você não sabe onde ele se enfiou. Parece que esses fatos deveriam te mostrar uma coisa – vocês dois não são feitos um pro outro. E isso sem falar no lado mais pessoal – o tipo de homem que esse sujeito vem a ser, afinal."

"Só Deus sabe como eu já descobri faz um tempão que ele é um canalha. Espero que ele nunca mais venha bater nesta porta."

"Olha, Baby", disse Biff rapidamente. Ele entrelaçou os dedos e ergueu as mãos. "Esta é a igreja e esta é a torre da igreja. É só abrir a porta e aqui está o povo de Deus."

Lucile sacudiu a cabeça. "Não precisa se preocupar com a Baby. Eu conto tudo pra ela. A Baby sabe da história toda, de A a Z."

"Então, se ele voltar, você vai deixar que ele fique aqui pra viver à sua custa o tempo que quiser – como antes?"

"Sim. Acho que eu faria isso, sim. Toda vez que a campainha da porta ou o telefone toca, toda vez que alguém pisa no alpendre, algo bem no meu íntimo pensa nesse homem."

Biff abriu as palmas das mãos. "Você continua a mesma."

O relógio bateu as duas horas. O quarto estava muito abafado e quente. Baby deu outra cambalhota e fez mais um espacate no chão encerado. Então, Biff a pegou no colo. Suas perninhas se balançaram, batendo contra as canelas dele. Ela desabotoou o colete do tio e enterrou o rosto ali dentro.

"Escuta", disse Lucile. "Se eu te fizer uma pergunta, promete que vai me dizer a verdade?"

"Claro."

"Seja qual for a pergunta?"

Biff roçou o cabelo dourado macio de Baby e pôs a mão com delicadeza no lado de sua cabecinha. "Claro."

"Foi mais ou menos há sete anos. Logo depois que a gente se casou pela primeira vez. O Leroy chegou uma noite vindo do seu café com grandes caroços por toda a cabeça e me contou que você pegou ele pelo pescoço e bateu a cabeça dele contra a parede. Ele inventou uma história pra dizer por que você fez isso, mas quero saber a razão verdadeira."

Biff rodou a aliança no dedo. "Eu nunca gostei do Leroy, e tivemos uma briga. Naqueles dias, eu era diferente do que sou agora."

"Não. Existe um motivo definido pra você ter feito uma coisa dessas. A gente se conhece há bastante tempo, e sei a essa altura que você tem um motivo real pra tudo o que faz na vida. Sua mente funciona por razões, em vez de apenas desejos. Ora, você prometeu que me contaria a verdade, e eu quero saber."

"Agora não significa mais nada."

"Estou te dizendo que eu preciso saber."

"Tudo bem", disse Biff. "Ele veio naquela noite e começou a beber e, quando já estava bêbado, passou a falar uma enxurrada de besteiras sobre você. Disse que ia aparecer em casa mais ou menos uma vez por mês e ia bater em você adoidado, e que você ia aceitar aquilo. Que depois você ia sair pro hall e dar muitas gargalhadas escandalosas, pra que os vizinhos nos outros quartos pensassem que vocês dois estavam apenas se divertindo e que tudo tinha sido uma brincadeira. Foi isso que aconteceu, agora trata de esquecer."

Lucile endireitou a postura no sofá, e em cada uma de suas bochechas havia uma mancha vermelha. "Está vendo, Bartholomew, é por isso que eu deveria usar antolhos, assim não pensaria pra trás ou de lado. Só posso deixar minha mente se concentrar em ir trabalhar todos os dias, preparar as três refeições aqui em casa e cuidar da carreira da Baby."

"Sim."

"Espero que você faça o mesmo, e não comece a pensar pra trás."

Biff encostou a cabeça no peito e fechou os olhos. Durante todo o dia, não conseguira pensar em Alice. Quando tentava se lembrar de seu rosto, surgia um branco esquisito dentro dele. O único detalhe de Alice bem claro em sua mente eram os pés – roliços, muito macios e brancos, com dedos gordos. As solas eram cor-de-rosa e perto do calcanhar esquerdo havia um minúsculo sinal marrom. Na noite em que se casaram, ele tinha tirado seus sapatos e meias de seda e beijado seus pés. E, pensando nisso, não era pouca coisa, pois os japoneses acreditam que a parte mais atraente de uma mulher...

Biff se mexeu e olhou para o relógio. Dali a pouco, eles sairiam para a igreja onde o funeral aconteceria. Acompanhou mentalmente todos os passos da cerimônia. A igreja – o percurso em ritmo de marcha fúnebre atrás do carro funerário com Lucile e Baby – o grupo de pessoas de pé com a cabeça inclinada à luz do sol de setembro. O sol sobre as lápides brancas, sobre as flores murchando e sobre a tenda de lona cobrindo o túmulo recém-cavado. Depois em casa de novo – e então o quê?

"Por mais que a gente brigasse, há algo de especial numa irmã de sangue", disse Lucile.

Biff levantou a cabeça. "Por que você não se casa de novo? Com um jovem legal que nunca teve esposa antes, que cuidaria de você e da Baby? Se você esquecesse o Leroy, podia ser uma ótima esposa pra um homem de bem."

Lucile demorou para responder. Por fim, disse: "Você sabe como sempre fomos – quase sempre nos compreendemos bastante bem, sem nenhum tipo de sobressaltos de qualquer lado.

Bem, é o mais próximo que quero estar de qualquer homem de novo."

"É a mesma coisa que eu sinto", disse Biff.

Meia hora mais tarde, escutou-se uma batida na porta. O carro para o funeral estava estacionado diante da casa. Biff e Lucile se levantaram lentamente. Os três, com Baby em seu vestido de seda branca um pouco à frente, saíram num silêncio solene.

Biff manteve o restaurante fechado durante o dia seguinte. Depois, nas primeiras horas da noite, ele retirou a guirlanda de lírios murchos da porta da frente e tornou a abrir o café para a freguesia. Os velhos clientes entraram com a expressão triste e falaram com ele por alguns minutos ao lado da caixa registradora, antes de fazerem seus pedidos. A clientela habitual estava presente – Singer, Blount, vários homens que trabalhavam em estabelecimentos ao longo do quarteirão e nos moinhos mais além ao longo do rio. Depois do jantar, Mick Kelly apareceu com seu irmãozinho e inseriu uma moeda de 5 centavos na máquina caça-níqueis. Quando perdeu a primeira moeda, ela socou a máquina e não parava de abrir o receptor para ter certeza de que nada tinha descido. Então enfiou outra moeda de 5 centavos e quase ganhou toda a bolada. As moedas saíam tilintando e rolavam pelo chão. A garota e seu irmãozinho não deixavam de olhar ao redor com atenção enquanto catavam as moedas, para que nenhum cliente pisasse em alguma antes que os dois pudessem pegá-la. O mudo se encontrava à mesa do meio do salão, com o prato do jantar diante dele. À sua frente, Jake Blount estava sentado bebendo cerveja, com suas roupas de domingo, e conversando. Tudo igual ao que sempre fora antes. Depois de algum tempo, o ar se tornou cinza com a fumaça dos cigarros e o barulho aumentou. Biff estava alerta, e nenhum som ou movimento lhe escapava.

"Ando por aí", disse Blount. Inclinou-se sério sobre a mesa e manteve os olhos no rosto do mudo. "Ando por toda parte e tento falar com eles. Mas todos riem. Não consigo que compreendam nada. Por mais que eu fale, não pareço ser capaz de fazer que vejam a verdade."

Singer acenou com a cabeça e limpou a boca com o guardanapo. Seu jantar tinha esfriado porque ele não podia baixar os olhos para comer, mas era tão bem-educado que deixou Blount continuar a falar.

As palavras das duas crianças na máquina caça-níqueis soavam altas e claras contra as vozes mais grossas dos homens. Mick estava enfiando de novo suas moedas na ranhura. Por várias vezes voltou o olhar para a mesa do meio, mas o mudo estava de costas para ela e não a via.

"A comida do sr. Singer é galinha frita, mas ele ainda não comeu nenhum pedaço", disse o menino pequeno.

Mick puxou para baixo a alavanca da máquina com muito vagar. "Isso não é da tua conta."

"Você tá sempre subindo pro quarto dele ou pra algum lugar onde sabe que ele vai estar."

"Eu disse pra você ficar quieto, Bubber Kelly."

"É o que você faz."

Mick o sacudiu até os dentes do garoto chacoalharem e então o virou na direção da porta. "Vai pra casa, trata de ir pra cama. Eu já te disse que é um saco ter que aguentar você e o Ralph o dia inteiro, e não quero que ainda fique grudado em mim de noite, quando eu devia estar livre."

Bubber estendeu a mãozinha suja. "Bom, então me dá uma moeda." Depois de ter guardado o dinheiro no bolso da camisa, ele foi para casa.

Biff endireitou o casaco e alisou o cabelo para trás. Sua gravata era toda preta, e na manga do paletó cinza estava a faixa de luto que ele tinha costurado. Queria ir até a máquina caça-níqueis e falar com Mick, mas algo o impedia. Respirou fundo e bebeu um copo d'água. Uma orquestra de dança apareceu no rádio, mas ele não queria escutar. Todas as melodias nos últimos dez anos eram tão parecidas que ele não conseguia distinguir umas das outras. Desde 1928, ele não sentia mais prazer em escutar música. Entretanto, quando era jovem costumava tocar bandolim e sabia as letras e a melodia de qualquer canção da época.

Biff pôs o dedo ao lado do nariz e inclinou a cabeça para um lado. Mick tinha crescido tanto no último ano que logo ficaria mais alta que ele. Estava vestida com o suéter vermelho e a saia plissada azul que usava todos os dias desde o início das aulas. Agora o plissado já tinha desaparecido e a bainha se arrastava solta ao redor dos joelhos pontudos e salientes. Ela estava naquela idade em que parecia tanto um menino crescido quanto uma menina. E, sobre esse assunto, por que todos os muito inteligentes não viam a realidade? Por natureza, todas as pessoas são de ambos os sexos. Tanto assim que o casamento e a cama não são tudo, de modo algum. A prova? A real juventude e a velhice. Porque muitas vezes as vozes dos homens velhos se tornam agudas e esganiçadas, e eles adquirem um andar requebrado. E as mulheres velhas às vezes engordam, sua voz fica grossa e grave, e crescem nelas pequenos bigodes escuros. E ele até servia de prova – a parte de seu ser que às vezes quase desejava que tivesse sido mãe e que Mick e Baby fossem suas filhas. Abruptamente, Biff se afastou da caixa registradora.

Os jornais estavam uma bagunça. Por duas semanas, ele não tinha arquivado nem um único exemplar sequer. Levantou uma pilha que estava embaixo do balcão. Com uma visão experiente, correu os olhos pelas manchetes até o fim da folha. Amanhã examinaria as pilhas no quarto dos fundos e cuidaria de possíveis mudanças no sistema de arquivos. Construiria prateleiras e usaria como gavetas aquelas caixas sólidas em que as mercadorias enlatadas eram transportadas. Cronologicamente, desde 27 de outubro de 1918 até a presente data. Com pastas e marcações superiores traçando os eventos históricos. Três conjuntos de panoramas – um internacional, começando com o Armistício e se desenrolando até o desfecho de Munique; o segundo, nacional; o terceiro, com todas as informações locais de bastidor desde a época em que o prefeito Lester matou sua mulher à bala no country club até o incêndio em Hudson Mill. Tudo nos últimos vinte anos etiquetado, ordenado e completo. Biff sorria tranquilamente atrás de sua mão, enquanto coçava o maxilar. Entretanto, Alice queria que ele jogasse todos os jornais fora para que ela pudesse transformar o quarto num banheiro feminino. Era o que ela queria que ele fizesse, por isso o chateara tanto, mas pelo menos dessa vez ele a derrotara. Pelo menos uma única vez.

Com uma circunspeção tranquila, Biff passou a examinar os detalhes do jornal à sua frente. Lia com perseverança e concentração, mas por hábito alguma parte secundária de si mesmo estava alerta a tudo ao redor dele. Jake Blount ainda falava e muitas vezes esmurrava a mesa. O mudo bebericava cerveja. Mick caminhava inquieta ao redor do rádio e fitava os clientes. Biff lia cada palavra no primeiro jornal e tomava notas nas margens.

Então, de repente, ele levantou os olhos com uma expressão de surpresa. Sua boca tinha se aberto para um bocejo, mas ele a fechou de pronto. O rádio começara a tocar uma antiga canção que datava da época em que ele e Alice eram noivos. *Just a Baby's Prayer at Twilight*. Num domingo, eles tinham tomado o bonde para Old Sardis Lake e alugado um barco a remo. Ao pôr do sol, ele tocou a melodia no bandolim enquanto ela cantava. Ele estava com um chapéu de marinheiro, e, quando passou o braço ao redor de sua cintura, ela... Alice...

Um arrastão para sentimentos perdidos. Biff dobrou os jornais e os guardou de volta na parte de baixo do balcão. Ficou parado num dos pés e depois no outro. Por fim, gritou através da sala para Mick. "Você não está escutando, certo?"

Mick desligou o rádio. "Não. Não tem nada hoje de noite."

Tudo isso ele manteria fora de sua mente, e trataria de se concentrar em outra coisa. Inclinou-se sobre o balcão e observou um cliente depois do outro. Por fim, sua atenção pousou sobre o mudo na mesa do meio. Viu Mick se dirigir aos poucos até o mudo e, a seu convite, sentar-se à mesa. Singer apontou para alguma coisa no cardápio, e a garçonete trouxe uma Coca-Cola para Mick. Ninguém, a não ser um esquisito como um surdo-mudo, afastado do convívio com outras pessoas, convidaria uma menina bem jovem a se sentar a uma mesa onde estava bebendo com outro homem. Blount e Mick mantinham os olhos fixos em Singer. Eles falavam, e a expressão do mudo mudava à medida que os observava. Era engraçado. A razão — estava neles ou nele? Ele continuava sentado imóvel com as mãos enfiadas nos bolsos, e, como não falava, isso o fazia parecer superior. O que esse sujeito pensava e entendia? O que ele sabia?

Em duas ocasiões durante a noite, Biff começou a se dirigir até a mesa do meio, mas a cada vez voltou atrás. Depois que já tinham saído, ele ainda se perguntava qual era a desse mudo – e bem cedo ao amanhecer, quando estava na cama, tornou a remoer as perguntas e soluções em sua mente sem encontrar resposta que o satisfizesse. A charada tinha se enraizado nele. Preocupava-o bem no íntimo de sua mente e deixava-o inquieto. Havia algo de errado.

3

Dr. Copeland falou com sr. Singer diversas vezes. Na verdade, ele não era como os outros homens brancos. Era um homem sábio e compreendia o forte e verdadeiro propósito de um modo que os outros homens não dominavam. Ele escutava, e em seu rosto havia um traço gentil e judaico, o conhecimento de alguém que pertence a uma raça que é oprimida. Em certa ocasião, dr. Copeland levou sr. Singer junto em sua ronda de visitas. Conduziu-o através de passagens frias e estreitas cheirando a sujeira, doença e toucinho frito. Mostrou-lhe um enxerto de pele bem-sucedido realizado no rosto de uma paciente que tinha sido gravemente queimada. Ele tratava de uma criança sifilítica e apontou ao sr. Singer a erupção cutânea descamada na palma das mãos, a superfície baça e opaca dos olhos, os incisivos frontais superiores inclinados. Eles visitaram barracos de dois quartos que abrigavam até doze ou catorze pessoas. Num quarto onde o fogo queimava baixo e alaranjado na lareira, eles se sentiram impotentes enquanto a pneumonia sufocava um velho. O sr. Singer caminhava atrás dele, observava e compreendia. Dava moedas às crianças e, por causa de seu silêncio e decoro, não perturbava os pacientes como teria acontecido com outro visitante.

Os dias estavam frios e traiçoeiros. Na cidade havia um surto de influenza, de modo que o dr. Copeland se via ocupado quase todas as horas do dia e da noite. Ele circulava pelos bairros negros da cidade no automóvel Dodge que vinha usando nos últimos nove anos. Mantinha as cortinas de mica transparente ajustadas às janelas para cortar as correntes de ar, e usava seu cachecol de lã cinza bem apertado ao redor do pescoço. Durante esse período, ele não se encontrou com Portia, William ou Highboy, mas pensava neles com frequência. Uma vez, quando estava fora de casa, Portia veio vê-lo, deixou uma nota e levou emprestado meio saco de farinha.

Certa noite, ele estava tão exausto que, embora houvesse outras visitas a fazer, bebeu leite quente e foi para a cama. Estava com frio e tinha febre, portanto de início não conseguiu repousar. Depois teve a impressão de que, mal tinha começado a dormir, uma voz o chamou. Levantou-se cansado e, ainda com sua longa camisa de flanela, abriu a porta da frente. Era Portia.

"Que o Senhor Jesus ajude a gente, pai", disse ela.

Dr. Copeland tremia com sua camisa de dormir puxada para perto da cintura. Levou a mão à garganta, olhou para Portia e esperou.

"É o nosso Willie. Ele foi um mau garoto e se meteu numa encrenca braba. E a gente tem que fazer alguma coisa."

Dr. Copeland saiu do hall com passos rígidos. Parou no quarto para pegar o roupão, o cachecol e os chinelos e depois voltou à cozinha. Portia esperava por ele lá. A cozinha estava sem vida e fria.

"Muito bem. O que foi que ele fez? O quê?"

"Só um minuto. Eu preciso de um espaço na minha cabeça pra examinar tudo muito bem e poder te contar as coisas sem erro."

Ele amassou algumas folhas de jornal que estavam na lareira e pegou uns gravetos.

"Deixa que eu faço o fogo", disse Portia. "O senhor senta perto da mesa, e, assim que esse fogão ficar quente, a gente vai tomar uma xícara de café. Então quem sabe a história não vai parecer tão ruim."

"Não tenho mais café. Usei a última porção ontem."

Quando ele falou isso, Portia começou a chorar. Furiosa, encheu o fogão de papel e madeira e acendeu o fogo com mão trêmula. "Isso aqui é o que aconteceu", disse ela. "O Willie e o Highboy tavam zanzando hoje de noite num lugar onde não tinham que estar. Sabe como eu sinto que sempre tenho que manter meu Willie e meu Highboy perto de mim? Bom, se eu tivesse lá, nada dessa confusão tinha acontecido. Mas eu tava no encontro das mulheres na igreja e os meninos ficaram impacientes. Eles foram pro Palácio do Doce Prazer da Madame Reba. E pai, é um lugar ruim pra chuchu, depravado. Lá tem um homem que vende ingressos ilegais – e tem também essas garotas negras exibidas e malcriadas que só querem saber de rebolar, e tem aquelas cortinas de cetim vermelho e..."

"Filha", disse o dr. Copeland irritado. Ele pressionou a mão no lado da cabeça. "Conheço o lugar. Conte a história."

"A Love Jones tava lá... e ela é uma garota de cor que não presta. O Willie tinha bebido e dançou com ela até que, nem se sabe como, tava no meio de uma briga. Uma briga com esse menino chamado Junebug – por causa da Love. Por algum tempo eles brigaram só com as mãos, mas então esse Junebug puxou uma faca. O nosso Willie não tinha faca, por isso começou a gritar e correr pelo salão. Então o Highboy arrumou uma navalha pro Willie, e ele parou e quase cortou fora a cabeça do Junebug."

Dr. Copeland puxou o cachecol mais perto de si. "Morreu?"

"Esse menino é ruim demais pra morrer. Tá no hospital, mas vai sair e arrumar outra encrenca daqui a um tempo."

"E o William?"

"A polícia chegou e levou o Willie em cana, no camburão. Inda tá lá preso."

"E ele não se machucou?"

"Ah, ele tá com um olho rebentado e tem um corte pequeno no traseiro dele. Mas não é nada de mais. O que eu não consigo compreender é como que ele tava andando com essa Love. Ela é pelo menos dez vezes mais preta que eu, a crioula mais feia que eu já vi na vida. Anda como se tivesse um ovo entre as pernas e não quisesse quebrar ele. Ela nem é limpa. E aí o Willie vai e perde a linha desse jeito por causa dela."

Dr. Copeland se inclinou para perto do fogão e gemeu. Tossiu e seu rosto endureceu. Pôs o lenço de papel na boca e ele se tingiu de sangue. A pele escura de seu rosto adquiriu uma palidez esverdeada.

"Claro, o Highboy veio logo me contar como foi que tudo aconteceu. O senhor vê, meu Highboy não teve nada a ver com essas garotas do mal. Tava apenas fazendo companhia pro Willie. Tá sofrendo tanto por causa do Willie que desde então tá lá sentado no meio-fio da rua, na frente da prisão." As lágrimas coloridas pelo fogo rolavam pelo rosto de Portia. "O senhor sabe como nós três sempre fomos. A gente tem nosso plano e nada nunca deu errado com ele até agora. Até o dinheiro não incomoda nem um pouco. O Highboy, ele paga o aluguel, e eu compro a comida – e o Willie cuida das noites de sábado. A gente sempre foi como trigêmeos."

Finalmente amanheceu. O apito soou para o primeiro turno no moinho. O sol apareceu e iluminou as panelas limpas penduradas na parede acima do fogão. Pai e filha ficaram sentados por um longo tempo. Portia puxava os brincos nas orelhas até os lóbulos ficarem irritados e arroxeados. Dr. Copeland ainda segurava a cabeça entre as mãos.

"Minha impressão", disse Portia finalmente, "é que, se a gente conseguir alguns brancos pra escrever umas cartas sobre o Willie, isso pode ajudar bastante. Eu já fui falar com o sr. Brannon. Ele escreveu tudinho que eu disse pra ele escrever. Tava lá no café depois que tudo isso aconteceu, como ele tá sempre toda noite. Então eu fui até lá e expliquei como é que tavam todas as coisas. Levei a carta pra casa comigo. Enfiei dentro da Bíblia pra não perder, não sujar".

"O que dizia a carta?"

"O sr. Brannon, ele escreveu tudinho o que eu pedi. A carta diz que o Willie trabalha pro sr. Brannon já vai fazer três anos. Diz que o Willie é um rapaz de cor honesto e que ele nunca se meteu em nenhuma encrenca antes. Diz que sempre teve muitas oportunidades de pegar as coisas no café, se fosse outro tipo de rapaz de cor e que..."

"Nossa!", disse o dr. Copeland. "Tudo isso não vale nada."

"Com o Willie trancafiado no xadrez, a gente não pode ficar só sentado esperando. Meu Willie, um menino tão doce, mesmo tendo feito coisa errada esta noite. A gente não pode ficar só aqui sentado esperando."

"É o que teremos de fazer. É a única coisa que podemos fazer."

"Bom, eu sei que eu não vou, não."

Portia se levantou da cadeira. Seus olhos vagaram distraídos pela sala como se procurassem alguma coisa. Então, abruptamente, ela se dirigiu para a porta da frente.

"Espere um minuto", disse o dr. Copeland. "Aonde pretende ir agora?"

"Eu tenho que trabalhar. Tenho que manter meu emprego. Tenho que continuar com a sra. Kelly e receber meu dinheiro toda semana."

"Quero ir até a prisão", disse o dr. Copeland. "Talvez eu possa ver o William."

"Eu vou passar pela prisão no caminho pro trabalho. Tenho que mandar o Highboy pro trabalho também – se ele não for, é capaz de ficar se lamentando pelo Willie a manhã inteira."

Dr. Copeland se vestiu às pressas e se juntou a Portia no saguão. Os dois saíram na manhã de outono fria e azul. Os homens na prisão foram rudes com eles, e os dois não conseguiram saber quase nada. Dr. Copeland foi então consultar um advogado com quem tivera contatos profissionais antes. Os dias seguintes foram longos e cheios de preocupações. Ao final de três semanas, realizou-se o julgamento de William, e ele foi considerado culpado de agressão com uma arma letal. Foi condenado a nove meses de trabalhos forçados e enviado imediatamente a uma prisão na parte norte do estado.

Mesmo em momentos como esse, o propósito forte e verdadeiro estava sempre em sua mente, mas ele não tinha tempo para pensar nisso. Andava de uma casa a outra, e o trabalho não tinha fim. De manhãzinha cedo, ele saía em seu automóvel para fazer visitas, e mais tarde, às onze horas, os pacientes vinham ao consultório. Depois do ar cortante de outono, havia na casa um odor quente e viciado que o fazia tossir. Os bancos no hall estavam sempre cheios de negros doentes e pacientes à sua espera, e de vez em quando até o alpendre e seu quarto de dormir ficavam apinhados de gente. Ao longo de todo o dia e muitas vezes até a metade da noite, era só trabalho. Por causa do cansaço, ele às vezes queria se deitar no chão, dar uns murros e chorar. Se pudesse descansar, ele poderia ficar bom.

Tinha tuberculose nos pulmões, media sua temperatura quatro vezes por dia e tirava uma radiografia uma vez por mês. Mas ele não podia descansar. Pois havia algo maior que o cansaço – era o propósito forte e verdadeiro.

Ele pensava nesse propósito mesmo que às vezes, depois de um longo dia e uma longa noite de trabalho, sentisse um branco na mente a ponto de esquecer por um minuto o que era o propósito. Então a ideia lhe surgia mais uma vez, e ele ficava inquieto e ansioso para assumir uma nova tarefa. Mas as palavras frequentemente ficavam presas na garganta, e sua voz saía rouca, e não alta como tinha sido antes. Ele impunha as palavras aos rostos doentes e pacientes dos negros, que eram seu povo.

Muitas vezes, falava com o sr. Singer. Com ele, falava sobre química e o enigma do universo. Sobre o esperma infinitesimal e a clivagem do óvulo amadurecido. Sobre a complexa divisão das células ocorrendo milhões de vezes. Sobre o mistério da matéria viva e a simplicidade da morte. E também falava com ele sobre raça.

"Meu povo foi trazido das grandes planícies e das selvas verdes e escuras", disse certa vez ao sr. Singer. "Nas longas jornadas acorrentadas para a costa, eles morriam aos milhares. Apenas os fortes sobreviviam. Acorrentados nos navios imundos que os traziam para cá, eles morriam de novo. Apenas os negros resistentes, com força de vontade, conseguiam viver. Espancados, acorrentados e vendidos em leilão, os mais fracos desses fortes pereciam de novo. E finalmente, ao longo de anos amargos, os mais fortes do meu povo ainda estão por aqui. Seus filhos e filhas, seus netos e bisnetos."

"Vim pegar uma coisa emprestada e pedir um favor", disse Portia.

Dr. Copeland estava sozinho na cozinha quando a filha cruzou o saguão e parou na soleira da porta para lhe falar. Duas semanas tinham se passado desde que William fora mandado para a prisão. Portia estava mudada. O cabelo não estava tratado com óleo e penteado como de costume, os olhos injetados de sangue faziam crer que ela andava tomando bebidas fortes.

As bochechas estavam ocas, e, com seu triste rosto da cor do mel, ela se parecia muito com a mãe.

"Sabe esses pratos e essas xícaras brancas bonitas que o senhor tem?"

"Pode pegar e guardar pra você."

"Não, eu só quero emprestado. E também vim aqui pra pedir um favor."

"O que quiser", disse o dr. Copeland.

Portia sentou-se diante do pai no outro lado da mesa. "Primeiro, acho melhor explicar. Ontem recebi essa mensagem aqui do vô dizendo que eles tão tudo vindo pra cá amanhã pra passar a noite e parte do domingo com a gente. Claro que tão muito preocupados com o Willie, e o vô sente que a gente tem que ficar tudo junto de novo. Ele tá com razão. Com certeza eu quero ver nossos parentes de novo. Sinto muita saudade de casa desde que o Willie foi embora."

"Você pode pegar os pratos e qualquer coisa que encontrar por aqui", disse o dr. Copeland. "Mas levante os ombros, filha. Sua postura está ruim."

"Vai ser uma reunião de verdade. Sabe que vai ser a primeira vez que o vô vai passar a noite na cidade em vinte anos? Ele nunca dormiu fora de casa tirando duas vezes na vida inteira. De qualquer jeito, ele fica meio nervoso de noite. Durante todo o período do escuro, ele tem que levantar, beber água, ver se as crianças tão cobertas e bem. Eu me preocupo um pouco, não sei se o vô vai ficar confortável aqui."

"Qualquer coisa minha que você considere útil..."

"Claro que a Lee Jackson vai trazer todo mundo pra cidade", disse Portia. "E, com a Lee Jackson, eles vão levar um dia inteiro pra chegar aqui. Espero que eles cheguem só na hora da janta. Claro que o vô é sempre tão paciente com a Lee Jackson que não vai fazer ela andar depressa de jeito nenhum."

"Puxa vida! Essa velha mula ainda está viva? Já deve ter completado 18 anos."

"Até mais que isso. O vô trabalha com a mula faz uns vinte anos. Tem essa mula faz tanto tempo que sempre diz que a Lee Jackson é como da família. Ele compreende e ama a Lee Jackson do mesmo jeito que ama os netos. Nunca vi um humano saber tão bem o que um animal tá pensando como o vô. Ele tem um sentimento íntimo por tudo que caminha e come."

"Vinte anos é muito tempo pra fazer uma mula trabalhar."

"Claro que é. Agora a Lee Jackson tá bem fraca. Mas o vovô cuida muito bem dela. Quando saem pra arar a terra debaixo do sol quente, a Lee Jackson usa um chapéu grande de palha na cabeça, igual o do vô – com buracos cortados pras orelhas. Esse chapéu de palha da mula é uma verdadeira piada, e a Lee Jackson não dá um passo na hora de arar se não tá com o chapéu na cabeça."

O dr. Copeland baixou da prateleira os pratos de porcelana branca e começou a embrulhá-los com papel-jornal. "Você tem potes e panelas suficientes para cozinhar toda a comida que será necessária?"

"Muitos", disse Portia. "Não vou fazer nada que dê muito trabalho. O vô, ele é o sr. Atencioso em pessoa... e ele sempre traz alguma coisa pra ajudar quando a família vem pro jantar. Só vou arrumar muito mingau, repolho e 1 quilo de uma bela duma tainha."

"Parece bom."

Portia entrelaçou nervosa os dedos amarelados. "Tem uma coisa que eu inda não contei. Uma surpresa. O Buddy vai aparecer aqui. E o Hamilton também. O Buddy acabou de voltar de Mobile. Tá ajudando lá na fazenda agora."

"Faz cinco anos desde a última vez que vi Karl Marx."

"É exatamente isso que eu vim perguntar", disse Portia. "O senhor lembra que, chegando na porta, eu disse que tava vindo pegar uma coisa emprestada e pedir um favor?"

O dr. Copeland estalou as articulações dos dedos. "Sim."

"Bom, eu vim pra ver se consigo levar o senhor amanhã pra reunião. Todos os seus filhos menos o Willie vão estar lá. Acho que o senhor tem que vim com a gente. Se o senhor vier eu vou ficar muito feliz."

Hamilton, Karl Marx e Portia – e William. Dr. Copeland tirou os óculos e apertou os dedos contra as pálpebras. Por um minuto viu os quatro com bastante nitidez, do jeito que eram muito tempo atrás. Depois olhou para cima e endireitou os óculos sobre o nariz. "Obrigado", disse ele. "Eu vou."

Naquela noite, ele se sentou sozinho ao lado do fogão na cozinha escura e relembrou. Pensou na época de sua infância. A mãe tinha nascido escrava e, depois da libertação, se tornou lavadeira. O pai era um pregador que certa vez tinha conhecido John Brown. Eles o tinham educado, e, dos 2 ou 3 dólares que ganhavam a cada semana, acumularam uma poupança. Quando ele tinha 17 anos, os pais o enviaram para o Norte com 80 dólares escondidos no sapato. Ele havia trabalhado numa oficina de ferreiro e como garçom e mensageiro num hotel. E durante todo esse tempo estudava, lia e frequentava a escola. O pai morreu e a mãe não viveu muito tempo sem ele. Depois de dez anos de luta, ele era um médico, conhecia sua missão e voltou para o Sul.

Casou-se e formou um lar. Andava interminavelmente de casa em casa falando da missão e da verdade. O sofrimento desesperançado de seu povo gerava dentro dele uma loucura, um sentimento feroz e mau de destruição. Às vezes, tomava bebidas fortes e batia a cabeça contra o chão. Em seu coração havia uma violência selvagem, e um dia ele pegou o atiçador da lareira e golpeou sua esposa. Ela levou Hamilton, Karl Marx, William e Portia consigo para a casa de seu pai. Ele lutava em seu espírito para combater a escuridão do mal. Mas Daisy não voltou para ele. E, oito anos mais tarde, quando ela morreu, seus filhos já não eram crianças e não regressaram para a casa do pai. Ele foi abandonado, um velho numa casa vazia.

Pontualmente às cinco horas da tarde seguinte, ele chegou à casa onde Portia e Highboy moravam. Eles residiam na parte da cidade chamada Sugar Hill, e a casa era uma choupana estreita com um alpendre e dois quartos. Do interior, escutava-se um murmúrio de vozes misturadas. Dr. Copeland se aproximou com passos rígidos e parou na soleira da porta com seu surrado chapéu de feltro na mão.

A sala estava cheia de gente, e a princípio ele não foi percebido. Procurou os rostos de Karl Marx e Hamilton. Além dos dois, ali estavam o avô e duas crianças sentadas no chão. Ele ainda perscrutava os rostos dos filhos quando Portia o percebeu parado na porta.

"Aqui, pai", disse ela.

As vozes silenciaram. O avô se virou em sua cadeira. Ele era magro, curvado e muito enrugado. Estava com o mesmo terno preto-esverdeado que tinha usado trinta anos antes no casamento de sua filha. Trazia sobre o colete uma corrente de relógio de latão baço. Karl Marx e Hamilton olharam um para o outro, depois para o chão e finalmente para seu pai.

"Benedict Mady...", disse o velho. "Faz tanto tempo. Um tempo realmente comprido."

"Né mesmo?", disse Portia. "Essa aqui é a primeira reunião de toda a família em muitos anos. Highboy, busca uma cadeira na cozinha. Pai, olha aqui o Buddy e o Hamilton."

Dr. Copeland apertou as mãos dos filhos. Ambos eram altos, fortes e desajeitados. Contra as camisas e os macacões azuis, sua pele tinha a mesma cor marrom viva que se via em Portia. Eles não olharam nos olhos do pai, e em seus rostos não havia amor nem ódio.

"Certamente uma pena que nem todo mundo conseguiu vir – a tia Sara e o Jim e todos mais", disse Highboy. "Mas este aqui é um prazer real pra gente."

"Carroça lotada", disse uma das crianças. "Tinha que caminhar um longo pedaço porque a carroça tava cheia demais."

O avô coçou a orelha com um palito de fósforo. "Alguém tinha que ficar em casa."

Nervosa, Portia lambeu os lábios finos e escuros. "É no nosso Willie que eu fico pensando. Ele sempre foi doido por qualquer tipo de festa ou bagunça. Minha mente não consegue parar de pensar no Willie."

Pela sala, correu um murmúrio quieto de assentimento. O velho se recostou na cadeira e balançou a cabeça para cima e para baixo. "Portia, querida, que tal ler um pouco pra nós? A palavra de Deus certamente significa muito em tempos de dificuldades."

Portia pegou a Bíblia que estava sobre a mesa no centro da sala. "Que parte o senhor quer escutar agora, vovô?"

"É tudo livro do Nosso Senhor. Qualquer lugar que seus olhos baterem já tá bom."

Portia leu o Livro de Lucas. Ela lia lentamente, acompanhando as palavras com seu dedo longo e macio. Todos na sala estavam imóveis. Dr. Copeland, sentado à margem do grupo, estalava os nós dos dedos, e seus olhos erravam de um ponto para outro. O espaço era muito pequeno; o ar, claustrofóbico e abafado. As quatro paredes estavam atravancadas com calendários e anúncios toscamente coloridos, tirados de revistas. Sobre o consolo da lareira, havia um vaso com rosas vermelhas artificiais. O fogo na lareira queimava lentamente e a luz oscilante da lamparina criava sombras na parede. Portia lia com um ritmo tão lento que as palavras dormiam nos ouvidos do dr. Copeland, e ele se sentia sonolento. Karl Marx estava esparramado no chão ao lado das crianças. Hamilton e Highboy cochilavam. Apenas o velho parecia estudar o significado das palavras.

Portia acabou o capítulo e fechou o livro.

"Pensei muito nessas coisas muitas vezes", disse o avô.

As pessoas na sala saíram de seu torpor. "No quê?", perguntou Portia.

"É assim. Cês lembram daquelas partes sobre Jesus levantando os mortos e curando os doentes?"

"Claro que sim, senhor", disse Highboy com deferência.

"Muitos dias, quando eu tô arando a terra ou trabalhando", disse o avô lentamente, "fico pensando e cismando sobre o tempo que Jesus vai descer de novo pra esta terra. Porque eu sempre quis tanto isso que acho que vai acontecer enquanto eu ainda tô vivo. Andei estudando muitas vezes. E aqui tá a maneira como imagino que vai acontecer. Acho que eu vou ter que ficar diante de Jesus com todos os meus filhos e netos e bisnetos e parentes e os amigos e vou dizer pra eles 'Jesus Cristo, nós somos tudo pobres pessoas de cor'. E então Ele vai pôr sua mão sagrada sobre nossa cabeça e no mesmo instante todos nós vamos ficar brancos como algodão. Essa é a imagem e o pensamento que tá no meu coração faz muito e muito tempo".

Um silêncio caiu sobre a sala. Dr. Copeland sacudiu o punho de suas mangas e pigarreou. Seu pulso batia rápido demais e a garganta estava apertada. Sentado no canto da sala, ele se sentia isolado, zangado e sozinho.

"Algum de vocês já teve um sinal do céu?", perguntou o avô.

"Eu já, senhor", disse Highboy. "Uma vez, quando eu tava doente com pneumonia, eu vi a face de Deus olhando da lareira pra mim. Era uma grande face de homem branco com uma barba branca e os olhos azuis."

"Eu vi um fantasma", disse uma das crianças – a menina.

"Uma vez, eu vi...", começou o menino pequeno.

O avô ergueu a mão. "Vocês, crianças, fiquem quietos. Você, Celia – e você, Whitman – agora é hora de escutar, não de ser escutado", disse ele. "Só uma vez eu tive um sinal real. E aqui tá como aconteceu. Foi no verão do ano passado, tava fazendo muito calor. Eu tava tentando arrancar as raízes daquele grande cepo de carvalho perto do chiqueiro dos porcos e, quando me abaixei, uma espécie de fisgada, uma dor, atingiu de repente a parte de baixo das minhas costas. Eu me endireitei, e então tudo em volta ficou escuro. Eu tava com as mãos nas costas e olhando pro céu, quando de repente vi esse anjinho. Era um pequeno anjo, uma menina branca – parecia ter mais ou menos o tamanho de uma ervilha-forrageira – com os cabelos loiros e um manto branco. Ela só tava voando por ali perto do sol. Depois disso, eu entrei na casa e rezei. Estudei a Bíblia três dias antes de sair pro campo de novo."

Dr. Copeland sentiu a antiga raiva má dentro dele. As palavras subiam imperfeitamente à sua garganta, e ele não conseguia pronunciá-las. Todos escutavam o que o velho estava dizendo. Mas não davam atenção às palavras de razão. Este é meu povo, tentou dizer a si mesmo – mas, porque estava mudo, esse pensamento não o ajudava agora. Continuou sentado, tenso e carrancudo.

"É esquisito", disse o avô de repente. "Benedict Mady, você é um bom médico. Como é que eu tenho essas dores às vezes na parte de baixo das costas, depois de cavar e plantar por um bom tempo? Como é que essa dor me incomoda tanto?"

"Quantos anos o senhor tem agora?"

"Alguma coisa entre os 70 e os 80 anos."

O velho adorava remédios e tratamento. Sempre que vinha com sua família visitar Daisy, ele procurava ser examinado e levar remédios e bálsamos para todo o grupo. Mas, quando Daisy o abandonou, o velho não veio mais e teve de se contentar com purgantes e pílulas para os rins, com os remédios que eram anunciados nos jornais. Agora o velho o fitava com uma tímida ansiedade.

"Beba muita água", disse o dr. Copeland. "E descanse o mais que puder."

Portia entrou na cozinha para preparar o jantar. Aromas quentes começaram a impregnar a sala. Havia muita conversa trivial, tranquila, mas o dr. Copeland não escutava nem falava. De vez em quando, olhava para Karl Marx ou Hamilton. Karl Marx falava de Joe Louis. Hamilton falava principalmente do granizo que tinha arruinado parte da lavoura. Quando percebiam o olhar do pai, sorriam e arrastavam os pés no chão. Ele continuava fitando os filhos com uma dor zangada.

Dr. Copeland cerrou os dentes com força. Pensara tanto sobre Hamilton, Karl Marx, William e Portia, sobre o propósito real e verdadeiro que tinha idealizado para eles, que a visão de suas faces provocava nele um intumescido sentimento obscuro. Se alguma vez pudesse lhes falar tudo, desde os remotos primórdios até essa noite exata, o desabafo amenizaria a dor aguda em seu coração. Mas eles não escutariam ou compreenderiam.

Ele se retesou tanto que cada músculo em seu corpo estava rígido e tenso. Não escutava nem via mais nada ao seu redor. Ficou sentado a um canto como um homem que é cego e mudo. Logo todos foram para a mesa do jantar, e o velho proferiu a oração de graças. Mas o dr. Copeland não comeu. Quando Highboy trouxe uma garrafa de meio litro de gim, e todos riram e passaram a garrafa de boca em boca, ele também recusou a bebida. Ficou sentado num rígido silêncio e por fim pegou seu chapéu e deixou a casa sem se despedir. Se não podia falar toda a longa verdade, nenhuma outra palavra lhe viria aos lábios.

Passou a noite inteira acordado e tenso. O dia seguinte era domingo. Fez meia dúzia de visitas e, no meio da manhã, foi ao quarto do sr. Singer. A visita atenuou seu sentimento de solidão, de modo que ao se despedir estava de novo em paz consigo mesmo.

Entretanto, antes que estivesse fora da casa, essa paz já o tinha abandonado. Ocorreu um acidente. Quando começou a descer a escada, ele viu um homem branco carregando um grande saco de papel e chegou mais perto do corrimão para que pudessem passar um pelo outro. Mas o homem branco subia correndo, dois degraus a cada passo, sem olhar para os lados, e eles colidiram com tal força que o dr. Copeland ficou meio tonto e sem fôlego.

"Jesus Cristo! Eu não te vi."

Dr. Copeland olhou para ele de perto, mas não respondeu. Já tinha visto esse homem branco noutra ocasião. Lembrava o corpo de baixa estatura e aparência brutal, além das mãos imensas e desajeitadas. Depois, com um repentino interesse clínico, observou o rosto do homem branco, pois em seus olhos via uma estranha, fixa e enrustida expressão de loucura.

"Desculpe", disse o homem branco.

O dr. Copeland pôs a mão sobre o corrimão e seguiu adiante.

4

"Quem era esse cara?", perguntou Jake Blount. "Quem era esse homem de cor, alto e magro, que acabou de sair daqui?"

O pequeno quarto estava muito arrumado. O sol iluminava uma tigela de uvas roxas sobre a mesa. Singer estava sentado com a cadeira inclinada para trás e as mãos enfiadas nos bolsos, olhando pela janela.

"Dei um esbarrão nele nos degraus da escada e ele me olhou de um jeito... ora, ninguém nunca me olhou de modo tão abjeto."

Jake colocou o saco de cervejas na mesa. Percebeu com um choque que Singer não sabia que ele estava no quarto. Foi até a janela e bateu em seu ombro.

"Eu não tinha intenção de esbarrar nele. Ele não tinha por que agir assim."

Jake teve um arrepio. Embora o sol brilhasse, corria um ar frio pelo quarto. Singer ergueu o indicador e saiu pelo corredor. Quando voltou, trazia um balde de carvão e alguns gravetos. Jake o viu se ajoelhar diante da lareira. De modo ordenado, quebrou os gravetos sobre o joelho e os arrumou em cima da base de papel-jornal. Colocou o carvão de acordo com um sistema definido. Primeiro, o fogo não quis pegar. As chamas tremiam fracamente e eram sufocadas por um rolo preto de fumaça. Singer cobriu a grelha com uma folha dupla de papel-jornal. A corrente de ar deu nova vida ao fogo. No quarto, escutava-se um som crepitante. O papel brilhava em brasa e era sugado para dentro. Labaredas cor de laranja estalavam pela grelha.

A primeira cerveja da manhã tinha um gosto adocicado e bom. Jake engoliu seu trago às pressas e limpou a boca com as costas da mão.

"Essa senhora que eu conheci muito tempo atrás", disse ele. "Você meio que me lembra essa mulher. A srta. Clara. Ela era proprietária de uma pequena fazenda no Texas. E fazia pralinas pra vender nas cidades. Era uma senhora alta, grande, bonita. Usava uns suéteres longos, folgados, sapatos pesados e um chapéu de homem. O marido já tinha morrido quando eu conheci ela. Mas o que eu tô querendo dizer é o seguinte: se não fosse por ela, eu poderia não saber nunca. Poderia ter continuado pela vida como os milhões de outros que não sabem. Teria sido apenas um pregador, um operário de moinho de algodão, um vendedor. Minha vida inteira teria sido desperdiçada."

Jake sacudiu a cabeça, procurando imaginar.

"Pra compreender, você tem que saber o que aconteceu antes. Vê só, eu vivia em Gastonia quando era pequeno. Eu era um baixinho de pernas arqueadas, pequeno demais pra trabalhar no moinho. Cuidava dos pinos num boliche e recebia um prato de comida como pagamento. Depois, ouvi falar que um menino esperto e ágil podia ganhar 30 centavos por dia enrolando tabaco não muito longe dali. Fui até lá e ganhei esses 30 centavos por dia. Isso foi quando eu tinha 10 anos. Abandonei meus pais. Não deixei nem um bilhete. Eles ficaram felizes com minha partida. Sabe como são essas coisas. Além disso, só quem sabia ler era minha irmã."

Ele abanou a mão no ar como se estivesse afastando alguma coisa do rosto. "Mas o que eu quero dizer é o seguinte. Minha primeira crença foi em Jesus. Tinha esse sujeito que trabalhava no mesmo galpão comigo. Ele tinha um tabernáculo e pregava todas as noites. Fui lá, escutei e peguei essa crença. Minha mente estava em Jesus o dia todo. No meu tempo livre, eu estudava a Bíblia e rezava. Então uma noite peguei um martelo e botei a mão em cima da mesa. Eu tava zangado e enfiei um prego até o fim. Minha mão ficou pregada na mesa, olhei para ela e os dedos palpitavam e iam ficando azuis."

Jake estendeu a palma da mão e apontou para a cicatriz branca irregular no centro.

"Eu queria ser evangelista. Pretendia viajar pelo país pregando e despertando a fé das pessoas. Enquanto isso, andava de um lugar pro outro, e quando eu tinha quase 20 anos cheguei ao Texas. Trabalhava numa mata de nogueiras-pecã perto de onde a srta. Clara morava. Acabei conhecendo ela, e à noite eu ia, às vezes, até a casa dela. Ela falava pra mim. Entende, não é que eu comecei a saber tudo de uma hora pra outra. Não é assim que acontece com nenhum de nós. Foi aos poucos. Comecei a ler. Trabalhava só pra ganhar o suficiente para conseguir ficar ocioso por algum tempo e estudar. Foi como nascer pela segunda vez. Apenas nós, que sabemos, podemos entender o que isso significa. Abrimos nossos olhos e vemos. Somos como pessoas de um lugar muito distante."

Singer concordou com ele. O quarto tinha um conforto caseiro. O mudo tirou do armário a lata onde guardava biscoitos, frutas e queijos. Escolheu uma laranja e a descascou lentamente. Foi puxando lascas do bagaço até a fruta ficar transparente ao sol. Partiu a laranja e dividiu os pedaços entre eles. Jake comia dois de cada vez e, com um ssssh ruidoso, cuspia as sementes no fogo. Singer comia sua parte devagar e depositava as sementes ordenadamente na palma de uma das mãos. Abriram mais duas cervejas.

"E quantos de nós existem neste país? Talvez 10 mil. Talvez 20 mil. Talvez bem mais. Estive em muitos lugares, mas nunca encontrei mais que alguns poucos. Mas vamos dizer que um homem realmente *sabe*. Ele vê o mundo como é de verdade e reconsidera milhares de anos pra entender como tudo acontece. Ele observa a lenta aglutinação de capital e poder e vê o auge disso hoje. Ele vê a América como uma casa de loucos. Ele vê como os homens têm que roubar dos seus irmãos pra viver. Ele vê crianças morrendo de fome e mulheres trabalhando sessenta horas por semana pra conseguir o que comer. Ele vê um miserável exército de desempregados e bilhões de dólares e milhares de acres de terra desperdiçados. Ele vê a guerra se aproximando. Ele vê que, por sofrer muito, as pessoas ficam mesquinhas e feias, e algo morre dentro delas. Mas o principal que ele vê é que todo o sistema do mundo é construído sobre uma mentira. E, embora isso seja tão claro quanto o sol brilhando, os que não sabem vivem com essa mentira há tanto tempo que simplesmente não conseguem enxergar."

A veia vermelha saliente na testa de Jake inchou de raiva. Ele pegou o balde perto da lareira e sacudiu uma avalanche de carvão sobre o fogo. Seu pé estava formigando, e ele pisou tão forte que sacudiu o chão.

"Estive em toda parte. Ando por aí. Converso. Tento explicar a eles. Mas de que adianta? Meu Deus!"

Ele contemplou o fogo, e um rubor da cerveja e do calor escureceu a cor de seu rosto. A dormência do pé subiu pela perna. Sonolento, ele viu as cores do fogo, os matizes de verde, azul e amarelo queimado. "Você é o único", disse num tom sonhador. "O único."

Já não era um estranho. A essa altura, conhecia todas as ruas, todos os becos, toda cerca em todas as imensas favelas da cidade. Ainda trabalhava no Sunny Dixie. Durante o outono, o espetáculo se deslocava de um terreno baldio para outro, ficando sempre dentro dos limites da cidade, até percorrer por fim todo o circuito urbano. Os locais mudavam, mas o cenário era semelhante – uma faixa de terreno não cultivado, cercado por filas de barracos desconjuntados, em algum lugar perto de um moinho, um descaroçador de algodão ou uma fábrica envasadora. A multidão era a mesma, em sua maior parte composta de operários das fábricas e negros. O espetáculo era espalhafatoso, com luzes coloridas à noite. Os cavalos de madeira do carrossel giravam em círculo ao som da música mecânica. Os balanços chispavam, a grade ao redor do jogo de atirar moedas estava sempre apinhada de gente. Em duas tendas, vendiam-se bebidas, hambúrgueres malpassados e algodão-doce.

Ele tinha sido contratado como maquinista, mas aos poucos o alcance de suas tarefas se ampliou. Sua voz rouca bradava aos berros em meio ao barulho, e ele estava sempre vagando de um lugar para outro no terreno do show. O suor brotava em sua testa, e muitas vezes seu bigode ficava encharcado de cerveja. No sábado, o trabalho de Jake era manter a ordem entre as pessoas. Seu corpo atarracado e duro abria caminho em meio à multidão empurrando com selvagem energia. Apenas os olhos não compartilhavam a violência do resto de seu ser.

Bem abertos, contemplando tudo embaixo da enorme testa carrancuda, eles pareciam arredios e distraídos.

Ele voltava para casa entre meia-noite e uma da madrugada. A casa onde vivia formava um quadrado com quatro quartos, e o aluguel era 1,50 dólar por pessoa. Havia uma privada nos fundos e um ponto de água na entrada. Em seu quarto, as paredes e o chão tinham um cheiro molhado, azedo. Cortinas de renda baratas cobertas de fuligem pendiam das janelas. Ele mantinha seu terno bom na mala e pendurava o macacão num prego. O quarto não tinha aquecimento nem eletricidade. Entretanto, pela janela se via uma lâmpada da rua que brilhava lá fora e produzia um pálido reflexo esverdeado no interior do cômodo. Ele nunca acendia a lamparina ao lado da cama a não ser que quisesse ler. O cheiro acre do óleo queimando no quarto frio o deixava enjoado.

Quando ficava em casa, ele andava sem descanso pelo quarto. Sentava-se na beira da cama desfeita e roía ferozmente as pontas sujas e quebradas de suas unhas. O gosto picante da sujeira permanecia em sua boca. A solidão era tão aguda que ele se enchia de terror. Em geral, tinha consigo meio litro de uísque contrabandeado. Ele tomava a bebida forte e à luz do dia ficava aquecido e relaxado. Às cinco horas, os apitos dos moinhos soavam para o primeiro turno. Os apitos produziam ecos perdidos e misteriosos, e ele só conseguia dormir depois que paravam de soar.

Contudo, ele quase nunca ficava em casa. Saía pelas ruas estreitas e vazias. Nas primeiras horas escuras da madrugada, o céu se tingia de negro e as estrelas despontavam nítidas e brilhantes. Às vezes, os moinhos estavam funcionando. Dos edifícios cobertos por uma luz amarela vinha o barulho das máquinas. Ele esperava nos portões pelo primeiro turno. Jovens garotas de suéteres e vestidos estampados saíam para a rua escura. Os homens vinham carregando a marmita do jantar. Alguns deles sempre iam a um bonde-café tomar uma Coca-Cola ou café antes de ir para casa, e Jake os acompanhava. Dentro do moinho ruidoso, os homens podiam ouvir claramente cada palavra que era falada, mas na primeira hora lá fora não escutavam nada.

No bonde, Jake tomava Coca-Cola com uísque. Conversava. O amanhecer de inverno era branco, esfumaçado e frio. Ele olhava com uma insistência bêbada as faces tensas e acovardadas dos homens. Muitas vezes riam dele, e quando isso acontecia ele endireitava o corpo tacanho e falava desdenhosamente com palavras de muitas sílabas. Mantinha seu dedo mínimo afastado do copo e torcia o bigode com arrogância. E se ainda continuavam a zombar, ele às vezes brigava. Brandia seus grandes punhos marrons com uma violência enlouquecida e soluçava alto.

Depois dessas manhãs, ele voltava ao espetáculo com alívio. Acalmava-se empurrando o mar de gente. O barulho, o cheiro fétido, o contato ombro a ombro com a carne humana amenizavam seus nervos à flor da pele.

Devido às leis que não permitiam o funcionamento do comércio aos domingos, nesse dia ele se levantava de manhã cedo e tirava da mala o terno de sarja. Seguia para a rua principal. Primeiro, entrava no New York Café e comprava um saco de cervejas. Depois ia até o quarto de Singer. Embora conhecesse muitas pessoas na cidade pelo nome ou rosto, o mudo era seu único amigo. Eles jogavam conversa fora no quarto tranquilo e bebiam as cervejas. Ele falava, e as palavras surgiam das manhãs escuras passadas na rua ou em seu quarto sozinho. As palavras eram formadas e pronunciadas com alívio.

O fogo tinha morrido. Singer estava jogando sozinho uma partida de xadrez sentado à mesa. Jake tinha dormido. Acordou com um estremecimento nervoso. Ergueu a cabeça e se virou para Singer. "Sim", disse como se em resposta a uma pergunta repentina. "Alguns de nós são comunistas. Mas nem todos... Eu mesmo não sou membro do Partido Comunista. Porque, em primeiro lugar, só conheci um deles. Dá pra vagabundear por aí por anos sem encontrar comunistas. Aqui perto não existe nenhum escritório a que se possa ir pra dizer que deseja aderir — e, se existir, nunca ouvi falar. E ninguém vai a Nova York pra aderir. Como eu disse, só conheci um comunista — e ele era um pequeno abstêmio decadente com mau hálito. Tivemos uma briga. Não que eu culpe os comunistas por isso. O principal é que não penso grande coisa de Stálin e da Rússia. Odeio todo e qualquer país e governo. Mas mesmo assim talvez eu devesse aderir aos comunistas. Não tenho certeza se devo ou não. O que é que você acha?"

Singer enrugou a testa e considerou. Procurou o lápis prateado e escreveu em seu bloco de papel que não sabia.

"Mas tem o seguinte. Ninguém pode ficar acomodado depois de saber, entende, temos que agir. E alguns de nós ficam doidos. Tem tanta coisa pra fazer e não se sabe por onde começar. Deixa qualquer um maluco. Até eu... fiz coisas que, quando olho pra trás, não parecem normais. Uma vez, eu mesmo criei uma organização. Peguei vinte operários de moinhos e falei pra eles até pensar que *sabiam*. Nosso lema era uma única palavra: Ação. Hã! Nossa intenção era provocar tumultos — agitar e criar a maior encrenca possível. Nossa meta final era a liberdade — mas uma liberdade real, uma grande liberdade só tornada possível pelo senso de justiça da alma humana. Nosso lema, 'Ação', significava aniquilar o capitalismo. Na constituição, que foi redigida por mim, certos estatutos lidavam com a troca de nosso lema 'Ação' por 'Liberdade', assim que nosso trabalho acabasse."

Jake afiou a ponta de um fósforo e esgaravatou uma cavidade que o incomodava num dente. Depois de um momento, continuou:

"Então, quando a constituição estava toda redigida e os primeiros adeptos bem organizados, eu saí pra viajar de carona e organizar as unidades componentes da sociedade. Em três meses voltei, e o que acha que encontrei? Qual foi a primeira ação heroica? A fúria deles por justiça tinha passado por cima da ação planejada e avançaram sem mim? Foi destruição, assassinato, revolução?"

Jake se inclinou para a frente em sua cadeira. Depois de uma pausa, disse sombrio:

"Meu amigo, eles tinham roubado os 57,30 dólares da tesouraria pra comprar os bonés do uniforme e bancar os jantares dos sábados sem trabalho. Eu peguei eles sentados ao redor da mesa de conferências, jogando dados, com o boné na cabeça, e um presunto e um galão de gim diante deles."

Um sorriso tímido de Singer seguiu a explosão da gargalhada de Jake. Pouco depois, o sorriso no rosto de Singer se tornou tenso e esmaecido. Jake ainda ria. A veia em sua testa inchou, o rosto ficou vermelho-escuro. Ele ria demais.

Singer olhou para o relógio e indicou a hora — meio-dia e meia. Pegou no consolo da lareira o relógio de pulso, o lápis prateado e o bloco de papel, seus cigarros e fósforos, e distribuiu tudo entre os bolsos. Era hora do almoço.

No entanto, Jake ainda ria. Havia algo maníaco no som de sua risada. Ele caminhou pelo quarto, fazendo tilintar as moedas nos bolsos. Seus braços longos e fortes se balançavam tensos e desajeitados. Começou a nomear partes de sua futura refeição. Quando falava de comida, seu rosto expressava um prazer feroz. A cada palavra, ele erguia o lábio superior como um animal voraz.

"Rosbife com molho. Arroz. E repolho e pão leve. E um grande naco de torta de maçã. Estou faminto. Oh, Johnny, ouço os ianques chegando. E por falar em refeições, meu amigo, eu já lhe contei do sr. Clark Patterson, o cavalheiro que é o dono do Sunny Dixie Show? Ele é tão gordo que não consegue ver sua genitália há vinte anos, e passa o dia inteiro no seu trailer jogando paciência e fumando maconha. Encomenda suas refeições numa espelunca de comida pra entrega rápida ali perto e todo dia no café da manhã ele..."

Jake recuou alguns passos para que Singer pudesse sair do quarto. Ele sempre ficava para trás nas passagens das portas, quando estava com o mudo. Sempre seguia Singer e esperava que o mudo fosse o guia. Enquanto desciam as escadas, continuou a falar com uma volubilidade nervosa. Mantinha os olhos castanhos e largos no rosto de Singer.

A tarde foi suave e amena. Eles ficaram em casa. Jake trouxera do almoço uma garrafa de uísque. Sentou-se meditativo e silencioso ao pé da cama, inclinando-se de vez em quando para encher seu copo com a garrafa que tinha posto no chão. Singer estava à mesa ao lado da janela jogando xadrez. Jake tinha relaxado um pouco. Observava o jogo do amigo e sentia a tarde amena e quieta se fundir com o escuro da noite. A luz do fogo criava ondas escuras e silenciosas nas paredes do quarto.

Contudo, à noite, Jake voltou a ficar tenso. Singer tinha posto de lado as peças do xadrez, e eles ficaram sentados um diante do outro. O nervoso fazia os lábios de Jake tremerem descontrolados, e ele bebia para se acalmar. Uma ressaca de inquietação e desejo o dominou. Ele bebeu o uísque e começou a falar de novo com Singer. As palavras inchavam dentro dele e jorravam de sua boca. Ele caminhava da janela para a cama e da cama para a janela — muitas e muitas vezes. E, por fim, o dilúvio de palavras inchadas tomou forma, e ele as pronunciou para o mudo com uma ênfase de bêbado:

"As coisas que eles nos fizeram! As verdades que eles transformaram em mentiras. Os ideais que sujaram e tornaram vis. Pega Jesus, por exemplo. Ele era um de nós. Ele sabia. Quando Ele disse que é mais fácil um camelo passar pelo buraco de uma agulha que um rico entrar no reino de Deus... Ele sabia muito bem o que estava dizendo. Mas olha o que a Igreja tem feito com Jesus durante os últimos 2 mil anos. O que fizeram de Jesus. Como distorceram cada palavra que Ele falou para servir a seus próprios fins canalhas. Jesus ia ser incriminado e preso se vivesse nos dias de hoje. Jesus seria alguém que realmente sabe. Jesus e eu sentaríamos um de cada lado da mesa, e eu ia olhar pra Ele e Ele pra mim, e nós dois íamos saber que o outro sabe. Jesus, Karl Marx e eu poderíamos nos sentar a uma mesa e..."

"E olha o que aconteceu com nossa liberdade. Os homens que lutaram a Revolução Americana não eram que nem essas damas das Filhas da Revolução Americana, assim como eu não sou um cachorrinho pequinês barrigudo e perfumado. Eles falavam a sério tudo que disseram sobre liberdade. Fizeram uma verdadeira revolução. Lutaram para que este pudesse ser um país onde todo homem seria livre e igual. Hã! E isso significava que todo homem era igual aos olhos da natureza — com uma oportunidade igual. Eles não queriam dizer que 20% da população pudessem roubar dos outros 80% os meios pra viver. Isso não significava que um único rico pudesse fazer 10 mil pobres se matarem de tanto trabalho pra ele poder ficar mais rico. Isso não significava que os tiranos pudessem meter este país num tal arrocho que milhões de pessoas se dispusessem a fazer qualquer coisa — enganar, mentir ou decepar seu braço direito — apenas pra trabalhar por três refeições diárias e um lugar pra dormir. A palavra liberdade virou uma blasfêmia. Tá me ouvindo? Fizeram a palavra liberdade feder como um gambá pra todos os que sabem."

A veia na testa de Jake latejava loucamente. Sua boca se contorcia, convulsiva. Singer se endireitou na cadeira, alarmado. Jake tentou falar de novo e as palavras se engasgaram em sua boca. Um estremecimento passou por seu corpo. Sentou-se na cadeira e pressionou os lábios trêmulos com os dedos. Depois disse, com a voz rouca:

"É assim, Singer. Ser louco não é bom. Nada do que fazemos é bom. É o que eu acho. A única coisa que a gente pode fazer é andar por aí contando a verdade. E, quando um bom número dos que não sabem aprenderem a verdade, não vai ser mais preciso lutar. A única coisa que a gente deve fazer é transmitir a verdade. Só isso. Mas como? Hein?"

As sombras do fogo se espalhavam pelas paredes. As ondas escuras e sombreadas se elevaram mais alto, e o quarto passou a se mover. O quarto subiu e caiu, e todo o equilíbrio desapareceu. Sozinho, Jake sentia que naufragava lentamente em movimentos de onda para o fundo de um oceano sombreado. Em seu desamparo e terror, apertou os olhos, mas não via nada exceto as ondas escuras e escarlate que rugiam famintas sobre sua cabeça. Então, por fim, vislumbrou o que procurava. O rosto do mudo desmaiado e muito distante. Jake fechou os olhos.

Na manhã seguinte, ele acordou muito tarde. Singer tinha saído fazia bastante tempo. Havia deixado pão, queijo, uma laranja e um bule de café sobre a mesa. Quando Jake acabou o café da manhã, era hora de ir trabalhar. De cabeça curvada, caminhou sombrio pela cidade até seu quarto. Quando chegou ao bairro onde vivia, passou por uma certa rua estreita que era flanqueada num dos lados por um armazém de tijolos enegrecidos pela fuligem. Na parede desse edifício, havia algo que vagamente o distraiu. Começou a seguir adiante, mas então sua atenção foi atraída de repente. Na parede, estava escrita uma mensagem com giz vermelho bem vivo, as letras desenhadas de modo espesso e de formato curioso:

Vós comereis a carne dos poderosos e bebereis o sangue dos príncipes da terra.

Ele leu a mensagem duas vezes e olhou ansiosamente para um e outro lado da rua. Ninguém à vista. Depois de alguns minutos de deliberação perplexa, tirou do bolso um lápis vermelho grosso e escreveu cuidadosamente abaixo da inscrição:

Seja quem for que escreveu a mensagem acima, encontre-me aqui amanhã ao meio-dia. Quarta-feira, 29 de novembro. Ou no dia seguinte.

Às doze horas do dia seguinte, ele esperou na frente da parede. De vez em quando, caminhava impaciente até a esquina para olhar as ruas em toda a sua extensão. Ninguém apareceu. Depois de uma hora, teve de seguir para o trabalho.

No dia seguinte, ele também esperou.

Então, na sexta-feira caiu uma chuva lenta e longa. A parede ficou encharcada e as mensagens acabaram borradas, de modo que não se podia ler nenhuma palavra. A chuva continuava, cinzenta, amarga e fria.

5

"Mick", disse Bubber. "Tô começando a achar que a gente vai se afogar."
　Era verdade que a chuva parecia nunca ter fim. A sra. Wells os levava de carro na ida e na volta da escola, e toda tarde eles tinham de ficar no alpendre ou dentro da casa. Ela e Bubber jogavam ludo, mico e brincavam de bola de gude no tapete da sala de estar. Estava chegando a época do Natal, e Bubber começou a falar sobre o Menino Jesus e a bicicleta vermelha que ele queria ganhar do Papai Noel. A chuva ficava prateada contra as vidraças, e o céu estava molhado, frio e cinzento. O rio subiu tanto que algumas pessoas da fábrica tiveram de sair de casa. Então, quando parecia que aquilo continuaria para sempre, de repente parou de chover. Certa manhã, quando acordaram, o sol forte brilhava lá fora. De tarde, estava quase tão quente como no verão. Mick voltou tarde da escola e encontrou Bubber, Ralph e Spareribs na calçada da frente. Os garotos pareciam acalorados e pegajosos, e suas roupas de inverno tinham um cheiro azedo. Bubber empunhava seu estilingue e um punhado de pedras. Ralph estava sentado ereto em seu carrinho, com um chapéu torto na cabeça, e parecia muito inquieto. Spareribs tinha seu novo rifle nas mãos. O céu era de um azul deslumbrante.
　"Faz um tempão que a gente tá te esperando, Mick", disse Bubber. "Onde é que cê se meteu?"
　Ela subiu os degraus da frente pulando de três em três e jogou o suéter na direção do cabide de chapéus. "Tava estudando piano no ginásio."

Toda tarde ela permanecia na escola uma hora depois das aulas para estudar piano. Havia sempre muita gente no ginásio barulhento, porque o time das garotas tinha jogos de basquete. Hoje, por duas vezes, levara uma bolada na cabeça. Mas ter uma oportunidade de tocar piano valia toda e qualquer saraivada de golpes e encrencas. Ela fazia soar um punhado de notas juntas até o som se tornar o que queria. Era mais fácil do que tinha imaginado. Depois das primeiras duas ou três horas, descobriu alguns conjuntos de acordes no baixo que se ajustavam à melodia principal que a mão direita estava tocando. Ela conseguia pegar quase qualquer peça de ouvido. E também inventava músicas novas. Isso era melhor do que apenas copiar melodias. Quando suas mãos caçavam esses belos novos sons, era a melhor sensação que ela já tinha experimentado.

Ela queria aprender a ler música já escrita. Delores Brown tivera aulas de música por cinco anos. Mick pagava a Delores Brown os 50 centavos por semana que recebia como dinheiro de refeição para que lhe desse aulas. Isso a deixava faminta o dia inteiro. Delores tocava muitas peças velozes, corridas — mas Delores não podia responder a todas as questões que ela queria saber. Delores apenas lhe ensinava sobre as diferentes escalas, os acordes maiores e menores, os valores das notas e outras regras iniciais como essas.

Mick bateu a porta do fogão da cozinha. "É só isso que a gente tem pra comer?"

"Querida, é o melhor que eu posso fazer procês", disse Portia.

Apenas bolinhos de milho e margarina. Enquanto comia, ela bebia um copo de água para ajudar os bocados a descer.

"Deixa de ser tão gulosa. Ninguém vai arrancar o bolinho da sua mão."

Os garotos ainda estavam zanzando na frente da casa. Bubber tinha posto o estilingue no bolso e agora brincava com o rifle. Spareribs tinha 10 anos, seu pai morrera no mês anterior, e aquele era o rifle do pai. Todos os garotos menores gostavam de pegar esse rifle. De tantos em tantos minutos, Bubber levantava a arma até o ombro. Mirava e soltava um *bum* bem alto.

"Não brinca com o gatilho", disse Spareribs. "A arma tá carregada."

Mick acabou o bolinho de milho e olhou ao redor em busca de alguma coisa para fazer. Harry Minowitz estava sentado na balaustrada do alpendre com o jornal. Ela ficou contente de vê-lo. Como piada, ergueu o braço e gritou para ele: "*Heil*!". No entanto, Harry não levou na brincadeira. Entrou de novo em casa e fechou a porta. Era fácil ferir sua sensibilidade. Ela lamentou, porque nos últimos tempos ela e Harry tinham virado ótimos amigos. Eles sempre haviam brincado na mesma turma quando crianças, mas nos últimos três anos ele estudava na escola técnica, enquanto ela ainda estava na escola ginasial. Além disso, ele pegava uns trabalhos de meio período. Cresceu muito de repente e deixou de andar pra cima e pra baixo com as crianças. Às vezes, ela o via lendo o jornal em seu quarto ou se despindo, tarde da noite. Em matemática e história, ele era o menino mais inteligente da escola técnica. Muitas vezes, agora que ela também estava na escola secundária, eles se encontravam no caminho para casa e andavam juntos. Estavam na mesma classe de oficina, e numa ocasião o professor os juntou como parceiros para montar um motor. Ele lia livros e acompanhava as notícias nos jornais todos os dias. A política mundial estava sempre em sua mente. Falava devagar, e o suor aparecia em sua testa quando levava alguma coisa muito a sério. E agora ele estava bravo com ela por causa da brincadeira.

"Será que o Harry ainda tem sua moeda de ouro?", disse Spareribs.

"Que moeda de ouro?"

"Quando nasce um menino judeu, eles depositam uma moeda de ouro no banco pra ele. Os judeus fazem isso."

"Ah, até parece. Cê confundiu tudo", disse ela. "Cê tá falando dos católicos. Os católicos compram uma pistola pro bebê assim que ele nasce. Um dia, os católicos pretendem começar uma guerra e matar todos os outros."

"As freiras me provocam uma sensação engraçada", disse Spareribs. "Fico assustado quando vejo uma na rua."

Mick se sentou nos degraus e deitou a cabeça nos joelhos. Entrou no quarto interior. Para ela, era como se houvesse sempre dois lugares – o quarto interior e o quarto exterior.

A escola, a família e as coisas que aconteciam todos os dias estavam no quarto exterior. O sr. Singer estava nos dois. Os países estrangeiros, os planos e a música estavam no quarto interior. As canções em que pensava estavam ali. E a sinfonia. Quando ela ficava sozinha nesse quarto interior, a música que tinha escutado naquela noite depois da festa voltava à sua cabeça. Essa sinfonia crescia lenta como uma grande flor em sua mente. Às vezes, durante o dia, ou quando tinha acabado de acordar de manhã, uma nova parte da sinfonia lhe vinha de repente à memória. Depois, ela precisava entrar no quarto interior para escutá-la muitas vezes, tentando uni-la às outras partes de que se lembrava. O quarto interior era um lugar muito privado. Ela podia estar no meio de uma casa cheia de pessoas e ainda assim sentir como se estivesse trancada sozinha em seu interior.

Spareribs meteu a mão suja perto dos olhos dela, porque Mick fitava o espaço vazio. Ela lhe deu um tapa.

"O que é uma freira?", perguntou Bubber.

"Uma dama católica", disse Spareribs. "Uma dama católica com um grande vestido preto que vai até em cima da cabeça."

Ela se cansou de ficar às voltas com os garotos. Era melhor ir à biblioteca e olhar as fotos na *National Geographic*. Fotografias de todos os lugares estrangeiros do mundo. Paris, França. E as grandes geleiras. E as selvas na África.

"Vocês, garotos, cuidem pra que o Ralph não saia na rua", disse ela.

Bubber descansou o grande rifle em seu ombro. "Traz uma história pra mim."

Era como se o garoto já tivesse nascido sabendo ler. Estava apenas na segunda série, mas adorava ler histórias sozinho — nunca pedia que outra pessoa lesse para ele. "Que tipo de história quer desta vez?"

"Escolhe umas histórias com alguma coisa de comer dentro delas. Gosto bastante daquela sobre as crianças alemãs entrando na floresta e chegando naquela casa feita de diferentes tipos de doce e com a bruxa. Gosto de histórias com alguma coisa de comer."

"Vou procurar", disse Mick.

"Mas eu tô ficando cansado de doce", disse Bubber. "Vê se não pode me trazer uma história com uma coisa de comer que seja tipo um sanduíche de carne. Se não encontrar nada disso, quero uma história de caubói."

Ela estava prestes a partir, quando de repente parou e ficou olhando. Os garotos também fitavam. Imóveis, todos observavam Baby Wilson descer os degraus de sua casa, do outro lado da rua.

"A Baby não tá bonitinha?", disse Bubber docemente.

Talvez fosse o repentino dia quente e ensolarado depois de todas aquelas semanas de chuva. Talvez fosse porque as roupas escuras de inverno eram feias para as crianças numa tarde como aquela. Seja como for, Baby parecia uma fada ou alguma figura do cinema. Ela estava com a roupa da *soirée* do ano passado – com um saiote de filó cor-de-rosa que se projetava curto e firme, um corpete cor-de-rosa, sapatos de dança cor-de-rosa e até uma bolsinha cor-de-rosa. Com seu cabelo loiro, ela era toda rosa e branco e ouro – e tão pequena e limpa que quase doía olhar para ela. Ela cruzou a rua empertigada de um jeito gracioso, mas não virou o rosto para eles.

"Vem cá", disse Bubber. "Deixa eu dar uma olhada na sua bolsinha rosa..."

Baby passou por eles ao longo do meio-fio com a cabeça virada para um lado. Ela decidira não falar com eles.

Havia uma faixa de grama entre a calçada e a rua, e, quando Baby a alcançou, ficou parada por um segundo e depois deu uma estrela.

"Não dá atenção pra ela", disse Spareribs. "Ela sempre tenta se exibir. Tá indo pro café do sr. Brannon pegar balas. É seu tio, e ela ganha as balas de graça."

Bubber pousou a ponta do rifle no chão. A arma grande era pesada demais para ele. Enquanto observava Baby descer pela rua, ele continuava a puxar as franjas desordenadas de seu cabelo. "Aquela é certamente uma bolsinha rosa bem bonitinha", disse ele.

"A mãe da Baby sempre diz que ela é muito talentosa", disse Spareribs. "Ela pensa que vai conseguir pôr a Baby no cinema."

Era tarde demais para ver fotos da *National Geographic*. O jantar estava quase pronto. Ralph se aprontava para chorar, e ela o tirou do carrinho e pôs no chão. Era dezembro, e, para um garoto da idade de Bubber, já era uma época muito distante do verão. Durante todo o verão passado, Baby tinha saído com aquela roupa de *soirée* cor-de-rosa e dançado no meio da rua. Primeiro, os garotos se aglomeravam ao seu redor e ficavam observando, mas logo se cansaram disso. Bubber era o único que a observava quando ela saía para dançar. Ele se sentava no meio-fio e gritava para avisar quando via um carro se aproximando. Ele tinha visto Baby fazer sua dança da *soirée* uma centena de vezes – mas o verão saíra de cena por três meses e agora a dança lhe parecia nova de novo.

"Eu queria ter uma roupa dessas", disse Bubber.

"De que tipo você quer?"

"Uma roupa bem legal. Uma fantasia muito bonita feita com todas as cores diferentes. Como uma borboleta. É o que eu quero de Natal. Isso e uma bicicleta!"

"Maricas!", disse Spareribs.

Bubber ergueu o grande rifle até seu ombro mais uma vez e mirou uma casa no outro lado da rua. "Eu ia dançar por aí com minha fantasia, se tivesse. Eu ia usar a fantasia todo dia pra ir pra escola."

Mick sentou-se nos degraus da frente e não tirava os olhos de Ralph. Bubber não era maricas, como disse Spareribs. Ele apenas gostava de coisas bonitas. Era melhor não deixar o velho Spareribs sem uma resposta à altura.

"A gente tem que lutar por qualquer coisa que consegue", disse ela devagar. "E eu notei muitas vezes que, quanto mais distante é a posição de um garoto quando nasce na família, tanto melhor é o garoto na realidade. Os garotos mais jovens são sempre os mais duros na queda. Sou bem forte porque tenho um bando acima de mim. O Bubber… ele parece fraco e gosta de coisas bonitas, mas ele tem coragem por baixo. Se essa ideia é verdade, o Ralph vai ser certamente um garoto muito forte, quando crescer e sair por aí. Apesar de ter apenas 17 meses, eu já posso ver algo bem forte e duro nesse rosto do Ralph."

Ralph olhou ao redor, porque sabia que estavam falando dele. Spareribs sentou-se no chão, arrancou o chapéu da cabeça de Ralph e sacudiu no seu rosto para implicar.

"Tudo bem!", disse Mick. "Você sabe o que vou fazer com você, se ele começar a chorar. É melhor tomar cuidado."

Tudo estava quieto. O sol se escondia atrás dos telhados das casas, e o céu no oeste era violeta e rosa. Do quarteirão vizinho, chegava o ruído de garotos praticando skate. Bubber se encostou numa árvore e parecia estar sonhando com alguma coisa. O cheiro do jantar emanava da casa, logo estaria na hora de comer.

"Olha", disse Bubber de repente. "Aí vem a Baby de novo. Ela tá muito bonita nessa roupa cor-de-rosa."

Baby caminhava lentamente na direção deles. Ela havia ganhado uma caixa premiada de pipoca doce e estava mexendo na caixa em busca do prêmio. Caminhava com o mesmo jeito empertigado, gracioso. Via-se que tinha consciência de que todos estavam olhando para ela.

"Por favor, Baby...", disse Bubber, quando ela começou a passar por eles. "Deixa eu ver sua bolsinha e passar a mão na sua roupa cor-de-rosa."

Baby começou a cantarolar uma canção para si mesma e não escutou. Passou sem deixar que Bubber brincasse com ela. Só abaixou um pouco a cabeça e sorriu para ele.

Bubber ainda tinha o grande rifle levantado até o ombro. Produziu bem alto o som de *bum* e fingiu ter atirado. Depois chamou Baby de novo – numa voz doce e triste como se estivesse chamando um gatinho. "Por favor, Baby... vem cá, Baby..."

Ele foi tão rápido que Mick nem teve tempo de impedi-lo. Ela tinha acabado de ver a mão dele no gatilho quando se escutou o terrível *pam* da arma. Baby caiu achatada na calçada. Era como se estivesse pregada nos degraus e não pudesse se mover ou gritar. Spareribs estava com o braço levantado acima da cabeça.

Bubber foi o único que não se deu conta. "Levanta, Baby", gritou. "Não tô bravo com você."

Tudo aconteceu num segundo. Os três alcançaram Baby ao mesmo tempo. Ela estava estendida toda amassada na calçada suja. Seu saiote se encontrava sobre a cabeça, deixando à mostra a calcinha rosa e as perninhas brancas. Suas mãos estavam abertas – numa delas havia o prêmio do doce e na outra, a bolsa.

O sangue se espalhava por toda a fita do cabelo e o topo dos cachos loiros. O tiro acertou na cabeça e seu rosto estava virado para o chão.

Tanta coisa aconteceu num segundo. Bubber gritou, deixou cair a arma e correu. Mick ficou parada com as mãos no rosto e também gritou. Então apareceram muitas pessoas. Seu pai foi o primeiro a chegar até lá. Ele carregou Baby para dentro da casa.

"Ela tá morta", disse Spareribs. "Foi baleada nos olhos. Eu vi o rosto."

Mick caminhava para cima e para baixo na calçada, e sua língua travava na garganta quando tentava perguntar se Baby tinha morrido. A sra. Wilson veio correndo pelo quarteirão lá do salão de beleza onde trabalhava. Entrou na casa e tornou a sair. Andava de um lado para outro na rua, chorando e sem parar de tirar e enfiar um anel no dedo. Então a ambulância chegou e o médico entrou para ver Baby. Mick o seguiu. Baby estava deitada na cama no quarto da frente. Havia um silêncio de igreja na casa.

Baby parecia uma bonequinha bonita sobre a cama. Não fosse pelo sangue, ela não parecia ferida. O médico se inclinou e examinou a cabeça dela. Quando ele terminou, levaram Baby para fora numa maca. A sra. Wilson e seu pai entraram na ambulância com ela.

A casa ainda estava quieta. Todo mundo tinha se esquecido de Bubber. Ele não estava em lugar nenhum. Passou-se uma hora. Sua mãe, Hazel e Etta e todos os pensionistas esperavam na sala da frente. O sr. Singer estava na soleira da porta.

Depois de muito tempo, seu pai voltou para casa. Disse que Baby não morreria, mas que seu crânio estava fraturado. Perguntou por Bubber. Ninguém sabia onde ele estava. Estava escuro lá fora. Chamaram Bubber no pátio dos fundos e na rua. Mandaram que Spareribs e outros garotos saíssem à sua procura. Bubber parecia ter sumido do bairro. Harry foi até uma casa onde achavam que ele poderia estar.

Seu pai caminhava para cima e para baixo no alpendre. "Nunca bati em nenhum dos meus filhos", não parava de dizer. "Nunca acreditei nisso. Mas certamente vou dar uma surra neste garoto assim que eu puser as mãos nele."

Mick estava sentada na balaustrada e observava a rua escura. "Eu sei lidar com o Bubber. Quando ele voltar, dou um jeito nele numa boa."

"Você saia e procure o Bubber. Vai saber encontrar ele com mais facilidade que qualquer outra pessoa."

Assim que o pai falou essas palavras, ela de repente soube onde Bubber estava. No pátio dos fundos havia um grande carvalho, e no verão eles tinham construído uma casa na árvore. Tinham içado uma grande caixa até a copa do carvalho, e Bubber gostava de passar algum tempo sozinho na casa da árvore. Mick deixou a família e os pensionistas no alpendre e caminhou pelo beco até o pátio escuro.

Ela parou um minuto ao lado do tronco da árvore. "Bubber...", disse baixinho. "É a Mick."

Ele não respondeu, mas ela sabia que ele estava ali. Era como se pudesse sentir seu cheiro. Ela se alçou até o ramo mais baixo e subiu lentamente. Estava realmente furiosa com o garoto e teria de lhe dar uma lição. Quando chegou à casa na árvore, ela lhe falou de novo — e ainda assim não obteve resposta. Entrou na grande caixa e apalpou ao redor das beiradas. Por fim, sua mão tocou em Bubber. Ele estava espremido num canto e suas pernas tremiam. Tinha prendido a respiração, e, quando ela o tocou, os soluços e o ar respirado saíram ao mesmo tempo.

"Eu... eu não queria que a Baby ficasse caída lá no chão. Ela era tão pequena e bonitinha... acho que eu sentia como se tivesse que dar só um tranco nela."

Mick sentou-se no chão da casa na árvore. "A Baby tá morta", disse ela. "Tem muita gente atrás de você."

Bubber parou de chorar. Ele ficou muito quieto.

"Cê sabe o que o pai tá fazendo na casa?"

Era como se ela pudesse ouvir Bubber escutando.

"Cê sabe quem é o diretor Lawes — cê escutou no rádio. E cê conhece Sing Sing. Bom, o pai tá escrevendo uma carta pro diretor Lawes pedindo pra ele ser bonzinho com você, quando eles te pegarem e mandarem pra Sing Sing."

As palavras soavam tão terríveis no escuro que um estremecimento correu por seu corpo. Ela podia sentir Bubber tremendo.

"Eles têm cadeirinhas elétricas lá – bem do seu tamanho. E, quando ligarem a máquina, cê vai ser fritado como um pedaço de toucinho queimado. Depois cê vai pro inferno."

Bubber estava espremido no canto, e nenhum som vinha do seu lado. Ela pulou sobre a beirada da caixa para descer. "É melhor cê ficar por aqui, porque eles puseram a polícia lá vigiando o pátio. Talvez daqui a uns dias eu possa te trazer alguma coisa pra comer."

Mick se encostou contra o tronco do carvalho. Isso ensinaria Bubber de uma vez por todas. Ela sempre tinha controlado o garoto e conhecia o pequeno melhor que qualquer outra pessoa. Certa vez, um ou dois anos atrás, ele sempre queria parar atrás dos arbustos para fazer xixi e ficar brincando consigo mesmo. Ela percebera bem rápido essa mania. Começou por lhe dar um bom tapa cada vez que isso acontecia, e em três dias ele estava curado. Depois, ele nunca mais fez xixi normal como os outros garotos – mantinha as mãos atrás das costas. Ela sempre teve de cuidar desse Bubber e sabia como lidar com ele. Em pouco tempo, ela voltaria à casa no alto da árvore e levaria Bubber para junto da família. Depois de tudo isso, ele nunca mais ia querer pegar numa arma em toda a sua vida.

Ainda havia aquela sensação de paralisia na casa. Os pensionistas estavam todos sentados no alpendre sem conversar nem se balançar nas cadeiras. Seu pai e sua mãe estavam no quarto da frente. Seu pai bebia cerveja da garrafa e andava de um lado para outro. Baby ia ficar boa com certeza, por isso essa preocupação não era por causa dela. E ninguém parecia ansioso a respeito de Bubber. Era alguma outra coisa.

"Esse Bubber!", disse Etta.

"Tenho vergonha de sair de casa depois disso", disse Hazel.

Etta e Hazel entraram no quarto do meio e fecharam a porta. Bill estava em seu quarto nos fundos. Ela não queria falar com eles. Ficou pelo saguão e pensou sozinha sobre o que tinha acontecido.

Os passos de seu pai pararam. "Foi deliberado", disse ele. "Não foi como se o garoto estivesse apenas brincando com a arma e ela disparou por acaso. Todo mundo que viu a cena disse que ele mirou."

"Eu me pergunto quando teremos notícias da sra. Wilson", disse sua mãe.

"Teremos muitas, na certa!"

"Acho que sim."

Agora que o sol tinha se posto, a noite estava fria de novo, como em novembro. As pessoas saíram no alpendre e sentaram-se na sala de estar – mas ninguém acendeu a lareira. O suéter de Mick estava pendurado no cabide de chapéus, por isso ela o vestiu e curvou os ombros para se aquecer. Pensou em Bubber sentado na casa escura e fria da árvore. Ele tinha realmente acreditado em cada palavra de Mick. Mas ele merecia ficar bastante preocupado. Tinha quase matado aquela Baby.

"Mick, não consegue pensar em algum lugar onde o Bubber poderia estar?", perguntou seu pai.

"Ele está na vizinhança, acho."

Seu pai caminhava para cima e para baixo com a garrafa de cerveja vazia na mão. Andava como um homem cego, e havia suor em seu rosto. "O pobre garoto está com medo de voltar pra casa. Se o encontrássemos, eu me sentiria melhor. Nunca bati no Bubber. Ele não devia ter medo de mim."

Ela decidiu esperar mais uma hora e meia. Aí então ele estaria plenamente arrependido do que fez. Ela sempre soubera lidar com aquele Bubber, fazer o que era preciso para ele aprender.

Dali a pouco, houve uma grande agitação na casa. Seu pai telefonou de novo ao hospital para saber como estava Baby, e em poucos minutos a sra. Wilson ligou de volta. Disse que queria ter uma conversa com eles e viria até a casa.

Seu pai ainda caminhava de um lado para outro no quarto da frente como um cego. Bebeu mais três garrafas de cerveja. "Do jeito como tudo aconteceu, ela pode me processar até me deixar com as calças arriadas. Só o que conseguiria seria a casa, fora da hipoteca. Mas, da maneira como aconteceu, não temos como reagir."

De repente, um pensamento ocorreu a Mick. Talvez eles realmente levassem Bubber a julgamento e enfiassem o garoto numa prisão de crianças. Talvez a sra. Wilson o mandasse para um reformatório. Talvez eles fizessem algo terrível para

Bubber. Ela quis ir imediatamente até a casa da árvore para sentar-se com ele e dizer que não devia se preocupar. Bubber era sempre tão magro, pequeno e esperto. Ela mataria qualquer um que tentasse mandar aquele garoto para longe da família. Ela queria beijá-lo e mordê-lo, porque ela o amava muito.

No entanto, Mick não podia perder nada. A sra. Wilson estaria ali em alguns minutos, e ela precisava saber o que estava acontecendo. Depois sairia correndo e contaria a Bubber que todas as coisas que tinha dito eram mentiras. E ele teria realmente aprendido a lição que tinha pela frente.

Um táxi parou no meio-fio. Todo mundo esperava no alpendre, todos muito quietos e assustados. A sra. Wilson saiu do táxi com o sr. Brannon. Mick escutava seu pai ranger os dentes de um jeito nervoso enquanto eles subiam os degraus. Entraram no quarto da frente, e ela seguiu atrás deles e parou na soleira da porta. Etta, Hazel, Bill e os pensionistas ficaram de fora.

"Vim falar sobre tudo isso com vocês", disse a sra. Wilson.

O quarto da frente parecia cafona e sujo, e ela viu o sr. Brannon observando tudo. A boneca de celuloide amassada e as contas e quinquilharias com que Ralph brincava estavam espalhadas pelo chão. Havia cerveja na bancada de trabalho de seu pai, e os travesseiros sobre a cama em que o pai e a mãe dormiam estavam bem encardidos.

A sra. Wilson continuava a tirar e enfiar a aliança no dedo. Ao lado dela, o sr. Brannon estava muito calmo, sentado com as pernas cruzadas. Seus maxilares tinham um tom azul-escuro, e ele parecia um gângster de cinema. Ele sempre tivera esse rancor contra ela. Sempre falava com ela com essa voz rouca, diferente do modo como falava com as outras pessoas. Seria porque ele sabia daquela vez que ela e Bubber roubaram um pacote de chiclete de seu balcão? Ela o odiava.

"Tudo se resume ao seguinte", disse a sra. Wilson. "Seu filho atirou na cabeça da minha Baby de propósito."

Mick deu um passo para o meio do quarto. "Não, ele não fez nada disso", disse ela. "Eu tava bem ali. O Bubber andava apontando essa arma pra mim e pro Ralph, e pra tudo que estava ao redor. Aconteceu só que ele apontou pra Baby e o dedo dele escorregou. Eu tava bem ali."

O sr. Brannon coçou o nariz e olhou para ela com tristeza. Ela certamente o odiava.

"Eu sei como vocês todos se sentem — por isso quero ir direto ao ponto agora."

A mãe de Mick chacoalhou um molho de chaves, e seu pai continuou sentado imóvel com as grandes mãos pendendo sobre os joelhos.

"O Bubber não fez isso de caso pensado", disse Mick. "Ele só..."

A sra. Wilson tirava e enfiava o anel no dedo. "Esperem um minuto. Sei como é toda a situação. Eu poderia levar o caso à justiça e entrar com uma ação pra receber todo centavo que vocês me devem."

Seu pai não tinha nenhuma expressão no rosto. "Vou te contar uma coisa", disse ele. "A gente não tem muito que possa ser alvo de processo. Só o que a gente tem é..."

"Escuta", disse a sra. Wilson. "Não vim aqui com um advogado pra processar vocês. Bartholomew — o sr. Brannon — e eu discutimos a questão na vinda pra cá e concordamos sobre os principais pontos. Em primeiro lugar, quero resolver tudo de maneira justa e honesta — e, em segundo lugar, não quero o nome da Baby envolvido em um processo na sua idade."

Não se escutava nenhum som, e todos no quarto estavam imóveis em seus lugares. Apenas o sr. Brannon deu um meio sorriso para Mick, mas ela olhou de soslaio para ele com dureza.

A sra. Wilson estava muito nervosa, e sua mão tremia quando ela acendeu um cigarro. "Não quero ter que processar vocês ou fazer alguma coisa desse tipo. Só quero que vocês sejam justos. Não vou pedir que paguem por todo o sofrimento e choro que a Baby teve que passar até darem alguma coisa pra ela dormir. Não existe nada que pudesse compensar tal coisa. E não estou pedindo que paguem pelos danos que isso vai causar à carreira dela e aos planos que a gente tinha feito. Ela vai ter que usar uma atadura por vários meses. Não vai poder dançar na *soirée* — talvez fique até com um pequeno ponto careca na cabeça."

A sra. Wilson e seu pai olhavam um para o outro como que hipnotizados. Então a sra. Wilson buscou sua carteira e tirou um pedaço de papel.

"As coisas que vocês têm que pagar são apenas o preço real do que vai nos custar em dinheiro. Um quarto exclusivo pra Baby no hospital e uma enfermeira particular até que ela possa vir para casa. A sala de cirurgia e a conta do médico – e dessa vez quero que o médico seja pago imediatamente. Além disso, eles rasparam todo o cabelo da Baby e vocês têm que me pagar a permanente que eu levei a Baby até Atlanta pra fazer – assim, quando o cabelo voltar a crescer ao natural, ela poderá fazer uma nova permanente. E o preço da sua roupa de dança e outras pequenas contas extras. Vou anotar todos os itens, assim que eu souber quais vão ser. Estou apenas tentando ser tão justa e honesta quanto possível, e vocês terão que pagar o total quando eu lhes trouxer a conta."

Sua mãe alisou o vestido sobre os joelhos e respirou curto e rápido. "Acho que a ala infantil seria muito melhor que um quarto exclusivo. Quando a Mick teve pneumonia..."

"Eu disse um quarto exclusivo."

O sr. Brannon estendeu as mãos brancas e gordas, equilibrando-as como se estivessem numa balança. "Talvez em um ou dois dias Baby possa ir pra um quarto duplo com outra criança."

A sra. Wilson falou durona. "Vocês ouviram o que eu disse. Como seu garoto baleou minha Baby, ela com certeza deve ter todas as regalias até ficar boa."

"Você está no seu direito", disse seu pai. "Deus sabe que não temos nada agora – mas talvez eu possa arrumar o dinheiro. Compreendo que você não está tentando se aproveitar de nós e agradeço. Vamos fazer o que for possível."

Ela queria ficar e escutar tudo o que diziam, mas Bubber estava na sua mente. Ao imaginar Bubber sentado na casa da árvore escura e fria pensando em Sing Sing, ela ficou inquieta. Saiu do quarto e cruzou o saguão para a porta dos fundos. O vento soprava e o pátio estava muito escuro, exceto pelo quadrado amarelo que vinha da luz na cozinha. Quando olhou para trás, viu Portia sentada à mesa com suas mãos longas e finas sobre o rosto, bem imóvel. Não havia vivalma no pátio, e o vento criava sombras rápidas, assustadoras, e o som de um lamento na escuridão.

Ela parou embaixo do carvalho. Então, exatamente quando

começava a tentar agarrar o primeiro ramo, uma ideia terrível lhe veio à cabeça. Ocorreu-lhe de repente que Bubber tinha ido embora. Ela o chamou e ele não respondeu. Subiu na árvore rápida e quieta como um gato.

"Ei! Bubber!"

Sem apalpar a caixa, ela sabia que ele não estava lá. Para ter certeza, entrou na caixa e apalpou todos os cantos. O menino tinha sumido. Ele devia ter começado a descer no minuto em que ela saiu. Agora estava fugindo na certa, e, com um garoto esperto como Bubber, não dava para dizer onde conseguiriam pegá-lo.

Ela desceu da árvore com toda rapidez e correu para o alpendre. A sra. Wilson estava indo embora e todos tinham saído para os degraus da frente com ela.

"Pai!", disse ela. "A gente tem que fazer alguma coisa a respeito do Bubber. Ele fugiu. Eu tenho certeza de que ele saiu do nosso quarteirão. Todo mundo tem que sair e procurar."

Ninguém sabia aonde ir ou como começar. Seu pai caminhava para cima e para baixo na rua, examinando todos os becos. O sr. Brannon telefonou para chamar um táxi para a sra. Wilson e depois ficou para ajudar na caçada. O sr. Singer sentou-se na balaustrada do alpendre e era a única pessoa a manter a calma. Todos esperavam que Mick indicasse os melhores lugares onde procurar por Bubber. Mas a cidade era tão grande e o garoto, tão esperto, que ela não conseguia pensar no que fazer.

Talvez ele tivesse ido para a casa de Portia em Sugar Hill. Ela tornou a entrar na cozinha, onde Portia estava sentada à mesa com as mãos erguidas até o rosto.

"Tive essa ideia súbita de que ele foi pra sua casa. Vem ajudar a procurar."

O sr. Brannon tinha tomado emprestado um carro. Ele, o sr. Singer e o pai de Mick entraram no carro com ela e Portia. Ninguém sabia o que Bubber estava sentindo, exceto ela. Ninguém sabia que ele tinha realmente fugido como se escapasse para salvar sua vida.

A casa de Portia estava escura, a não ser pelo luar quadriculado sobre o chão. Assim que entraram na casa, todos puderam ver que não havia ninguém nos dois quartos. Portia acendeu a lâmpada da frente. Os quartos tinham cheiro de gente de cor e estavam abarrotados de fotos recortadas de revistas nas paredes, toalhinhas de renda na mesa e travesseiros de renda na cama. Bubber não estava ali.

"Ele teve aqui", disse Portia de repente. "Posso ver que alguém teve aqui."

O sr. Singer encontrou o lápis e o pedaço de papel na mesa da cozinha. Ele leu rapidamente e depois todos deram uma olhada. A letra era redonda e irregular, e o pequeno esperto só errou a grafia de uma palavra. A nota dizia:

Querida Portia,
Fui pra Florada. Conta pra todo mundo.
       Um abraço,
       Bubber Kelly

Todos ficaram surpresos e perplexos. Seu pai olhou para fora e mexeu no nariz com o polegar, com um ar preocupado. Estavam todos prestes a se amontoar no carro e seguir na direção da rodovia que levava ao Sul.

"Espera um minuto", disse Mick. "Mesmo que o Bubber tenha 7 anos, ele é bem esperto pra não dizer aonde tá indo, se quer fugir. Essa história sobre a Flórida é só um truque."

"Um truque?", disse seu pai.

"Sim. O Bubber sabe muito só sobre dois lugares. Um é a Flórida e o outro é Atlanta. Eu, o Bubber e o Ralph estivemos muitas vezes na estrada de Atlanta. Ele sabe como partir dali. É pra lá que ele foi. Sempre fala sobre o que vai fazer quando tiver uma chance de ir pra Atlanta."

Saíram de novo para entrar no carro. Ela estava prestes a subir no assento de trás quando Portia lhe deu um beliscão no cotovelo. "Sabe o que o Bubber fez?", disse em voz baixa. "Não fala pra ninguém, mas meu Bubber também pegou meus brincos de ouro da minha cômoda. Nunca pensei que meu Bubber pudesse fazer uma coisa dessas comigo."

O sr. Brannon ligou o carro. Seguiram lentamente, procurando Bubber pelas ruas, na direção da estrada de Atlanta.

Era verdade que havia em Bubber um traço duro, mau. Hoje

ele estava se comportando de um modo diferente de como sempre tinha se comportado. Até agora ele era um garoto quieto que nunca fazia nada de mau. Quando os sentimentos dos outros eram feridos, isso sempre o deixava envergonhado e nervoso. Então como é que ele poderia fazer todas essas coisas que tinha feito hoje?

Eles se dirigiram bem devagar para a estrada de Atlanta. Passaram pela última linha de casas e chegaram aos campos e matas escuros. Ao longo de todo o caminho, paravam a fim de perguntar se alguém tinha visto Bubber. "Um menino pequeno descalço usando uma calça de veludo cotelê apareceu por aqui?" Mas, mesmo depois de percorrerem 16 quilômetros, ninguém o tinha visto ou notado. O vento entrava frio e forte pelas janelas abertas, e era tarde da noite.

Foram um pouco mais longe e depois voltaram para a cidade. Seu pai e Brannon queriam checar todas as crianças da segunda série, mas ela os convenceu a dar meia-volta e seguir de novo para a estrada de Atlanta. O tempo todo ela se lembrava das palavras que tinha dito a Bubber. Sobre Baby estar morta, e sobre Sing Sing e o diretor Lawes. Sobre as cadeirinhas elétricas que eram bem do seu tamanho, e sobre o inferno. No escuro, as palavras tinham soado terríveis.

Seguiram muito lentamente por quase 1 quilômetro fora da cidade, e então de repente ela viu Bubber. As luzes do carro o mostravam bem nitidamente na frente deles. Era engraçado. Ele estava caminhando na beira da estrada e tinha o polegar estendido tentando pegar uma carona. A faca de Portia para cortar carne estava enfiada em seu cinto, e na estrada larga e escura ele parecia muito pequeno, quase como se tivesse 5 anos em vez de 7.

Eles pararam o carro e ele correu para entrar. Não podia ver quem eles eram, e seu rosto tinha a expressão de soslaio que costumava assumir quando fazia mira com uma bola de gude. Seu pai o segurou pelo colarinho. Ele deu socos e chutou. E logo estava com a faca de cortar carne nas mãos. Seu pai lhe arrancou a faca bem a tempo. Bubber lutou como um pequeno tigre numa armadilha, mas por fim eles o puxaram para dentro do carro. Seu pai o segurou no colo durante todo o caminho para casa, e Bubber ficou sentado bem firme, sem se encostar em nada.

Tiveram de arrastá-lo para dentro da casa, e todos os vizinhos e pensionistas saíram para ver o tumulto. Arrastaram Bubber para o quarto da frente, e, quando se viu dentro da casa, ele recuou para um canto, mantendo os punhos em riste e com os olhos semicerrados passando de uma pessoa para outra, como se estivesse prestes a lutar com todo mundo.

Não tinha dito nenhuma palavra desde que entraram na casa, até que se pôs a gritar: "Foi a Mick! Eu não fiz nada. Foi a Mick!".

Nunca houve gritos como aqueles de Bubber. As veias em seu pescoço ficaram salientes, e os punhos, de tão duros, pareciam pequenas pedras.

"Vocês não vão me pegar! Ninguém vai me pegar!", ele continuava gritando.

Mick o sacudiu pelos ombros. Falou que tudo o que lhe dissera eram lorotas. Ele finalmente compreendeu o que ela estava dizendo, mas não parou de gritar. Era como se nada pudesse acabar com aqueles berros.

"Odeio todo mundo! Odeio todo mundo!"

Todos apenas ficaram ao redor. O sr. Brannon coçava o nariz e olhava para o chão. Por fim, foi embora muito quieto. O sr. Singer era o único que parecia saber o que estava acontecendo. Talvez porque não escutasse aquele barulho terrível. Seu rosto ainda estava calmo, e, sempre que olhava para o mudo, Bubber parecia se aquietar. O sr. Singer era diferente de qualquer outro homem, e em ocasiões como essa seria melhor se as outras pessoas o deixassem cuidar da confusão. Ele tinha mais juízo e sabia de coisas que as pessoas comuns não conheciam. Ele apenas olhava para Bubber, e depois de algum tempo o garoto se acalmou bastante, a ponto de o pai poder levá-lo para a cama.

Na cama, ele ficou deitado de bruços e chorou. Chorava com grandes e longos soluços que faziam todo o seu corpo tremer. Chorou por uma hora, e ninguém nos três quartos conseguia dormir. Bill passou para o sofá na sala de estar, e Mick se enfiou na cama com Bubber. Ele não deixava que ela o tocasse ou se aconchegasse ao lado dele. Então, depois de mais uma hora de choro e soluços, ele adormeceu.

Ela ficou acordada por muito tempo. No escuro, pôs os braços ao redor dele e o abraçou bem forte. Passava a mão nele e distribuía beijos por toda parte. Ele era tão macio e pequeno, e havia nele aquele cheiro ácido de menino. O amor que sentia era tão forte que ela precisava apertá-lo contra si até seus braços ficarem cansados. Em sua mente, ela pensava em Bubber e na música juntos. Era como se ela nunca pudesse fazer alguma coisa suficientemente boa para ele. Nunca mais bateria nele, nem sequer implicaria com ele. Dormiu toda a noite com os braços ao redor da cabeça de Bubber. De manhã, quando acordou, ele não estava mais ali.

No entanto, depois daquela noite nunca mais houve nenhuma chance de ela implicar com Bubber — ela ou qualquer outra pessoa. Depois que baleou Baby, o garoto nunca mais foi o pequeno Bubber de novo. Sempre mantinha a boca fechada e não brincava com ninguém. Na maior parte do tempo, apenas ficava sozinho no pátio dos fundos ou no depósito de carvão. Aproximava-se a época do Natal. O que ela realmente queria era um piano, mas claro que não falava disso. Dizia a todo mundo que queria um relógio de Mickey Mouse. Quando perguntaram a Bubber o que ele queria do Papai Noel, ele respondeu que não queria nada. Ele escondia suas bolas de gude e seu canivete, e não deixava que ninguém mexesse em seus livros de histórias.

Depois daquela noite, ninguém mais o chamava de Bubber. Os garotos mais velhos da vizinhança começaram a chamá-lo de Baby-Killer Kelly. Mas ele não falava muito com ninguém, e nada parecia chateá-lo. A família o chamava por seu nome verdadeiro — George. A princípio, Mick não parava de chamá-lo de Bubber, e ela não queria abandonar esse apelido. Mas foi engraçado porque, depois de mais ou menos uma semana, ela naturalmente o chamava de George como os outros. Mas ele era um garoto diferente — o George —, sempre andando sozinho como uma pessoa muito mais velha, e ninguém, nem mesmo ela, sabia o que realmente se passava por sua cabeça.

Ela dormiu com ele na noite da véspera de Natal. Ele ficou deitado no escuro sem conversar. "Deixa de ser tão esquisito", ela lhe disse. "Vamos falar sobre os reis magos e como as crianças na Holanda põem pra fora seus tamancos de madeira em vez de pendurar suas meias."

George não respondeu. Adormeceu.

Ela se levantou às quatro horas da manhã e acordou todo mundo na família. Seu pai acendeu a lareira no cômodo da frente e depois deixou que entrassem para festejar na árvore de Natal e ver o que tinham ganhado de presente. George ganhou uma roupa de índio e Ralph, uma boneca de borracha. O resto da família ganhou apenas roupas. Ela procurou em sua meia pelo relógio de Mickey Mouse, mas não encontrou. Seus presentes foram um par de mocassins marrons e uma caixa de bombons de cereja. Enquanto ainda estava escuro, ela e George saíram para a calçada onde quebraram castanhas, soltaram bombinhas e comeram todas as duas camadas da caixa de bombons. E, quando amanheceu, os dois estavam enjoados e exaustos. Ela se deitou no sofá. Fechou os olhos e entrou no quarto interior.

6

Às oito horas, o dr. Copeland sentou-se à sua escrivaninha, estudando um maço de papéis à luz sombria da manhã que entrava pela janela. Ao lado dele a árvore, um cedro de folhagem espessa, elevava-se escura e verde até o teto. Desde o primeiro ano em que começou a clinicar, ele dava uma festa no dia de Natal, e agora tudo estava pronto. Filas de bancos e cadeiras se alinhavam nas paredes dos cômodos da frente. Por toda a casa havia o aroma doce e condimentado de bolo recém-assado e café fumegante. No escritório com ele, Portia estava sentada num banco contra a parede, as mãos em concha embaixo do queixo, o corpo quase dobrado de tão curvo.

"Pai, o senhor tá encolhido em cima da escrivaninha desde as cinco horas. Não devia tá de pé. Devia ficar na cama até a hora do rebuliço."

Dr. Copeland umedeceu os lábios grossos com a língua. Havia tanta coisa em sua mente que ele não tinha tempo de dar atenção a Portia. Sua presença o amolava.

Por fim, virou-se para ela, irritado. "Por que você fica aí se lamentando?"

"Só tô preocupada", disse ela. "Por exemplo, tô preocupada com nosso Willie."

"William?"

"Olha, ele me escreve sempre todo domingo. A carta chega aqui segunda ou terça. Mas na semana passada ele não escreveu. Claro que eu não tô muito ansiosa. O Willie — ele sempre foi tão bom e doce que eu sei que ele tá bem. Ele foi transferido da prisão pra gangue das correntes, e eles vão trabalhar em algum lugar lá pro norte de Atlanta. Duas semanas atrás ele escreveu esta carta aqui pra dizer que eles vão num culto religioso hoje, e ele pediu pra mandar o terno e a gravata vermelha dele."

"Só isso que o William disse?"

"Escreveu que esse sr. B. F. Mason tá na prisão também. E que ele encontrou por acaso o Buster Johnson – um menino que o Willie conhecia. E também pediu, por favor, pra mandar a gaita dele, porque ele não consegue ser feliz sem ter a gaita pra tocar. Mandei tudo que ele pediu. E também um jogo de dama e um bolo com glacê branco. Mas espero ter notícias dele nos próximos dias."

Os olhos do dr. Copeland brilhavam de febre, e ele não conseguia acalmar suas mãos. "Filha, temos de discutir tudo isso mais tarde. Está ficando tarde e eu preciso acabar o que estou fazendo. Volte pra cozinha e veja se está tudo pronto."

Portia se levantou e tentou dar ao rosto um ar brilhante e feliz. "O que o senhor decidiu sobre aquele prêmio de 5 dólares?"

"Até agora ainda não fui capaz de decidir qual a medida mais sensata a ser tomada", disse com cautela.

Um certo amigo seu, um farmacêutico negro, doava um prêmio de 5 dólares todo ano para o estudante secundário que tivesse escrito o melhor ensaio sobre determinado assunto. O farmacêutico sempre exigia que o dr. Copeland fosse o único a julgar os textos, e o vencedor era anunciado na festa de Natal. O tema da composição desse ano era "Minha ambição: como posso melhorar a posição da raça negra na sociedade". Havia apenas um ensaio digno de ser considerado. Mas esse trabalho era tão infantil e irrefletido que não seria prudente conferir-lhe o prêmio. O dr. Copeland pôs os óculos e releu o ensaio com profunda concentração.

> Esta é minha ambição. Primeiro quero estudar em Tuskegee College, mas não quero ser um homem como Booker Washington ou o dr. Carver. Quando eu considerar minha educação completada, quero começar a carreira de um bom advogado como aquele que defendeu os Scottsboro Boys. Eu só aceitaria casos de pessoas de

cor contra pessoas brancas. Todos os dias nosso povo é obrigado, de todas as maneiras e por todos os meios, a sentir que é inferior. Não é verdade. Somos uma Raça em Ascensão. E não podemos suar debaixo da canga do homem branco por muito tempo. Não podemos sempre semear onde outros colhem.

Eu quero ser como Moisés, que guiou o povo de Israel para longe da terra dos opressores. Quero fundar uma Organização Secreta de Líderes e Eruditos de Cor. Todas as pessoas de cor vão se organizar sob a direção desses líderes escolhidos e preparar a revolta. Outras nações do mundo que se interessam pela condição sofrida de nossa raça e que gostariam de ver os Estados Unidos divididos viriam nos ajudar. Todas as pessoas de cor se organizarão e haverá uma revolução, e ao final as pessoas de cor tomarão todo o território a leste do Mississippi e ao sul do Potomac. Vou fundar um país poderoso sob o controle da Organização dos Líderes e Eruditos de Cor. A nenhuma pessoa branca será permitido ter um passaporte – e, se elas entrarem no país, não terão direitos legais.

Odeio toda a raça branca e trabalharei sempre para que a raça de cor possa se vingar de todos os seus sofrimentos. Esta é a minha ambição.

O dr. Copeland sentiu a febre esquentando suas veias. O tique-taque do relógio na escrivaninha era alto e o som mexia com seus nervos. Como poderia dar o prêmio a um garoto com ideias tão despropositadas quanto essas? O que deveria decidir?

Os outros ensaios não tinham nenhum conteúdo sólido. Os jovens não pensavam. Escreviam apenas sobre suas ambições e omitiam por completo a última parte do título. Só um ponto tinha alguma significação. Dos 25 ensaios, 9 começavam com a frase: "Não quero ser um servo". Depois disso, eles queriam pilotar aviões, ser boxeadores, pregadores ou dançarinos. A única ambição de uma menina era ser bondosa para com os pobres.

O redator do ensaio que o perturbava era Lancy Davis. Ele identificara o autor antes de virar a última folha e ver a assinatura. Já tivera algum problema com Lancy. Sua irmã mais velha tinha saído para trabalhar como criada quando tinha 7 anos e fora estuprada por seu patrão, um homem branco já passando da meia-idade. Depois, cerca de um ano mais tarde, ele tinha recebido uma chamada de emergência para atender Lancy.

Dr. Copeland se dirigiu ao arquivo em seu quarto de dormir onde guardava notas sobre todos os seus pacientes. Tirou o cartão marcado "Sra. Dan Davis e família" e relanceou os olhos pelas anotações até chegar ao nome de Lancy. A data era de quatro anos atrás. As entradas sobre ele estavam escritas com mais cuidado que as outras e à tinta: "13 anos – após puberdade. Tentativa malsucedida de autoemasculação. Obcecado por sexo e hipertireoidismo. Chorou convulsivamente durante duas visitas, apesar de pouca dor. Volúvel – feliz por falar, embora paranoico. Ambiente bom, com uma exceção. Ver Lucy Davis – mãe lavadeira. Inteligente e digna de observação e de toda ajuda possível. Manter contato. Honorários: $1 (?)".

"É uma decisão difícil a tomar este ano", disse a Portia. "Mas acho que terei de conferir o prêmio a Lancy Davis."

"Se o senhor decidiu, então... vem me falar sobre esses presente aqui."

Os presentes que seriam distribuídos na festa estavam na cozinha. Havia sacos de papel de mantimentos e roupas, todos marcados com um cartão de Natal vermelho. Quem quisesse aparecer estava convidado para a festa, mas aqueles que pretendiam participar tinham passado pela casa e escrito (ou tinham pedido a um amigo que escrevesse) seus nomes num livro de convidados mantido sobre a mesa no saguão para esse fim. Os sacos estavam empilhados no chão. Havia uns quarenta sacos, e o tamanho de cada um dependia da necessidade de quem ganhava o presente. Alguns regalos eram apenas pacotinhos de castanhas ou passas, e outros eram caixas quase pesadas demais para a força de um homem. A cozinha estava abarrotada de coisas boas. O dr. Copeland parou na soleira da porta, e suas narinas tremiam de orgulho.

"Acho que o senhor fez muito bem este ano. O pessoal foi generoso."

"Bah!", disse ele. "Não é nem um centésimo do que é preciso."

"Pronto, lá vai o senhor, pai! Sei muito bem que o senhor tá satisfeito da vida. Mas não quer demonstrar. Tem que encontrar alguma coisa pra reclamar. Aqui a gente tem uns quatro cestos de ervilhas, vinte sacos de farinha, cerca de sete quilos de carne de porco salgada, tainha, seis dúzias de ovos, um monte de grãos, potes de tomate e pêssego. Maçãs e duas dúzias de laranja. E também roupa. E dois colchões e quatro cobertores. Pra mim é coisa pra burro!"

"Uma gota no oceano."

Portia apontou para uma grande caixa no canto. "Isso aqui – o que o senhor quer fazer com isso?"

A caixa só tinha coisas velhas – uma boneca sem cabeça, um pouco de renda suja, uma pele de coelho. Dr. Copeland examinou cada artigo. "Não jogue nada fora. Tudo pode ser útil. Estes são presentes dos nossos convidados que não têm nada melhor pra doar. Vou encontrar alguma finalidade pra eles mais tarde."

"Então quem sabe o senhor dá uma olhada nessas caixas e sacos aqui pr'eu começar a amarrar tudo. Não vai ter espaço aqui na cozinha. Tá na hora de chegar um monte de gente pros comes e bebes. Vou pôr esses presentes lá fora nos degraus dos fundos e no quintal."

O sol da manhã tinha surgido. O dia seria brilhante e frio. Na cozinha, havia aromas ricos e doces. Uma bacia de café estava sobre o fogão, e bolos com cobertura de glacê enchiam uma prateleira no guarda-louça.

"E nada disso vem das pessoas brancas. Tudo das pessoas de cor."

"Não", disse o dr. Copeland. "Não é totalmente verdade. O sr. Singer deu um cheque de 12 dólares pra pagar o carvão. E eu o convidei pra estar presente hoje."

"Santo Deus!", disse Portia. "Ele deu 12 mangos!"

"Senti que era apropriado convidá-lo. Ele não é como as outras pessoas da raça caucasiana."

"O senhor tá certo", disse Portia. "Mas continuo a pensar no meu Willie. Queria muito ver ele curtindo essa festa aqui hoje. E, claro, queria muito receber uma carta dele. Isso não sai da minha cabeça. Mas olha! A gente tem que parar de conversar e se preparar. Tá quase na hora das pessoas chegarem."

Ainda havia tempo suficiente. O dr. Copeland se lavou e vestiu com cuidado. Por algum tempo tentou ensaiar o que diria quando o pessoal já estivesse todo na casa. Mas a expectativa e a inquietação não o deixavam se concentrar. Então, às dez horas, os primeiros convidados apareceram, e em meia hora estavam todos reunidos.

"Um feliz Natal pra vocês!", disse John Roberts, o carteiro. Ele se moveu feliz pela sala apinhada de gente, um ombro mais alto que o outro, passando um lenço de seda branco pelo rosto.

"Felicidades nesta data por muitos e muitos anos!"

A frente da casa estava abarrotada de gente. Os convidados eram bloqueados na porta e formavam grupos no alpendre e no pátio. Não havia empurrões nem grosserias; o tumulto era ordenado. Os amigos chamavam uns aos outros, e estranhos eram apresentados e se apertavam as mãos. As crianças e os jovens se juntavam e passavam para a cozinha.

"Presente de Natal!"

O dr. Copeland se encontrava no centro da sala da frente, ao lado da árvore. Sentia-se tonto. Meio confuso, apertava mãos e respondia a saudações. Presentes pessoais, alguns atados esmeradamente com fitas e outros embrulhados em papel-jornal, eram deixados em suas mãos. Ele não sabia onde largá-los. O ar se tornava mais espesso e o volume das vozes crescia. Os rostos redemoinhavam ao seu redor, de modo que ele não conseguia reconhecer ninguém. Sua compostura foi voltando aos poucos. Encontrou espaço para pôr de lado os presentes que estavam em seus braços. A tontura diminuiu, a sala clareou. Arrumou os óculos e começou a olhar ao redor.

"Feliz Natal! Feliz Natal!"

Lá estava Marshall Nicolls, o farmacêutico, num fraque longo, conversando com o genro, que trabalhava num caminhão de lixo. O pregador da Igreja da Sagrada Ascensão tinha vindo. E dois diáconos de outras igrejas. Highboy, com um terno xadrez berrante, circulava socialmente pela multidão. Jovens galantes e fortes se inclinavam para as jovens de vestidos longos vivamente coloridos. Havia mães com filhos e velhos vagarosos que escarravam em lenços espalhafatosos. A sala estava aquecida e barulhenta.

Sr. Singer estava na soleira da porta. Muitas pessoas o fitavam. Dr. Copeland não lembrava se tinha dado boas-vindas a ele ou não. O mudo permanecia sozinho. Seu rosto lembrava um retrato de Spinoza. Um rosto judeu. Era bom ver o mudo. As portas e as janelas estavam abertas. Correntes de ar sopravam pela sala, de modo que o fogo rugia. Os barulhos se aquietaram. Os assentos estavam todos ocupados, e os jovens sentavam-se em fileiras no chão. O hall, o alpendre, até o quintal estavam apinhados de convidados, todos em silêncio. Tinha chegado a hora de ele falar – e o que devia dizer? O pânico comprimia sua garganta. A sala esperava. A um sinal de John Roberts, todos os sons foram abafados.

"Meu povo", começou o dr. Copeland sem muita animação. Houve uma pausa. Então de repente as palavras lhe vieram.

"Este é o 19º ano que nos reunimos nesta sala para celebrar o Natal. Quando nosso povo soube pela primeira vez do nascimento de Jesus Cristo, eram tempos sombrios. Nosso povo era vendido como escravo nesta cidade, na praça do palácio da justiça. Desde então, temos escutado e contado a história da sua vida mais vezes do que podemos nos lembrar. Assim, hoje nossa história será outra.

"Há 120 anos nasceu outro homem no país que é conhecido como Alemanha – um país bem além do Oceano Atlântico. Esse homem compreendeu, assim como Jesus compreendia. Mas seus pensamentos não diziam respeito ao céu ou ao futuro dos mortos. Sua missão era para os vivos. Para as grandes massas dos seres humanos que trabalham, sofrem e trabalham até morrer. Para as pessoas que adotam o serviço de lavar e trabalham como cozinheiros, que colhem algodão e trabalham nas cubas de tintura quente das fábricas. Sua missão era para nós, e o nome desse homem era Karl Marx.

"Karl Marx era um homem sábio. Ele estudava, trabalhava e compreendia o mundo ao seu redor. Dizia que o mundo estava dividido em duas classes, os pobres e os ricos. Para cada homem rico, havia mil pessoas pobres que trabalhavam para esse homem rico com a finalidade de torná-lo mais rico. Ele não dividia o mundo em negros, brancos ou chineses – aos olhos de Karl Marx, ser um dos milhões de pobres ou um dos poucos ricos era mais importante que a cor da pele. A missão de vida de Karl Marx era tornar todos os seres humanos iguais e dividir a grande riqueza do mundo, para que não houvesse pobres nem ricos e para que cada pessoa tivesse a sua parte. Este é um dos mandamentos que Karl Marx nos deixou: 'De cada qual, segundo sua capacidade, para cada qual, segundo suas necessidades'."

Uma mão amarela e enrugada se levantou timidamente no hall. "Ele era o Marcos da Bíblia?"

Dr. Copeland explicou. Soletrou os dois nomes e citou datas. "Mais alguma pergunta? Quero que cada um de vocês se sinta livre para começar ou entrar em qualquer discussão."

"Suponho que o sr. Marx era um religioso cristão, não?", perguntou o pregador.

"Ele acreditava na santidade do espírito humano."

"Era um homem branco?"

"Sim. Mas ele não pensava em si mesmo como um homem branco. Ele dizia 'não considero nada humano alheio a mim'. Ele pensava em si mesmo como um irmão de todas as pessoas."

Dr. Copeland fez uma pausa um pouco mais longa. Os rostos à sua volta esperavam.

"Qual é o valor de qualquer propriedade, de qualquer mercadoria que compramos numa loja? O valor depende apenas de uma única coisa – e esta é o trabalho despendido para fazer ou cultivar esse artigo. Por que uma casa de tijolos custa mais que um repolho? Porque o trabalho de muitos homens concorre para a construção de uma casa de tijolos. As pessoas que fabricaram os tijolos e a argamassa, as pessoas que derrubaram as árvores para fazer as tábuas usadas no chão. Homens que tornaram possível a construção da casa de tijolos. Homens que transportaram os materiais para o terreno onde a casa seria construída. Homens que fabricaram os carrinhos de mão e os caminhões que transportaram os materiais para esse lugar. E finalmente os trabalhadores que construíram a casa. Uma casa de tijolos implica o trabalho de muitas, muitas pessoas – enquanto qualquer um de nós pode plantar um repolho no seu quintal. Uma casa de tijolos custa mais que um repolho porque requer mais trabalho para ser feita. Assim, quando um homem compra essa casa de tijolos, ele está pagando pelo trabalho que entrou na sua construção. Mas quem recebe o dinheiro – o lucro? Não os muitos homens que realizaram o trabalho – mas os patrões que o controlam. E, se estudarmos mais profundamente, descobriremos que esses patrões têm patrões acima deles e esses patrões ainda têm outros patrões superiores – de modo que as pessoas reais que controlam todo esse trabalho, que fazem qualquer artigo valer dinheiro, são muito poucas. Está claro até aqui?"

"A gente compreende!"

Mas realmente compreendiam? Ele começou tudo de novo e repetiu o que tinha dito. Dessa vez havia perguntas.

"Mas a argila pra fazer tijolos não custa dinheiro? E não custa dinheiro alugar a terra pra lavoura?"

"Esta é uma boa questão", disse o dr. Copeland. "Terra, argila, madeira – essas coisas são chamadas de recursos naturais. O homem não fabrica esses recursos naturais – o homem apenas desenvolve tais recursos, apenas usa esses recursos para seu trabalho. Portanto, qualquer pessoa ou grupo de pessoas deveria ser dono dessas coisas, não? Como pode um homem ser dono da terra, do espaço, da luz solar e da chuva para a lavoura? Como um homem pode dizer 'isto é meu' sobre essas coisas e não deixar que sejam compartilhadas por outros? Assim, Marx diz que esses recursos naturais devem pertencer a todo mundo, não divididos em pequenos pedaços, mas usados por todas as pessoas de acordo com sua capacidade de trabalho. É assim. Vamos dizer que um homem morreu e deixou seu burro para os quatro filhos. Os filhos não vão querer retalhar o burro em quatro partes para que cada um possa ter sua cota. Eles vão ser donos do burro e aproveitar seu trabalho juntos. Segundo Marx, é assim que todos os recursos naturais devem ser apropriados – não por um grupo de pessoas ricas, mas por todos os trabalhadores do mundo em conjunto.

"Nós nesta sala não temos propriedades particulares. Um ou dois de nós somos talvez donos das casas em que moramos, ou temos 1 ou 2 dólares de poupança – mas não possuímos nada que não contribua diretamente para nos manter vivos. Só o que possuímos é nosso corpo. E vendemos nosso corpo todos os dias da nossa vida. Nós vendemos o corpo quando saímos de manhã para o emprego e quando trabalhamos o dia inteiro. Somos forçados a vender a qualquer preço, em qualquer momento, para qualquer fim. Somos forçados a vender nosso corpo para poder comer e viver. E o preço que recebemos por isso é apenas o suficiente para nos dar a força de continuar a trabalhar para o proveito de outras pessoas. Hoje não somos postos em plataformas e vendidos na praça do palácio da justiça. Mas somos forçados a vender nossa força, nosso tempo, nossas almas durante quase toda hora que vivemos. Fomos libertados de um tipo de escravidão apenas para sermos entregues a outro. Isso é liberdade? Ainda somos homens livres?"

Uma voz grave gritou do pátio da frente. "Essa é a verdade pra valer!"

"É assim que as coisas são!"

"E não estamos sozinhos nessa escravidão. Há milhões de outros por todo o mundo, de todas as cores, raças e credos. Devemos nos lembrar disso. Há muitos do nosso povo que odeiam os pobres da raça branca, e eles nos odeiam. As pessoas nesta cidade que vivem nas margens do rio e que trabalham nas fábricas. Pessoas que passam quase tanta necessidade quanto nós mesmos. Esse ódio é um grande mal, e nada de bom jamais sairá disso. Devemos nos lembrar das palavras de Karl Marx e enxergar a verdade de acordo com seus ensinamentos. A injustiça da miséria deve nos unir, e não nos separar. Devemos nos lembrar de que todos geramos valor para as coisas desta terra com nosso trabalho. Essas verdades capitais de Karl Marx, devemos manter sempre no nosso coração e não esquecer.

"Mas, meu povo! Nós nesta sala – nós, negros – temos outra missão que é somente nossa. Dentro de nós há um propósito forte e verdadeiro, e, se falharmos nesse propósito, estaremos perdidos para sempre. Vamos ver, então, qual é a natureza dessa missão especial."

O dr. Copeland afrouxou o colarinho da camisa, porque em sua garganta havia uma sensação de engasgo. O amor dolorido que sentia dentro de si era demasiado. Olhou ao redor para os convidados em silêncio. Eles esperavam. Os grupos de pessoas no pátio e no alpendre tinham a mesma atenção silenciosa daqueles que estavam na sala. Um velho surdo se inclinava para a frente com a mão na orelha. Uma mulher acalmava um bebê agitado com uma chupeta. O sr. Singer prestava muita atenção, parado na soleira da porta. A maioria dos jovens continuava sentada no chão. Entre eles estava Lancy Davis. Os lábios do rapaz pareciam nervosos e pálidos. Ele agarrava os joelhos com os braços bem apertados, e seu rosto jovem estava taciturno. Todos os olhos na sala observavam, e neles havia fome da verdade.

"Hoje vamos conferir o prêmio de 5 dólares ao estudante da escola secundária que escreveu o melhor ensaio sobre o tema 'Minha ambição: como posso melhorar a posição da raça negra na sociedade'. Este ano, o prêmio vai para Lancy Davis." Dr. Copeland tirou um envelope do bolso. "Não preciso dizer que o valor desse prêmio não está inteiramente na soma de dinheiro que representa — mas na sagrada confiança e fé que ele encerra."

Lancy se levantou, desajeitado. Seus lábios carrancudos tremeram. Inclinou-se e aceitou o prêmio. "Quer que eu leia o ensaio que escrevi?"

"Não", disse o dr. Copeland. "Mas quero que venha falar comigo qualquer dia desta semana."

"Sim, senhor." A sala estava quieta de novo.

"'Eu não quero ser um servo!' Esse é o desejo que li mais de uma vez nesses ensaios. Servo? Entre nós, apenas um em mil tem a permissão de ser um servo. Não trabalhamos! Não servimos!"

Os risos na sala eram ansiosos.

"Escutem! Um entre cinco de nós trabalha para construir estradas, ou para cuidar do saneamento desta cidade, ou trabalha numa serraria ou numa fazenda. Outro entre os cinco é incapaz de conseguir qualquer trabalho. Mas e os outros três entre esses cinco — a maioria do nosso povo? Muitos de nós cozinhamos para pessoas que não sabem nem preparar a comida que elas próprias comem. Muitos trabalham a vida inteira cuidando de jardins floridos para o prazer de uma ou duas pessoas. Muitos de nós polimos os assoalhos encerados e lisos de belas casas. Ou dirigimos automóveis para ricos que têm preguiça de dirigir seus carros. Passamos a vida fazendo milhares de tarefas que não possuem utilidade real para ninguém. Trabalhamos, e todo o nosso trabalho é desperdiçado. Isso é serviço? Não, isso é escravidão.

"Trabalhamos, mas nosso trabalho é desperdiçado. Não nos é permitido servir. Vocês, estudantes presentes aqui nesta manhã, representam os poucos afortunados da nossa raça.

A maioria do nosso povo não tem permissão nem para ir à escola. Para cada um de nós, há dúzias de jovens que mal conseguem escrever seus nomes. A nós é negada a dignidade do estudo e da sabedoria.

"'De cada qual, segundo sua capacidade, a cada qual, segundo suas necessidades.' Todos nós aqui sabemos o que é sofrer por real necessidade. É uma grande injustiça. Mas há uma injustiça ainda mais amarga que essa – quando se nega a alguém o direito de trabalhar segundo sua capacidade. Trabalhar a vida inteira para nada. Ter negada a oportunidade de servir. É muito melhor que os lucros do nosso bolso sejam tirados de nós do que ter as riquezas da nossa mente e alma roubadas.

"Alguns de vocês, jovens aqui presentes nesta manhã, talvez sintam a necessidade de ser professores, enfermeiros ou líderes da nossa raça. Mas isso será negado a muitos de vocês. Vocês terão de se vender por um propósito inútil para se manter vivos. Vocês serão repelidos e derrotados. O jovem químico colhe algodão. O jovem escritor é incapaz de aprender a ler. O professor é mantido preso em escravidão inútil ao lado de uma tábua de passar roupa. Não temos representantes no governo. Não temos voto. Em todo este grande país, somos os mais oprimidos. Não podemos levantar nossa voz. Nossa língua apodrece na boca por falta de uso. Nosso coração se esvazia e perde a força para nosso propósito.

"Povo da raça negra! Temos em nós todas as riquezas da mente e da alma humanas. Oferecemos o mais precioso de todos os presentes. E nossas ofertas são tratadas com desprezo e desdém. Nossos presentes são pisoteados na lama e inutilizados. Somos forçados a um trabalho mais inútil que o trabalho dos animais. Negros! Devemos nos levantar e ser íntegros de novo! Devemos ser livres!"

Na sala, houve um murmúrio. A histeria aumentava. Dr. Copeland engasgou e fechou os punhos. Sentia como se tivesse inchado até adquirir o tamanho de um gigante. O amor dentro dele transformava seu peito num dínamo, e ele queria gritar para que sua voz pudesse ser escutada por toda a cidade. Ele queria cair no chão e gritar com uma voz gigantesca. A sala estava cheia de gemidos e gritos.

"Salve-nos!"
"Senhor Todo-Poderoso! Leve-nos para longe deste descampado da morte!"
"Aleluia! Salve-nos, Senhor!"
Ele lutou para reaver o controle de si mesmo. Lutou e por fim recuperou a disciplina. Abafou o grito dentro de si e procurou a voz forte e verdadeira.
"Atenção!", gritou. "Nós vamos nos salvar. Mas não por orações de lamentos. Não por indolência ou bebidas fortes. Não pelos prazeres do corpo ou por ignorância. Não por submissão ou humildade. Mas pelo orgulho. Pela dignidade. Tornando-nos resistentes e fortes. Devemos construir a força para nosso propósito real e verdadeiro."
Ele parou abruptamente e assumiu uma postura muito austera. "Todo ano, nessa época, ilustramos à nossa maneira diminuta o primeiro mandamento de Karl Marx. Cada um de vocês nesta reunião trouxe de antemão algum presente. Muitos de vocês abriram mão de um conforto para que as necessidades de outros pudessem ser diminuídas. Cada um de vocês doou de acordo com sua máxima capacidade, sem pensar no valor do presente que receberá em troca. É natural para nós compartilhar as coisas com os outros. Há muito tempo compreendemos que é mais abençoado dar do que receber. As palavras de Karl Marx foram sempre conhecidas no nosso coração: 'De cada qual, segundo sua capacidade, para cada qual, segundo suas necessidades'."
O dr. Copeland fez um longo silêncio, como se suas palavras estivessem concluídas. Depois falou de novo:
"Nossa missão é atravessar com força e dignidade os dias da nossa humilhação. Nosso orgulho deve ser forte, pois sabemos o valor da mente e da alma humanas. Devemos ensinar às nossas crianças. Devemos nos sacrificar para que elas possam adquirir a dignidade do estudo e da sabedoria. Pois virá o tempo. Virá o tempo em que as riquezas dentro de nós não serão tratadas com desprezo e desdém. Virá o tempo em que nos será permitido servir. Quando trabalharemos e nosso trabalho não será desperdiçado. E nossa missão é aguardar esse tempo com força e fé."
Tinha acabado. Houve aplausos e pés batendo no chão da sala e no terreno duro de inverno lá fora. O aroma de café quente e

forte chegava flutuando da cozinha. John Roberts se encarregou dos presentes, chamando os nomes escritos nos cartões. Portia servia café em conchas de uma bacia sobre o fogão, enquanto Marshall Nicolls distribuía pedaços de bolo. Dr. Copeland circulava entre os convidados, sempre com uma pequena multidão ao seu redor.

Alguém cutucou seu cotovelo: "É deste cara que vem o nome do seu Buddy?". Ele respondeu sim. Lancy Davis o seguia com perguntas; ele respondia sim a todas. A alegria o fazia sentir-se bêbado. Ensinar, exortar e explicar a seu povo – e fazer que compreendessem. Isso era o melhor de tudo. Falar a verdade e ser escutado.

"Nós certamente curtimos muito esta festa."

Ele se manteve no vestíbulo se despedindo dos convidados. Dava muitos e muitos apertos de mão. Encostou-se pesadamente contra a parede e apenas seus olhos se moviam, pois estava cansado.

"Eu certamente fico feliz."

Sr. Singer foi o último a sair. Ele era um homem realmente bom. Era um homem branco inteligente com um conhecimento verdadeiro. Nele não havia nada da insolência malévola. Quando todos já tinham partido, ele foi o último a permanecer. Esperou, e parecia aguardar alguma palavra final.

Dr. Copeland pôs a mão na garganta porque sua laringe doía. "Professores", disse rouco. "Esta é nossa maior necessidade. Líderes. Alguém para nos unir e guiar."

Depois da festividade, os quartos tinham uma aparência despovoada, arruinada. A casa estava fria. Portia lavava as xícaras na cozinha. A neve prateada da árvore de Natal fazia caminhos pelo chão e dois dos ornamentos estavam quebrados.

Ele estava cansado, mas a alegria e a febre não o deixavam descansar. Começando pelo quarto de dormir, ele passou a trabalhar para pôr a casa em ordem. No topo da caixa do arquivo, havia um cartão solto – a nota sobre Lancy Davis. As palavras que ele lhe diria começaram a se formar em sua mente, e ele se sentia inquieto por não poder proferi-las agora. O rosto sisudo do rapaz estava impregnado de emoção, e o dr. Copeland não conseguia afastá-lo de seus pensamentos. Abriu a gaveta superior do arquivo para guardar de volta o cartão, A, B, C – ele manuseava as letras com nervosismo. Então seu olho se fixou em seu próprio nome: Copeland, Benedict Mady.

Na pasta, havia várias radiografias de pulmão e um curto histórico da doença. Ele levantou uma delas contra a luz. Na parte superior do pulmão esquerdo, via-se um lugar brilhante como uma estrela calcificada. E, bem embaixo, uma grande mancha enevoada que se duplicava no pulmão direito mais para cima. Dr. Copeland enfiou as radiografias de novo na pasta. Só as breves notas que tinha escrito sobre si mesmo ainda estavam em suas mãos. As palavras se esparramavam grandes e rabiscadas, de modo que ele mal conseguia ler. "1920 – calcif. de glândulas linfáticas – engrossamento muito pronunciado dos hilos. Lesões sustadas – deveres retomados. 1937 – lesão reaberta – radiografia mostra..." Ele não conseguia ler as notas. Primeiro não chegava a discernir as palavras, e depois, quando lia todas elas com clareza, não faziam sentido. No final, havia três palavras: "Prognóstico: Não sei".

O velho sentimento negro e violento tornou a invadi-lo. Inclinou-se e puxou com força uma gaveta na parte de baixo do móvel. Uma pilha embaralhada de cartas. Notas da Associação para o Progresso das Pessoas de Cor. Uma carta amarelada de Daisy. Uma nota de Hamilton pedindo 1,5 dólar. O que estava procurando? As mãos remexeram na gaveta, e finalmente ele se levantou, muito rígido.

Tempo perdido. A última hora passada.

Portia descascava batatas na mesa da cozinha. Ela estava meio caída sobre a mesa e seu rosto era sofrido.

"Endireite os ombros", disse ele, zangado. "E pare de se lamentar. Você fica aí se lamentando e fazendo essa cara de lamúria até eu não aguentar mais olhar pra você."

"Tava só pensando no Willie", disse ela. "Claro que a carta tá com um atraso de apenas três dias. Mas ele não tinha nada que me deixar preocupada desse jeito. Ele não é esse tipo de menino. E eu tô com esse pressentimento esquisito."

"Tenha paciência, filha."

"Acho que eu preciso ter."

"Eu preciso fazer algumas visitas, mas estarei de volta daqui a pouco."

"Tá bom"

"Vai dar tudo certo", disse ele.

Grande parte de sua alegria desaparecera ao sol brilhante e frio do meio-dia. As doenças de seus pacientes se dispersavam em sua mente. Um abcesso renal. Meningite da medula espinhal. Mal de Pott. Ele pegou a manivela do automóvel no banco traseiro. Em geral, chamava algum passante negro na rua para girar a manivela e pôr o carro em movimento para ele. Seu povo sempre ficava feliz de ajudar e servir. Mas hoje ele encaixou a manivela, e foi ele próprio que a girou com força. Limpou o suor do rosto com a manga do casacão e correu a se instalar abaixo do volante e se pôr a caminho.

Quanto do que ele tinha dito hoje foi compreendido? Quanto seria de algum valor? Ele lembrou as palavras que tinha usado, e elas pareciam murchar e perder a força. As palavras que não tinham sido ditas pesavam mais em seu coração. Elas rolavam até seus lábios com evidente aflição. Os rostos de seu povo sofrido se moviam numa massa ampliada diante de seus olhos. E, ao dirigir o automóvel lentamente pela rua, seu coração girava com esse amor raivoso e inquieto.

7

Fazia muitos anos que a cidade não passava por um inverno tão frio. A geada se formava nas vidraças e branqueava os telhados das casas. As tardes de inverno brilhavam com uma luz amarelada difusa e as sombras exibiam um azul delicado. Uma fina camada de gelo criava uma crosta nas poças na rua, e no dia depois do Natal contava-se que a apenas 16 quilômetros na direção norte caiu uma neve fraca.

Houve uma súbita mudança em Singer. Ele saía frequentemente para os longos passeios que o tinham ocupado durante os meses depois da partida de Antonapoulos. Essas caminhadas se estendiam por quilômetros em toda direção e abrangiam a cidade inteira. Ele perambulava pelos bairros densos ao longo do rio, que estavam mais esquálidos que nunca por causa da inatividade das fábricas neste inverno. Em muitos olhos, havia a expressão da solidão sombria. Agora que as pessoas eram forçadas à ociosidade, uma certa agitação podia ser sentida. Havia um surto ardente de novas crenças. Um jovem, que tinha trabalhado nas cubas de tintura numa das fábricas, de repente passou a afirmar que um grande poder sagrado descera sobre ele. Disse que era seu dever entregar uma nova série de mandamentos de Deus. O jovem montou um tabernáculo e centenas de pessoas vinham toda noite rolar no chão e se sacudir, pois acreditavam estar na presença de algo sobrenatural. Havia também assassinatos. Uma mulher, que não conseguia ganhar o suficiente para comer, acreditando que o capataz tinha trapaceado em seus créditos de trabalho, o esfaqueou na garganta.

Uma família de negros se mudou para a última casa numa das ruas mais deprimentes, e isso causou tal indignação que a casa foi queimada e o homem negro, espancado por seus vizinhos. Mas esses eram incidentes. Nada tinha realmente mudado. A greve de que se falava nunca aconteceu, pois eles não conseguiam se reunir. Tudo continuava como antes. Mesmo nas noites mais frias, o Sunny Dixie Show não fechava. As pessoas sonhavam, lutavam e dormiam como de costume. E, por hábito, encurtavam seus pensamentos para que eles não errassem pela escuridão além do amanhã.

Singer caminhava pelas zonas malcheirosas dispersas da cidade onde os negros se amontoavam. Havia mais alegria e violência ali. Não era raro que o cheiro fino e pungente de gim perdurasse nos becos. A luz da lareira quente e sonolenta coloria as janelas. Havia encontros nas igrejas quase toda noite. Pequenas casas confortáveis realçadas em terrenos de grama marrom – Singer caminhava também por essas zonas. Aqui as crianças eram mais robustas e mais amistosas com os estranhos. Ele andava pelos bairros dos ricos. Havia casas muito grandiosas e antigas, de colunas brancas e cercas intricadas de ferro forjado. Ele passava por grandes casas de tijolos em que havia automóveis que buzinavam nas rampas de entrada, e onde colunas de fumaça rolavam profusamente das chaminés. E seguia até as próprias margens das estradas que partiam da cidade para os armazéns gerais, onde os fazendeiros se reuniam nas noites de sábado sentados ao redor do fogão. Ele errava com frequência pelos quatro quarteirões comerciais mais importantes, que eram feericamente iluminados, e depois pelos becos escuros e desertos por trás deles. Não havia zona da cidade que Singer não conhecesse. Ele observava os quadrados amarelos de luz que se refletiam de milhares de janelas. As noites de inverno eram belas. O céu tinha um tom de azul frio e as estrelas brilhavam muito.

Agora acontecia com frequência de ele ser abordado durante essas caminhadas, quando parava e conversava com as pessoas. Todos os tipos de pessoas se tornaram seus conhecidos. Se quem falava com ele fosse um estranho, Singer apresentava seu cartão para que seu silêncio fosse compreendido. Ele se tornou conhecido em toda a cidade. Caminhava com os ombros muito eretos e mantinha as mãos sempre enfiadas nos bolsos. Seus olhos cinza pareciam absorver tudo ao redor, e em seu rosto ainda havia a expressão de paz vislumbrada naqueles que são muito sábios ou muito tristes. Ele sempre se alegrava de parar ao lado de alguém que desejava sua companhia. Pois, afinal, estava apenas caminhando sem ir para lugar nenhum.

Então aconteceu que vários boatos começaram a circular na cidade a respeito do mudo. Nos anos anteriores com Antonapoulos, eles iam e vinham do trabalho, mas, excetuando esse vaivém, estavam sempre sozinhos e juntos em seus quartos. Ninguém se incomodava com eles – e, se fossem observados, o foco da atenção recaía sobre o enorme grego. O Singer daqueles anos foi esquecido.

Assim, os boatos sobre o mudo eram ricos e variados. Os judeus diziam que ele era judeu. Os comerciantes ao longo da rua principal afirmavam que ele tinha recebido uma grande herança e era um homem muito rico. Sussurrava-se num intimidado sindicato têxtil que o mudo era um organizador do C. I. O., o Congresso de Organizações Industriais. Um turco solitário, que tinha chegado à cidade anos antes e mofava com a família atrás da pequena loja onde vendia roupa de cama, afirmava apaixonadamente para a esposa que o mudo era turco. Dizia que, se falava sua língua, o mudo entendia. E, ao dar esse testemunho, sua voz se tornava calorosa e ele se esquecia de brigar com os filhos, todo cheio de planos e atividade. Um velho do campo dizia que o mudo viera de um lugar perto de sua casa e que o pai do mudo tinha a melhor plantação de tabaco de todo o país. Todas essas coisas eram ditas sobre ele.

Antonapoulos! Na mente de Singer, a memória do amigo era constante. À noite, quando ele fechava os olhos, o rosto do grego estava lá na escuridão – redondo e untuoso, com um sorriso sábio e gentil. Em seus sonhos, eles estavam sempre juntos.

Fazia mais de um ano que o amigo tinha partido. Esse ano não lhe parecia nem longo nem curto. Antes, estava fora do sentido comum do tempo – como quando alguém está bêbado ou meio acordado. Por trás de cada hora, havia sempre o amigo.

E essa vida subterrânea com Antonapoulos mudava e se desenvolvia como os acontecimentos ao seu redor. Durante os primeiros poucos meses, ele tinha pensado sobretudo nas terríveis semanas antes de Antonapoulos partir – nas dificuldades que se seguiram à sua doença, nos mandados de prisão e no sofrimento de tentar controlar os caprichos do amigo. E pensou em tempos no passado quando ele e Antonapoulos tinham sido infelizes. Havia uma lembrança, muito remota, que lhe voltava várias vezes.

Eles nunca tinham amigos. Às vezes, encontravam outros mudos – travaram conhecimento com três durante os dez anos. Mas algo sempre acontecia. Um deles se mudou para outro estado uma semana depois que o conheceram. Outro era casado, tinha seis filhos e não falava com as mãos. Mas era da relação com o terceiro desses conhecidos que Singer se lembrava, depois que o amigo foi embora.

O nome do mudo era Carl. Era um jovem descorado que trabalhava num dos moinhos. Seus olhos tinham um tom amarelo fraco e seus dentes, de tão frágeis, também pareciam amarelos e fracos. Em seu macacão, que caía mole sobre o pequeno corpo magro, ele parecia um boneco de pano azul e amarelo.

Eles o convidaram para jantar e combinaram de se encontrar antes na loja onde Antonapoulos trabalhava. O grego ainda estava ocupado quando eles chegaram. Estava acabando de fazer um doce de caramelo na cozinha nos fundos da loja. O doce se estendia dourado e luzidio sobre a longa mesa com tampo de mármore. O ar era quente e rico em cheiros adocicados. Antonapoulos parecia satisfeito por ter Carl ali perto observando como ele deslizava a faca pelo doce quente e o cortava em quadrados. Ofereceu ao novo amigo um canto do doce na ponta de sua faca engordurada e mostrou-lhe o truque que sempre fazia para qualquer um quando queria ser amável. Apontou para uma cuba de calda fervendo sobre o fogão, abanando o rosto e semicerrando os olhos para mostrar como estava quente. Depois molhou a mão num pote de água fria, mergulhou-a na calda fervente e rapidamente voltou a enfiá-la dentro da água. Seus olhos se dilataram, e ele rolou a língua para fora como se estivesse em grande agonia. Até torceu a mão e pulou num pé só, sacudindo todo o prédio. Depois sorriu de repente e estendeu a mão para mostrar que era brincadeira, batendo no ombro de Carl.

Era uma noite de inverno pouco iluminada, e a respiração deles formava nuvens no ar frio, enquanto caminhavam de braços dados pela rua. Singer estava no meio, e deixou-os duas vezes na calçada para entrar em lojas e fazer algumas compras. Carl e Antonapoulos carregavam os sacos de mantimentos, e Singer segurava os braços deles com força e sorria durante todo o caminho para casa. Seus quartos eram aconchegantes e ele andava feliz pela casa, conversando com Carl. Depois da refeição, os dois continuaram a falar, enquanto Antonapoulos observava com um sorriso lento. Várias vezes o enorme grego se moveu pesadamente até o closet e serviu doses de gim. Sentado ao lado da janela, Carl bebia apenas quando Antonapoulos metia o copo na frente de seu rosto, e tomava então pequenos goles solenes. Singer não se lembrava de ver seu amigo tão cordial com um estranho antes e pensou com prazer em tempos futuros, quando Carl os visitaria com frequência.

Já passara da meia-noite quando aconteceu o incidente que estragou o encontro festivo. Antonapoulos voltou de uma de suas incursões ao closet, e seu rosto tinha um ar zangado. Sentou-se na cama e começou a fitar o novo amigo repetidas vezes com expressões de ofensa e grande desgosto. Singer tentou entabular uma conversa ansiosa para esconder esse comportamento estranho, mas o grego persistia. Carl se encolhia na cadeira, acariciando seus joelhos ossudos, fascinado e perplexo com as caretas do enorme grego. Seu rosto estava ruborizado, e ele engolia timidamente. Singer não conseguiu ignorar a situação por muito mais tempo, por isso perguntou por fim a Antonapoulos se ele estava com dor de barriga, ou se talvez se sentisse mal e quisesse dormir. Antonapoulos sacudiu a cabeça. Apontou para Carl e começou a fazer todos os gestos obscenos que conhecia. Era terrível ver a repulsa expressa em seu rosto. Carl se apequenou de medo. Por fim, o enorme grego rangeu os dentes e se levantou da cadeira. Às pressas, Carl pegou seu boné e saiu do quarto. Singer o seguiu pela escada. Ele não sabia como explicar seu amigo a esse estranho. Carl parou encurvado na porta lá embaixo, todo mole, com seu boné de pala puxado sobre o rosto. Por fim apertaram as mãos, e Carl foi embora.

Antonapoulos lhe deu a entender que, enquanto não estavam percebendo, o convidado tinha entrado no closet e bebido todo o gim. Nenhuma dose de persuasão conseguiu convencer Antonapoulos de que tinha sido ele próprio quem acabara com a garrafa. O enorme grego permanecia sentado ereto na cama, e seu rosto redondo era sombrio e reprovador. Grandes lágrimas gotejavam lentamente até a gola de sua camiseta, e ele não se consolava. Por fim foi dormir, mas Singer ficou acordado no escuro por um longo tempo. Nunca mais viram Carl.

Anos mais tarde, foi a vez de Antonapoulos pegar o dinheiro para o aluguel no vaso sobre o consolo da lareira e gastar tudo nas máquinas caça-níqueis. E a tarde de verão em que Antonapoulos desceu as escadas nu para pegar o jornal. Ele sofria muito com o calor do verão. Compraram uma geladeira elétrica num plano de pagamento parcelado, e Antonapoulos vivia chupando os cubos de gelo e até deixava que alguns derretessem em sua cama enquanto dormia. E aquela outra vez quando Antonapoulos ficou bêbado e jogou uma tigela de macarrão no rosto de Singer.

Essas lembranças feias se entrelaçavam em seus pensamentos durante os primeiros meses, como fios ruins numa tapeçaria. E depois desapareciam. Todas as ocasiões em que tinham sido infelizes foram esquecidas. Pois, com o passar do ano, os pensamentos sobre seu amigo se espiralavam em camadas cada vez mais profundas, até ele ficar apenas com o Antonapoulos que somente ele conhecia.

Este era o amigo a quem ele contava tudo o que se passava em seu coração. Este era o Antonapoulos cuja sabedoria ninguém, a não ser ele, reconhecia. À medida que o ano passava, o amigo parecia se tornar maior em sua mente, e seu rosto olhava de modo muito grave e sutil no meio da escuridão à noite. As memórias do amigo mudavam em seus pensamentos, por isso ele não se lembrava de nada que fosse errado ou tolo – apenas sábio e bom.

Via Antonapoulos sentado numa grande poltrona diante dele. Sentado tranquilo e imóvel. Seu rosto louco era inescrutável. Sua boca, sábia e sorridente. E os olhos, profundos.

Observava as coisas que lhe eram ditas. E, em sua sabedoria, compreendia.

Este era o Antonapoulos que agora estava sempre em seus pensamentos. Este era o amigo a quem queria contar as coisas que tinham acontecido. Pois alguma coisa acontecera este ano. Ele tinha sido abandonado numa terra alheia. Sozinho. Singer abrira os olhos, e ao seu redor havia muita coisa que ele não conseguia compreender. Estava perplexo.

Ele observava as palavras se formarem sobre os lábios deles.

Nós, negros, queremos uma oportunidade para ser enfim livres. E a liberdade é apenas o direito de contribuir. Queremos servir e compartilhar, trabalhar e em troca consumir aquilo que nos é devido. Mas você é o único homem branco que encontrei capaz de compreender essa terrível necessidade do meu povo.

Entende, sr. Singer? Eu tenho essa música dentro de mim o tempo todo. Tenho que ser uma verdadeira musicista. Eu talvez não saiba nada agora, mas vou saber com 20 anos. Entende, sr. Singer? E então pretendo viajar para um país estrangeiro onde cai neve.

Vamos acabar com a garrafa. Quero uma pequena. Pois estávamos pensando em liberdade. Essa palavra é como um verme no meu cérebro. Sim? Não? Muita? Pouca? A palavra é um sinal para pirataria, roubo e astúcia. Vamos ser livres, e os mais espertos vão ser então capazes de escravizar os outros. Mas! Mas há um outro significado para a palavra. Entre todas as palavras, essa é a mais perigosa. Nós que sabemos devemos ter cautela. A palavra nos leva a nos sentirmos bem – de fato, a palavra é um grande ideal. Mas é com esse ideal que as aranhas fiam suas teias mais medonhas para nós.

O último esfregava o nariz. Não aparecia com frequência e não dizia muita coisa. Fazia perguntas.

As quatro pessoas vinham visitá-lo em seu quarto havia mais de sete meses. Nunca vinham juntas – sempre sozinhas. E invariavelmente ele as recebia na porta com um sorriso cordial. A falta de Antonapoulos estava sempre com ele – assim como nos primeiros meses depois da partida do amigo –, e era melhor estar com qualquer pessoa do que ficar sozinho por muito tempo. Era como aquela época de anos atrás, quando ele tinha feito uma promessa a Antonapoulos (e até escrito num papel pregado com tachinhas na parede acima de sua cama) –, a promessa de que abandonaria os cigarros, a cerveja e pratos com carne por um mês. Os primeiros dias tinham sido muito ruins. Ele não conseguia descansar nem ficar parado. Visitava Antonapoulos tantas vezes na frutaria que Charles Parker o destratou. Quando acabava todas as gravações a ser feitas no dia, ele se demorava na frente da loja com o relojoeiro e a vendedora, ou saía à procura de uma máquina de refrigerantes para tomar uma Coca-Cola. Naqueles dias, estar perto de qualquer estranho era melhor do que pensar sozinho sobre os cigarros, a cerveja e o prato de carne que desejava.

No início, ele não tinha compreendido as quatro pessoas de jeito nenhum. Elas falavam e falavam – e, à medida que os meses passavam, elas falavam mais e mais. Ele ficou tão acostumado com seus lábios que compreendia cada palavra que diziam. E então, depois de algum tempo, sabia o que cada uma delas diria antes que começasse a falar, porque o sentido era sempre o mesmo.

Suas mãos eram um tormento para ele. Não ficavam paradas. Elas se contraíam durante o sono, e às vezes ele acordava para descobrir que estavam modelando as palavras de seus sonhos diante de seu rosto. Ele não gostava de olhar para as mãos ou pensar nelas. Eram magras, morenas e muito fortes. Em anos anteriores, ele sempre cuidara delas com carinho. No inverno, usava óleo para prevenir rachaduras e mantinha as cutículas empurradas para baixo e as unhas sempre lixadas seguindo o formato das pontas dos dedos. Antes ele gostava de lavar e cuidar das mãos. Mas agora apenas as esfregava grosseiramente com uma escova duas vezes por dia e tornava a enfiá-las nos bolsos.

Quando caminhava de um lado para outro em seu quarto, ele estalava as articulações dos dedos e lhes dava uma sacudida até doerem. Ou batia na palma de uma das mãos com o punho da outra. E então às vezes, quando estava sozinho e seus pensamentos se ocupavam de seu amigo, as mãos começavam a modelar as palavras antes que ele se desse conta do que fazia. Quando percebia esses gestos, sentia-se como um homem pego falando alto sozinho, quase como se tivesse cometido uma falha moral. Sentia uma mistura de vergonha e tristeza e dobrava as mãos, escondendo-as nas costas. Mas elas não o deixavam em paz.

Singer parou na rua diante da casa onde ele e Antonapoulos tinham vivido. O fim de tarde estava esfumaçado e cinza. A oeste, viam-se faixas de amarelo frio e rosa. Um pardal de inverno com penas esfiapadas voava formando padrões contra o céu esfumaçado, vindo por fim pousar sobre uma das empenas da casa. A rua estava deserta.

Seus olhos estavam fixos numa janela no lado direito do segundo andar. Este era seu quarto da frente, e atrás ficava a grande cozinha onde Antonapoulos tinha cozinhado todas as suas refeições. Pela janela iluminada, ele observava uma mulher andando pelo quarto. Era grande e imprecisa contra a luz, mas usava um avental. Um homem estava sentado com o jornal da tarde na mão. Uma criança com uma fatia de pão veio até a janela e pressionou o nariz contra a vidraça. Singer via o quarto do jeito que o deixara – com a grande cama para Antonapoulos e a cama de ferro para si mesmo, o grande sofá estofado e a cadeira de acampamento. A tigela de açúcar quebrada usada como cinzeiro, a mancha úmida no teto onde havia uma goteira do telhado, o cesto de roupa suja no canto. Em fins de tarde como esse, não haveria luz na cozinha, exceto pelo brilho dos queimadores de óleo do grande fogão. Antonapoulos sempre torcia os pavios para que apenas uma borda esfiapada de ouro e azul pudesse ser vista dentro de cada queimador. O quarto estaria quente e impregnado dos bons aromas do jantar. Antonapoulos provava os pratos com sua colher de madeira, e eles bebiam copos de vinho tinto. Sobre o tapete de linóleo na frente do fogão, as chamas dos queimadores criavam reflexos luminosos – cinco pequenas lanternas douradas. Enquanto o entardecer leitoso escurecia, essas pequenas lanternas se tornavam mais intensas, de modo que, quando caía enfim a noite, elas queimavam com vívida pureza.

O jantar estaria sempre pronto, a essa altura, e eles acendiam a luz e puxavam as cadeiras para perto da mesa.

Singer baixou o olhar para a porta da frente escura. Pensou neles saindo juntos de manhã e voltando para casa à noite. Ali estava o lugar esburacado na calçada onde Antonapoulos tinha tropeçado certa vez e machucado o cotovelo. E a caixa de correio onde a conta da companhia de luz chegava a cada mês. Ele podia sentir o toque quente do braço de seu amigo contra os dedos.

A rua estava escura agora. Ele olhou para a janela mais uma vez e viu a mulher estranha, o homem e a criança juntos num grupo. O vazio se espalhou dentro dele. Tudo se fora. Antonapoulos estava distante; não se achava ali para lembrar. Os pensamentos de seu amigo estavam em algum outro lugar. Singer fechou os olhos e tentou pensar no sanatório e no quarto em que Antonapoulos estava naquela noite. Lembrou-se das camas brancas estreitas e dos velhos jogando cartas no canto. Manteve os olhos bem fechados, mas aquele quarto não se tornava claro em sua mente. O vazio era muito profundo dentro dele. Depois de um tempo, relanceou os olhos para a janela mais uma vez e começou a descer pela calçada escura onde eles tinham caminhado juntos tantas vezes.

Era a noite de sábado. A rua principal estava cheia de gente. Negros tiritando de frio em seus macacões rondavam as vitrines da loja de departamentos. Várias famílias faziam fila diante da bilheteria do cinema, e jovens rapazes e garotas examinavam os cartazes à mostra no lado de fora. O tráfego dos automóveis era tão perigoso que ele teve de esperar muito tempo antes de atravessar a rua.

Singer passou pela frutaria. As frutas eram belas dentro das vitrines – bananas, laranjas, abacates, laranjinhas kinkan brilhantes e até alguns abacaxis. Mas Charles Parker atendia um cliente dentro da loja. Seu rosto lhe parecia muito feio. Várias vezes, quando Charles Parker estava ausente, ele tinha entrado na loja e ali se demorado por um bom tempo. Fora até a cozinha nos fundos onde Antonapoulos fazia os doces. Mas nunca entrava na loja quando Charles Parker ali se achava. Ambos tinham o cuidado de evitar qualquer encontro desde aquele dia em que Antonapoulos partiu no ônibus. Quando se cruzavam na rua, sempre se afastavam sem cumprimentos. Certa vez, quando quisera mandar ao amigo um pote de seu mel tupelo favorito, ele tinha feito a encomenda pelo correio para não ser obrigado a falar com Charles Parker.

Singer parou diante da vitrine e observou o primo do amigo atender um grupo de clientes. Os negócios eram sempre bons nas noites de sábado. Às vezes, Antonapoulos tinha de trabalhar até as dez horas. A grande pipoqueira automática ficava perto da porta. Um funcionário introduzia uma certa quantidade de grãos, e o milho redemoinhava dentro da caixa como flocos de neve gigantescos. O aroma da loja era caloroso e familiar. Cascas de amendoim se espalhavam pisoteadas no chão.

Singer continuou pela rua. Ele tinha de abrir caminho pela multidão com cuidado para não ser atropelado. As ruas estavam enfeitadas com luzes elétricas vermelhas e verdes por causa do feriado. As pessoas formavam grupos muito alegres, abraçadas umas nas outras. Pais jovens acalmavam bebês que choravam de frio, ajeitando-os sobre os ombros. Uma moça do Exército de Salvação com seu gorro vermelho e azul batia o sino na esquina e, quando olhou para Singer, ele se sentiu obrigado a deixar cair uma moeda no pote ao lado dela. Havia mendigos, tanto negros como brancos, que estendiam bonés ou as mãos calejadas. Os anúncios de neon lançavam um brilho laranja sobre os rostos da multidão.

Chegou à esquina onde certa vez ele e Antonapoulos tinham visto um cachorro louco numa tarde de agosto. Depois passou pela sala acima da loja de artigos militares, onde Antonapoulos tirava sua foto todo dia de pagamento. Singer levava muitas dessas fotografias agora em seu bolso. Virou para o oeste na direção do rio. Em certa ocasião, eles tinham arrumado um cesto de piquenique, atravessado a ponte e lanchado num campo do outro lado do rio.

Singer caminhou ao longo da rua principal mais ou menos por uma hora. No meio da multidão, ele parecia o único sozinho. Por fim, tirou o relógio para ver as horas e tomou o caminho da casa onde vivia. Talvez uma das pessoas viesse esta noite ao seu quarto. Assim esperava.

Mandou a Antonapoulos pelo correio uma grande caixa de presentes de Natal. E também deu presentes a cada um dos quatro visitantes e à sra. Kelly. Para todos juntos, ele tinha comprado um rádio que colocou sobre a mesa ao lado da janela. Dr. Copeland nem percebeu o rádio. Biff Brannon o notou imediatamente e ergueu as sobrancelhas. Jake Blount mantinha o rádio ligado durante todo o tempo em que estava no quarto, na mesma estação, e quando falava parecia gritar acima da música. Mick Kelly não compreendeu quando viu o rádio. Seu rosto ficou muito vermelho, e ela perguntou mais de uma vez se era realmente dele e se poderia escutar. Mexeu no dial por vários minutos até chegar à estação que lhe agradava. Ficou inclinada para a frente na cadeira com as mãos sobre os joelhos, a boca aberta e uma pulsação batendo muito rápido em sua têmpora. Ela parecia escutar com todo o seu ser ao que quer que estivesse ouvindo. Passou a tarde inteira escutando, e, numa das vezes que sorriu para ele, aconteceu de seus olhos estarem molhados, e ela os esfregou com os punhos. Perguntou se poderia vir escutar uma ou outra vez quando ele estivesse no trabalho, e ele respondeu que sim com um aceno da cabeça. Assim, nos dias seguintes, sempre que abria a porta, ele a encontrava ao lado do rádio. Ela passava a mão pelo cabelo curto despenteado, e havia em seu rosto uma expressão que ele nunca tinha visto antes.

Certa noite, logo depois do Natal, todos os quatro vieram visitá-lo por acaso ao mesmo tempo. Isso nunca tinha acontecido antes. Singer se movia pelo quarto com sorrisos e petiscos, procurando ser o mais gentil possível para deixar seus convidados à vontade. Mas havia algo de errado.

Dr. Copeland não quis se sentar. Ficou parado na soleira da porta, o chapéu na mão, e apenas se inclinou friamente para os outros. Eles o olharam como se não entendessem por que ele estava ali. Jake Blount abriu as cervejas que trouxera, e a espuma espirrou na frente de sua camisa. Mick Kelly escutava música no rádio. Biff Brannon estava sentado na cama, com os joelhos cruzados, seus olhos esquadrinhando o grupo à sua frente e depois se tornando estreitos e fixos.

Singer estava perplexo. Cada um deles sempre tinha tanta coisa a dizer. Mas, agora que estavam juntos, eram só silêncio.

Quando chegaram, ele tinha esperado algum tipo de rompante. Sem compreender claramente, nutria uma expectativa vaga de que fosse o fim de alguma coisa. Mas no quarto havia apenas uma sensação de ansiedade. Suas mãos se mexiam nervosas como se estivessem puxando coisas invisíveis no ar e amarrando tudo junto.

Jake Blount parou ao lado do dr. Copeland. "Conheço seu rosto. Nós já topamos um com o outro – nos degraus ali fora."

Dr. Copeland moveu sua língua com precisão, como se recortasse as palavras com tesoura. "Não tinha ciência de que nos conhecíamos", disse ele. Então seu corpo rígido pareceu se encolher. Deu um passo para trás até ficar quase fora do limiar do quarto.

Biff Brannon fumava seu cigarro com calma. A fumaça formava camadas finas pelo quarto. Ele se virou para Mick e, quando a olhou, um tom rosado enrubesceu seu rosto. Semicerrou os olhos, e num instante seu rosto voltou a ser pálido. "E como você está se saindo com suas atividades agora?"

"Que atividades?", Mick perguntou desconfiada.

"Apenas a de viver", disse ele. "A escola... e assim por diante."

"Tô indo bem, acho", disse ela.

Cada um olhava para Singer como se esperando alguma coisa. Ele estava intrigado. Oferecia os petiscos e sorria.

Jake esfregou os lábios com a palma da mão. Desistiu de tentar conversar com o dr. Copeland e sentou-se na cama ao lado de Biff. "Você sabe quem é que vivia escrevendo a porra desses avisos com giz vermelho nas cercas e paredes perto dos moinhos?"

"Não", disse Biff. "Que porra de avisos?"

"A maioria do Antigo Testamento. Andei pensando sobre isso por um bom tempo."

Cada pessoa dirigia suas palavras principalmente para o mudo. Seus pensamentos pareciam convergir para Singer como os raios de uma roda levam ao eixo central.

"O frio tem sido muito inusitado", disse Biff por fim. "Outro dia estava vasculhando alguns registros antigos e descobri que no ano de 1919 o termômetro chegou a 12 graus negativos. Hoje de manhã estava 9 graus negativos, e essa foi a temperatura mais baixa desde o grande frio daquele ano."

"Havia pingentes de gelo pendurados no telhado do depósito de carvão hoje de manhã", disse Mick.

"Não recebemos dinheiro suficiente na semana passada pra pagar todo mundo", disse Jake.

Eles discutiram um pouco mais sobre o tempo. Cada um parecia estar esperando que os outros fossem embora. Então, num único impulso, todos se levantaram ao mesmo tempo para ir embora. O dr. Copeland saiu primeiro, e os outros o seguiram imediatamente. Quando já tinham se afastado, Singer permaneceu sozinho no quarto e, como não compreendia a situação, queria esquecê-la. Decidiu escrever a Antonapoulos naquela noite.

O fato de Antonapoulos não saber ler não impedia Singer de lhe escrever. Ele sempre soubera que seu amigo era incapaz de decifrar o significado das palavras no papel, mas com o passar dos meses começou a imaginar que poderia ter se enganado, que talvez Antonapoulos apenas guardasse seu conhecimento das letras como um segredo que não compartilhava com ninguém. Além disso, havia a possibilidade de que um surdo-mudo no sanatório soubesse ler as cartas e explicá-las para seu amigo. Pensou em várias justificativas para suas cartas, pois sempre sentia uma grande necessidade de escrever ao amigo quando estava perplexo ou triste. Uma vez escritas, entretanto, essas cartas não eram jamais enviadas. Ele recortava as tiras dos quadrinhos dos jornais da manhã e da tarde para enviar ao amigo todo domingo. E todo mês mandava um vale postal. Mas as longas cartas que escrevia a Antonapoulos se acumulavam em seus bolsos, até que as destruía.

Depois que os quatro visitantes foram embora, Singer vestiu seu casacão cinza bem quente, pôs o chapéu de feltro cinza e deixou o quarto. Ele sempre escrevia as cartas na loja. Além disso, tinha prometido entregar certo trabalho na manhã seguinte, e queria terminá-lo para que não houvesse problema de atraso. A noite era límpida e gelada. A lua estava cheia e orlada com uma luz dourada. Os topos dos telhados se desenhavam negros contra o céu estrelado. Enquanto caminhava, pensava em maneiras de começar sua carta, mas já tinha chegado à loja antes que a primeira frase se formasse clara em sua mente. Entrou na loja escura com sua chave e acendeu as luzes da frente. Ele trabalhava nos fundos da loja. Uma cortina de pano separava seu lugar do resto da loja, por isso era como uma pequena sala privada. Além de sua bancada de trabalho e cadeira, havia um cofre pesado no canto, um lavabo com um espelho esverdeado e prateleiras cheias de caixas e relógios sem serventia. Singer rolou para cima a tampa da bancada e retirou da caixa de feltro a bandeja de prata que tinha prometido aprontar. Embora fizesse frio na loja, tirou seu casacão e arregaçou os punhos de listras azuis da camisa para que não atrapalhassem.

Trabalhou por muito tempo no monograma do centro da bandeja. Com golpes delicados e concentrados, guiava a fresa de gravação sobre a prata. Enquanto trabalhava, seus olhos tinham uma curiosa expressão penetrante de fome. Estava pensando na carta ao amigo Antonapoulos. Já passava da meia-noite quando terminou o trabalho. Ao afastar a bandeja, sua testa estava úmida de excitamento. Arrumou espaço na bancada e começou a escrever. Ele gostava de modelar as palavras com uma caneta sobre o papel e formava as letras com muito cuidado, como se o papel fosse uma placa de prata.

Meu único amigo:
    Vejo na nossa revista que a Sociedade vai se reunir este ano numa convenção em Macon. Haverá oradores e um banquete com quatro pratos principais. Imagino. Você se lembra de que sempre planejamos comparecer a uma das convenções, mas nunca fomos? Agora desejo que tivéssemos ido. Seria bom irmos a esta de Macon, e tenho imaginado como se daria. Mas claro que eu nunca poderia ir sem você. Eles virão de muitos estados, e todos terão muitas palavras e longos sonhos brotando do coração. Haverá também um culto especial numa das igrejas e um tipo de competição com direito a medalha de ouro como prêmio. Escrevo que imagino tudo isso. Imagino e não imagino. Minhas mãos estão paradas há tanto tempo que é difícil lembrar como é. E, quando imagino a convenção, penso que todos os convidados são iguais a você, meu amigo.

Parei diante da nossa casa outro dia. Outras pessoas moram ali agora. Você se lembra do grande carvalho na frente? Os ramos foram cortados para não interferirem nos fios dos telefones, e a árvore morreu. Os galhos estão apodrecidos, e há um lugar oco no tronco. Além disso, o gato aqui da loja (aquele que você costumava acariciar e afagar) comeu algo venenoso e morreu. Foi muito triste.

Singer manteve a caneta equilibrada acima do papel. Ficou sentado por um bom tempo, ereto e tenso, sem continuar a carta. Depois se levantou e acendeu um cigarro. A sala estava fria e o ar tinha um cheiro viciado e acre – os aromas misturados de querosene, polidor de prata e tabaco. Ele vestiu o casacão e o cachecol e começou a escrever de novo com lenta determinação.

Você se lembra das quatro pessoas de que lhe falei quando estive por aí? Desenhei o retrato deles pra você, o homem preto, a garota pequena, o do bigode e o que é dono do New York Café. Gostaria de lhe contar algumas coisas sobre eles, mas não sei ao certo como explicar tudo isso em palavras.

São todos muito ocupados. De fato, são tão ocupados que vai ser difícil pra você imaginá-los. Não quero dizer que trabalhem nos seus empregos dia e noite, mas que há sempre tanta atividade na mente deles que não conseguem descansar. Sobem ao meu quarto e me falam até eu não compreender como uma pessoa pode abrir e fechar a boca tantas vezes sem ficar cansada. (Entretanto, o dono do New York Café é diferente – ele não é como os outros. Tem uma barba muito preta a ponto de precisar fazê-la duas vezes por dia, e possui um daqueles barbeadores elétricos. Ele observa. Todos os outros têm algo que odeiam. E todos têm algo que apreciam mais do que comer, dormir, beber vinho ou estar na companhia de amigos. É por isso que estão sempre tão ocupados.)

O do bigode, acho que é louco. Às vezes, ele usa suas palavras de forma muito clara como meu professor de anos atrás na escola. Outras vezes, fala uma linguagem que não consigo seguir. Às vezes, está vestido com um terno simples, e na próxima visita estará preto de sujeira e cheirando mal, enfiado num dos macacões que usa para trabalhar. Sacode o punho e fala palavrões de bêbados que eu não gostaria que você conhecesse. Acha que ele e eu temos um segredo em comum, mas não sei qual é. E, se me permite, vou escrever algo difícil de acreditar. Ele consegue beber um litro e meio de uísque Happy Days e ainda falar e caminhar com os pés firmes, sem querer ir pra cama. Você não vai acreditar, mas é verdade.

Aluguei meu quarto na casa da mãe da garota por 16 dólares por mês. A garota costumava usar calças curtas como um menino, mas agora está sempre com uma saia azul e uma blusa. Ainda não é uma jovem mulher. Gosto que ela venha me ver. Agora ela aparece sempre, porque tenho um rádio pra eles. Ela gosta de música. Gostaria de saber o que é que ela escuta. Ela sabe que sou surdo, mas acha que conheço música.

O homem preto está doente, tem tuberculose, mas não há um bom hospital a que ele possa recorrer, porque é preto. É médico e trabalha mais que qualquer um que conheço. Não fala absolutamente como um homem preto. Outros negros acho difícil de compreender, porque suas línguas não se movem o bastante pra formar as palavras. Esse homem preto às vezes me assusta. Seus olhos são quentes e brilhantes. Ele me convidou pra uma festa e eu fui. Tem muitos livros. Entretanto, não tem nenhum livro de mistério. Ele não bebe, não come carne nem vai ao cinema.

Abaixo a liberdade e os exploradores! Abaixo o capital e os democratas!, diz o feio de bigode. Depois ele se contradiz e fala: A liberdade é o maior de todos os ideais. Eu apenas tenho que conseguir uma chance de escrever essa música que existe dentro de mim pra ser música. Tenho que ter uma chance, diz a garota. Não nos permitem servir, diz o médico preto. Essa é a necessidade divina pro meu povo. Ah, diz o dono do New York Café. Ele é o pensativo.

É assim que falam quando vêm ao meu quarto. Essas palavras no coração deles não os deixam descansar, por isso estão sempre ocupados. Aí você pensaria que juntos eles seriam como aqueles da Sociedade que vão se encontrar na convenção em Macon nesta semana. Mas não é assim. Hoje todos vieram ao meu quarto ao mesmo tempo. Comportaram-se como se fossem de cidades diferentes. Foram até rudes, e você sabe que sempre afirmo ser um erro ter modos rudes e não respeitar os sentimentos dos outros. Bem, foi o que aconteceu. Não compreendo. Tenho

pressentimentos esquisitos. Mas já escrevi bastante sobre esse assunto e sei que você está cansado de tudo isso. Eu também.
Já se passaram cinco meses e 21 dias. Todo esse tempo que tenho vivido sozinho sem você. A única coisa que consigo imaginar é quando estarei com você de novo. Se não puder estar logo com você, não sei o que acontecerá.

Singer pôs a cabeça sobre a bancada e descansou. O cheiro e o contato da madeira lisa contra sua bochecha lhe recordaram os dias da escola. Seus olhos se fecharam, e ele se sentiu enjoado. Havia apenas o rosto de Antonapoulos em sua mente, e as saudades de seu amigo eram tão agudas que ele prendeu a respiração. Depois de algum tempo, Singer sentou-se ereto e estendeu a mão para pegar a caneta.

O presente que encomendei pra você não chegou a tempo de entrar na caixa de Natal. Espero recebê-lo em breve. Acredito que você vai gostar e se divertir. Sempre penso em nós e me lembro de tudo. Tenho muita vontade de provar a comida que você costumava fazer. No New York Café, é muito pior do que costumava ser. Não faz muito tempo, encontrei uma mosca na minha sopa. Estava misturada com os legumes e o macarrão de letrinhas. Mas isso não é nada. A falta que sinto de você é uma solidão que não consigo suportar. Em breve vou visitá-lo de novo. Ainda faltam mais seis meses pras minhas férias, mas acho que posso arrumar uma visita antes disso. Acho que é o que terei de fazer. Não fui feito pra viver sozinho e estar sem você, que compreende.
         Sempre seu,
         John Singer

Já eram duas horas da madrugada quando ele voltou para casa. A grande casa cheia de gente estava no escuro, mas ele subiu tateante e cauteloso os três lances de escada sem tropeçar. Tirou dos bolsos os cartões que sempre levava consigo, o relógio e a caneta-tinteiro. Depois dobrou as roupas com esmero sobre o espaldar da cadeira. Seu pijama de flanela cinza era quente e macio. Quase no mesmo instante em que puxou os cobertores para o queixo, adormeceu.

A partir da escuridão do sono, um sonho se formou. Havia lanternas amarelas foscas iluminando um lance de degraus de pedra escuro. Antonapoulos estava ajoelhado no topo desses degraus. Estava nu e mexia em alguma coisa que segurava acima da cabeça, algo que fitava como se estivesse rezando. Ele próprio estava ajoelhado mais para baixo na metade dos degraus. Também estava nu e sentia frio, e não conseguia tirar os olhos de Antonapoulos e da coisa que ele segurava acima da cabeça. No chão atrás dele, sentia a presença do cara do bigode, da garota, do homem preto e do outro sujeito. Estavam ajoelhados nus, e Singer sentia que seus olhos se fixavam sobre ele próprio. E atrás deles havia muita gente ajoelhada na escuridão. Suas próprias mãos eram imensos moinhos de vento, e ele fitava fascinado a coisa desconhecida que Antonapoulos segurava. As lanternas amarelas balançavam de um lado para outro na escuridão, e tudo o mais estava parado. Então, de repente, houve um tumulto. Na perturbação, os degraus se desfizeram, e ele se sentiu caindo. Despertou com um solavanco. A luz do amanhecer branqueava a janela. Sentia medo.

Já se passara tanto tempo que algo poderia ter acontecido a seu amigo. Como Antonapoulos não lhe escrevia, ele não tinha como saber. Talvez seu amigo tivesse caído e se machucado. Sentiu uma urgência tão grande de estar com ele mais uma vez que trataria de arrumar uma visita a qualquer preço — e imediatamente.

Naquela manhã, encontrou no correio uma notificação em sua caixa postal informando que chegara um pacote para ele. Era o presente que tinha encomendado para o Natal e que não fora entregue a tempo. O presente era muito fino. Tinha comprado num plano de parcelamento, a ser pago durante um período de dois anos. O presente era uma máquina cinematográfica para uso particular, com meia dúzia de comédias de Mickey Mouse e Popeye que Antonapoulos gostava de ver.

Singer foi o último a chegar à loja naquela manhã. Entregou ao joalheiro para quem trabalhava uma petição formal de licença na sexta-feira e no sábado. Embora houvesse quatro casamentos acontecendo naquela semana, o joalheiro, assentindo com a cabeça, autorizou que ele faltasse ao trabalho.

Ele não queria que ninguém soubesse da viagem com antecedência, mas ao partir prendeu com tachinhas em sua porta uma nota avisando que estaria ausente por vários dias por motivo de trabalho. Viajou à noite, e o trem chegou ao lugar de seu destino bem quando irrompia o amanhecer vermelho de inverno.

À tarde, um pouco antes do horário das visitas, ele saiu rumo ao sanatório. Os braços estavam carregados com as partes da máquina cinematográfica e o cesto de frutas que levava para o amigo. Foi imediatamente para a ala onde tinha visitado Antonapoulos da outra vez.

O corredor, a porta, as filas de camas eram exatamente como se lembrava. Parou no limiar da sala e procurou ansiosamente por seu amigo. Mas logo viu que, embora todas as cadeiras estivessem ocupadas, Antonapoulos não estava ali.

Singer pôs os pacotes no chão e escreveu no final de um de seus cartões: "Onde está Spiros Antonapoulos?". Uma enfermeira entrou na sala e ele lhe entregou o cartão. Ela não compreendeu. Sacudiu a cabeça e ergueu os ombros. Ele saiu para o corredor e entregou o cartão a todos que encontrava. Ninguém sabia. O pânico era tão grande dentro dele que Singer começou a mover as mãos. Por fim, encontrou um interno de casaco branco. Agarrou o cotovelo do interno e lhe deu o cartão. O interno leu com cuidado e depois conduziu Singer por vários corredores. Chegaram a uma pequena sala onde uma jovem estava sentada a uma mesa diante de alguns papéis. Ela leu o cartão e então vasculhou alguns arquivos numa gaveta.

Lágrimas de nervosismo e medo enchiam os olhos de Singer. A jovem começou a escrever deliberadamente num bloco de papel e ele não se conteve, torcendo-se para ver imediatamente o que estava sendo escrito sobre seu amigo.

O sr. Antonapoulos foi transferido para a enfermaria. Está com nefrite. Vou chamar alguém para lhe mostrar o caminho.

Na caminhada pelos corredores, ele fez uma parada para pegar os pacotes que tinha deixado perto da porta da ala. O cesto de frutas fora roubado, mas as outras caixas estavam intactas. Seguiu o interno para fora do edifício e cruzou um trecho de grama até a enfermaria.

Antonapoulos! Quando chegaram à ala correta, ele o viu no primeiro relance de olhos. A cama fora colocada no meio do quarto e Antonapoulos estava sentado escorado por travesseiros. Usava um roupão escarlate, um pijama de seda verde e um anel de turquesa. A pele exibia uma cor amarelo pálido, e seus olhos estavam muito sonhadores e escuros. O cabelo preto tinha manchas prateadas nas têmporas. Ele estava tricotando. Os dedos gordos trabalhavam muito lentamente com as longas agulhas de marfim. Primeiro, ele não viu seu amigo. Depois, quando Singer ficou à sua frente, ele sorriu sereno, sem surpresa, e estendeu sua mão cravejada de joias.

Singer foi tomado por uma sensação de timidez e constrangimento como ele nunca experimentara antes. Sentou-se ao lado da cama e dobrou as mãos sobre a beira da coberta. Estava mortalmente pálido, e seus olhos não abandonavam o rosto do amigo. O esplendor das vestes de Antonapoulos o espantava. Em várias ocasiões, tinha enviado cada artigo da vestimenta, mas nunca imaginara como ficariam todos combinados. Antonapoulos estava maior do que em suas lembranças. As grandes dobras polpudas de seu abdômen apareciam por baixo do pijama de seda. A cabeça avultava imensa contra o travesseiro branco. A compostura plácida de seu rosto era tão profunda que ele mal parecia ter consciência de que Singer estava ao seu lado.

Singer levantou a mão timidamente e começou a falar. Seus dedos fortes e talentosos modelavam os sinais com amorosa precisão. Ele falava do frio e dos longos meses a sós. Mencionou antigas memórias, o gato que tinha morrido, a loja, o lugar onde vivia. A cada pausa, Antonapoulos acenava graciosamente com a cabeça. Falou das quatro pessoas e das longas visitas ao seu quarto. Os olhos do amigo eram úmidos e escuros, e neles Singer via os pequenos retratos retangulares de si mesmo que tinha observado milhares de vezes. O sangue quente voltou a fluir em seu rosto, e as mãos se aceleraram. Falou muito do homem negro e daquele com o bigode retorcido e da garota. Os desenhos de suas mãos se formavam cada vez mais rápido. Antonapoulos fazia acenos com a cabeça com uma lenta seriedade. Ansioso,

Singer se inclinava mais perto e respirava com longas e profundas inspirações, e em seus olhos havia lágrimas brilhantes.

Então, de repente, Antonapoulos fez um lento círculo no ar com seu indicador gordo. O dedo circulava na direção de Singer, e por fim ele cutucou a barriga do amigo. O sorriso do enorme grego se tornou muito largo, e ele pôs para fora sua língua gorda e rosa. Singer riu e suas mãos modelaram as palavras com louca velocidade. Seus ombros se sacudiam de tanto rir e a cabeça pendia para trás. Por que ria tanto, ele não sabia. Antonapoulos revirava os olhos. Singer continuou a rir desenfreadamente até perder o fôlego e seus dedos tremerem. Agarrou o braço do amigo e tentou se acalmar. Seus risos saíam baixos e dolorosamente parecidos com soluços.

Antonapoulos foi o primeiro a recobrar a compostura. Seus pequenos pés gordos haviam empurrado a coberta para fora dos pés da cama. Seu sorriso murchou, e ele chutou o cobertor com desdém. Singer se apressou a arrumar a coberta, mas Antonapoulos franziu as sobrancelhas e majestosamente ergueu o dedo para uma enfermeira que estava passando pela ala. Quando ela endireitou a cama como ele queria, o enorme grego inclinou a cabeça tão ostensivamente que o gesto mais parecia uma bênção que um simples aceno de agradecimento. Depois, voltou-se gravemente para o amigo.

De tanto falar, Singer não se deu conta de como o tempo tinha passado. Apenas quando uma enfermeira trouxe o jantar de Antonapoulos numa bandeja é que ele compreendeu que já era tarde. As luzes na ala foram acesas e pelas janelas se via que lá fora estava quase escuro. Os outros pacientes também tinham bandejas de jantar diante deles. Haviam abandonado seu trabalho (alguns teciam cestos, outros faziam artigos de couro ou tricotavam) e comiam apaticamente. Além de Antonapoulos, todos pareciam muito doentes e sem cor. A maioria precisava de um corte de cabelo, e todos usavam camisolas cinza puídas abertas nas costas. Fitavam admirados os dois mudos.

Antonapoulos levantou a tampa de seu prato e inspecionou a comida com cuidado. Havia peixe e alguns legumes. Ele pegou o peixe e segurou-o à luz na palma da mão para observá-lo em detalhes. Depois comeu com gosto. Durante o jantar, começou a apontar as várias pessoas na sala. Apontou para um homem no canto e fez caretas de desgosto. O homem rosnou para ele. Apontou para um menino, sorriu, acenou com a cabeça e abanou a mão rechonchuda. Singer estava feliz demais para se sentir envergonhado. Pegou os pacotes do chão e colocou-os sobre a cama para distrair o amigo. Antonapoulos desembrulhou tudo, mas a máquina absolutamente não o interessou. Voltou ao seu jantar.

Singer entregou à enfermeira uma nota explicando sobre os filmes. Ela chamou um interno, e depois eles trouxeram um médico. Enquanto confabulavam, os três olhavam curiosamente para Singer. A notícia chegou aos pacientes, e eles se ergueram apoiados nos cotovelos com grande animação. Apenas Antonapoulos não se perturbou.

Singer tinha praticado com a máquina cinematográfica de antemão. Montou a tela para que pudesse ser vista por todos os pacientes. Depois trabalhou com o projetor e o filme. A enfermeira tirou as bandejas do jantar e as luzes da ala foram apagadas. Uma comédia de Mickey Mouse brilhou na tela.

Singer observava seu amigo. Primeiro, Antonapoulos ficou espantado. Ergueu-se para ter uma visão melhor e teria saído da cama se a enfermeira não o tivesse contido. Depois viu o filme com um sorriso luminoso. Singer podia ver os outros pacientes falando entre si e rindo. Enfermeiras e assistentes vieram do saguão, e toda a ala se transformou num grande alvoroço. Quando o Mickey Mouse terminou, Singer passou um filme de Popeye. Com a conclusão desse filme, ele sentiu que o entretenimento tinha se alongado bastante para a primeira vez. Acendeu a luz, e a ala voltou a se acomodar. Quando o interno pôs a máquina embaixo da cama de seu amigo, ele viu Antonapoulos correr um olhar sorrateiro pela ala para se certificar de que todos compreendiam que a máquina era dele.

Singer começou a falar com as mãos de novo. Sabia que logo seria instado a sair da ala, mas os pensamentos que tinha guardados na mente eram grandes demais para ser expressos num curto espaço de tempo. Ele falava com uma pressa frenética. Na ala estava um velho cuja cabeça balançava com a paralisia e que mexia debilmente nas sobrancelhas. Ele invejava o velho por viver com Antonapoulos dia após dia. Singer teria trocado de lugar com ele com grande alegria.

Seu amigo tateava procurando algo em seu peito. Era a pequena cruz de latão que sempre trazia consigo. O cordão sujo fora substituído por uma fita vermelha. Singer pensou no sonho e também contou esse sonho ao amigo. Em sua pressa, os sinais às vezes se tornavam pouco nítidos, e ele tinha de sacudir as mãos e começar tudo de novo. Antonapoulos o observava com seus olhos escuros e sonolentos. Sentado imóvel em sua vestimenta brilhante e opulenta, ele parecia o rei sábio de alguma lenda.

O interno encarregado da ala permitiu que Singer permanecesse uma hora além do tempo das visitas. Por fim, estendeu o punho fino e cabeludo para mostrar a Singer seu relógio. Os pacientes já estavam acomodados para dormir. A mão de Singer vacilou. Agarrou o amigo pelo braço e fitou intensamente seus olhos como costumava fazer a cada manhã, quando se separavam para ir trabalhar. Finalmente, Singer recuou para sair do quarto. Na soleira da porta, suas mãos modelaram um adeus abatido e depois se fecharam em punhos.

Durante as noites enluaradas de janeiro, Singer continuou a caminhar pelas ruas da cidade todas as noites em que não tinha compromisso. Os boatos a seu respeito se tornaram mais ousados. Uma velha negra contou a centenas de pessoas que ele conhecia os caminhos dos espíritos errantes dos mortos. Um certo operário afirmava que tinha trabalhado com o mudo numa outra fábrica em algum outro lugar no estado — e as histórias que contava eram singulares. Os ricos achavam que ele era rico e os pobres o consideravam um homem pobre como eles próprios. E como não havia como refutar esses boatos, eles se tornavam maravilhosos e muito reais. Cada homem descrevia o mudo como desejava que ele fosse.

8

Por quê?

A pergunta sempre fluía por Biff, despercebida, como o sangue em suas veias. Pensava sobre as pessoas, os objetos, as ideias, e a pergunta estava nele. Meia-noite, a manhã escura, meio-dia. Hitler e os rumores de guerra. O preço do lombo de porco e o imposto sobre a cerveja. Em especial, ele meditava sobre a charada do mudo. Por que, por exemplo, Singer partiu no trem e, quando lhe perguntaram onde tinha estado, fingiu que não compreendia a pergunta? E por que todos persistiam em pensar que o mudo era exatamente o que desejavam que ele fosse – quando muito provavelmente tudo não passava de um erro muito esquisito? Singer sentava-se à mesa do meio três vezes por dia. Comia o que lhe era servido – exceto repolho e ostras. No tumulto conflituado de vozes, ele era o único a ficar em silêncio. Gostava mais de pequenas vagens macias e formava com elas uma pilha perfeita sobre os dentes de seu garfo. E ensopava seus biscoitos no molho das vagens.

Biff pensava também na morte. Ocorreu um incidente curioso. Certo dia, enquanto vasculhava o armário do banheiro, encontrou um frasco de Agua Florida que não tinha percebido quando levou o resto dos cosméticos de Alice para Lucile. Pensativo, segurou o vidro de perfume nas mãos. Fazia quatro meses desde sua morte – e cada mês parecia tão longo e cheio de tempo livre quanto um ano. Ele raramente pensava nela.

Biff tirou a rolha do frasco. Parou sem camisa diante do espelho e pôs um pouco de perfume nas axilas escuras e cabeludas.

O aroma o enrijeceu. Trocou um olhar secreto mortal consigo mesmo no espelho e ficou imóvel. Estava espantado com as lembranças que o perfume lhe trazia, não por causa de sua nitidez, mas porque reuniam o passar inteiro de anos e eram completas. Biff coçou o nariz e olhou de lado para si mesmo. A fronteira da morte. Sentiu dentro de si cada minuto que tinha vivido com Alice. E agora sua vida em conjunto estava completa, como só o passado pode ser completo. Abruptamente, Biff se afastou.

Tinha reformado o quarto de dormir. Era todo seu agora. Antes tinha sido cafona, espalhafatoso e sem graça. Havia sempre meias de seda e calcinhas rosa cheias de buracos penduradas num cordão atravessado no quarto para secar. A cama de ferro era lascada e enferrujada, ornada com pequenas almofadas de renda suja. Um caçador de ratos magrelo do andar de baixo arqueava as costas e se esfregava tristemente contra a jarra de despejos.

Ele tinha mudado tudo isso. Trocara a cama de ferro por um sofá-cama. Havia posto um tapete vermelho grosso no chão e comprara um belo tecido azul da China para pendurar sobre o lado da parede onde as rachaduras estavam piores. Tinha destampado a lareira, que mantinha preparada com toras de pinho. Sobre o consolo da lareira, uma pequena fotografia de Baby e uma foto colorida de um menino pequeno com roupa de veludo e uma bola nas mãos. Uma caixa de vidro no canto guardava as curiosidades que tinha coletado – espécimes de borboletas, uma ponta de flecha rara, uma pedra curiosa com a forma de perfil humano. Havia almofadas de seda azul sobre o sofá-cama, e ele pedira emprestada a máquina de costura de Lucile para fazer as cortinas vermelho-escuras das janelas. Ele amava o quarto. Era luxuoso e tranquilo. Sobre a mesa, via-se um pagode japonês com pingentes de vidro, que tintilavam com estranhos tons musicais quando passava uma corrente de ar.

No quarto, nada lhe lembrava Alice. Mas era frequente ele destampar o frasco de Agua Florida e passar a rolha nos lóbulos das orelhas ou nos punhos. O aroma se misturava com suas lentas ruminações. A sensação do passado crescia dentro dele. As memórias se construíam quase com ordem arquitetônica.

Numa caixa onde guardava suvenires, ele veio a descobrir velhas fotos tiradas antes de seu casamento. Alice sentada num campo de margaridas. Alice com ele numa canoa no rio. Entre os suvenires, havia também um grande prendedor de cabelo feito de osso que tinha pertencido à sua mãe. Menino pequeno, ele adorava ver a mãe pentear e prender seus longos cabelos pretos. Imaginava que os prendedores de cabelo eram curvos como se para copiar a forma de uma dama, e às vezes brincava com eles como bonecos. Naquela época, ele tinha uma caixa de charutos cheia de pedaços de pano. Gostava de apalpar e observar as cores dos belos tecidos e passava horas embaixo da mesa da cozinha com suas tiras de pano. Mas, quando fez 6 anos, a mãe lhe tirou esses retalhos. Era uma mulher alta e forte com um senso de dever, semelhante a um homem. Ela o amara acima de tudo. Até agora ele às vezes sonhava com ela. E a aliança de ouro já gasta que tinha sido de sua mãe jamais deixava o dedo de Biff.

Junto com a Agua Florida, ele encontrou no armário um frasco de condicionador de limão que Alice sempre usara no cabelo. Certo dia, tentou passá-lo em si mesmo. O limão fez seu cabelo escuro com listras brancas parecer fofo e grosso. Ele gostou. Descartou o óleo que usava para prevenir a calvície e começou a enxaguar o cabelo regularmente com o preparado de limão. Certos caprichos que tinha ridicularizado em Alice eram agora seus. Por quê?

Toda manhã Louis, o menino de cor do andar de baixo, trazia uma xícara de café para ele tomar na cama. Muitas vezes, ficava sentado escorado nos travesseiros por uma hora, antes de se levantar e se vestir. Fumava um charuto e observava os padrões que a luz do sol criava sobre a parede. Mergulhado em pensamentos, corria seu indicador entre os dedos dos pés longos e tortos. Recordava.

Então, do meio-dia até as cinco da madrugada, ele trabalhava no andar de baixo. E o dia inteiro de domingo. O negócio estava perdendo dinheiro. Havia muitos períodos sem movimento. Nas horas das refeições, o local ainda ficava cheio como de costume, e ele via centenas de conhecidos todo dia, enquanto montava guarda atrás da caixa registradora.

"O que você faz aí parado e em que pensa o tempo todo?", Jake Blount lhe perguntou. "Você parece um judeu na Alemanha."

"Tenho uma oitava parte de judeu", disse Biff. "O avô da minha mãe era um judeu de Amsterdã. Mas todo o resto do meu pessoal, que eu saiba, era irlandês-escocês."

Era domingo de manhã. Os clientes ficavam à toa pelas mesas, e havia o aroma de tabaco no ambiente e o farfalhar dos jornais. Alguns homens numa mesa no canto jogavam dados, mas seu jogo era calmo.

"Onde está Singer?", Biff perguntou. "Você não vai subir até o quarto dele hoje de manhã?"

O rosto de Blount se tornou escuro e carrancudo. Sacudiu a cabeça para a frente. Teriam brigado – mas como é que um mudo podia brigar? Não, pois isso tinha acontecido antes. Blount às vezes andava por aí e se comportava como se estivesse discutindo consigo mesmo. Mas pouco depois saía – ele sempre saía – e os dois entravam juntos, com Blount falando.

"Você leva uma vida boa. Apenas fica de pé atrás de uma caixa registradora. Apenas fica parado com a mão aberta."

Biff não se ofendeu. Apoiou seu peso sobre os cotovelos e estreitou os olhos. "Vamos ter, você e eu, uma conversa séria. O que é que você quer, afinal?"

Blount bateu as mãos sobre o balcão. Eram quentes, carnudas e calejadas. "Cerveja. E um daqueles pacotinhos de biscoito de queijo com manteiga de amendoim de recheio."

"Não é o que quis dizer", disse Biff. "Mas voltamos a falar disso mais tarde."

O homem era um quebra-cabeça. Estava sempre mudando. Ainda bebia como um doido, mas a bebida não o derrubava como acontecia com outros homens. Os cantos de seus olhos estavam quase sempre vermelhos, e ele tinha um tique nervoso de olhar para trás por sobre o ombro. Sua cabeça, imensa, pesava sobre o pescoço fino. Era o tipo de sujeito que as crianças ridicularizavam e os cachorros queriam morder. Mas, quando era escarnecido, isso o deixava furioso – ele se tornava rude e bombástico como um palhaço. E vivia desconfiado de que alguém andava rindo dele.

Biff sacudiu a cabeça pensativo. "Vem cá", disse ele. "O que te leva a ficar lá nesse espetáculo? Você pode arrumar coisa melhor que esse trabalho. Eu podia te oferecer um trabalho de meio expediente aqui."

"Meu Deus do céu! Eu não estacionaria atrás dessa caixa registradora nem que você me desse toda a porra do lugar, casa, comida e roupa lavada."

Esse era o homem. Irritante. Nunca poderia ter amigos, nem sequer se dar bem com as pessoas.

"Tenta falar coisa com coisa", replicou Biff. "A sério."

Um cliente tinha se aproximado com sua conta, e ele lhe deu o troco. O lugar ainda estava quieto. Blount se movia agitado. Biff sentiu que ele ia embora. Queria mantê-lo ali perto. Pegou dois charutos A-I na prateleira atrás do balcão e ofereceu um deles a Blount. Cautelosa, sua mente descartou uma pergunta após a outra, e então finalmente perguntou:

"Se você fosse capaz de escolher o tempo na história em que poderia ter vivido, qual escolheria?"

Blount lambeu o bigode com sua larga língua molhada. "Se você tivesse que escolher entre ser um cadáver e nunca mais fazer outra pergunta, o que decidiria?"

"Certo", insistiu Biff. "Pensa um pouco."

Ele inclinou a cabeça para um lado e espiou sobre o longo nariz. Esse era um assunto que gostava de escutar os outros discutirem. A Grécia antiga era sua escolha. Caminhar de sandálias nas margens do Egeu azul. As túnicas folgadas cingidas na cintura. Crianças. As termas de mármore e as contemplações nos templos.

"Talvez com os incas. No Peru."

Os olhos de Biff fizeram uma varredura em seu interlocutor, deixando-o nu. Viu Blount adquirir um rico bronzeado avermelhado ao sol, o rosto liso e sem pelos, com um bracelete de ouro e pedras preciosas no antebraço. Quando fechou os olhos, o homem era um bom inca. Mas, quando o olhou de novo, a imagem se desfez. Era o bigode nervoso que não pertencia ao rosto, o modo como sacudia o ombro, o pomo de adão em seu pescoço fino, a largura de suas calças. E era mais que isso.

"Ou talvez por volta de 1775."

"Esse era um bom tempo pra estar vivo", concordou Biff.

Blount mexeu os pés, constrangido. Seu rosto era brutal e ele parecia infeliz. Estava prestes a partir. Alerta, Biff tratou de detê-lo. "Me diz uma coisa: por que afinal você veio para esta cidade?" Logo viu que a pergunta não fora diplomática e ficou desapontado consigo mesmo. Mas era esquisito como esse homem poderia ter aterrissado num lugar assim.

"Juro por Deus que não sei."

Permaneceram quietos por um momento, ambos apoiados no balcão. O jogo de dados no canto estava terminado. O primeiro pedido de jantar, um pato à Long Island especial, fora servido ao sujeito que administrava a loja A&P. O rádio estava sintonizado entre um sermão de igreja e uma banda de swing.

De repente, Blount se inclinou mais e cheirou o rosto de Biff.

"Perfume?"

"Loção de barba", disse Biff circunspecto.

Ele não conseguia prender Blount por mais tempo. O sujeito estava prestes a partir. Voltaria mais tarde com Singer. Era sempre assim. Biff queria fazê-lo falar livremente para poder compreender certas questões a seu respeito. Mas Blount nunca falava de fato – só com o mudo. Era algo muito peculiar.

"Obrigado pelo charuto", disse Blount. "Até logo."

"Até mais."

Biff observou Blount caminhar até a porta com seu gingado de marinheiro. Depois assumiu as tarefas à sua espera. Examinou o que estava exposto na vitrine. O cardápio do dia tinha sido colado no vidro e um prato especial com todas as guarnições estava à mostra para atrair os clientes. Não parecia nada bom. Bem nojento. O molho do pato tinha escorrido para a calda de mirtilo e uma mosca estava presa na sobremesa.

"Ei, Louis!", chamou. "Tira essas coisas da vitrine. E traz aquela tigela de cerâmica e algumas frutas."

Arrumou as frutas com seu olho experiente, observando as cores e o desenho. Por fim, a decoração lhe agradou. Visitou a cozinha e teve uma conversa com a cozinheira. Levantou as tampas das panelas e cheirou a comida, mas sem ânimo para a tarefa. Alice sempre tinha feito essa parte. Ele não gostava disso. Torceu o nariz quando viu a pia gordurosa com os restos da comida no fundo. Escreveu os cardápios e as ordens para o dia seguinte. Ficou feliz por sair da cozinha e voltar ao seu lugar atrás da caixa registradora.

Lucile e Baby vieram para o almoço de domingo. A garotinha não estava muito bem. A bandagem ainda cingia sua cabeça, e o médico disse que só poderia ser tirada no mês seguinte. A atadura de gaze em lugar dos cachos loiros fazia sua cabeça parecer nua.

"Diz alô pro tio Biff, amor", pediu Lucile.

Baby se mostrou hostil e contrariada. "Alô pro tio Biff amor", disse atrevida.

Ela armou uma briga quando a mãe tentou lhe tirar o casaco de domingo. "Trata de se comportar", Lucile continuava a dizer. "Você tem que tirar o casaco, senão vai pegar uma pneumonia quando a gente sair de novo. Agora se comporta."

Biff se encarregou da situação. Acalmou Baby com uma bola de chiclete e tirou o casaco de seus ombros. O vestido tinha perdido a elegância na luta com Lucile. Ele o endireitou para que a pala ficasse alinhada no peito. Amarrou de novo a faixa e amassou o laço com os dedos até que adquirisse uma boa forma. Depois deu uma palmadinha no bumbum de Baby. "Vamos ter sorvete de morango hoje", disse.

"Bartholomew, você daria uma mãe e tanto."

"Obrigado", disse Biff. "É um elogio."

"A gente foi na escola dominical e na igreja. Baby, fala pro tio Biff o verso da Bíblia que você aprendeu."

Sem vontade, a garotinha fez beicinho de amuada. "Jesus chorou", disse por fim. O desprezo que depositou nas duas palavras soou terrível.

"Quer ver o Louis?", perguntou Biff. "Ele está na cozinha."

"Quero ver o Willie. Quero ouvir o Willie tocar a gaita."

"Ah, Baby, você está só provocando", disse Lucile impaciente. "Sabe muito bem que o Willie não está aqui. O Willie foi mandado pra penitenciária."

"Mas o Louis está", disse Biff. "Ele também toca gaita. Vai dizer pra ele preparar o sorvete e tocar uma melodia pra você."

Baby foi para a cozinha, arrastando um dos calcanhares no chão. Lucile pôs seu chapéu sobre o balcão. Havia lágrimas em seus olhos. "Você sabe que eu sempre disse: se uma criança é mantida limpa, bem cuidada e bonita, então é bem provável que vai ser doce e esperta. Mas, se uma criança é suja e feia, então não dá pra esperar grande coisa dela. O que eu tô tentando dizer é que a Baby sente tanta vergonha de ter perdido o cabelo e de precisar usar essa bandagem na cabeça, que ser malcriada parece ter se tornado normal para ela. Não quer fazer exercícios de dicção — não quer fazer nada. Ela se sente tão mal que eu não consigo controlar essa menina."

"Se você parasse de atazanar um pouco, ela ia ficar bem."

Por fim, ele as acomodou numa mesa ao lado da janela. Lucile pediu um prato especial, e para Baby um peito de frango cortado bem fino, creme de milho e cenouras. A garota brincou com a comida e derramou leite na saia. Ele ficou sentado com elas até que começasse o movimento mais intenso. Então teve de se levantar para manter o bom andamento do restaurante.

Pessoas comendo. Bocas bem abertas com os alimentos empurrados para dentro. Qual era a frase que tinha lido pouco tempo atrás? A vida era sempre uma questão de ingestão, alimentação e reprodução. O lugar estava cheio. Escutava-se uma banda de swing no rádio.

Então entraram os dois que ele estava esperando. Singer foi o primeiro a entrar pela porta, muito ereto e elegante em seu terno de domingo feito sob medida. Blount seguia um pouco atrás de seu cotovelo. Havia algo sobre a maneira como caminhavam que chamou sua atenção. Sentaram-se à mesa de sempre, e Blount falava e comia com gosto enquanto Singer observava polidamente. Quando a refeição chegou ao fim, eles pararam na caixa registradora por alguns minutos. Depois, ao saírem, ele notou mais uma vez que havia algo naquele caminhar conjunto que o fazia pensar e conjeturar. O que poderia ser? A intempestividade com que a memória se abriu nas camadas profundas de sua mente foi um choque. O grande idiota surdo-mudo com quem Singer costumava andar às vezes a caminho do trabalho. O grego desleixado que fazia os doces para Charles Parker. O grego sempre caminhava na frente e Singer o seguia atrás. Biff nunca tinha prestado muita atenção na dupla, pois eles nunca vinham ao seu café. Mas por que não tinha se lembrado disso? Tantas vezes se perguntara sobre o mudo, sem perceber esse detalhe. Como se visse tudo na paisagem, exceto os três elefantes dançando uma valsa. Mas aquilo tinha importância, afinal?

Biff estreitou os olhos. Como Singer havia sido antes não era importante. O que importava era a maneira como Blount e Mick faziam de Singer uma espécie de Deus doméstico. Devido ao fato de ele ser mudo, os dois podiam lhe dar todas as qualidades que desejavam que ele tivesse. Sim. Mas como essa estranheza veio a acontecer? E por quê?

Um homem de um só braço entrou no café, e Biff lhe ofereceu um uísque como cortesia da casa. Mas ele não tinha vontade de falar com ninguém. O almoço de domingo era uma refeição familiar. Os homens que bebiam cerveja sozinhos nas noites de semana traziam suas mulheres e filhos pequenos no domingo. O cadeirão para crianças que ficava guardado nos fundos era frequentemente solicitado. Eram duas e meia e, embora muitas mesas ainda estivessem ocupadas, a refeição estava quase terminada. Biff tinha passado de pé as últimas quatro horas e estava cansado. Antes, ele costumava se manter de pé durante catorze ou dezesseis horas sem notar nenhum efeito. Mas tinha envelhecido. Consideravelmente. Não havia dúvida a respeito. Ou talvez amadurecido fosse a palavra. Não envelhecido – certamente não – ainda não. As ondas de som na sala aumentavam e diminuíam em seus ouvidos. Amadurecido. Seus olhos se animaram, e era como se alguma febre dentro de si tornasse tudo brilhante e aguçado demais.

Chamou uma das garçonetes: "Toma conta da casa, por favor. Vou dar uma saída".

A rua estava vazia por causa do domingo. O sol iluminava tudo, brilhante e claro, mas sem calor. Biff ajustou a gola de seu casaco para perto do pescoço. Sozinho na rua, ele se sentia ao deus-dará. O vento soprava frio vindo da direção do rio. Ele devia voltar e ficar no restaurante, que era seu lugar. Não tinha nada que ir para onde estava se dirigindo. Nos últimos quatro domingos, era o que vinha fazendo. Perambulava pelo bairro, tentando ver Mick. E havia algo sobre isso que era... não muito certo. Sim. Errado.

Caminhou lentamente pela calçada diante da casa onde ela

morava. No último domingo, ela estava lendo os quadrinhos do jornal nos degraus da frente. Mas dessa vez, quando deu uma olhada de relance para a casa, viu que ela não estava ali. Biff puxou a aba do chapéu sobre os olhos. Talvez ela entrasse no café mais tarde. Aos domingos depois do jantar, ela muitas vezes vinha tomar um chocolate quente e parava por um tempo perto da mesa de Singer. No domingo, ela usava roupas diferentes da saia azul e suéter com que andava nos outros dias. Seu vestido de domingo era de seda cor de vinho com uma gola de renda desbotada. Certa vez, ela estava com meias de seda – cheia de fios corridos. Ele sempre queria preparar alguma coisa para dar a ela. E não apenas um sundae ou algo doce para comer – mas algo real. Era só o que queria para si mesmo – dar a ela. A boca de Biff endureceu. Ele não tinha feito nada de errado, mas sentia uma culpa estranha. Por quê? A culpa sombria em todos os homens, não reconhecida e sem nome.

A caminho de casa, Biff encontrou uma moeda de 1 centavo meio escondida pelo lixo na sarjeta. Parcimonioso, ele a pegou, limpou-a com o lenço e a enfiou na carteira preta que trazia consigo. Eram quatro horas quando chegou ao restaurante. O negócio estava parado. Não havia um único cliente no café.

O movimento engrenou por volta das cinco. O menino que tinha contratado recentemente para trabalhar meio expediente apareceu cedo. O nome do menino era Harry Minowitz. Morava no mesmo bairro de Mick e Baby. Onze candidatos tinham respondido ao anúncio no jornal, mas Harry parecia ser a melhor escolha. Era bem desenvolvido para a idade e bastante apresentável. Biff tinha notado os dentes do menino, ao falar com ele durante a entrevista. Os dentes eram sempre uma boa indicação. Os dele eram grandes, muito limpos e brancos. Harry usava óculos, mas isso não atrapalhava o trabalho. A mãe dele ganhava 10 dólares por semana costurando para um alfaiate ali perto na rua, e Harry era filho único.

"Bem", disse Biff. "Você está comigo faz uma semana, Harry. Acha que vai gostar do trabalho?"

"Sim, senhor. Claro que gosto."

Biff girou o anel no dedo. "Vamos ver. Que horas você sai da escola?"

"Três horas, senhor."

"Bom, isso te dá algumas horas pra estudar e se distrair um pouco. Depois trabalha aqui das seis até as dez. Isso te deixa bastante tempo pra dormir bem?"

"Muito bem. Nem preciso de tudo isso."

"Você precisa de nove horas e meia na sua idade, filho. Um sono tranquilo e saudável."

Ele se sentiu de repente constrangido. Talvez Harry pensasse que não era da sua conta. O que realmente não era. Ele começou a se virar, mas então pensou em algo.

"Você vai pra escola técnica?"

Harry assentiu com a cabeça e esfregou os óculos na manga da camisa.

"Vamos ver. Conheço uma porção de meninos e meninas de lá. O Alva Richards — conheço o pai dele. E a Maggie. O Henry. E uma garota chamada Mick Kelly..." Sentiu como se suas orelhas estivessem pegando fogo. Ele sabia que estava fazendo um papel ridículo. Queria se virar e ir embora, mas apenas ficou ali, sorrindo e esmagando o nariz com o polegar. "Você conhece ela?", perguntou com voz fraca.

"Claro, moro do lado da casa da Mick. Mas na escola eu tô na última série e ela tá na primeira."

Biff guardou com zelo em sua mente essas poucas informações, a serem pensadas mais tarde quando estivesse sozinho. "O café vai ficar tranquilo por um tempo", disse apressado. "Vou deixar aos seus cuidados. A essa altura, você já sabe como lidar com o movimento. Só fica observando os clientes que estão tomando cerveja e procura se lembrar de quantas eles tomaram para não ter que perguntar e depender do que eles disserem. Devolve o troco com calma e acompanha o que está acontecendo."

Biff se fechou no quarto do andar de baixo. Era o lugar onde guardava seus arquivos. O quarto só tinha uma janela pequena que se abria para o beco lateral, e o ar ali dentro era mofado e frio. Imensas pilhas de jornais se elevavam até o teto. Um ficheiro artesanal cobria uma das paredes. Perto da porta, havia uma cadeira de balanço antiquada e uma mesa pequena com uma tesoura, um dicionário e um bandolim. Por causa das pilhas de jornais, era impossível dar mais de dois passos em qualquer direção. Biff se balançou na cadeira e dedilhou languidamente as cordas do bandolim. Seus olhos se fecharam e ele começou a cantar com uma voz triste:

Fui à feira dos animais,
Os pássaros e as feras estavam lá,
E o velho babuíno ao luar
Penteava seu cabelo ruivo.

Terminou com um acorde nas cordas, e os últimos sons saíram trêmulos e acabaram silenciando no ar frio.
 Adotar duas crianças pequenas. Um menino e uma menina. Com uns 3 ou 4 anos, para que sempre sentissem que ele era seu pai. Seu pai. Nosso pai. A menina como Mick (ou Baby?) naquela idade. Bochechas redondas, olhos cinzentos e cabelos loiros. E as roupas que ele faria para ela — vestidos de crepe da China rosa com pregas mimosas na pala e nas mangas. Meias de seda e sapatos de camurça brancos. E um casaquinho de veludo vermelho, além de gorro e regalo para o inverno. O menino era moreno com cabelos pretos. O menininho caminhava atrás dele e imitava o que ele fazia. No verão, os três iriam a um chalé no golfo do México, e ele poria nas crianças seus trajes de banho e guiaria os pequenos com cuidado nas ondas verdes e rasas. E então eles desabrochariam, enquanto ele envelhecia. Nosso pai. E eles o procurariam com perguntas e ele responderia.
 Biff pegou seu bandolim de novo. "*Tum*-ti-*tim*-ti-*tii*, ti-*tii*, o *casa*-mento da *boneca* pintada." O bandolim caçoava do refrão. Ele cantou todos os versos e balançava o pé acompanhando o tempo. Depois tocou *K-K-K-Katie* e *Love's Old Sweet Song*. Essas melodias eram como a Agua Florida trazendo lembranças. Tudo. Ao longo do primeiro ano, quando ele era feliz e quando até ela parecia feliz. E quando a cama desabou com eles duas vezes em três meses. E ele não sabia que durante todo o tempo o cérebro dela se concentrava em como poderia poupar um níquel ou extorquir uma moeda de 10 centavos extra. E depois ele com Rio e as garotas do estabelecimento dela. Gyp, Madeline e Lou. E mais tarde, quando ele de repente a perdeu. Quando

não conseguia mais se deitar com uma mulher. Mãe de Deus! A tal ponto que, no início, ele achou que estava tudo acabado.

Lucile sempre compreendeu toda a situação. Ela sabia que tipo de mulher era Alice. Talvez também soubesse a respeito dele. Lucile insistia para que eles se divorciassem. E fazia o possível tentando endireitar a bagunça dos dois.

Biff estremeceu de repente. Tirou as mãos do bandolim com um solavanco, cortando uma frase musical. Ficou sentado tenso em sua cadeira. De repente riu baixinho para si mesmo. O que o levara a se lembrar disso? Ah, santo Deus! Lembrou-se do dia de seu aniversário de 29 anos, quando Lucile tinha pedido que passasse no apartamento dela, depois de sua consulta no dentista. Ele estava esperando alguma pequena lembrança – um prato de tortilhas de cereja ou uma boa camisa. Ela o recebeu na porta e vendou seus olhos antes que entrasse. Depois disse que voltaria num segundo. Na sala silenciosa, ele escutou seus passos e, quando ela chegou à cozinha, ele soltou um peido. Ficou parado na sala com os olhos vendados e peidou. De repente, compreendeu com horror que não estava sozinho. Havia risinhos, e logo uma grande onda de gritaria e gargalhadas o deixou surdo. Nesse minuto, Lucile voltou e tirou a venda de seus olhos. Ela trazia um bolo de caramelo numa bandeja. A sala estava cheia de gente. Leroy, toda aquela turma e Alice, claro. Ele queria que o chão se abrisse. Ficou ali parado com o rosto descoberto, queimando de tão vermelho. Eles caçoaram dele, e a hora seguinte foi quase tão ruim quanto na ocasião da morte de sua mãe – foi o que Biff sentiu. Mais tarde, naquela noite, ele bebeu uma garrafa de uísque. E por semanas a fio – mãe de Deus!

Biff riu indiferente. Dedilhou algumas cordas no bandolim e começou uma canção alegre de caubói. Sua voz doce era de tenor, e ele fechava os olhos enquanto cantava. A sala estava quase escura. O frio úmido penetrava nos ossos, fazendo suas pernas doerem de reumatismo.

Por fim, afastou o bandolim e se balançou lentamente no escuro. Morte. Às vezes, quase podia sentir sua presença na sala junto com ele. Balançava para a frente e para trás na cadeira. O que ele compreendia? Nada. Para onde estava indo? Para lugar nenhum. O que queria? Conhecer. O quê? Um significado. Por quê? Um enigma.

Imagens fragmentadas se estendiam como um quebra-cabeça disperso em sua mente. Alice se ensaboando na banheira. A cara de Mussolini. Mick puxando o bebê num carrinho. Um peru assado à mostra na vitrine. A boca de Blount. O rosto de Singer. Ele se sentia esperando. A sala estava completamente escura. Podia escutar Louis cantando na cozinha.

Biff se levantou e pousou a mão no braço da cadeira para interromper seu balanço. Quando abriu a porta, o corredor lá fora estava muito quente e brilhante. Lembrou-se de que talvez Mick aparecesse. Endireitou a roupa e alisou o cabelo para trás. Um entusiasmo e vivacidade retornaram a seu ser. O restaurante era um burburinho só. Rodadas de cerveja e o jantar de domingo tinham começado. Ele sorriu cordialmente para o jovem Harry e se acomodou atrás da caixa registradora. Captou a sala com um olhar como se a apreendesse com um laço. O lugar estava cheio e zumbindo com o barulho. A tigela de frutas na vitrine era uma mostra artística e distinta. Ele observava a porta e continuava a examinar a sala com um olhar experiente. Estava alerta e aguardava, atento. Singer por fim chegou e escreveu com seu lápis prateado que queria apenas sopa e uísque porque estava resfriado. Mas Mick não veio.

9

Ela não tinha mais nem um níquel para si mesma. Estavam pobres assim. Dinheiro era o principal. O tempo todo era dinheiro, dinheiro, dinheiro. Eles tiveram de pagar os olhos da cara pelo quarto exclusivo de Baby e pela enfermeira particular. Mas até isso era apenas uma das contas a pagar. Quando uma conta era paga, outra despesa sempre aparecia de súbito. Eles deviam cerca de 200 dólares que tinham de ser pagos imediatamente. Perderam a casa. Seu pai conseguiu 100 dólares com a transação e deixou que o banco assumisse a hipoteca. Depois tomou emprestados mais 50 dólares, e o sr. Singer assinou a nota promissória com ele. Agora a grande preocupação da família não eram os impostos, mas o aluguel de todo mês. Estavam quase tão pobres como o pessoal das fábricas. Só que ninguém podia olhar para eles com desdém.

Bill tinha um emprego numa fábrica de envasamento e ganhava 10 dólares por semana. Hazel trabalhava como ajudante num salão de beleza por 8 dólares. Etta vendia bilhetes de entrada num cinema por 5 dólares. Cada um deles pagava metade do que ganhava para seu sustento. A casa tinha então seis pensionistas a 5 dólares por cabeça. E o sr. Singer, que pagava seu aluguel pontualmente. Com o que seu pai captava, tudo chegava a uns 200 dólares por mês – e com essa quantia tinham de alimentar muito bem os seis pensionistas e a família, além de pagar o aluguel da casa inteira e quitar os pagamentos da mobília.

George e ela já não recebiam dinheiro para o lanche. Ela teve de parar as aulas de música. Portia guardava o que sobrava do almoço para que ela e George tivessem o que comer depois da escola. Eles sempre faziam suas refeições na cozinha. Bill, Hazel e Etta comiam com os pensionistas ou na cozinha, dependendo de quanta comida houvesse. Na cozinha, o desjejum era mingau, manteiga, bacon e café. No almoço, comiam a mesma coisa junto com o que pudesse ser poupado na sala de jantar. Os filhos mais velhos reclamavam sempre que tinham de comer na cozinha. E às vezes ela e George passavam fome por uns dois ou três dias.

No entanto, isso acontecia no quarto exterior. Não tinha nada a ver com música e países estrangeiros, nem com os planos que ela fazia. O inverno estava bem frio. Havia geada nas vidraças. À noite, o fogo na sala de estar crepitava muito quente. Toda a família se sentava perto do fogo com os pensionistas, por isso o quarto de dormir do meio ficava todo para ela. Mick se agasalhava com dois suéteres e uma calça de veludo que já não servia em Bill. A excitação a mantinha aquecida. Tirava sua caixa secreta do esconderijo embaixo da cama e sentava-se no chão para trabalhar.

Na grande caixa estavam os quadros que ela havia pintado nas aulas de arte do governo. Ela os retirara do quarto de Bill. Também na caixa guardava três livros de mistério que seu pai lhe dera, um pó compacto facial, uma caixa com partes de um relógio, um colar de *strass*, um martelo e alguns cadernos de notas. Um dos cadernos de notas estava marcado no topo com giz vermelho — PRIVADO. NÃO MEXA. PRIVADO — e atado com um cordão.

Ela havia trabalhado em música nesse caderno de notas durante todo o inverno. Parou de estudar as lições da escola à noite a fim de ter mais tempo para a música. Na maioria das vezes, escrevera apenas pequenas melodias — canções sem palavras e até sem notas do baixo para elas. Eram muito curtas. Contudo, ainda que as melodias ocupassem apenas meia página, Mick lhes dava nomes e desenhava suas iniciais embaixo. Nada nesse caderno era uma peça musical real ou uma composição. Eram apenas canções em sua mente que ela não queria esquecer. Dava às músicas os nomes do que lhe lembravam — "África" e "Uma grande luta" e "A tempestade de neve".

Ela não conseguia escrever a música exatamente como soava em sua mente. Tinha de afunilar os sons em apenas algumas poucas notas, caso contrário se enredaria demais para seguir adiante. Havia tanta coisa que ela não sabia sobre a maneira de escrever música. Mas talvez, depois de aprender como escrever essas melodias simples com bastante rapidez, pudesse começar a reproduzir a música inteira que estava em sua cabeça.

Em janeiro, ela começou uma peça maravilhosa chamada "Esta coisa que eu quero, não sei o quê". Era uma canção bela e magnífica – muito lenta e suave. Primeiro, ela começara a escrever um poema junto com a canção, mas não atinava com ideias que se ajustassem à música. Além disso, era difícil encontrar uma palavra para o terceiro verso que rimasse com *o quê*. Essa nova canção a fazia sentir-se triste, entusiasmada e feliz ao mesmo tempo. Era difícil trabalhar numa música bela como essa. Qualquer canção era difícil de escrever. Algo que pudesse cantarolar em dois minutos significava trabalho para uma semana inteira antes de ser anotado no caderno – depois de ela ter pensado na escala, no tempo e em cada nota.

Ela precisava se concentrar muito e cantar a melodia várias vezes. Sua voz era sempre rouca. Seu pai dizia que era assim rouca porque ela havia berrado muito quando bebê. O pai precisava se levantar e caminhar com ela toda noite, quando ela estava com a idade de Ralph. A única coisa que a sossegava, o pai sempre dizia, era quando ele batia no balde do carvão com um atiçador e cantava *Dixie*.

Ela se deitou de bruços no chão frio e pensou. Mais tarde – quando tivesse 20 anos –, seria uma grande compositora de fama mundial. Teria uma orquestra sinfônica inteira, e ela própria regeria toda a sua música. Ficaria de pé na plataforma diante de grandes multidões. Para reger a orquestra, usaria um smoking masculino ou então um vestido vermelho cravejado de *strass*. As cortinas do palco seriam de veludo vermelho e exibiriam gravadas em ouro as iniciais M. K. O sr. Singer estaria lá, e mais tarde eles sairiam e comeriam frango frito. Ele a admiraria tendo-a na conta de sua melhor amiga. George levaria grandes guirlandas de flores ao palco. Seria na cidade de Nova York ou então num país estrangeiro. Pessoas famosas apontariam para ela – Carole Lombard, Arturo Toscanini e o almirante Byrd.

E ela poderia tocar a sinfonia de Beethoven sempre que desejasse. Havia algo esquisito sobre essa música que tinha ouvido no outono passado. A sinfonia continuava sempre em seu interior e crescia pouco a pouco. A razão era a seguinte: a sinfonia inteira estava em sua mente. Tinha de estar. Ela havia escutado cada nota, e em algum lugar no fundo de sua mente a música inteira ainda estava lá, exatamente como tinha sido executada. Mas não podia fazer nada para trazê-la de volta à tona. Exceto esperar e estar preparada para as vezes que de repente uma nova parte chegava à sua consciência. Esperar que crescesse como as folhas crescem lentamente nos ramos de um carvalho na primavera.

No quarto interior, junto com a música, havia o sr. Singer. Toda tarde, assim que acabava de tocar piano no ginásio, ela caminhava pela rua principal e passava pela loja onde ele trabalhava. Pela janela da frente, não dava para ver o sr. Singer. Ele trabalhava nos fundos, atrás de uma cortina. Mas ela olhava para a loja onde ele ficava todo o dia e observava as pessoas que ele conhecia. Depois, toda noite ela esperava no alpendre que ele voltasse para casa. Às vezes, o seguia até o quarto. Sentava-se na cama e via como ele tirava o chapéu, desabotoava o colarinho e escovava o cabelo. Por alguma razão, era como se tivessem um segredo juntos. Ou como se esperassem dizer um ao outro coisas que nunca tinham sido ditas antes.

Ele era a única pessoa no quarto interior. Muito tempo atrás, havia outros personagens. Ela pensou em retrospectiva e recordou como era antes que o sr. Singer chegasse. Lembrou-se de uma menina da remota sexta série chamada Celeste. Essa menina tinha cabelos loiros lisos, um nariz arrebitado e sardas. Usava um vestido de lã vermelha sem mangas com uma blusa branca. Caminhava com os pés para dentro. Todo dia ela trazia uma laranja para o primeiro recreio e uma caixa de lata azul com o lanche para o intervalo maior. Os outros garotos devoravam o lanche que tinham trazido no primeiro recreio e mais tarde ficavam com fome – mas não Celeste. Ela arrancava as crostas de seus sanduíches e comia apenas a parte do meio macia. Sempre trazia um ovo cozido recheado, que segurava na mão esmagando a gema com o polegar, de modo que a marca de seu dedo ficava impressa ali.

Celeste nunca falava com ela e ela nunca falava com Celeste. Ainda que fosse seu maior desejo, a coisa que mais queria na vida. À noite, ficava deitada acordada pensando em Celeste. Imaginava que eram melhores amigas e sonhava com o dia em que Celeste a acompanharia na volta da escola para jantar e passar a noite em sua casa. Mas isso nunca aconteceu. A maneira como se sentia a respeito de Celeste nunca a deixou se aproximar e criar laços de amizade com a menina, assim como faria com qualquer outra pessoa. Depois de um ano, Celeste se mudou para outra parte da cidade e foi para outra escola.

Depois foi a vez de um menino chamado Buck. Era grande e tinha espinhas no rosto. Quando ela ficava ao seu lado na fila para entrar marchando às oito e meia, ele cheirava mal – como se suas calças precisassem ser arejadas. Certa vez, Buck deu um encontrão que derrubou o diretor e foi suspenso. Quando ria, ele erguia o lábio superior e se sacudia todo. Ela pensava nele como tinha pensado em Celeste. Depois apareceu a mulher que vendia bilhetes para uma rifa de peru. E a srta. Anglin, que ensinava na sétima série. E Carole Lombard no cinema. Todos eles.

No entanto, com o sr. Singer havia uma diferença. A maneira como se sentia a seu respeito surgiu lentamente, e ela não conseguia se lembrar e saber muito bem como aconteceu. As outras pessoas tinham sido comuns, mas o sr. Singer não era. No primeiro dia em que ele tocou a campainha da porta para perguntar sobre um quarto, ela havia olhado muito tempo para seu rosto. Tinha aberto a porta e lido o cartão que ele lhe entregou. Então chamou sua mãe e voltou à cozinha para contar a novidade a Portia e Bubber. Ela seguiu a mãe e o sr. Singer na escada e observou-o cutucar o colchão na cama e enrolar para cima as persianas para ver se estavam funcionando. No dia em que se mudou, ela se sentou na balaustrada do alpendre e observou-o sair do táxi com sua mala e seu tabuleiro de xadrez. Mais tarde, escutou os passos percorrendo o quarto e fantasiou a seu respeito. O resto veio de forma gradual. Assim, agora havia esse sentimento secreto entre eles. Ela lhe falava mais do que já tinha falado a qualquer outra pessoa. E, se pudesse falar, ele teria contado muitas coisas a Mick. Era como se ele fosse uma espécie de grande professor, só não ensinava por ser mudo. Na cama, à noite, ela imaginava ser uma órfã que vivia com o sr. Singer — apenas os dois numa casa estrangeira onde nevava no inverno. Talvez numa pequena cidade da Suíça com as altas geleiras e as montanhas ao redor. Onde havia pedras no topo de todas as casas e os telhados eram íngremes e pontiagudos. Ou na França, onde as pessoas levavam para casa o pão da padaria sem que fosse embrulhado. Ou na terra estrangeira da Noruega, às margens do oceano cinzento do inverno.

De manhã, seu primeiro pensamento era dirigido a ele. Junto com a música. Quando enfiava o vestido, perguntava-se onde o veria naquele dia. Punha um pouco do perfume de Etta ou uma gota de vanilina para ficar cheirosa se o encontrasse no saguão. Saía tarde para a escola a fim de vê-lo descer a escada a caminho do trabalho. E, de tarde e à noite, nunca saía de casa se ele estivesse por ali.

Cada novo detalhe que ficava sabendo sobre ele era importante. O sr. Singer guardava a escova e a pasta de dentes num copo sobre a mesa. Assim, em vez de deixar sua escova de dentes na prateleira do banheiro, ela também passou a colocar a escova num copo. Ele não gostava de repolho. Harry, que trabalhava para o sr. Brannon, comentou esse pormenor com ela. Agora ela tampouco podia comer repolho. Quando ficava sabendo de novos fatos sobre ele, ou quando lhe dizia algo e ele escrevia algumas palavras com seu lápis prateado, Mick precisava ficar sozinha por muito tempo para meditar a respeito. Quando estava com ele, o pensamento principal em sua mente era guardar tudo para que mais tarde pudesse reviver o encontro e lembrar.

Todavia, o quarto interior com música e o sr. Singer não eram tudo. Muitas coisas aconteciam no quarto exterior. Ela caiu na escada e quebrou um dos dentes da frente. A srta. Minner lhe deu duas notas ruins em inglês. Ela perdeu uma moeda de 25 centavos num terreno baldio, e não adiantou ela e George procurarem por três dias, nunca a encontraram.

Aconteceu o seguinte:

Numa tarde, ela estava estudando para uma prova de inglês ali fora, nos degraus dos fundos. Harry começou a cortar lenha do seu lado da cerca e ela o chamou gritando. Ele veio e esquematizou algumas frases para ela. Seus olhos eram vivos atrás dos óculos com aro de chifre. Depois de lhe explicar o inglês, ele se levantou e ficou enfiando e tirando as mãos dos bolsos de sua camisa de lã. Harry era sempre cheio de energia, nervoso, e tinha de falar ou fazer alguma coisa a cada minuto.

"Olha, tem só duas coisas hoje em dia", disse ele.

Ele gostava de surpreender as pessoas, e às vezes ela não sabia como lhe responder.

"É verdade, tem só duas coisas pra escolher hoje em dia."

"O quê?"

"A democracia militante ou o fascismo."

"Você não gosta dos republicanos?"

"Ora, bolas", disse Harry. "Não é isso que eu quero dizer."

Ele tinha explicado tudo sobre o fascismo certa tarde. Contou como os nazistas obrigavam as crianças pequenas a ficar de quatro comendo a grama do chão. Falou como planejava assassinar Hitler. Tinha elaborado tudo, com requinte de detalhes. Disse que não havia justiça nem liberdade no fascismo. Disse que os jornais escreviam mentiras deliberadas e que as pessoas não sabiam o que estava acontecendo no mundo. Os nazistas eram terríveis – todo mundo sabia disso. Ela tramava com ele a morte de Hitler. Era melhor ter quatro ou cinco pessoas na conspiração para que, se um falhasse, os outros ainda pudessem dar cabo de Hitler. E, mesmo se morressem, seriam todos heróis. Ser herói era quase como ser um grande músico.

"Ou um ou o outro. Embora eu não acredite na guerra, estou pronto a lutar pelo que sei que é correto."

"Eu também", disse ela. "Gostaria de lutar contra os fascistas. Eu poderia me vestir como um menino e ninguém ficaria sabendo. Cortaria o cabelo e tudo mais."

Era uma tarde clara de inverno. O céu estava verde-azulado e os ramos dos carvalhos no pátio dos fundos se recortavam, escuros e pelados, contra essa cor. O sol estava quente. O dia a fez sentir-se cheia de energia. Havia música em sua mente.

Apenas para fazer alguma coisa, ela pegou um prego qualquer e enfiou-o nos degraus com algumas boas pancadas. Seu pai escutou o som do martelo e saiu de roupão para andar um pouco por ali. Embaixo da árvore havia dois cavaletes, e o pequeno Ralph estava ocupado colocando uma pedra no topo de um e depois carregando a pedra para o outro. De um lado para outro. Andava com as mãos estendidas para fora a fim de se equilibrar. Tinha as pernas tortas e as fraldas se arrastavam até os joelhos. George brincava com bolinhas de gude. Como precisava cortar o cabelo, seu rosto parecia fino. Alguns de seus dentes permanentes já tinham nascido — mas eram pequenos e azuis como se ele andasse comendo amoras. Ele traçou uma linha limite e se deitou de bruços para mirar o primeiro buraco. Quando voltou ao seu trabalho com os relógios, o pai carregou Ralph com ele. E depois de algum tempo George saiu sozinho para o beco. Desde que atirou em Baby, ele não queria ser amigo de ninguém.

"Tenho que ir", disse Harry. "Tenho que estar no trabalho antes das seis."

"Você gosta de trabalhar no café? Ganha coisas boas pra comer de graça?"

"Claro. E todos os tipos de pessoas entram no lugar. Gosto mais que qualquer outro trabalho que já tive. Paga melhor."

"Eu odeio o sr. Brannon", disse Mick. Era verdade que, mesmo sem jamais ter dito nada ferino contra ela, ele sempre falava num tom estranho, duro. Ele devia saber sobre o pacote de chicletes que ela e George surrupiaram daquela vez. E depois, por que perguntaria como andavam suas atividades — como tinha feito no quarto do sr. Singer? Talvez pensasse que eles viviam pegando as coisas. E não era verdade. Eles certamente não faziam nada disso. Apenas uma vez, um pequeno estojo de aquarela na loja de variedades. E um apontador de lápis que valia 5 centavos.

"Eu não suporto o sr. Brannon."

"Ele é legal", disse Harry. "Às vezes, parece uma pessoa meio esquisita, mas não é ranzinza. Quando você chega a conhecer o cara."

"Uma coisa que fiquei pensando", disse Mick. "Um menino tem mais dessas vantagens que uma menina. Quero dizer, em geral um menino pode conseguir um emprego de meio expediente que não tire ele da escola e deixe tempo pra fazer outras coisas. Mas não existem empregos desse tipo pras meninas. Quando uma menina quer um emprego, ela tem que abandonar a escola e trabalhar em horário integral. Claro que eu ia gostar de ganhar uns trocados por semana como você, mas simplesmente não tem como."

Harry sentou-se nos degraus e desamarrou os cadarços de seus sapatos. Puxou-os, até que um deles se partiu. "Um homem que aparece no café se chama sr. Blount. Sr. Jake Blount. Eu gosto de escutar o cara. Aprendo muito com as coisas que ele diz quando bebe cerveja. Ele me deu algumas novas ideias."

"Eu conheço ele bem. Vem aqui todo domingo."

Harry desatou o sapato e puxou o cadarço partido para que ficasse com um comprimento parelho e ele pudesse voltar a atá-lo com um laço. "Escuta", esfregou nervoso os óculos na sua camisa de lã, "você não precisa falar pra ele o que eu disse. Quer dizer, duvido que ele vá lembrar de mim. Ele não fala comigo. Só fala com o sr. Singer. Ele pode achar engraçado, se você... cê sabe o que eu quero dizer."

"Ok." Ela leu nas entrelinhas que ele tinha uma queda pelo sr. Blount, e ela sabia como ele se sentia. "Eu não vou falar nada, não."

A escuridão baixou sobre a tarde. A lua, branca como leite, apareceu no céu azul e o ar estava frio. Ela escutava Ralph, George e Portia na cozinha. O fogo no fogão coloria a janela da cozinha de um tom laranja quente. Havia cheiro de fumaça e jantar.

"Sabe, isso é uma coisa que eu nunca contei pra ninguém", disse ele. "Eu próprio nem gosto de pensar nisso."

"O quê?"

"Você lembra quando começou a ler os jornais e pensar no que lia?"

"Claro."

"Eu já fui fascista. Pensava que era. Foi assim. Sabe todas aquelas fotos de gente da nossa idade na Europa, marchando, cantando canções, todos no mesmo compasso. Eu achava tudo maravilhoso. Todos comprometidos uns com os outros e com um líder. Todos com os mesmos ideais e marchando no mesmo passo.

Eu não me preocupava muito com o que estava se passando com as minorias judaicas, porque não queria pensar sobre isso. E porque na época não queria pensar que eu era judeu. Olha, eu não sabia. Só olhava pras fotos, lia o que estava escrito embaixo e não entendia. Nunca soube o horror que significavam. Eu achava que eu era fascista. Claro que mais tarde mudei de ideia."

Sua voz tinha um tom bem amargo, e ele o alternava passando da voz de um homem para a de um menino pequeno.

"Bem, você não entendia nada, então…", disse ela.

"Foi uma terrível transgressão. Um erro moral."

Ele era assim. Tudo era muito correto ou muito errado – não havia meio-termo. Era errado que qualquer um abaixo de 20 anos bebesse vinho ou cerveja ou fumasse um cigarro. Era um pecado terrível que uma pessoa colasse numa prova, mas não era pecado copiar dever de casa. Era um erro moral que as meninas usassem batom ou vestidos decotados nas costas. Era um terrível pecado comprar qualquer coisa que tivesse etiqueta de produto alemão ou japonês, mesmo que custasse apenas 5 centavos.

Ela se lembrava do Harry da época em que eram crianças. Certa vez, os olhos dele ficaram vesgos e continuaram vesgos um ano inteiro. Ele se sentava nos degraus da frente de sua casa com as mãos entre os joelhos e observava tudo. Muito quieto e estrábico. Ele pulou duas séries na escola elementar e, aos 11 anos, estava pronto para entrar na escola técnica. Mas nessa escola, quando os alunos estavam lendo sobre o judeu em *Ivanhoé*, os outros garotos se viravam para cravar os olhos em Harry, e ele voltava para casa e chorava. Por isso, sua mãe o tirou da escola. Ele passou um ano inteiro fora da escola. Tornou-se mais alto e muito gordo. Toda vez que ela subia na cerca, ela o via fazendo alguma coisa para comer na cozinha. Eles brincavam pelo quarteirão e às vezes lutavam corpo a corpo. Quando era criança, ela gostava de lutar com os meninos – lutas concretas, mas apenas de brincadeira. Ela empregava uma combinação de jiu-jítsu e boxe. Às vezes ele a derrubava, e às vezes ela o pegava. Harry nunca era muito rude com ninguém. Quando as crianças pequenas quebravam algum brinquedo, procuravam Harry e ele sempre arrumava tempo para consertá-lo. Ele podia consertar qualquer coisa. As senhoras no quarteirão pediam que ele consertasse suas lâmpadas elétricas ou máquinas de costura, quando acontecia alguma pane. Depois, quando estava com 13 anos, ele voltou para a escola técnica e começou a estudar para valer. Entregava jornais, trabalhava aos sábados e lia. Por muito tempo, ela quase não o via – até aquela festa que ela deu. Ele estava muito mudado.

"Era assim", disse Harry. "Eu costumava ter uma grande ambição o tempo todo. Queria ser um grande engenheiro, um grande médico ou advogado. Mas agora não penso dessa maneira. Só consigo pensar no que está acontecendo no mundo neste momento. Sobre o fascismo e as coisas terríveis na Europa – e, do outro lado, a democracia. Quer dizer, não consigo pensar e trabalhar no que pretendo ser na vida, porque penso demais sobre esse outro assunto. Sonho em matar Hitler todas as noites. E acordo no escuro com muita sede e com medo de alguma coisa – não sei do quê."

Ela olhou para o rosto de Harry e um sentimento profundo e sério a deixou triste. O cabelo dele pendia sobre a testa. O lábio superior era fino e apertado, mas o inferior era grosso e tremia. Harry não parecia ter 15 anos. Com a escuridão, soprou um vento frio. O ventou cantou nos carvalhos do quarteirão e bateu as persianas contra o lado da casa. Mais longe na rua, a sra. Wells estava chamando Sucker para entrar em casa. O fim de tarde escuro fez a tristeza pesar dentro dela. Eu quero um piano – eu quero ter aulas de música, disse para si mesma. Ela olhou para Harry, e ele estava entrelaçando os dedos finos para criar diferentes formas. Havia nele um cheiro quente de menino.

O que a fez agir como de repente agiu? Talvez tenha sido a recordação dos tempos quando eram menores. Talvez tenha sido a tristeza que provocou sentimentos esquisitos dentro dela. Seja como for, de supetão, ela deu em Harry um empurrão que quase o derrubou dos degraus. "Que vá pra PQP a sua avó!", gritou para ele. E correu. Era o que os garotos costumavam dizer no bairro quando queriam arrumar briga. Harry se levantou e parecia surpreso. Ajustou os óculos no nariz e a observou por um segundo. Depois correu para o beco.

O ar frio a tornava forte como Sansão. Quando ria, escutava-
-se um eco curto e vivo. Ela golpeou Harry com o ombro e ele
a agarrou. Lutaram com força e riram. Ela era mais alta, mas
as mãos dele eram fortes. Ele não sabia lutar muito bem, e ela
o derrubou no chão. Então, de repente, ele parou de se mover
e ela também parou. A respiração dele era quente no pescoço
dela, e ele estava muito quieto. Ela sentiu as costelas dele contra
seus joelhos e sua respiração entrecortada, quando se sentou
sobre ele. Levantaram-se juntos. Não riam mais, e o beco estava muito quieto. Quando caminhavam pelo pátio dos fundos
escuro, por alguma razão ela se sentia estranha. Não havia por
que se sentir assim, mas de repente era o que acontecia. Ela lhe
deu um pequeno empurrão, e ele devolveu o tranco. Então ela
voltou a rir e sentiu que estava tudo bem.
 "Até mais", disse Harry. Ele já passara da idade de pular a
cerca, por isso correu pelo beco lateral até a frente de sua casa.

 "Santo Deus, tá quente!", disse ela. "Tá de sufocar aqui."
 Portia estava esquentando o jantar no fogão. Ralph batia
a colher na bandeja do cadeirão. A mãozinha suja de George
empurrava o mingau com um pedaço de pão, e seus olhos estavam semicerrados num olhar distante. Mick se serviu de carne
branca, molho, mingau e algumas passas, e misturou tudo em
seu prato. Comeu três bocados. Comeu até o mingau acabar,
mas ainda queria mais.
 Tinha pensado no sr. Singer o dia todo, e, assim que o jantar
terminou, subiu as escadas. Mas, quando chegou ao terceiro
andar, viu que a porta dele estava aberta e o quarto, todo escuro. Isso lhe deu um sentimento de vazio.
 No andar térreo, Mick não conseguia ficar quieta e estudar
para a prova de inglês. Era como se ela fosse tão forte que não
pudesse sentar-se numa cadeira da sala como as outras pessoas.
Era como se pudesse derrubar todas as paredes da casa e mar-
char pelas ruas, enorme como um gigante.
 Por fim, tirou sua caixa de debaixo da cama. Deitou-se de bruços e examinou o caderno de notas. Agora havia cerca de vinte
canções, mas não estava satisfeita com elas. Se pudesse escrever

uma sinfonia! Para uma orquestra inteira — como é que se escrevia? Às vezes, vários instrumentos tocavam uma só nota, por isso a pauta teria de ser muito grande. Ela desenhou cinco linhas numa grande folha de papel — as linhas separadas por uns 2 centímetros. Quando uma nota era para violino, violoncelo ou flauta, escreveria o nome do instrumento para que ficasse claro. E, quando eles tocavam a mesma nota juntos, traçaria um círculo ao redor. No topo da página, escreveu SINFONIA com letras grandes. E, embaixo, MICK KELLY. Dali não conseguia ir mais adiante.

Se ao menos pudesse ter aulas de música!

Se ao menos pudesse ter um piano de verdade!

Passou-se muito tempo antes que ela conseguisse dar a partida. As melodias estavam em sua mente, mas ela não sabia como escrevê-las. Parecia ser o jogo mais difícil do mundo. Mas continuou a tentar, até que Etta e Hazel entraram no quarto, foram para a cama e disseram que ela precisava apagar a luz porque já eram onze horas.

10

Por seis semanas, Portia esperou ter alguma notícia de William. Toda noite ela ia até a casa do pai e fazia ao dr. Copeland a mesma pergunta: "Cê sabe se alguém recebeu uma carta do Willie?". E toda noite ele era obrigado a dizer que não sabia de nada.

Por fim, ela já não fazia a pergunta. Entrava no hall e olhava para ele sem dizer uma palavra. Ela bebia. Sua blusa estava frequentemente meio desabotoada e o cadarço dos sapatos, desamarrado.

Chegou fevereiro. O tempo se tornou mais ameno. O sol ofuscava com um brilho duro. Pássaros cantavam nas árvores nuas e as crianças brincavam fora de casa, descalças e despidas até a cintura. As noites eram tórridas como no meio do verão. Então, depois de alguns dias, o inverno baixou sobre a cidade de novo. Os céus amenos escureceram. Caía uma chuva fria, e o ar se tornou úmido e amargamente frio. Na cidade, os negros sofriam muito. Os suprimentos de combustível tinham se esgotado, e em toda parte havia uma luta por aquecimento. Um surto de pneumonia assolava as ruas estreitas e molhadas, e por uma semana o dr. Copeland passou a dormir em horas inusitadas, totalmente vestido. Ainda nenhuma palavra de Willie. Portia tinha escrito quatro vezes, e dr. Copeland, duas.

Durante a maior parte do dia e da noite, ele não tinha tempo para pensar. Mas de vez em quando encontrava uma chance de descansar por um momento em casa. Bebia um bule de café ao lado do fogão da cozinha, e uma profunda inquietude o invadia. Cinco de seus pacientes tinham morrido. E um deles era Augustus Benedict Mady Lewis, o pequeno surdo-mudo.

Tinham pedido que ele falasse na cerimônia de sepultamento, mas, como era sua norma não comparecer a funerais, ele não pôde aceitar o convite. Os cinco pacientes não tinham sido perdidos por nenhuma negligência de sua parte. A culpa estava nos longos anos de necessidades pelas quais tinham passado. As dietas de pão de milho, toucinho salgado e melaço, o amontoamento de quatro e cinco pessoas num único quarto. A morte na pobreza. Ele ruminava tudo isso e bebia café para ficar acordado. Muitas vezes, mantinha a mão no queixo, porque recentemente um leve tremor nos nervos do pescoço fazia sua cabeça vacilar, quando estava cansado.

Então, durante a quarta semana de fevereiro, Portia veio até sua casa. Eram apenas seis da manhã, e ele estava sentado perto do fogo na cozinha, esquentando uma panela de leite para o desjejum. Ela estava muito embriagada. Ele sentia o cheiro forte e adocicado de gim, e suas narinas se alargaram com repugnância. Ele não olhava para ela, mas se ocupava de seu café da manhã. Amassou um pouco de pão numa tigela e derramou leite quente por cima. Preparou o café e pôs a mesa.

Depois, quando estava sentado diante da refeição, olhou severo para Portia. "Você já tomou seu café da manhã?"

"Não vou comer nada hoje de manhã", disse ela.

"Vai precisar comer. Se pretende ir trabalhar hoje."

"Não vou trabalhar."

Um terror tomou conta dele. Não queria perguntar mais nada à filha. Manteve os olhos em sua tigela de leite e bebeu com a ajuda de uma colher que lhe tremia na mão. Quando terminou, levantou os olhos para a parede acima da cabeça de Portia. "Engoliu a língua?"

"Vou contar. Cê vai ficar sabendo. Assim que eu me sentir capaz de falar, vou contar."

Portia estava sentada imóvel na cadeira, os olhos passando lentamente de um canto da parede para outro. Seus braços pendiam flácidos e as pernas estavam torcidas frouxamente uma sobre a outra. Quando ele afastou os olhos da filha, teve por um momento uma sensação perigosa de calma e liberdade, tanto mais aguda porque sabia que logo seria estraçalhada. Arrumou o fogo e aqueceu as mãos. Depois enrolou um cigarro. A cozinha estava num estado de ordem e limpeza impecáveis. As panelas na parede brilhavam com a luz do fogão, e por trás de cada uma havia uma sombra redonda e preta.

"É sobre o Willie."

"Eu sei." Ele enrolou o cigarro com cuidado entre as palmas das mãos. Seus olhos relanceavam temerariamente ao redor, ávidos pelos últimos doces prazeres.

"Uma vez, eu te disse que esse Buster Johnson tava na prisão com o Willie. A gente conhecia o cara antes. Ele foi mandado pra casa ontem."

"Sim?"

"O Buster tá aleijado pra toda vida."

A cabeça dele tremeu. Pressionou a mão no queixo para se estabilizar, mas o tremor obstinado era difícil de controlar.

"Na noite passada, uns amigos nossos baixaram lá em casa e disseram que o Buster tava em casa e tinha uma coisa pra me contar sobre o Willie. Eu saí correndo pra ir ver o Buster e aqui tá o que ele disse."

"Sim."

"Eles tavam em três lá. O Willie, o Buster e esse outro menino. Os três eram amigos. Então aconteceu essa encrenca." Portia parou de falar. Ela molhou o dedo com a língua e umedeceu os lábios secos com o dedo. "Teve alguma coisa a ver com esse guarda branco que vivia azucrinando os três. Eles tavam no trabalho da estrada um dia, e o Buster, ele respondeu com insolência, e então o outro menino tentou fugir pra mata. Eles pegaram os três. Levaram todos os três pro acampamento e enfiaram os três num quarto gelado."

Ele disse sim de novo. Mas a cabeça tremeu, e a palavra soou como um chocalho na sua garganta.

"Aconteceu faz umas seis semanas", disse Portia. "Lembra daquela onda de frio? Então. Eles enfiaram o Willie e esses meninos num quarto frio como gelo."

Portia falava em voz baixa e não fazia pausa entre as palavras, nem a dor no seu rosto suavizava. Era como uma canção de som grave. Ela falava, e ele não conseguia entender. Os sons eram distintos em seus ouvidos, mas não tinham forma nem significado. Era como se a cabeça dele fosse a proa de um barco e os sons fossem a água se quebrando em cima dele e fluindo adiante. Ele sentia que tinha de olhar para trás a fim de encontrar as palavras já ditas.

"... e os pés deles incharam e eles ficaram ali deitados, lutando no chão e gritando. E ninguém apareceu. Eles gritaram ali três dias e três noites e ninguém veio."

"Estou surdo", disse o dr. Copeland. "Não consigo entender."

"Eles enfiaram o Willie e esses meninos nesse quarto gelado. Tinha uma corda pendurada no teto. Tiraram os sapatos dos meninos e prenderam os pés descalços nessa corda. O Willie e esses meninos ficaram deitados ali com as costas no chão e os pés no ar. E os pés deles incharam e eles ficaram lutando no chão e gritando. Estava gelado o quarto e os pé congelaram. Os pés incharam e eles ficaram gritando três dias e três noites. E ninguém veio."

O dr. Copeland pressionou a cabeça com as mãos, mas o tremor constante não parava. "Não consigo escutar o que você diz."

"Então acabou que vieram pegar os meninos. Eles levaram logo o Willie e os meninos pra enfermaria e as pernas tavam tudo inchadas e congeladas. Gangrena. Amputaram os dois pés do Willie. O Buster Johnson perdeu um pé e o outro menino ficou bem. Mas nosso Willie – tá aleijado pra toda vida. Os dois pés amputados."

As palavras chegaram ao fim, e Portia se inclinou e bateu com a cabeça na mesa. Ela não chorava nem gemia, mas batia sem parar com a cabeça no tampo bem limpo da mesa. A tigela e a colher chacoalhavam, e ele as levou para a pia. As palavras estavam dispersas em sua mente, mas ele não tentou juntá-las. Escaldou a tigela e a colher, e lavou o pano de prato. Pegou alguma coisa do chão e pôs em outro lugar.

"Aleijado?", perguntou. "O William?"

Portia batia a cabeça na mesa, e os golpes tinham um ritmo como a batida lenta de um tambor, e o coração dele também engrenou nesse ritmo. Silenciosamente as palavras adquiriram vida, ajustaram-se ao significado, e ele compreendeu.

"Quando vão mandá lo pra casa?"

Portia apoiou a cabeça descaída no braço. "O Buster não sabe. Logo depois eles separaram os três em lugares diferentes. Mandaram o Buster pra outro acampamento. Como o Willie só tem mais uns meses, o Buster acha que se bobear ele volta logo pra casa."

Tomaram café e ficaram sentados por um longo tempo, olhando-se nos olhos. A xícara dele chacoalhava contra seus dentes. Ela encheu uma xícara de café e algumas gotas respingaram em seu colo.

"William…", disse o dr. Copeland. Quando pronunciou o nome, seus dentes morderam profundamente a língua, e ele mexeu o maxilar com dor. Ficaram sentados por um longo tempo. Portia segurava a mão dele. A luz sombria da manhã tornava as janelas cinza. Lá fora ainda estava chovendo.

"Se eu quiser chegar no trabalho, melhor sair agora", disse Portia.

Ele a seguiu pelo hall e parou no cabide de chapéus para vestir seu casaco e o cachecol. A porta aberta deixava entrar uma rajada de ar frio e molhado. Highboy estava sentado no meio-fio da rua com um jornal molhado sobre a cabeça para se proteger. Ao longo da calçada, havia uma cerca. Portia se apoiava contra a cerca enquanto caminhava. Dr. Copeland seguia uns poucos passos atrás dela, e suas mãos também tocavam as tábuas da cerca para que ele não perdesse o equilíbrio. Highboy caminhava atrás deles.

Ele esperou pela raiva negra e terrível como se esperasse por uma fera saída da noite. Mas ela não o invadiu. Suas entranhas pareciam pesar como chumbo, e ele caminhava lentamente, demorando-se contra as cercas e as paredes frias e molhadas dos prédios ao longo do caminho. Uma descida para as profundezas, até que por fim já não havia abismo abaixo. Ele sentiu o fundo sólido do desespero e ali relaxou.

Nesse estado de espírito, sentiu uma certa alegria forte e santa. O perseguido ri, o escravo negro canta para sua alma ultrajada debaixo do chicote. Uma canção o habitava agora – embora não fosse música, mas apenas o sentimento de uma canção. E a carga encharcada da paz pesava em seus membros a ponto de ele contar apenas com o forte e verdadeiro propósito para se mover. Por que seguia adiante? Por que não descansava ali no fundo da máxima humilhação, à vontade por um certo tempo?

No entanto, ele seguia adiante.

"Tio", disse Mick. "O senhor não acha que um pouco de café quente vai te fazer bem?"

Dr. Copeland olhou no rosto de Mick, mas não deu nenhum sinal de que ouvia a menina. Eles tinham cruzado a cidade e chegado por fim ao beco atrás da casa dos Kelly. Portia tinha entrado primeiro, e depois ele a seguiu. Highboy permaneceu nos degraus ali fora. Mick e seus dois irmãos pequenos já estavam na cozinha. Portia contou sobre William. Dr. Copeland não escutava as palavras, mas a voz de Portia tinha ritmo – um começo, um meio e um fim. Então, quando terminou, ela começou a contar tudo de novo. Outras pessoas entravam no cômodo para escutar.

Dr. Copeland sentou-se num banquinho no canto. Seu casaco e o cachecol fumegavam no espaldar de uma cadeira perto do fogão. Ele segurava o chapéu sobre os joelhos, e suas mãos longas e escuras se moviam nervosas ao redor da aba gasta. A parte interior amarela de suas mãos estava tão úmida que de vez em quando ele as limpava com um lenço. Sua cabeça tremia, e todos os músculos estavam tensos com o esforço para que ela parasse de tremer.

Sr. Singer entrou na cozinha. Dr. Copeland levantou o rosto para ele. "Você soube disso?", perguntou. Sr. Singer acenou afirmativamente com a cabeça. Em seus olhos não havia horror, nem piedade, nem ódio. Entre todos aqueles que ficaram sabendo, somente os olhos do mudo não expressavam essas reações. Porque apenas ele compreendia o que tinha acontecido.

Mick sussurrou para Portia. "Qual é o nome do seu pai?"

"Ele se chama Benedict Mady Copeland."

Mick se inclinou em direção ao dr. Copeland e gritou em seu rosto, como se ele fosse surdo: "Benedict, não acha que um café quente vai te fazer se sentir um pouco melhor?".

Dr. Copeland teve um sobressalto.

"Para com essa gritaria", disse Portia. "Ele escuta tão bem quanto você."

"Oh", disse Mick. Ela jogou fora a borra do bule e pôs o café no fogão para ferver de novo.

O mudo ainda permanecia na soleira da porta. Dr. Copeland ainda olhava em seu rosto. "Você ficou sabendo?"

"O que vão fazer com esses guardas da prisão?", perguntou Mick.

"Querida, não sei", disse Portia. "Não sei de nada."

"Eu faria alguma coisa. Eu certamente faria alguma coisa."

"Nada que a gente pode fazer vai adiantar. O melhor que a gente tem que fazer é ficar de bico fechado."

"Eles devem ser tratados da mesma maneira como trataram o Willie e os meninos. Pior. Queria poder juntar algumas pessoas e matar eu mesma esses caras."

"Isso não é um jeito cristão de falar", disse Portia. "A gente só pode se conformar porque sabe que eles vão ser esquartejados com uns forcados e fritados por Satã pra toda a eternidade."

"Bom, o Willie ainda pode tocar a gaita."

"Com os dois pés amputados, é a única coisa mesmo que ele pode fazer."

A casa estava cheia de barulho e inquietação. No quarto acima da cozinha, alguém arrastava a mobília pelo chão. A sala de jantar estava cheia de pensionistas. A sra. Kelly corria de um lado para outro, da mesa do café da manhã para a cozinha. O sr. Kelly errava por ali com umas calças folgadas e um roupão. Os pequenos Kelly comiam avidamente na cozinha. Portas batiam e vozes podiam ser ouvidas em todas as partes da casa.

Mick entregou ao dr. Copeland uma xícara de café misturado com leite aguado. O leite dava à bebida um brilho azul-acinzentado. Parte do café tinha espirrado sobre o pires, por isso ele primeiro secou o pires e a beirada da xícara com seu lenço. Ele não tinha vontade nenhuma de tomar café.

"Eu queria poder matar os caras", disse Mick.

A casa se aquietou. As pessoas na sala de jantar saíram para trabalhar. Mick e George foram para a escola e o bebê foi fechado num dos quartos da frente. A sra. Kelly enrolou uma toalha ao redor da cabeça e pegou uma vassoura para subir aos andares superiores.

O mudo ainda permanecia na soleira da porta. Dr. Copeland cravou os olhos em seu rosto. "Você sabe o que aconteceu?", perguntou de novo. As palavras não soaram – ficaram engasgadas na garganta –, mas os olhos ainda assim faziam a pergunta. Depois o mudo foi embora. Dr. Copeland e Portia se viram sozinhos. Ele ficou sentado por algum tempo naquele banquinho no canto. Por fim, levantou-se para sair.

"Senta de novo, pai. A gente vai ficar junto esta manhã. Vou fritar um pouco de peixe e fazer pão de ovo e batata pro almoço. O senhor fica aqui, que depois eu quero te servir uma boa refeição quente."

"Você sabe que tenho visitas."

"Vamos lá, só hoje. Por favor, pai. Sinto como se eu fosse realmente perder as estribeiras. Além disso, eu não quero que o senhor fique zanzando por aí sozinho nas ruas."

Ele hesitou e apalpou a gola de seu casacão. Estava muito úmido. "Filha, lamento. Você sabe que tenho visitas."

Portia segurou o cachecol do pai acima do fogão até a lã ficar aquecida. Abotoou seu casacão e virou a gola para cima ao redor do pescoço. Ele pigarreou e cuspiu num dos quadrados de papel que tinha no bolso. Depois queimou o papel no fogão. Ao sair, parou e falou com Highboy nos degraus. Sugeriu que Highboy ficasse com Portia, se pudesse arranjar uma licença do trabalho.

O ar estava penetrante e frio. Do céu opressivo e escuro caía uma garoa constante. A chuva tinha se infiltrado nas latas de lixo, e o beco exalava um cheiro fétido de resíduos molhados. Enquanto caminhava, ele se escorava na cerca e mantinha os olhos escuros cravados no chão.

Fez todas as visitas estritamente necessárias. Depois atendeu os pacientes do consultório do meio-dia até as duas horas. Mais tarde, sentou-se à sua escrivaninha com os punhos cerrados. Mas era inútil tentar pensar no que ocorrera.

Ele nunca mais queria ver um rosto humano. Contudo, ao mesmo tempo, não conseguia ficar sentado sozinho no quarto vazio. Vestiu o casacão e saiu de novo para a rua molhada e fria. Tinha no bolso várias receitas para deixar na farmácia. Mas não queria falar com Marshall Nicolls. Entrou na loja e pôs as receitas sobre o balcão. O farmacêutico se afastou dos pozinhos que estava medindo e lhe estendeu ambas as mãos. Seus lábios grossos se mexeram sem som por um momento, antes que recobrasse a compostura.

"Doutor", disse formalmente. "Deve saber que eu e todos os nossos colegas e os membros da minha loja e igreja – todos nós temos seu sofrimento na mais alta consideração e queremos manifestar nossa mais profunda simpatia."

Dr. Copeland se virou bruscamente e saiu sem dar uma palavra. Era pouco. Algo mais se fazia necessário. O forte e verdadeiro propósito, o desejo de justiça. Ele caminhava rígido, os braços colados ao corpo, em direção à rua principal. Cogitava sem sucesso. Não conseguia pensar em nenhum branco poderoso em toda a cidade que fosse corajoso e justo. Pensou em todo advogado, todo juiz, todo servidor público com um nome que lhe fosse familiar – mas o pensamento de cada um desses homens brancos era amargo em seu coração. Por fim, decidiu-se pelo juiz da Corte Superior. Quando chegou ao tribunal, não hesitou e entrou rapidamente, determinado a falar com o juiz naquela mesma tarde.

O amplo saguão da frente estava vazio, exceto por alguns ociosos que perambulavam pelas portas que conduziam aos escritórios de cada lado. Ele não sabia onde poderia encontrar o escritório do juiz, por isso errava incerto pelo prédio, olhando para os letreiros nas portas. Por fim, chegou a uma passagem estreita. No meio desse corredor, três homens brancos estavam conversando e bloqueando o caminho. Ele se aproximou da parede para passar, mas um deles se virou para detê-lo.

"O que você quer?"

"Por favor, pode me dizer onde fica o escritório do juiz?"

O homem branco sacudiu o polegar na direção do fim do corredor. Dr. Copeland o reconheceu como um assistente do xerife. Eles tinham se encontrado várias vezes, mas o homem não se lembrava dele. Todos os brancos pareciam semelhantes aos olhos dos negros, mas os negros tinham o cuidado de observar as diferenças entre eles. Por outro lado, todos os negros pareciam semelhantes aos olhos dos brancos, mas os brancos em geral não se davam ao trabalho de guardar o rosto de um negro na memória. Assim, o homem branco disse: "O que você quer, reverendo?".

O título zombeteiro familiar o ofendeu. "Não sou da igreja", disse, "sou médico, um doutor. Meu nome é Benedict Mady Copeland, e quero falar com o juiz imediatamente sobre um assunto urgente".

O delegado era como outros homens brancos, visto que uma fala claramente enunciada o enlouquecia. "É mesmo?", zombou. Ele piscou para seus amigos. "Eu sou o assistente do xerife e meu nome é sr. Wilson, e estou lhe dizendo que o juiz está ocupado. Volte outro dia."

"É imperativo que eu fale com o juiz", disse o dr. Copeland. "Vou esperar."

Havia um banco na entrada da passagem e ele se sentou. Os três homens brancos continuaram a conversar, mas ele sabia que o assistente o observava. Estava determinado a não ir embora. Mais de meia hora se passou. Vários homens brancos andavam livremente de um lado para outro no corredor. Ele sabia que o assistente o observava e ficou sentado bem rígido, as mãos apertadas entre os joelhos. Seu senso de prudência lhe dizia para ir embora e voltar mais no fim da tarde, quando o homem não estivesse mais por ali. A vida toda, ele tinha sido circunspecto ao lidar com pessoas desse tipo. Mas agora alguma coisa dentro dele não o deixava se afastar.

"Vem cá, você!", disse o assistente por fim.

Sua cabeça tremeu, e, quando se levantou, ele não sentiu muita firmeza nos pés. "Sim?"

"O que você disse que queria falar com o juiz?"

"Eu não disse", respondeu o dr. Copeland. "Eu simplesmente disse que minha conversa com ele é urgente."

"Você nem consegue ficar de pé direito. Andou bebendo, não? Dá pra sentir o cheiro na sua respiração."

"Não é verdade", disse o dr. Copeland lentamente. "Não..."

O assistente lhe deu um soco na cara. Ele caiu contra a parede. Dois homens brancos o agarraram pelos braços e o arrastaram pela escada até o andar principal. Ele não resistiu.

"Este é o problema com este país", disse o assistente. "Esses negros safados metidos a besta."

Ele não disse uma palavra e deixou que fizessem com ele o que quisessem. Esperou pela raiva terrível e sentiu que ela crescia dentro dele. A fúria o enfraquecia de tal modo que tropeçou. Eles o enfiaram no carro com dois homens servindo de guardas. Levaram-no para a delegacia e depois para a prisão. Foi só quando entraram na prisão que a força de sua fúria veio à tona.

Soltou-se de repente das mãos que o agarravam. Foi cercado num canto. Bateram-lhe na cabeça e nos ombros com cassetetes. Uma resistência grandiosa insuflava seu ser, e ele se ouvia rindo alto enquanto lutava. Soluçava e ria ao mesmo tempo. Distribuía loucamente pontapés. Lutava com os punhos e até golpeou os caras com a cabeça. Depois foi agarrado com força para que não pudesse se mover. Arrastaram-no passo a passo pelo saguão da prisão. A porta de uma cela foi aberta. Alguém às suas costas lhe deu um pontapé na virilha e ele caiu de joelhos no chão.

No cubículo apertado, havia outros cinco prisioneiros – três negros e dois brancos. Um dos brancos era muito velho e bêbado. Estava sentado no chão e se coçava. O outro prisioneiro branco era um menino que não tinha mais de 15 anos. Os três negros eram jovens. Quando o dr. Copeland, deitado no beliche, levantou os olhos para seus rostos, reconheceu um deles.

"Como é que o senhor tá aqui?", perguntou o jovem. "Não é o dr. Copeland?"

Ele disse sim.

"Meu nome é Dary White. O senhor tirou as amígdalas da minha irmã no ano passado."

A cela gélida estava impregnada de um cheiro podre. Havia um balde transbordante de urina num dos cantos. Baratas rastejavam pelas paredes. Ele fechou os olhos e deve ter adormecido no mesmo instante, pois, quando tornou a abri-los, a janelinha gradeada estava preta e uma luz brilhante queimava no saguão. Havia quatro pratos de lata vazios no chão. Uma refeição de repolho e pão de milho estava ao seu lado.

Ele se sentou no beliche e espirrou violentamente várias vezes. Quando respirava, o catarro chacoalhava em seu peito. Dali a pouco, o menino branco também começou a espirrar. O dr. Copeland ficou sem quadrados de papel e teve de usar as folhas de um caderno de notas em seu bolso. O menino branco se inclinava sobre o balde no canto ou simplesmente deixava a água escorrer do nariz para a frente de sua camisa. Seus olhos estavam dilatados e as bochechas, coradas. Ele se encolhia na beira de um beliche e gemia.

Logo foram conduzidos ao lavatório, e na volta eles se prepararam para dormir. Havia seis homens para ocupar quatro beliches. O velho ficou roncando deitado no chão. Dary e outro menino se apertaram num dos beliches.

As horas não passavam. A luz no saguão queimava seus olhos e o cheiro na cela tornava cada respiração um desconforto. Ele não conseguia se aquecer. Seus dentes rangiam, e ele tremia com um forte calafrio. Sentou-se no beliche com o cobertor sujo enrolado no corpo e oscilava para a frente e para trás. Por duas vezes esticou o braço para cobrir o menino branco, que resmungava e atirava os braços para fora dormindo. Ele se balançava, com a cabeça nas mãos, e de sua garganta vinha um gemido cantado. Ele não podia pensar em William. Nem podia sequer cogitar no forte e verdadeiro propósito para ganhar força. Só conseguia sentir a desgraça dentro dele.

Então a maré de sua febre mudou. Um calor se espalhou por seu corpo. Tornou a se deitar e tinha a impressão de estar afundando num lugar quente, vermelho e cheio de conforto.

Na manhã seguinte, saiu o sol. O estranho inverno sulino estava no fim. Dr. Copeland foi libertado. Um pequeno grupo esperava por ele do lado de fora da prisão. O sr. Singer estava lá. Portia, Highboy e Marshall Nicolls também estavam presentes. Seus rostos pareciam borrados, e ele não conseguia vê-los com clareza. O sol estava muito brilhante.

"Pai, o senhor não sabe que não tem como ajudar nosso Willie? Arrumar confusão num tribunal dos caras brancos? A melhor coisa que a gente pode fazer é manter a boca fechada e esperar."

Sua voz alta ecoava cansada em seus ouvidos. Entraram num táxi, e logo ele estava em casa, com o rosto afundado no travesseiro branco fresquinho.

11

Mick não conseguiu dormir a noite inteira. Etta estava doente, por isso ela teve de dormir na sala de estar. O sofá era estreito e curto demais. Mick tinha pesadelos com Willie. Quase um mês se passara desde que Portia tinha contado o que fizeram com ele — mas ainda assim ela não conseguia esquecer. Duas vezes, naquela noite, ela teve sonhos ruins e acordou no chão. Apareceu um galo em sua testa. Às seis horas, escutou Bill ir até a cozinha para fazer seu café da manhã. Já era dia, mas as cortinas estavam fechadas, de modo que a sala estava meio escura. Ela se sentia esquisita acordando na sala de estar. Não gostou. O lençol estava todo torcido ao seu redor, metade no sofá e metade no chão. O travesseiro se achava no meio da sala. Levantou-se e abriu a porta para o hall. Ninguém estava nas escadas. Correu de camisola para o quarto dos fundos.

"Chega pra lá, George!"

O garoto estava deitado bem no meio da cama. A noite tinha sido quente, e ele estava nu como uma araponga. Tinha os punhos cerrados, e mesmo dormindo os olhos continuavam semicerrados como se estivesse pensando em algo muito difícil de entender. Sua boca estava aberta, e havia uma pequena mancha molhada no travesseiro. Ela o empurrou.

"Espera...", ele disse em seu sono.

"Vai mais pro lado."

"Espera... Deixa eu acabar só esse sonho... esse aqui..."

Ela o rebocou para seu devido lugar e se deitou perto dele. Quando voltou a abrir os olhos já era tarde, porque o sol entrava brilhando pela janela dos fundos. George não estava mais na cama. Lá do pátio, Mick escutava vozes de crianças e o som de água correndo. Etta e Hazel conversavam no quarto do meio. Enquanto se vestia, ela teve de repente uma ideia. Escutou na porta, mas era difícil ouvir o que elas diziam. Abriu a porta de supetão para pegá-las de surpresa.

Elas liam uma revista de cinema. Etta ainda estava na cama. Tinha a mão pousada na metade da foto de um ator. "Daqui pra cima, não acha que ele se parece com aquele menino que saía com..."

"Como é que se sente hoje de manhã, Etta?", perguntou Mick. Ela olhou embaixo da cama e sua caixa secreta ainda estava no mesmo lugar em que a tinha deixado.

"Como se você se importasse", disse Etta.

"Não precisa tentar arrumar briga."

O rosto de Etta estava macilento. Ela sentia uma dor de estômago terrível e seu ovário estava doente. Tinha a ver com não estar se sentindo bem. O médico disse que teriam de remover o ovário imediatamente. Mas seu pai respondeu que teriam de esperar. Eles não tinham dinheiro.

"Como é que você quer que eu me comporte, então?", disse Mick. "Eu faço uma pergunta gentil e você começa a me chatear. Sinto que eu tenho que ficar com pena porque cê tá doente, mas você não me deixa ser decente. Por isso, é natural eu ficar brava." Empurrou para trás as franjas do cabelo e se olhou bem de perto no espelho. "Caramba! Olha só o calombo que eu arrumei! Aposto que minha cabeça tá quebrada. Caí da cama duas vezes esta noite e tive a impressão de ter batido naquela mesa ao lado do sofá. Não posso dormir na sala de estar. Esse sofá me estorva tanto que eu não consigo ficar deitada."

"Baixa o volume que cê tá falando muito alto", disse Hazel.

Mick se ajoelhou no chão e puxou para fora a grande caixa. Olhou com cuidado para o cordão atado ao seu redor. "Ei, uma de vocês andou mexendo nisso aqui?"

"Droga!", disse Etta. "Pra que que a gente ia querer mexer com sua tralha?"

"É melhor não mexer mesmo. Vou matar qualquer pessoa que tentar mexer nas minhas coisas."

"Escuta só", disse Hazel. "Mick Kelly, acho que você é a pessoa mais egoísta que já conheci. Você não dá a mínima pra ninguém, mas..."

"Ah, porra!" Ela bateu a porta. Odiava as duas. Era uma coisa terrível de dizer, mas era a verdade.

Seu pai se achava na cozinha com Portia. Estava com seu roupão e bebendo uma xícara de café. Tinha o branco dos olhos raiado de vermelho, e sua xícara chacoalhava contra o pires. Ele caminhava ao redor da mesa da cozinha.

"Que horas são? O sr. Singer já saiu?"

"Já foi embora, amor", disse Portia. "São quase dez horas."

"Dez horas! Céus! Nunca dormi até tão tarde assim."

"O que você guarda nessa caixona de chapéu que vive carregando por aí?"

Mick pôs a mão dentro do fogão e tirou meia dúzia de biscoitos. "Não me pergunta nada que eu não vou falar mentiras. Um fim amargo espera quem bisbilhota."

"Se tiver um pouco de leite extra, acho que eu vou derramar sobre uns pedaços de pão amassado", disse seu pai. "Sopa levanta-defunto. Talvez ajude a aquietar meu estômago."

Mick abriu os biscoitos e pôs fatias de frango frito dentro deles. Sentou-se nos degraus dos fundos para comer seu desjejum. A manhã estava quente e radiante. Spareribs e Sucker brincavam com George no pátio dos fundos. Sucker estava com sua roupa de verão e os outros garotos tinham tirado toda a roupa, menos os shorts. Estavam correndo um atrás do outro com a mangueira. A corrente de água cintilava ao sol. O vento soprava borrifos pulverizados como névoa, e essa bruma continha as cores do arco-íris. Uma linha de roupas se agitava ao vento – lençóis brancos, a roupa azul de Ralph, uma blusa vermelha e camisolas – molhadas, limpas e estalando em formas diferentes. Era quase um dia de verão. Vespas felpudas zumbiam ao redor da madressilva na cerca do beco.

"Olha eu segurando a mangueira em cima da cabeça!", gritava George. "Olha a água caindo."

Ela estava com energia demais para ficar parada. George tinha enchido um saco de farinha com barro e o pendurara no ramo de uma árvore para servir de saco de pancada. Ela começou a dar socos. Pam! Pam! Batia seguindo o tempo da canção que estava em sua mente ao acordar. George tinha misturado uma pedra cortante no barro, e ela feriu os nós dos dedos.

"Ai! Cê atirou a água bem no meu ouvido. Rebentou meu tímpano. Não consigo nem escutar."

"Passa a mangueira. Quero jogar um pouco de água."

Um chuvisco soprou em seu rosto, e os garotos viraram uma vez a mangueira para suas pernas. Ela ficou com medo de que sua caixa molhasse, por isso a carregou pelo beco até o alpendre. Harry estava sentado nos degraus da sua casa lendo o jornal. Ela abriu a caixa e pegou o caderno de notas. Mas era difícil concentrar a mente na canção que queria escrever. Harry estava olhando em sua direção e ela não conseguia pensar.

Ela e Harry tinham conversado sobre muitas coisas nos últimos tempos. Quase todo dia voltavam juntos da escola. Falavam sobre Deus. Às vezes, ela acordava de noite e estremecia pensando no que tinham dito. Harry era um panteísta. Uma religião, assim como a dos batistas, católicos ou judeus. Harry acreditava que, de mortas e enterradas, as pessoas se transformam em plantas, fogo, barro, nuvens e água. Levava milhares de anos, mas, finalmente, todos faziam parte de todo o mundo. Ele dizia achar isso melhor do que ser um único anjo. De qualquer modo, era melhor que nada.

Harry largou o jornal no saguão e veio falar com ela. "Já tá quente que nem no verão", disse ele. "E a gente ainda tá em março."

"Sim. Eu queria poder ir nadar."

"A gente podia ir nadar, se tivesse algum lugar."

"Não tem lugar nenhum. Só a piscina do country clube."

"Eu queria fazer alguma coisa – ir pra algum lugar."

"Eu também", disse ela. "Espera! Sei de um lugar. É lá no campo, fica a uns 25 quilômetros daqui. É um riacho largo e profundo na mata. As escoteiras têm um acampamento ali no verão. A sra. Wells levou a gente – eu, o George, o Pete e o Sucker – pra nadar ali no ano passado."

"Se você quiser, a gente pode arranjar umas bicicletas e ir amanhã. Tenho folga um domingo por mês."

"Vamos sair pelo campo e fazer um piquenique", disse Mick.

"Ok. Vou pedir as bicicletas emprestadas."

Era hora de Harry ir para o trabalho. Mick o observou caminhando pela rua. Ele balançava os braços. Na metade do quarteirão, havia um loureiro com ramos baixos. Harry correu e pulou, agarrou um dos ramos e ergueu o corpo até levar o queixo à altura do galho. Um sentimento de felicidade tomou conta de Mick, porque a verdade é que eles eram muito bons amigos. Além disso, ele era bonito. Amanhã ela pegaria emprestado o colar azul de Hazel e usaria o vestido de seda. E, para o piquenique, levariam sanduíches de geleia e refrigerante Nehi. Talvez Harry trouxesse algo esquisito, porque eles comiam petiscos dos judeus ortodoxos. Ela o observou até ele dobrar a esquina. Era verdade que tinha crescido e se transformado num sujeito muito boa-pinta.

Harry no campo era diferente de Harry sentado nos degraus dos fundos lendo os jornais e pensando sobre Hitler. Eles saíram de manhã cedinho. As bicicletas emprestadas eram do tipo para meninos – com uma barra entre as pernas. Ataram os lanches e os trajes de banho aos paralamas e partiram antes das nove horas. A manhã estava quente e ensolarada. Em uma hora já se encontravam bem fora da cidade, numa estrada de terra vermelha. Os campos eram luminosos e verdes, e o aroma forte de pinheiros estava no ar. Harry falava excitado. O vento quente soprava em suas faces. A boca de Mick estava muito seca, e ela sentia fome.

"Tá vendo aquela casa lá em cima do morro? Vamos parar e pegar um pouco d'água."

"Não, é melhor esperar. Água de poço dá tifo."

"Eu já tive tifo. Tive pneumonia, perna quebrada e um pé infectado."

"Eu lembro."

"Sim", disse Mick. "O Bill e eu ficamos no quarto da frente quando a gente teve febre tifoide, e o Pete Wells passava correndo pela calçada prendendo o nariz e olhando pra janela. O Bill ficava muito envergonhado. Todo o meu cabelo caiu, fiquei careca."

"Aposto que estamos pelo menos a uns 16 quilômetros da cidade. Rodamos uma hora e meia – e bem rápido."

"Só sei que eu tô com sede", disse Mick. "E com fome. O que que cê tem na sacola pra comer?"

"Pudim de fígado frio, sanduíches de salada de frango e torta."

"Uma boa comida de piquenique." Ela se sentia envergonhada do que tinha trazido. "Tenho dois ovos cozidos – já recheados – com pacotinhos separados de sal e pimenta. E sanduíches – geleia de amora com manteiga. Tudo embrulhado em papel encerado. E guardanapos de papel."

"Não era pra você trazer nada", disse Harry. "Minha mãe preparou o lanche pra nós dois. Eu é que te convidei pra sair e tudo mais. Vamos passar por uma loja daqui a pouco e pegar umas bebidas geladas."

Rodaram mais meia hora antes de chegarem finalmente a uma loja no posto de gasolina. Harry escorou as bicicletas e ela entrou na frente dele. Depois do clarão do dia, a loja parecia escura. As prateleiras tinham pilhas de fatias de carne branca, latas de óleo e sacos de farinha. Moscas zumbiam acima de um grande jarro pegajoso cheio de balas avulsas sobre o balcão.

"Que tipo de bebidas você tem?", perguntou Harry.

O lojista começou a nomear várias. Mick abriu a geladeira e examinou o que havia lá dentro. Sentia-se bem enfiando as mãos na água fria. "Quero um Nehi de chocolate. Você tem?"

"Idem", disse Harry. "Dois, por favor."

"Não, espera um minuto. Aqui tem cerveja gelada. Quero uma garrafa de cerveja, se dá pra pagar algo assim tão caro."

Harry também pediu uma cerveja. Ele pensava ser pecado que alguém com menos de 20 anos bebesse cerveja – mas talvez de repente quisesse ser camarada. Depois do primeiro gole, ele fez uma careta amarga. Sentaram-se nos degraus na frente da loja. As pernas de Mick estavam tão cansadas que os músculos latejavam. Ela limpou o gargalo da garrafa com a mão e tomou um longo gole bem gelado. No outro lado da estrada, havia um grande gramado vazio e, mais além, uma orla de matas de pinheiros. As árvores exibiam todos os tons de verde – de um brilhante verde-amarelado a uma cor escura que era quase preta. O céu estava azul ardente.

"Eu gosto de cerveja", disse ela. "Eu costumava molhar o pão nas gotas que meu pai deixava cair. Gosto de lamber sal na minha mão quando bebo. Essa é a segunda garrafa só pra mim que eu já tive."

"O primeiro gole foi amargo. Mas o resto tem gosto bom."

O lojista disse que a cidade estava a uma distância de 20 quilômetros. Eles ainda tinham mais uns 7 quilômetros pela frente. Harry pagou e eles tornaram a sair no sol quente. Harry falava alto e não parava de rir sem motivo.

"Céus, a cerveja junto com esse sol quente me deixa tonto. Mas tô me sentindo ótimo", disse ele.

"Mal posso esperar a hora de nadar."

Havia areia na estrada, e eles tiveram de jogar todo o peso nos pedais para não atolar. O suor colava a camisa de Harry nas costas. Ele continuava falando. A estrada mudou para barro vermelho e a areia ficou para trás. Havia uma lenta canção dos negros na mente de Mick – uma canção que o irmão de Portia costumava tocar em sua gaita. Ela pedalava acompanhando o ritmo da canção.

Chegaram finalmente ao lugar que ela procurava. "É aqui! Tá vendo aquele cartaz que diz PRIVADO? A gente tem que pular a cerca de arame farpado e depois pegar aquela trilha ali – olha!"

A mata estava muito quieta. Agulhas de pinheiro lisas cobriam o chão. Em poucos minutos, alcançaram o riacho. A água era marrom e corredia. E fria. Não se ouvia nenhum som exceto o rumorejar da água e uma brisa cantando bem no alto dos pinheiros. Era como se a mata escura e quieta os tornasse tímidos, e eles caminhavam de mansinho ao longo da margem ao lado do riacho.

"Não é bonito?"

Harry riu. "Por que que cê tá sussurrando? Escuta só!" Ele bateu a mão sobre a boca e deu um longo grito de índio que ecoou de volta para eles. "Vamos. Hora de pular na água e se refrescar."

"Não tá com fome?"

"Ok. Então vamos comer primeiro. A gente come metade do lanche agora e metade mais tarde, quando sair da água."

Ela desembrulhou os sanduíches de geleia. Quando terminaram de comer, Harry teve o cuidado de fazer bolas com os papéis amassados e enfiou todas num cepo de árvore oco. Depois pegou seu short e desceu pela trilha. Ela tirou a roupa atrás de um arbusto e lutou para entrar no maiô de Hazel. Era pequeno demais e cortava entre as pernas.

"Cê tá pronta?", gritou Harry.

Ela ouviu o som de água espirrando e quando chegou à margem Harry já estava nadando. "Não mergulha ainda até eu descobrir se tem tocos de árvore ou lugares rasos", disse ele. Ela apenas olhava para a cabeça dele subindo e descendo na água. De qualquer maneira, nunca passara por sua cabeça mergulhar. Nem sabia nadar. Só tivera contato com natação poucas vezes na vida – e então estava sempre com pequenas boias nos braços ou distante das partes onde não dava pé. Mas seria coisa de menininha falar disso para Harry. Ela sentia vergonha. Num repente, inventou uma história:

"Não mergulho mais. Eu costumava mergulhar, mergulhos altos, o tempo todo. Mas uma vez bati com a cabeça, por isso não mergulho mais." Ela pensou por um minuto. "Era um mergulho de duplo salto carpado que eu tava fazendo. E, quando eu vim à tona, tinha sangue por toda a água. Mas não dei bola e apenas comecei a fazer truques de natação. Muitas pessoas gritavam pra mim. Aí descobri de onde vinha todo aquele sangue na água. E desde então nunca mais nadei direito."

Harry subiu na margem. "Nossa! Eu não sabia disso."

Ela pretendia aumentar a história para que soasse mais razoável, mas em vez disso apenas olhou para Harry. A pele dele era marrom-clara e a água a fazia brilhar. Havia pelos em seu peito e nas pernas. Enfiado no calção apertado, ele parecia muito nu. Sem os óculos, seu rosto era mais largo e mais bonito. Os olhos, molhados e azuis. Ele estava olhando para ela, e de repente era como se estivessem envergonhados.

"A água tem uns 3 metros de profundidade exceto perto da outra margem, lá é raso."

"Vamos começar. Aposto que essa água fria dá uma sensação boa."

Ela não estava assustada. O que sentia era como se tivesse ficado presa no topo de uma árvore muito alta e não houvesse nada a fazer senão descer da melhor maneira possível – um sentimento de calmaria absoluta. Ela deixou aos poucos a margem e entrou na água gelada. Agarrou-se a uma raiz até que ela se quebrou em suas mãos, e então começou a nadar. Uma vez se engasgou e afundou, mas continuou a seguir em frente sem dar vexame. Nadou e chegou ao outro lado da margem onde dava pé. Então se sentiu muito bem. Bateu na água com os punhos e gritou palavras malucas para criar ecos.

"Olha aqui!"

Harry subiu numa pequena árvore alta e fina. O tronco era flexível, e, quando ele chegou ao topo, a árvore vergou com seu peso. Ele caiu dentro da água.

"Eu também! Olha eu fazer o mesmo!"

"É uma árvore nova."

Ela sabia escalar tão bem quanto qualquer um no quarteirão. Imitou exatamente o que ele tinha feito e atingiu a água com um golpe duro. Ela também podia nadar. Agora podia nadar tranquilamente.

Brincaram de seguir o líder, correram para cima e para baixo na margem e pularam na água marrom e fria. Gritaram, saltaram e escalaram. Brincaram talvez por duas horas. Depois ficaram de pé na margem, olharam um para o outro, e não parecia haver nada de novo para fazer. De repente, ela disse:

"Você já nadou nu?"

A mata estava muito quieta, e por um minuto ele não respondeu. Ele estava com frio. Seus mamilos tinham se tornado duros e roxos. Seus lábios estavam roxos e os dentes rangiam. "Eu... acho que não."

Uma excitação a dominava, e ela disse algo que não pretendia dizer. "Eu nadaria, se você nadasse. Desafio você a nadar nu."

Harry alisou para trás a franja escura e molhada do cabelo. "Ok."

Os dois tiraram os trajes de banho. Harry estava de costas para ela. Ele tropeçou e suas orelhas ficaram vermelhas. Então eles se voltaram um para o outro. Talvez tenham ficado ali meia hora – talvez não mais que um minuto.

Harry arrancou uma folha de uma árvore e rasgou-a em pedaços. "Melhor a gente se vestir."

Durante toda a refeição do piquenique, nenhum dos dois falou. Espalharam o lanche no chão. Harry dividiu tudo pela metade. Havia no ar a sensação quente e sonolenta de uma tarde de verão. No fundo da mata, eles não escutavam nenhum som exceto o lento fluir da água e os pássaros cantando. Harry segurou seu ovo recheado e esmagou a gema com o polegar. O que isso a fazia lembrar? Ela se escutava respirar.

Então ele levantou o olhar acima do ombro de Mick. "Escuta. Eu te acho tão bonita, Mick. Nunca pensei assim antes. Não que eu te achasse muito feia... só quero dizer que..."

Ela jogou uma pinha na água. "O melhor acho que é começar a voltar, se a gente quiser chegar em casa antes do escuro."

"Não", disse ele. "Vamos deitar aqui. Apenas um minuto."

Ele trouxe punhados de agulhas de pinheiro, folhas e musgo cinzento. Ela chupava o joelho e observava. Seus punhos estavam apertados, e era como se seu corpo todo estivesse tenso.

"Agora podemos dormir e recuperar as forças pra viagem de volta para casa."

Eles se deitaram na cama macia e levantaram os olhos para os tufos verde-escuros dos pinheiros contra o céu. Um pássaro cantou uma canção triste e clara que ela nunca tinha ouvido antes. Uma nota aguda como um oboé – e depois baixava cinco tons e soava de novo. A canção era triste como uma pergunta sem palavras.

"Eu amo esse pássaro", disse Harry. "Acho que é uma juruviara."

"Queria que a gente estivesse no oceano. Na praia e observando os navios bem longe na água. Cê foi pra praia num verão – como é exatamente?"

A voz dele era rouca e grave. "Bom... tem as ondas. Uma hora azuis, outras verdes, e ao sol brilhante elas parecem de vidro. E na areia dá pra pegar essas conchinhas. Como aquelas que a gente trouxe numa caixa de charutos. E acima da água tem as gaivotas brancas. A gente foi pro golfo do México – as brisas frias da baía sopravam o tempo todo, lá nunca faz um calor de torrar como aqui. Sempre..."

"A neve", disse Mick. "É isso que eu quero ver. Montes de neve brancos e frios como no cinema. Nevascas. A neve branca e fria que não para de cair suavemente, e cai e cai e cai durante todo o inverno. Neve como no Alasca."

Os dois se viraram ao mesmo tempo. Estavam juntos um contra o outro. Ela o sentiu tremer, e, de tão cerrados, os punhos dela pareciam a ponto de estalar. "Oh, Deus", ele não parava de dizer. Era como se a cabeça dela tivesse sido arrancada do corpo e jogada fora. E seus olhos fitavam direto o sol ofuscante, enquanto ela fazia contas em sua mente. E então foi desse jeito.

Foi assim que aconteceu.

Eles empurravam as bicicletas lentamente ao longo da estrada. A cabeça de Harry pendia e seus ombros estavam curvados. As sombras dos dois se desenhavam, longas e escuras, na estrada poeirenta, pois era final de tarde.

"Escuta", disse ele.

"Sim."

"A gente tem que entender isso. A gente precisa. Você... entende alguma coisa?"

"Não sei. Acho que não."

"Escuta aqui. A gente tem que fazer alguma coisa. Vamos sentar."

Largaram as bicicletas e sentaram-se perto de uma vala ao lado da estrada. Sentaram-se bem longe um do outro. O sol da tardinha queimava sobre a cabeça deles, e havia formigueiros marrons e desmoronados por toda parte ao redor.

"A gente tem que entender isso", disse Harry.

Ele chorava. Não se mexia, e as lágrimas rolavam pelo rosto branco. Ela não conseguia pensar sobre o que o fazia chorar. Uma formiga a picou no tornozelo, e ela a pegou nos dedos e olhou para o inseto bem de perto.

"É assim", disse ele. "Eu nunca nem tinha beijado uma garota antes."

"Nem eu. Nunca beijei nenhum garoto. Fora da família."

"É só nisto que eu pensava — em beijar uma determinada garota. Costumava fazer planos sobre isso na escola e sonhar com isso à noite. E então um dia ela aceitou sair comigo. Eu percebia que ela queria que eu beijasse ela. E eu só olhava para ela no escuro e não conseguia. Era só no que eu pensava — beijar a garota — e, quando chegou a hora, eu não consegui."

Ela cavou um buraco no chão com o dedo e enterrou a formiga morta.

"Foi tudo minha culpa. Adultério é um pecado terrível, visto a partir de qualquer ângulo. E você tem dois anos a menos que eu e era só uma criança."

"Não, não era não. Eu não era criança. Mas agora bem que eu gostaria de ser."

"Escuta aqui. Se você acha que precisa, a gente pode se casar – em segredo ou de qualquer outra maneira."

Mick sacudiu a cabeça. "Não gostei disso. Nunca vou me casar com nenhum garoto."

"Eu também não vou me casar. Eu sei disso. E não tô apenas falando por falar – é verdade."

Seu rosto a assustou. O nariz dele tremia e seu lábio inferior estava manchado e sangrento no ponto em que ele tinha mordido. Seus olhos estavam brilhantes, molhados e severos. Seu rosto, mais branco que qualquer outro rosto de que ela se lembrava. Mick virou a cabeça para o outro lado. Tudo ficaria melhor, se ele ao menos parasse de falar. Os olhos dela se moviam lentamente ao redor – atentos ao barro listrado vermelho e branco da vala, a uma garrafa de uísque quebrada, a um pinheiro na frente deles com um cartaz anunciando uma vaga para xerife do condado. Ela queria ficar quieta por um longo tempo, sem pensar e sem dizer nenhuma palavra.

"Vou sair da cidade. Sou um bom mecânico e posso conseguir trabalho em algum outro lugar. Se eu ficar em casa, minha mãe vai ler nos meus olhos."

"Me diz uma coisa. Você pode olhar pra mim e perceber a diferença?"

Harry observou o rosto de Mick por um longo tempo e acenou positivo com a cabeça. Depois disse:

"Só mais uma coisa. Daqui a um ou dois meses, vou te mandar meu endereço, e você me escreve pra dizer com certeza se está tudo bem com você."

"Como assim?", ela perguntou lentamente.

Ele lhe explicou. "Só o que precisa escrever é 'tudo bem' e então eu vou saber."

Eles estavam caminhando para casa de novo, empurrando

as bicicletas. Suas sombras se estendiam gigantescas na estrada. Harry estava curvado como um velho mendigo e continuava a limpar o nariz na manga da camisa. Por um minuto, uma luminosidade dourada e brilhante se derramou sobre tudo, antes que o sol se pusesse atrás das árvores e suas sombras desaparecessem na estrada à frente. Ela se sentia muito velha, como se algo pesasse dentro de si. Era uma pessoa adulta agora, querendo ou não.

Tinham caminhado os 25 quilômetros e estavam no beco escuro em casa. Ela podia ver a luz amarela de sua cozinha. A casa de Harry estava escura — sua mãe ainda não tinha voltado para casa. Ela trabalhava para um alfaiate numa loja de uma rua lateral. Às vezes, trabalhava até no domingo. Quando se olhava pela janela, era possível vê-la curvada sobre a máquina nos fundos ou enfiando uma longa agulha em algumas mercadorias mais pesadas. Ela nunca levantava os olhos enquanto era observada. E à noite cozinhava aqueles pratos ortodoxos para Harry e para ela.

"Escuta aqui...", disse ele.

Ela esperou no escuro, mas ele não acabou. Apertaram as mãos, e Harry percorreu o beco escuro entre as casas. Quando chegou à calçada, ele se virou e olhou sobre o ombro. Uma luz brilhava em sua face, branca e dura. Aí ele foi embora.

"Isso aqui é uma charada", disse George.

"Tô escutando."

"Dois índios caminhavam numa trilha. O que ia na frente era o filho do que ia atrás, mas o que ia atrás não era seu pai. Que tipo de parente era?"

"Vamos ver. Seu padrasto."

George sorriu para Portia com seus dentinhos azuis quadrados.

"Seu tio, então."

"Cê não consegue adivinhar. Era sua mãe. O truque é que não se pensa num índio sendo uma mulher."

Ela parou fora da sala e ficou observando. A porta emoldurava a cozinha como um quadro. Ali dentro era aconchegante e limpo. Apenas a luz ao lado da pia estava acesa, e havia sombras no quarto. Bill e Hazel jogavam vinte e um na mesa usando fósforos como dinheiro. Hazel passava os dedos gorduchos e rosados nas tranças do cabelo, enquanto Bill sugava as bochechas e dava as cartas de modo muito sério. Na pia, Portia secava os pratos com um pano xadrez limpo. Ela parecia magra e sua pele tinha um tom de amarelo dourado, o cabelo preto oleoso estava bem esticado. Ralph se mantinha quieto no chão, e George experimentava nele um pequeno arnês feito de um velho enfeite de Natal.

"Essa aqui é outra charada, Portia. Se o ponteiro de um relógio aponta pra duas e meia…"

Ela entrou na cozinha. Era como se tivesse esperado que eles recuassem ao vê-la entrar e ficassem num círculo ao redor observando. Mas eles apenas passaram os olhos de relance por ela. Ela se sentou à mesa e esperou.

"Pronto, aí cê aparece à toa depois que todo mundo já acabou de jantar. Parece que eu nunca vou ficar livre do trabalho."

Ninguém a notou. Ela comeu um prato grande de repolho e salmão e terminou com uma coalhada. Era na sua mãe que ela pensava. A porta se abriu, e a mãe entrou e falou para Portia que a srta. Brown dizia ter encontrado um percevejo em seu quarto. Era preciso pegar a gasolina.

"Para de franzir as sobrancelhas desse jeito, Mick. Você está chegando a uma idade em que deve se arrumar e tentar cuidar da sua aparência da melhor forma possível. E espera um pouco – não sai desse jeito quando eu tô falando com você –, quero que você dê um bom banho de esponja no Ralph antes de ele ir pra cama. Limpa bem o nariz e as orelhas dele."

O cabelo macio de Ralph estava grudento de farinha de aveia. Ela o limpou com um pano de prato e lavou seu rosto e suas mãos na pia. Bill e Hazel acabaram o jogo. As longas unhas de Bill arranhavam a mesa, enquanto ele pegava os fósforos. George carregou Ralph para a cama. Ela e Portia ficaram sozinhas na cozinha.

"Escuta! Olha pra mim. Cê tá notando alguma coisa diferente?"

"Claro que noto, amor."

Portia pôs seu chapéu vermelho e trocou de sapatos.

"E então…?"

"Cê só pega um pouco de gordura e esfrega no rosto. Seu nariz já descascou bem feio. Dizem que gordura é a melhor coisa pra queimadura forte de sol."

Ela ficou sozinha no pátio escuro, arrancando pedaços da casca do carvalho com as unhas. Era quase pior, dessa maneira. Ela talvez se sentisse melhor se eles olhassem para ela e percebessem. Se eles soubessem.

Seu pai a chamou da escada dos fundos. "Mick! Ô, Mick!"

"Sim, senhor."

"Telefone."

George chegou bem perto e tentou escutar a conversa, mas ela o afastou. A sra. Minowitz falava com uma voz muito alta e excitada.

"Meu Harry já deveria estar em casa. Você sabe onde ele está?"

"Não, senhora."

"Ele disse que vocês dois iam passear de bicicleta. Aonde será que ele foi? Você sabe onde ele está?"

"Não, senhora", disse Mick de novo.

12

Agora que os dias eram quentes de novo, o Sunny Dixie Show estava sempre lotado. O vento de março se aquietou. As árvores se mostravam espessas com sua folhagem verde ocre. O céu era de um azul sem nuvens e os raios do sol se tornavam mais fortes. O ar vivia abafado. Jake Blount odiava esse tempo. Ficava tonto só de pensar nos longos e ardentes meses de verão pela frente. Não se sentia bem. Recentemente, uma dor de cabeça constante tinha começado a incomodá-lo. Engordou tanto que sua barriga desenvolveu umas dobras. Era preciso deixar aberto o botão superior das calças. Ele sabia que era gordura alcoólica, mas continuava a beber. A bebida ajudava com a dor na cabeça. Precisava tomar apenas um copo pequeno para sentir-se melhor. Hoje em dia um copo era para ele o mesmo que um litro. Não era a bebida do momento que lhe dava o barato – mas a reação do primeiro gole a todo o álcool impregnado em seu sangue nos últimos meses. Um copinho de cerveja ajudava o latejo na cabeça, mas um litro de uísque não o embriagava.

Ele cortou totalmente a bebida. Por vários dias, bebeu apenas água e Orange Crush. A dor era como um verme se arrastando em sua cabeça. Trabalhava cansativamente durante as longas tardes e noites. Não conseguia dormir, e era uma agonia tentar ler. O cheiro úmido e azedo em seu quarto o enfurecia. Mexia-se inquieto na cama, e, quando por fim adormecia, o dia tinha raiado.

Um sonho o assombrava. Aparecera-lhe pela primeira vez fazia quatro meses. Ele acordava aterrorizado – mas o ponto estranho era que nunca se lembrava do conteúdo desse sonho. Quando seus olhos se abriam, permanecia apenas a sensação. Toda vez que acordava, seus medos eram tão idênticos que ele não tinha dúvidas de que os sonhos eram os mesmos. Estava acostumado com sonhos, os pesadelos grotescos da bebida que o levavam a uma louca região de distúrbios, mas a luz da manhã sempre dispersava os efeitos desses sonhos doidos e ele os esquecia.

Esse sonho vazio e furtivo era de natureza diferente. Ele acordava e não conseguia se lembrar de nada. Mas um senso de ameaça permanecia com ele por muito tempo. Então, numa das manhãs, ele acordou com o antigo medo, mas com uma fraca lembrança da escuridão atrás de si. Andava entre uma multidão, e em seus braços carregava alguma coisa. Era tudo de que conseguia se lembrar com certeza. Ele tinha roubado? Tentava salvar alguma posse? Estava sendo perseguido por todas essas pessoas ao seu redor? Achava que não. Quanto mais estudava esse sonho simples, menos o compreendia. E, por algum tempo, o sonho não voltou a acontecer.

Veio a conhecer o redator dos cartazes com mensagem desenhada a giz que ele tinha visto no mês de novembro. Desde o primeiro dia de seu encontro, o velho grudou nele como um gênio do mal. Seu nome era Simms, e ele pregava nas calçadas. O frio do inverno o mantivera dentro de casa, mas na primavera estava nas ruas o dia todo. Seu cabelo branco era macio e esfiapado sobre o pescoço, e ele sempre carregava uma grande bolsa feminina de seda, repleta de giz e propaganda de Jesus. Seus olhos eram brilhantes e loucos. Simms tentava convertê-lo.

"Filho da adversidade, sinto o cheiro pecaminoso da cerveja no seu hálito. E você fuma cigarros. Se o Senhor tivesse desejado que fumássemos cigarros, Ele teria dito no seu Livro. A marca de Satã está na sua fronte. É o que vejo. Arrependa-se. Deixe que eu lhe mostre a luz."

Jake revirou os olhos e fez um lento sinal piedoso no ar. Depois abriu a mão manchada de óleo. "Vou revelar isso só pra você", disse com uma voz baixa e teatral. Simms olhou para a cicatriz na palma de Jake, que se inclinou mais perto e sussurrou: "E existe o outro sinal. O sinal que você conhece. Pois nasci com eles".

Simms se apoiou contra a cerca. Com um gesto feminino, afastou da testa um anel grisalho e alisou o cabelo para trás na cabeça. Nervoso, sua língua lambia os cantos da boca. Jake ria. "Blasfemo!", gritou Simms. "Deus vai pegar você. Você e toda a sua trupe. Deus se lembra dos que escarnecem. Ele cuida de mim. Deus cuida de todo mundo, mas Ele cuida mais de mim. Como Ele cuidou de Moisés. Deus me fala à noite. Deus vai pegar você."

Ele levou Simms a uma loja de esquina para tomar Coca-Cola e comer uns biscoitos de manteiga de amendoim. Simms começou a doutriná-lo de novo. Quando Jake foi para o trabalho, Simms correu atrás dele.

"Venha a esta esquina hoje à noite às sete horas. Jesus tem uma mensagem pra você."

Os primeiros dias de abril foram ventosos e quentes. Nuvens brancas se espalhavam pelo céu azul. No vento, viajava o cheiro do rio e também o aroma mais fresco dos campos além da cidade. O show atraía muita gente todos os dias, das quatro da tarde até a meia-noite. A multidão não era das mais fáceis. Com a nova primavera, ele sentia uma sugestão de tumulto no ar.

Certa noite, estava trabalhando nos mecanismos dos balanços quando de repente foi desviado de seus pensamentos pelo som de vozes zangadas. Rapidamente abriu caminho aos empurrões pela multidão, até ver uma garota branca lutando com uma garota de cor ao lado da bilheteria do carrossel. Ele as apartou com força, mas ainda assim elas lutavam para bater uma na outra. A multidão tomava partido, e havia balbúrdia e algazarra. A garota branca era corcunda. Ela segurava alguma coisa na mão bem fechada.

"Eu te vi", gritava a garota de cor. "Eu vou arrancar essa tua corcunda."

"Cala a boca, sua nega fedida!"

"Gentinha mixa. Paguei meu dinheiro e vou andar no carrossel. Homem branco, manda ela devolver meu bilhete."

"Sua nega preta vagabunda!"

Jake olhava de uma para outra. A multidão se aproximava. Havia opiniões resmungadas em todos os lados.

"Eu vi a Lurie deixar cair o bilhete dela e reparei quando essa mulher branca pegou. Essa é que é a verdade", disse um garoto de cor.

"Nenhum negro vai pôr a mão numa garota branca enquanto..."

"Para de me empurrar. Eu tô pronto pra bater de volta apesar da tua pele branca."

Aos trancos, Jake se meteu bem no grosso da multidão. "Tudo bem!", gritou. "Tratem de ir circulando... acabem com isso. Todos vocês." Havia alguma coisa no tamanho de seus punhos que fez as pessoas se afastarem a contragosto. Jake se voltou para as duas garotas.

"Olha só o que aconteceu", disse a garota de cor. "Aposto que eu sou uma das poucas aqui que pouparam mais de 50 centavos até a noite de sexta. Passei roupa dobrado essa semana. Paguei uns bons 5 centavos por esse bilhete que ela tá segurando. E agora quero andar no carrossel."

Jake resolveu a encrenca rapidamente. Deixou que a corcunda ficasse com o bilhete disputado e arrumou outro para a garota de cor. No resto da noite, não houve mais brigas. Mas Jake se movia alerta pela multidão. Ele estava perturbado e inquieto.

Além do próprio Jake, havia cinco outros empregados no espetáculo – dois homens para operar os balanços e pegar os bilhetes, além de três garotas para cuidar das barracas. Sem contar Patterson. O dono do show passava a maior parte do tempo jogando cartas sozinho em seu trailer. Seus olhos eram sem vida, com as pupilas encolhidas, e a pele de seu pescoço pendia em dobras amarelas, polpudas. Durante os últimos meses, Jake teve dois aumentos de salário. À meia-noite, cabia-lhe fazer um relatório para Patterson e entregar a receita da noite. Às vezes, Patterson só o notava depois de Jake já estar no trailer havia vários minutos; ele continuava fitando as cartas, afundado em estupor. O ar do trailer era pesado, com um cheiro ruim de comida e maconha. Patterson mantinha a mão sobre a barriga como se a protegesse de algo. Ele sempre verificava as contas com muito cuidado.

Jake e os dois operadores tiveram uma briga. Esses dois homens eram antigos trocadores de bobina num dos moinhos.

A princípio, ele tinha tentado falar com eles para ajudá-los a ver a verdade. Certa vez, convidou os dois para tomar um drinque num salão de sinuca. Mas eles eram tão burros que Jake não conseguiu ajudá-los. Pouco depois, ele escutou por acaso uma conversa entre eles, o que provocou a encrenca. Foi numa madrugada de domingo, quase duas horas da manhã, e ele estivera verificando as contas com Patterson. Quando saiu do trailer, o terreno parecia vazio. A lua estava brilhante. Ele pensava em Singer e no dia de folga pela frente. Então, quando passou pelos balanços, ouviu alguém falar seu nome. Os dois operadores tinham acabado seu trabalho e fumavam juntos. Jake escutou.

"Se tem uma coisa que eu odeio mais que um negro, é um vermelho."

"Ele me diverte. Não dou a menor bola pra ele. O modo como anda todo empertigado. Nunca vi um baixinho tão nanico. Quanto será que ele tem de altura, o que que cê acha?"

"Deve ter 1,5 metro, mais ou menos. Mas ele pensa que tem tanta coisa pra dizer. Devia estar na prisão. Ali que é o lugar dele. O vermelho bolchevique."

"Ele só me diverte. Não consigo olhar pra ele sem rir."

"Ele não tem nada que me tratar com esse ar superior."

Jake os observou seguirem o caminho em direção a Weavers Lane. Seu primeiro pensamento foi aparecer de supetão e confrontá-los, mas um certo retraimento o deteve. Por vários dias, alimentou sua fúria em silêncio. Então, certa noite depois do trabalho, seguiu os dois homens por vários quarteirões e, quando eles dobraram uma esquina, cortou seus passos e parou na frente deles.

"Escutei vocês", disse sem fôlego. "Acontece que eu escutei cada palavra que vocês disseram na noite de sábado passado. Claro que eu sou um vermelho. Pelo menos, acho que sou. Mas o que é que vocês são?" Eles estavam sob uma lâmpada da rua. Os dois homens deram um passo para trás. O bairro estava deserto. "Seus paspalhos, seus ratos esquálidos, mofinos, raquíticos! Eu podia estender as mãos e estrangular esses seus pescoços descarnados – um em cada mão. Nanico ou não, eu podia derrubar vocês dois nessa calçada, e os caras teriam que raspar o chão para desencavar vocês."

Os dois homens olharam um para o outro, intimidados, e tentaram seguir adiante. Mas Jake não os deixava passar. Ele mantinha o passo com eles, andando para trás, com um sorriso de escárnio no rosto.

"O que eu tenho a dizer é só o seguinte: no futuro, minha sugestão é que venham falar comigo, sempre que sentirem a necessidade de fazer comentários sobre minha altura, peso, sotaque, conduta ou ideologia. E também não fico mijando ideologia por aí – caso não saibam. Vamos discutir tudo isso juntos."

Mais tarde, Jake tratava os dois homens com um desdém zangado. Pelas costas, eles zombavam de Jake. Uma tarde, ele descobriu que o motor dos balanços tinha sido deliberadamente avariado e teve de trabalhar três horas extras para consertá-lo. Ele sempre sentia que alguém estava rindo dele. Cada vez que escutava as garotas conversando, ele se aprumava e ria sozinho, como se estivesse pensando numa coisa engraçada.

Os ventos sudoeste quentes do golfo do México estavam pesados com os aromas da primavera. Os dias se tornavam mais longos e o sol brilhava. O calor preguiçoso o deprimia. Ele começou a beber de novo. Assim que terminava o trabalho, ia para casa e se deitava na cama. Às vezes, ficava ali, totalmente vestido e inerte, por doze ou treze horas. A inquietação, que o fizera soluçar e roer as unhas havia apenas uns meses, parecia ter sumido. Entretanto, por baixo da inércia, Jake sentia a antiga tensão. De todos os lugares em que ele tinha vivido, esta era a cidade mais solitária de todas. Ou seria, sem Singer. Apenas ele e Singer compreendiam a verdade. Ele sabia e não conseguia convencer os que não sabiam ver. Era como tentar lutar contra a escuridão, o calor ou um cheiro ruim no ar. Olhou morosamente pela janela. Na esquina, uma árvore atrofiada e enegrecida pela fumaça tinha dado novas folhas de um verde bilioso. O céu era sempre de um azul profundo e intenso. Os mosquitos de uma corrente de água fétida que passava por essa parte da cidade zumbiam no quarto.

Ele pegou sarna. Misturava um pouco de enxofre com banha de porco e untava o corpo toda manhã. Ele se coçava até a pele ficar ferida, mas a coceira parecia nunca dar trégua. Certa noite, perdeu as estribeiras. Achava-se em casa sozinho havia várias horas. Tinha misturado gim e uísque e estava muito bêbado. Era quase de manhã. Ele se inclinou para fora da janela e olhou para a rua escura e silenciosa. Pensou em todas as pessoas ao seu redor. Dormindo. Os que não sabiam. De repente, berrou em voz bem alta: "Esta é a verdade! Vocês canalhas não sabem de nada. Vocês não sabem! Vocês não sabem!".

A rua acordou zangada. Acenderam-se muitas lâmpadas, e pragas sonolentas foram gritadas contra ele. Os homens que moravam na casa batiam furiosos em sua porta. As garotas de um bordel do outro lado da rua enfiaram a cabeça para fora das janelas.

"Vocês canalhas burros burros burros burros. Vocês burros burros burros burros…"

"Cala a boca! Cala a boca!"

Os sujeitos no hall de entrada empurravam a porta: "Brutamontes bêbado! Você vai ficar um pouquinho mais burro quando a gente entrar pra dar cabo de você".

"Quantos estão aí fora?", rugiu Jake. Ele bateu com uma garrafa vazia no peitoril da janela. "Vamos, todo mundo. Venha um, venham todos. Vou estraçalhar três de cada vez."

"É isso aí, amor", gritou uma prostituta.

A porta estava cedendo. Jake pulou da janela e correu por um beco lateral. "Ho-ho! Ho-ho!", gritava bêbado. Estava descalço e sem camisa. Uma hora mais tarde, entrou tropeçando no quarto de Singer. Espalhou-se no chão e riu até adormecer.

Numa manhã de abril, ele encontrou o corpo de um homem que tinha sido assassinado. Um jovem negro. Jake o encontrou numa vala a uns 30 metros do terreno do espetáculo. A garganta do negro tinha sido cortada de modo que a cabeça rolou para trás num ângulo maluco. O sol brilhava quente sobre os olhos abertos e vidrados, e moscas pairavam sobre o sangue seco que cobria o peito. O morto segurava uma bengala vermelha e amarela com uma borla, como aquelas que eram vendidas na barraca de hambúrguer do espetáculo. Jake fitou o corpo melancolicamente por algum tempo. Depois chamou a polícia. Não se encontrou nenhuma pista. Dois dias mais tarde, a família do morto reclamou o corpo no necrotério.

No Sunny Dixie, havia lutas e brigas frequentes. Às vezes, dois amigos vinham ao show de braços dados, rindo e bebendo – e, antes de saírem, já estavam se engalfinhando com uma fúria ofegante. Jake estava sempre alerta. Por baixo da alegria espalhafatosa do show, das luzes brilhantes e do riso indolente, ele sentia algo soturno e perigoso.

Nessas semanas atordoadas e desconjuntadas, Simms não largava do pé de Jake. O velho gostava de aparecer com uma caixa de sabão e uma Bíblia para se posicionar no meio da multidão e pregar. Ele falava da segunda vinda de Cristo. Dizia que o Dia do Juízo Final seria 2 de outubro de 1951. Apontava para certos bêbados e lhes gritava com sua voz rouca e gasta. O excitamento fazia sua boca se encher de água, a ponto de suas palavras terem um som molhado e borbulhante. Depois de ter se esgueirado no meio da multidão e firmado sua posição, nenhum argumento o fazia arredar pé. Ele deu de presente a Jake uma Bíblia Gideon e disse que ele devia rezar de joelhos por uma hora toda noite e jogar fora todo copo de cerveja ou cigarro que lhe fosse oferecido.

Eles brigavam sobre muros e cercas. Jake também tinha começado a carregar giz nos bolsos. Escrevia frases curtas. Tentava escrever as palavras de modo a fazer um passante parar e meditar sobre seu significado. Para que o homem viesse a se perguntar. Para que o homem viesse a pensar. Além disso, escrevia panfletos curtos que distribuía nas ruas.

Se não fosse por Singer, Jake sabia que teria abandonado a cidade. Apenas aos domingos, quando estava com o amigo, é que ele se sentia em paz. Às vezes, saíam para uma caminhada ou jogavam xadrez – mas era mais frequente passarem o dia sossegadamente no quarto de Singer. Se ele quisesse falar, Singer se mostrava sempre todo ouvidos. Se passasse o dia taciturno, o mudo compreendia seus sentimentos e não ficava surpreso. Parecia-lhe que somente Singer podia ajudá-lo agora.

Certo domingo, quando subiu a escada, ele viu que a porta de Singer estava aberta. O quarto vazio. Ficou sentado sozinho por mais de duas horas. Por fim, escutou os passos de Singer na escada.

"Estava me perguntando sobre você. Onde é que andava?"

Singer sorriu. Limpou o chapéu com um lenço e o pôs de lado. Depois pegou deliberadamente seu lápis prateado no bolso e se apoiou no consolo da lareira para escrever uma nota.

"O que você quer dizer?", Jake perguntou, quando leu o que o mudo tinha escrito. "Quem teve as pernas cortadas?"

Singer pegou a nota de volta e escreveu mais algumas frases.

"Hã!", disse Jake. "Isso não me surpreende."

Meditou sobre o pedaço de papel e depois o amassou na mão. A apatia do mês anterior desaparecera, ele se sentia tenso e inquieto. "Hã!", disse de novo.

Singer preparou um bule de café e pegou o tabuleiro de xadrez. Jake rasgou a nota em pedaços e rolou os fragmentos entre as palmas suadas.

"Mas alguma coisa pode ser feita a esse respeito", disse depois de algum tempo. "Sabe disso?"

Singer fez um aceno incerto com a cabeça.

"Quero ver o menino e escutar toda a história. Quando você pode me levar até lá?"

Singer deliberou. Depois escreveu num bloco de papel. "Hoje à noite."

Jake levou a mão à boca e começou a andar inquieto pelo quarto. "Podemos fazer alguma coisa."

13

Jake e Singer esperavam no alpendre. Quando apertaram a campainha, não se escutou nenhum som na casa escura. Jake bateu impaciente na porta e pressionou o nariz contra a tela. Ao seu lado, Singer se mantinha imóvel e sorridente, com duas manchas de cor na face, pois eles tinham tomado uma garrafa de gim juntos. A noite estava quieta e escura. Jake observou um raio de luz amarelo passando suavemente pelo saguão. E Portia lhes abriu a porta.

"Espero de coração que não tenham tido que aguardar por muito tempo. Tanta gente tem vindo que nós achamos melhor desligar a campainha. Cavalheiros, me passem os chapéus – o pai tá muito doente."

Jake caminhou pesadamente na ponta dos pés atrás de Singer pelo saguão vazio e estreito. No limiar da cozinha, ele parou de repente. O cômodo abafado estava cheio de gente. Um fogo ardia no pequeno fogão a lenha e as janelas estavam bem fechadas. A fumaça se misturava com um certo cheiro de negro. O brilho do fogão era a única luz no ambiente. As vozes escuras que ele tinha escutado no saguão silenciaram.

"Esses dois cavalheiros brancos vieram saber do pai", disse Portia. "Acho que ele pode ver os senhores, mas é melhor eu entrar primeiro e preparar o pai pra visita."

Jake passou o dedo no grosso lábio inferior. Na ponta do nariz, via-se impressa a trama da porta de tela da frente da casa. "Não se trata disso", disse ele. "Vim falar com seu irmão."

Os negros na cozinha estavam de pé. Singer fez um sinal

para que se sentassem de novo. Dois velhos grisalhos estavam sentados num banco ao lado do fogão. Um mulato de membros ágeis se refestelava contra a janela. Num catre de acampamento que havia sido colocado num canto estava um menino sem pernas com as calças dobradas e presas com alfinetes abaixo de suas coxas gordas.

"Boa noite", disse Jake desajeitado. "Seu nome é Copeland?"

O menino pôs as mãos sobre os tocos das pernas e se encostou encolhido contra a parede. "Meu nome é Willie."

"Amor, não fica preocupado", disse Portia. "Esse aqui é o sr. Singer de quem cê já ouviu o pai falar. E esse outro cavalheiro é o sr. Blount, e ele é muito amigo do sr. Singer. Apenas vieram bondosamente procurar saber das nossas aflições." Ela se virou para Jake e apontou para as três outras pessoas no cômodo. "Esse outro rapaz encostado na janela também é meu irmão. Chamado Buddy. E esses aqui perto do fogão são dois amigos queridos do meu pai. Chamados sr. Marshall Nicolls e sr. John Roberts. Acho uma boa ideia compreender quem são todos os que tão aqui na cozinha com vocês."

"Obrigado", disse Jake. Virou-se para Willie de novo. "Apenas quero que você me conte tudo pra eu conseguir entender com clareza."

"É assim", disse Willie. "Sinto como se meus pés ainda doessem. Tive essa desgraça terrível nos dedos dos pés. Mas a dor nos pés é bem embaixo, onde meus pés deviam estar, se ainda fizessem parte das minhas p-p-pernas. E não onde meus pés tão agora. É difícil compreender. Meus pés doem tanto o tempo todo, e não sei onde é que eles tão. Nunca devolveram meus pés. Eles tão em a-algum lugar a mais de 160 quilômetros daqui."

"Quero dizer, sobre como tudo isso aconteceu", disse Jake.

Inquieto, Willie levantou os olhos pra irmã. "Eu não me lembro… muito bem."

"Claro que lembra, amor. Cê já contou muitas e muitas vezes pra gente."

"Bom…" A voz do menino era tímida e soturna. "A gente tava todo mundo na estrada e esse Buster diz uma coisa pro guarda. O homem b-branco dá uma cacetada nele. Então esse outro menino, ele tenta fugir correndo. E eu vou atrás dele. Tudo aconteceu tão rápido que eu não lembro bem como foi. Então eles levaram a gente de volta pro acampamento e..."

"Sei do resto", disse Jake. "Mas me dá os nomes e os endereços dos outros dois meninos. E me fala os nomes dos guardas."

"Escuta aqui, homem branco. Parece que cê quer me meter numa encrenca."

"Encrenca!", disse Jake com rudeza. "Em nome de Cristo, em que você acha que está metido agora?"

"Vamos acalmar", disse Portia nervosa. "As coisas são assim agora, sr. Blount. Eles deixaram o Willie sair do acampamento antes de cumprir todo o tempo dele. Mas também deixou claro pra ele que não devia... acho que cê entende o que a gente quer dizer. É natural o Willie estar assustado. É normal a gente querer tomar cuidado... porque é o melhor que a gente pode fazer. Já temos encrenca demais."

"O que aconteceu com os guardas?"

"Esses homens b-brancos foram demitidos. Foi o que disseram."

"E onde estão seus amigos agora?"

"Que amigos?"

"Ora, os outros dois meninos."

"Eles n-não são meus amigos", disse Willie. "A gente teve uma grande desavença."

"Como assim?"

Portia puxava tanto os brincos que os lóbulos de suas orelhas se esticavam como borracha. "É isso o que o Willie quer dizer. Olha, durante aqueles três dias em que eles foram tão feridos, eles começaram a brigar. O Willie não quer ver nenhum deles nunca mais. Essa é uma coisa que o pai e o Willie já discutiram bastante. Esse Buster..."

"O Buster conseguiu uma perna de pau", disse o rapaz perto da janela. "Eu vi o Buster na rua hoje."

"Esse Buster não tem família e foi ideia do pai trazer ele pra morar com a gente. O pai queria reunir todos os meninos num grupo só. Como é que ele acha que a gente podia alimentar os três, eu certamente não sei."

"Essa não é uma boa ideia. E, além do mais, a gente nunca foi muito bons amigos." Willie passou as mãos escuras e fortes nos tocos das pernas. "Eu só queria saber onde é que tão meus p-pés."

É o que mais me preocupa. O doutor nunca devolveu meus pés. Eu certamente queria saber onde é que eles tão."

Jake olhou ao redor embasbacado, as névoas do gim embaralhando sua visão. Tudo parecia pouco claro e estranho. O calor na cozinha o deixava tonto, por isso as vozes ecoavam em seus ouvidos. A fumaça o sufocava. A luz pendente do teto estava acesa, mas, como tinham envolvido a lâmpada com papel-jornal para diminuir sua força, a maior parte da claridade vinha das frestas do fogão quente. Havia um brilho vermelho em todas as faces escuras ao seu redor. Ele se sentia inquieto e sozinho. Singer tinha deixado a cozinha para visitar o pai de Portia. Jake queria que ele voltasse para poder ir embora. Caminhou desajeitado pelo chão e sentou-se no banco entre Marshall Nicolls e John Roberts.

"Onde está o pai da Portia?", perguntou.

"O dr. Copeland está no quarto da frente, senhor", disse Roberts.

"Ele é médico?"

"Sim, senhor. Um doutor em medicina."

Houve um tumulto nos degraus fora da casa, e a porta dos fundos se abriu. Uma brisa nova e quente aliviou o ar pesado. Primeiro, um rapaz alto com um terno de linho e sapatos dourados entrou na sala com um saco nos braços. Atrás dele, vinha um menino jovem de uns 17 anos.

"Oi, Highboy. Oi, Lancy", disse Willie. "O que é que cês trouxeram pra mim?"

Highboy se inclinou caprichosamente para Jake e pôs em cima da mesa dois potes de vidro com vinho. Lancy colocou ao lado deles um prato coberto com um guardanapo branco limpo.

"Esse vinho é um presente da Sociedade", disse Highboy. "E a mãe do Lancy mandou uns folhados de pêssego."

"Como está o doutor, srta. Portia?", perguntou Lancy.

"Amor, ele tá muito doente esses dias. O que me preocupa é que ele é tão forte. É mau sinal quando uma pessoa doente fica tão forte de repente." Portia se virou para Jake. "Não acha que é um mau sinal, sr. Blount?"

Jake a fitou confuso. "Não sei."

Lancy olhou de relance com rudeza para Jake e puxou os punhos da camisa já pequena para seu tamanho. "Dá ao doutor os cumprimentos da minha família."

"A gente certamente agradece", disse Portia. "O pai tava falando de você outro dia. Ele tem um livro que quer te dar. Espera só um minuto, enquanto eu pego o livro e lavo esse prato pra devolver pra sua mãe. Foi certamente muita bondade dela mandar os doces."

Marshall Nicolls se inclinou para Jake e parecia prestes a falar com ele. O velho estava com umas calças risca de giz e um fraque com uma flor na lapela. Ele pigarreou e disse: "Perdão, senhor — mas foi impossível não escutarmos parte da sua conversa com o William a respeito das dificuldades que ele está enfrentando. *Inevitavelmente* temos considerado qual é o melhor caminho a tomar."

"Você é um dos parentes ou o pregador da igreja dele?"

"Não, sou farmacêutico. E o John Roberts à sua esquerda trabalha no departamento postal do governo."

"Um carteiro", repetiu John Roberts.

"Com sua permissão..." Marshall Nicolls tirou um lenço de seda amarelo do bolso e assoou cuidadosamente o nariz. "Como é natural, temos discutido essa questão *extensamente*. E sem dúvida, como membros da nossa raça de cor neste país livre da América, estamos ansiosos pra fazer nossa parte na expansão de relações *amigáveis*."

"Nós queremos sempre fazer a coisa certa", disse John Roberts.

"E nos convém lutar com cuidado sem pôr em perigo essa relação amigável já estabelecida. Então por meios paulatinos surgirá uma *condição* melhor."

Jake virava de um para o outro. "Acho que não estou acompanhando vocês." O calor o sufocava. Ele queria ir embora. Uma película parecia ter coberto seus olhos, de modo que todos os rostos ao seu redor eram indistintos.

No outro lado da cozinha, Willie tocava sua gaita. Buddy e Highboy escutavam. A música era sombria e triste. Quando a canção terminou, Willie poliu a gaita na frente de sua camisa. "Tô com tanta fome e sede que a saliva na minha boca ensopou a melodia. Eu com certeza vou querer provar um pouco dessa bebida aí. Ter algo bom pra beber é a única coisa que me f-faz esquecer essa desgraça. Se eu pelo menos soubesse onde tão meus p-pés e pudesse beber um copo de gim toda noite, não me queixava tanto."

"Não se atormenta, amor. Vamos te dar alguma coisa", disse Portia. "Sr. Blount, gostaria de um folhado de pêssego e um copo de vinho?"

"Obrigado", disse Jake. "Seria bom."

Rapidamente, Portia estendeu um pano sobre a mesa e dispôs um prato e um garfo. Serviu um copo cheio de vinho. "Cê fica à vontade aqui. E, se não se importa, vou servir os outros."

Os potes passavam de boca em boca. Antes que Highboy entregasse um deles para Willie, ele pegou emprestado um batom de Portia e traçou uma linha vermelha para marcar o limite do drinque. Houve murmúrios e risos. Jake acabou seu folhado e voltou com o copo para seu lugar entre os dois velhos. O vinho caseiro era bom e forte como conhaque. Willie começou uma melodia grave e dolorida na gaita. Portia estalava os dedos e arrastava os pés pela cozinha.

Jake se virou para Marshall Nicolls. "Você diz que o pai de Portia é um doutor?"

"Sim, senhor. Sim, realmente. Um doutor experiente."

"Qual é o problema com ele?"

Os dois negros trocaram um olhar cauteloso.

"Ele sofreu um acidente", disse John Roberts.

"Que tipo de acidente?"

"Um acidente feio. Deplorável."

Marshall Nicolls dobrava e desdobrava seu lenço de seda. "Como observávamos há pouco, é importante não *prejudicar* essas relações amigáveis, mas promovê-las de todas as maneiras honestamente possíveis. Nós, membros da raça de cor, devemos lutar por todos os meios para exaltar nossos cidadãos. O doutor acolá tem lutado de todas as maneiras. Mas às vezes tenho a impressão de que ele não tem reconhecido plenamente certos *elementos* das diferentes raças e a situação."

Impaciente, Jake tragou os últimos goles de seu vinho. "Pelo amor de Deus, homem, fala claro, porque eu não consigo entender nenhuma palavra do que você tá dizendo."

Marshall Nicolls e John Roberts trocaram um olhar ofendido. No outro lado do cômodo, Willie ainda tocava música. Seus lábios rastejavam pelos buracos quadrados da gaita como lagartas gordas e franzidas. Seus ombros eram largos e fortes. Os tocos das coxas acompanhavam o tempo da música. Highboy dançava, enquanto Buddy e Portia marcavam o ritmo batendo palmas.

Jake se levantou e, uma vez de pé, compreendeu que estava bêbado. Cambaleou e depois olhou vingativamente ao redor, mas ninguém parecia ter notado. "Onde está o Singer?", perguntou para Portia de maneira rude.

A música parou. "Ora, sr. Blount. Pensei que sabia que ele foi embora. Enquanto você tava sentado à mesa com seu folhado de pêssego, ele veio até a porta e estendeu o braço com o relógio pra mostrar que já era hora de ir pra casa. Você olhou direto pra ele e sacudiu a cabeça. Pensei que sabia."

"Eu talvez estivesse pensando em outra coisa." Virou-se para Willie e disse zangado: "Não consegui nem sequer dizer a você pra que vim até aqui. Não vim pedir pra você *fazer* alguma coisa. Só o que queria… só o que queria é o seguinte. Você e os outros meninos deviam prestar depoimento do que aconteceu e eu explicaria o porquê. O *porquê* é o que realmente importa – não *o quê*. Eu teria levado vocês por toda parte numa carroça, e vocês teriam contado sua história e depois eu teria explicado o *porquê*. E talvez isso pudesse ter algum significado. Talvez…".

Ele sentiu que estavam rindo dele. A confusão o fez esquecer o que pretendia dizer. A cozinha estava cheia de rostos escuros e estranhos, e o ar era espesso demais para respirar. Viu uma porta e cambaleou através dela. Estava num closet escuro cheirando a remédio. Depois sua mão girou outro trinco.

Viu-se no limiar de um pequeno quarto branco mobiliado apenas com uma cama de ferro, um armário e duas cadeiras. Na cama estava deitado o terrível negro que tinha encontrado nas escadas da casa de Singer. Seu rosto se recortava muito escuro contra os travesseiros brancos e duros. Os olhos pretos estavam inflamados de ódio, mas os lábios pesados e azulados se mantinham serenos. Seu rosto era tão imóvel quanto uma máscara preta, se não fossem as lentas e largas palpitações de suas narinas a cada respiração.

"Saia daqui", disse o negro.

"Espera...", disse Jake sem poder fazer nada. "Por que você diz isso?"

"Esta é minha casa."

Jake não conseguia desviar os olhos do rosto terrível do negro. "Mas por quê?"

"Você é um homem branco e um estranho."

Jake não saiu. Caminhou com uma cautela embaraçosa até uma das cadeiras brancas de espaldar reto e sentou-se. O negro moveu as mãos sobre a colcha. Seus olhos pretos brilhavam de febre. Jake o observava. Esperaram. No quarto, havia uma sensação tensa de conspiração ou de calma mortal antes de uma explosão.

Já passava muito da meia-noite. O ar quente e úmido da manhã de primavera fazia redemoinhar as camadas azuis de fumaça no quarto. Pelo chão se distribuíam bolas de papel amassado e uma garrafa meio vazia de gim. Cinzas espalhadas acinzentavam a colcha. Dr. Copeland, tenso, pressionava a cabeça contra o travesseiro. Ele tinha tirado o roupão, e as mangas de seu pijama de algodão branco estavam arregaçadas até o cotovelo. Jake se inclinou para a frente na cadeira. Sua gravata estava afrouxada e o colarinho da camisa tinha murchado com o suor. Ao longo das horas, travara-se entre eles um longo e exaustivo diálogo. E agora surgira uma pausa.

"Assim, é hora de....", começou Jake.

Contudo, o dr. Copeland o interrompeu. "Agora é talvez necessário que nós...", ele murmurou roucamente. Eles se detiveram. Cada um olhou nos olhos do outro e esperou. "Perdão...", disse o dr. Copeland.

"Desculpe", disse Jake. "Continue."

"Não, continue você."

"Bem...", disse Jake. "Não vou dizer o que comecei a falar. Em vez disso, vamos ter uma palavra final sobre o Sul. O Sul estrangulado. O Sul desperdiçado. O Sul escravizado."

"E o povo negro."

Para se estabilizar, Jake sorveu um trago longo e abrasador

da garrafa no chão ao seu lado. Depois caminhou deliberadamente para o armário e pegou um pequeno e barato globo terrestre que servia de peso de papel. Lentamente girou a esfera nas mãos. "O que eu posso dizer é tão somente isto: o mundo é cheio de mesquinharia e maldade. Ah! Três quartos deste globo estão num estado de guerra ou opressão. Os mentirosos e inimigos estão unidos, e os homens que *sabem* estão isolados e sem defesa. Mas! Mas se você me pedisse pra apontar a área mais incivilizada na face deste globo, eu apontaria aqui..."

"Cuidado", disse o dr. Copeland. "Você está apontando para o oceano."

Jake girou de novo o globo e pressionou seu polegar rombudo e sujo num ponto cuidadosamente selecionado. "Aqui. Esses treze estados. Sei do que estou falando. Leio livros e ando por aí. Estive em cada um desses treze estados do diabo. Trabalhei em todos eles. E a razão de eu pensar como penso é a seguinte: vivemos no país mais rico do mundo. Há abundância de sobra para que nenhum homem, mulher ou criança passe necessidade. E, além disso, esse nosso país foi fundado sobre o que deveria ter sido um grande e verdadeiro princípio – a liberdade, a igualdade e os direitos de cada indivíduo. Ah! E o que resultou desse início? Há corporações que valem bilhões de dólares – e centenas de milhares de pessoas que não têm o que comer. E aqui nesses treze estados a exploração dos seres humanos é de tal monta – que é algo que você tem que ver com os próprios olhos. Na minha vida, vi coisas que deixariam qualquer um doido. Pelo menos um terço de todos os sulistas vive e morre em condições que não são melhores que a do camponês mais reles de qualquer Estado fascista da Europa. O salário médio de um trabalhador numa fazenda arrendada é apenas 73 dólares por ano. E, presta atenção, essa é a média! Os salários dos meeiros vão de 35 a 90 dólares por pessoa. E 35 dólares por ano significa apenas uns 10 centavos pelo trabalho de um dia inteiro. Por toda parte há pelagra, tênia e anemia. E fome, pura e simplesmente. Mas!", Jake esfregou os lábios com os nós dos dedos de seu punho sujo. O suor era visível em sua testa. "Mas!", repetiu. "Esses são apenas os males que podemos ver e tocar. As outras coisas são piores. Estou falando da maneira como a verdade tem sido escondida do povo. As coisas que são ditas ao povo pra que não possam ver a verdade. As mentiras venenosas. Assim eles ficam sem poder saber."

"E o negro", disse o dr. Copeland. "Pra compreender o que está nos acontecendo, você tem que..."

Jake o interrompeu com violência. "Quem é o dono do Sul? Algumas corporações do Norte possuem três quartos de todo o Sul. Dizem que a velha vaca pasta por toda parte – no sul, no oeste, no norte e no leste. Mas ela é ordenhada em apenas um lugar. Suas velhas tetas balançam sobre um único local quando ela está cheia de leite. Ela pasta por toda parte, mas é ordenhada em Nova York. Pegue nossos moinhos de algodão, nossas fábricas de celulose, nossas fábricas de arreios, nossas fábricas de colchões. O Norte é o dono de todas. E o que acontece?" O bigode de Jake tremia zangado. "Por exemplo, uma pequena vila de acordo com o grande sistema paternalista da indústria americana. Proprietários ausentes. Na vila, existe um imenso moinho, feito de tijolos, e talvez quatrocentos ou quinhentos barracos. As casas não servem pra moradia de seres humanos. Mais ainda, as casas foram construídas pra ser apenas favelas. Esses barracos têm só dois ou três cômodos e uma latrina – construídos com muito menos planejamento que os estábulos pro gado doméstico. Construídos com muito menos atenção às necessidades que os chiqueiros dos porcos. Pois nesse sistema os porcos são valiosos, os homens não. Não dá pra fazer costelas de porco e linguiça com as pequenas crianças magricelas dos moinhos. Só se consegue vender metade das pessoas hoje em dia. Mas um porco..."

"Espera!", disse o dr. Copeland. "Você está saindo pela tangente. E, além disso, não está dando atenção à questão bem separada do negro. Não consigo nem abrir a boca. Já examinamos tudo isso antes, mas é impossível ver a situação por inteiro sem nos incluir, a nós, negros."

"Voltando à nossa vila do moinho", disse Jake. "Um jovem operário num moinho de algodão começa a trabalhar com um belo salário de 8 ou 10 dólares por semana, quando e se encontra trabalho. Casa-se. Depois do primeiro filho, a mulher também deve trabalhar no moinho. Seus salários combinados chegam, vamos dizer, a 18 dólares por semana, quando ambos estão empregados. Ah! Eles pagam um quarto dessa quantia pelo barraco que o moinho providencia para eles. Compram alimentos e roupas numa loja dominada pela companhia ou de sua propriedade. A loja cobra a mais em cada item. Com três ou quatro filhos, eles são oprimidos como se estivessem acorrentados. É exatamente esse o princípio da servidão. Mas aqui na América declaramos que somos livres. E o engraçado é que isso tem sido martelado na cabeça dos meeiros, dos trabalhadores dos moinhos e de todo o resto com tal força que eles realmente acreditam. Mas foi preciso um inferno de mentiras pra impedir que viessem a saber."

"Há apenas uma saída...", disse o dr. Copeland.

"Duas saídas. E apenas duas saídas. No passado, tivemos um tempo em que o país estava se expandindo. Todo homem achava que tinha uma chance. Ah! Mas esse período passou – e passou pra não voltar nunca mais. Menos de cem corporações engoliram tudo, exceto umas poucas sobras. Essas indústrias já sugaram o sangue e enfraqueceram os ossos do povo. Os antigos dias de expansão chegaram ao fim. Todo o sistema da democracia capitalista é... podre e corrupto. Restam apenas duas estradas à frente. Número um: o fascismo. Número dois: uma reforma de tipo mais revolucionário e permanente."

"E o negro. Não esqueça o negro. No que nos diz respeito, a mim e ao meu povo, o Sul é fascista agora e sempre foi."

"Sim."

"Os nazistas roubam dos judeus sua vida legal, econômica e cultural. Aqui o negro sempre foi privado de tudo isso. E, se o roubo dramático e indiscriminado de dinheiro e mercadorias não tem ocorrido aqui como na Alemanha, é simplesmente porque ao negro nunca foi permitido acumular riqueza em primeiro lugar."

"Assim é o sistema", disse Jake.

"O judeu e o negro", disse o dr. Copeland com amargura. "A história do meu povo vai ser equivalente à história interminável do judeu – só mais sangrenta e mais violenta. Como uma certa espécie de gaivota. Se alguém captura um dos pássaros e amarra um pedaço de barbante vermelho ao redor da pata, o resto do bando vai bicá-lo até a morte."

Dr. Copeland tirou os óculos e reamarrou um pedaço de arame na dobradiça de uma haste quebrada. Depois poliu as lentes no pijama. Sua mão se sacudia, agitada. "O sr. Singer é judeu."

"Não, você está enganado."

"Mas estou certo de que ele é. O nome, Singer. Reconheci sua raça na primeira vez que o vi. Pelos seus olhos. Além disso, ele me confirmou."

"Ora, não poderia ter feito isso", insistiu Jake. "Ele é puro anglo-saxão, se é que já vi algum. Irlandês e anglo-saxão."

"Mas..."

"Tenho certeza. Absoluta."

"Muito bem", disse o dr. Copeland. "Não vamos brigar."

Lá fora, o ar escuro tinha refrescado tanto que fazia frio no quarto. Estava quase amanhecendo. O céu da primeira manhã era azul-escuro e sedoso, e a lua tinha mudado de prata para branco. Tudo estava parado. O único som vinha da canção clara e solitária de um pássaro da primavera na escuridão lá fora. Embora uma tênue brisa soprasse na frente da janela, o ar no quarto estava azedo e abafado. Havia uma sensação de tensão e exaustão. Dr. Copeland se inclinou para a frente, desencostando-se do travesseiro. Seus olhos estavam injetados e as mãos agarravam a colcha. A gola do pijama tinha escorregado pelo ombro ossudo. Os calcanhares de Jake estavam equilibrados nos degraus da cadeira e suas mãos gigantescas dobradas entre os joelhos mantinham uma atitude infantil de espera. Havia círculos pretos fundos embaixo de seus olhos, o cabelo estava desgrenhado. Olhavam um para o outro e esperavam. À medida que o silêncio se prolongava, a tensão entre eles se tornava mais intensa.

Por fim, dr. Copeland pigarreou e disse: "Estou certo de que você não veio aqui pra nada. Sei com certeza que não discutimos esses assuntos durante toda a noite a troco de nada. Falamos de tudo exceto do assunto mais vital de todos – a saída. O que deve ser feito".

Eles ainda se observavam e esperavam. No rosto de cada um havia expectativa. Dr. Copeland sentou-se reto contra os travesseiros. Jake apoiou o queixo na mão e se inclinou para a frente.

A pausa continuava. E então, hesitantemente, começaram a falar ao mesmo tempo.

"Desculpe", disse Jake. "Vá em frente."

"Não, você. Você começou primeiro."

"Siga adiante."

"Bah!", disse o dr. Copeland. "Continue."

Jake o fitou com olhos místicos e enevoados. "É assim. A maneira como vejo a questão. A única solução é que as pessoas venham a *saber*. Uma vez sabendo a verdade, elas não podem mais ser oprimidas. Uma vez que metade das pessoas saiba, a luta inteira já está ganha."

"Sim, uma vez que compreendam o funcionamento dessa sociedade. Mas como você pretende falar pra elas?"

"Escute", disse Jake. "Pense numa corrente por carta. Se uma pessoa manda uma carta a dez pessoas e depois cada uma das dez pessoas manda cartas pra mais dez... entende?" Ele vacilou. "Não que eu escreva cartas, mas a ideia é a mesma. Eu apenas ando por aí falando. E se numa cidade eu consigo mostrar a verdade ao menos pra dez dos que não sabem, então sinto que algum bem foi feito. Entende?"

Dr. Copeland olhou para Jake surpreso. Depois bufou. "Não seja infantil! Você não pode apenas andar por aí falando pelos cotovelos. Corrente por carta, realmente! Os que sabem e os que não sabem!"

Os lábios de Jake tremeram e ele cerrou o cenho com uma raiva intempestiva. "Tudo bem. O que você tem a propor?"

"Direi primeiro que eu costumava pensar um pouco como você sobre essa questão. Mas tenho aprendido o quanto essa atitude é errada. Por meio século, achei que era sábio ser paciente."

"Eu não disse ser paciente."

"Em face da brutalidade, eu fui prudente. Diante da injustiça, mantive minha calma. Sacrifiquei as coisas à mão pelo bem do todo hipotético. Eu acreditava na língua em vez de acreditar no punho. Como uma armadura contra a opressão, eu ensinava paciência e fé na alma humana. Sei agora o quanto estava errado. Tenho sido um traidor de mim mesmo e do meu povo. Tudo isso não presta. Agora é tempo de agir, e agir rapidamente. Combater a astúcia com a astúcia e o poder com o poder."

"Mas como?", perguntou Jake. "Como?"

"Ora, saindo e fazendo coisas. Convocando e reunindo multidões e conseguindo que façam passeatas e manifestações."

"Ah! Essa última frase revela você — 'conseguindo que façam manifestações'. De que adiantará conseguir que se manifestem contra uma coisa, se eles não *sabem*? Você está tentando rechear o porco pelo cu."

"Essas expressões vulgares me incomodam", disse o dr. Copeland pudicamente.

"Pelo amor de Deus! Não estou nem aí se elas te incomodam ou não."

Dr. Copeland levantou a mão. "Nada de pensar de cabeça quente", disse ele. "Vamos tentar nos entender."

"De acordo. Não quero brigar com você."

Fizeram silêncio. Dr. Copeland movia os olhos de um canto do teto para outro. Umedeceu várias vezes os lábios para falar, e cada vez a palavra permanecia meio formada e silenciosa em sua boca. Então disse, por fim: "Meu conselho pra você é o seguinte. Não tente resistir sozinho".

"Mas..."

"*Mas*, nada", disse o dr. Copeland didaticamente. "A coisa mais fatal que um homem pode fazer é resistir sozinho."

"Entendo o que está querendo dizer."

Dr. Copeland puxou a gola do pijama sobre o ombro ossudo e segurou-a bem apertado contra sua garganta. "Você acredita na luta do meu povo pelos seus direitos humanos?"

A agitação do doutor e sua pergunta suave e rouca fizeram as lágrimas de repente transbordarem dos olhos de Jake. Um ímpeto inflado e vivo de amor o levou a agarrar a mão preta e ossuda sobre a colcha e segurá-la com força. "Claro", disse ele.

"No caráter extremo da nossa necessidade?"

"Sim."

"Na falta de justiça? Na amarga desigualdade?"

Dr. Copeland tossiu e cuspiu num dos quadrados de papel que mantinha embaixo do travesseiro. "Eu tenho um programa. É um plano muito simples, concentrado. Pretendo focar apenas num objetivo. Em agosto deste ano, planejo conduzir mais de mil negros deste condado numa marcha. Uma marcha para

Washington. Todos nós juntos num único corpo sólido. Se olhar ali no armário, você vai ver uma pilha de cartas que escrevi esta semana e vou entregar em mãos." O dr. Copeland deslizou as mãos nervosas para cima e para baixo nos lados da cama estreita. "Você se lembra do que eu lhe disse há pouco? Vai recordar que meu único conselho era: não tente resistir sozinho."

"Entendo", disse Jake.

"Mas, entrando na luta, ela deve ser tudo na sua vida. Acima de qualquer coisa. Seu trabalho agora e sempre. Você deve dar tudo de si sem limites, sem esperança de um retorno pessoal, sem descanso ou esperança de descanso."

"Pelos direitos do negro no Sul."

"No Sul e aqui neste próprio condado. E deve ser tudo ou nada. Sim ou não."

Dr. Copeland se recostou no travesseiro. Apenas seus olhos pareciam vivos. Queimavam em seu rosto como carvões em brasa. A febre dava às suas maçãs do rosto um tom roxo sinistro. Jake fez cara feia e pressionou os nós dos dedos contra a boca macia, larga e trêmula. A cor invadiu seu rosto. Lá fora surgia a primeira luz pálida da manhã. A lâmpada elétrica suspensa no teto queimava com uma feia intensidade no amanhecer.

Jake se levantou e ficou imóvel ao pé da cama. Disse categórico: "Não. Este não é absolutamente o ângulo certo. Tenho certeza de que não. Em primeiro lugar, você nunca conseguiria sair da cidade. Eles interromperiam a marcha dizendo que é uma ameaça à saúde pública – ou alguma outra razão inventada. Prenderiam vocês, e todo o esforço daria em nada. Mas, mesmo se, por um milagre, conseguissem chegar a Washington, isso não faria bem nenhum. Ora, a ideia inteira é maluca."

O chacoalhar agudo do catarro soou na garganta do dr. Copeland. Sua voz era áspera. "Se você é tão rápido em escarnecer e condenar, o que tem a oferecer como alternativa?"

"Não escarneci", disse Jake. "Apenas observei que seu plano é maluco. Vim aqui esta noite com uma ideia muito melhor que esta. Queria que seu filho, Willie, e os outros dois meninos concordassem em circular comigo pela cidade numa carroça. Eles contariam o que lhes aconteceu e mais tarde eu contaria o porquê. Em outras palavras, eu daria uma palestra sobre a dialética do capitalismo — e revelaria todas as suas mentiras. Explicaria pra todo mundo *por que* as pernas desses meninos foram amputadas. E faria que todo mundo, vendo os meninos, ficasse *sabendo*."

"Arre! Duas vezes arre!", disse o dr. Copeland furioso. "Não acredito que você tenha bom senso. Se eu fosse um homem que achasse que vale a pena rir, eu certamente daria gargalhadas dessa sua ideia. Nunca tive a oportunidade de escutar tamanha asneira em primeira mão."

Eles olharam um para o outro com amarga decepção e raiva. Escutou-se o barulho de uma carroça na rua lá fora. Jake engoliu e mordeu os lábios. "Hã!", disse finalmente. "Você é o único que está louco. Você compreendeu tudo exatamente ao contrário. A única maneira de resolver o problema do negro no capitalismo é castrar cada um dos 15 milhões de homens pretos nestes estados."

"Então esse é o tipo de ideia que você nutre embaixo do seu discurso furioso sobre justiça."

"Não disse que deveria ser feito. Só disse que você não consegue ver a floresta toda porque olha apenas pras árvores." Jake falava com um cuidado lento e dolorido. "O trabalho tem que começar de baixo. Esmagar as velhas tradições e criar as novas. Forjar um novo padrão pro mundo. Transformar o homem numa criatura social pela primeira vez, vivendo numa sociedade ordenada e controlada, onde ele não é forçado a ser injusto pra sobreviver. Uma tradição social em que..."

Dr. Copeland bateu palmas ironicamente. "Muito bom", disse ele. "Mas o algodão tem que ser colhido antes de o pano ser feito. Você e suas teorias malucas de não fazer nada podem..."

"Shhh! Quem se importa se você e seus mil negros chegarem se arrastando até essa fossa fedorenta chamada Washington? Que diferença faz? Que importância têm algumas pessoas — umas mil pessoas, pretas, brancas, boas ou más? Quando toda a nossa sociedade é construída sobre um alicerce de mentiras maldosas."

"Tudo!", arfou o dr. Copeland. "Tudo! Tudo!"

"Nada!"

"A alma do pior e mais malvado dentre nós sobre esta terra vale mais aos olhos da justiça do que..."

"Ah, pro inferno com tudo isso!", disse Jake. "Caralho!"
"Blasfemo!", gritou o dr. Copeland. "Blasfemo imundo!"
Jake sacudiu as barras de ferro da cama. A veia em sua testa inchou quase a ponto de estourar e seu rosto estava escuro de raiva. "Fanático míope!"

"Branco..." A voz do dr. Copeland falhou. Ele lutou, mas não saía nenhum som. Por fim, foi capaz de produzir apenas um sussurro sufocado: "Demônio".

O sol brilhante da manhã alcançava a janela. A cabeça do dr. Copeland caiu para trás no travesseiro. Seu pescoço ficou torcido num ângulo quebrado, com um pouco de espuma sangrenta nos lábios. Jake olhou para ele mais uma vez antes de sair intempestivamente do quarto, soluçando com violência.

14

Agora ela não podia ficar no quarto interior. Tinha de estar em torno de alguém o tempo todo. Fazendo alguma coisa a cada minuto. E, se ficava sozinha, contava ou calculava com números. Contava todas as rosas no papel de parede da sala de estar. Calculava a área cúbica de toda a casa. Contava toda lâmina de grama no quintal e toda folha num certo arbusto. Porque, se não ocupasse a mente com números, esse terrível medo a invadia. Ela caminhava da escola para casa nessas tardes de maio, e de repente tinha de pensar em algo rápido. Uma coisa boa – muito boa. Pensava talvez numa frase musical de um jazz acelerado. Ou que haveria uma tigela de gelatina na geladeira quando voltasse para casa. Ou planejava fumar um cigarro atrás do depósito de carvão. Tentava talvez pensar que muito além no futuro viajaria para o Norte e veria a neve, ou até para algum lugar numa terra estrangeira. Mas esses pensamentos sobre coisas boas não duravam. A gelatina desaparecia em cinco minutos e o cigarro era fumado. O que havia depois disso? Os números se misturavam em seu cérebro. E a neve e a terra estrangeira estavam muito, muito distantes no tempo. Então o que havia?

Apenas o sr. Singer. Ela queria acompanhá-lo por toda parte. De manhã, via quando ele descia os degraus da frente para o trabalho, e então o seguia a meio quarteirão de distância. Toda tarde, assim que terminava a escola, ela perambulava na esquina perto da loja onde ele trabalhava. Às quatro horas, ele saía para tomar uma Coca-Cola. Ela o observava atravessar a rua, entrar na drogaria e finalmente voltar a sair. Seguia-o no caminho do trabalho para casa e às vezes quando ele dava uns passeios. Sempre o seguia a uma grande distância. E ele não sabia.

Ela subia para visitá-lo no seu quarto. Primeiro lavava o rosto e as mãos e punha um pouco de vanilina na frente de seu vestido. Só o visitava duas vezes por semana agora, pois não queria que ele se cansasse dela. Quase sempre ele estava debruçado sobre seu belo jogo de xadrez esquisito, quando ela abria a porta. E então ela existia com ele.

"Sr. Singer, já morou num lugar onde nevava no inverno?"

Ele inclinou a cadeira contra a parede e acenou afirmativamente com a cabeça.

"Num país diferente deste... num lugar estrangeiro?"

Ele voltou a afirmar com um aceno de cabeça e escreveu no bloco de papel com seu lápis prateado. Certa vez, tinha viajado para Ontário, Canadá — na outra margem do rio em Detroit. O Canadá ficava tão ao norte que a neve branca era levada à deriva até os telhados das casas. Era onde viviam as quíntuplas da família Dionne e se localizava o rio St. Lawrence. As pessoas andavam para cima e para baixo falando francês entre si. E bem mais ao norte havia florestas cerradas e iglus de gelo brancos. A região ártica, com as belas auroras boreais.

"Quando o senhor estava no Canadá, o senhor saía, pegava um pouco de neve fresca e comia a neve com creme e açúcar? Uma vez, li sobre um lugar onde era muito bom comer desse jeito!"

Ele virou a cabeça para um lado porque não compreendeu. Ela não foi capaz de perguntar de novo, porque de repente a pergunta soava tola. Apenas olhava para ele e esperava. Via-se uma grande sombra preta de sua cabeça na parede atrás dele. O ventilador elétrico refrescava o ar pesado e quente. Tudo estava quieto. Era como se eles esperassem para contar um ao outro coisas que nunca tinham sido contadas antes. O que Mick tinha a dizer era terrível e dava medo. Mas o que ele lhe contaria era tão verdadeiro que tornaria tudo perfeito. Talvez fosse algo que não podia ser dito nem escrito com palavras. Talvez ele tivesse de usar um modo diferente para lhe dar a entender seu pensamento. Era o que ela sentia quando estava com ele.

"Eu estava apenas perguntando sobre o Canadá — mas não tinha importância, sr. Singer."

No andar de baixo, nos quartos da família, não faltavam problemas. Etta ainda estava tão doente que não podia dormir amontoada com mais duas pessoas na mesma cama. As cortinas estavam sempre abaixadas e o quarto escuro cheirava mal, com um odor de doença. Etta não trabalhava mais, e isso significava menos 8 dólares por semana, sem falar na conta do médico. Então um dia, quando caminhava pela cozinha, Ralph se queimou no fogão quente. Os curativos lhe provocavam coceira nas mãos, e alguém tinha de vigiá-lo o tempo todo, senão ele arrebentava as bolhas. No aniversário de George, eles tinham comprado de presente uma pequena bicicleta vermelha com uma campainha e um cesto no guidão. Todo mundo tinha entrado com algumas moedas para lhe dar a bicicleta. Mas, quando Etta perdeu o emprego, não conseguiram pagar mais, e, depois de duas prestações vencidas, a loja mandou um homem para levar a bicicleta embora. George apenas observou o homem rolar a bicicleta para fora do alpendre, e, quando ele passou, o menino deu um chute no paralama de trás e depois entrou no depósito de carvão e fechou a porta.

Era dinheiro, dinheiro, dinheiro o tempo todo. Eles deviam para a mercearia e deviam a última prestação de alguns dos móveis. E agora, como tinham perdido a casa, deviam também o dinheiro do aluguel. Os seis quartos na casa estavam sempre ocupados, mas ninguém jamais pagava o aluguel em dia.

Por algum tempo, seu pai saía todo dia à procura de outro emprego. Já não podia fazer trabalho de carpintaria porque se sentia trêmulo e nervoso a mais de 3 metros de altura. Ele se candidatou a muitos empregos, mas ninguém quis contratá-lo. Então por fim teve a seguinte ideia.

"É a propaganda, Mick", disse ele. "Cheguei à conclusão de que este é o grande impasse com meu negócio de conserto de relógios no momento. Tenho que vender meu trabalho. Tenho que sair e informar às pessoas que sei consertar relógios, e consertar eles bem e barato. Você grave minhas palavras. Vou construir esse negócio pra poder garantir uma boa vida pra esta família pelo resto da minha vida. Só usando a propaganda."

Ele trouxe para casa uma dúzia de folhas de lata e um pouco de tinta vermelha. Durante a semana seguinte, estava sempre muito ocupado. Achava que sua ideia era incrível. Os cartazes estavam espalhados por todo o chão do quarto da frente. Ele ficava de quatro e cuidava com muito carinho da impressão de cada letra. Enquanto trabalhava, assobiava e balançava a cabeça. Não se sentia tão animado e alegre fazia meses. De vez em quando, tinha de vestir seu terno bom e dar uma volta até a esquina para tomar um copo de cerveja e se acalmar. Nos cartazes, ele primeiro escreveu:

WILBUR KELLY
CONSERTO DE RELÓGIOS
MUITO BARATO E BEM-FEITO

"Mick, quero que os cartazes chamem atenção de todo mundo. Que se destaquem em qualquer lugar onde forem pregados."

Ela o ajudava, e ele lhe deu três moedas de 5 centavos. Os cartazes ficaram razoáveis no início. Depois, ele os elaborava tanto que ficavam arruinados. Queria acrescentar mais e mais coisas — nos cantos, no topo e na base. Antes que terminasse, os cartazes estavam todos cobertos de remendos com "MUITO BARATO", "VENHA LOGO" e "ME DÊ QUALQUER RELÓGIO QUE EU FAÇO FUNCIONAR".

"Você tentou escrever tanto nos cartazes que ninguém vai ler nada", ela lhe disse.

Ele trouxe para casa mais folhas de lata e deixou o design dos cartazes a cargo de Mick. Ela os pintou bem simples, com grandes letras maiúsculas e o desenho de um relógio. Logo ele tinha toda uma pilha de cartazes. Um sujeito conhecido o levou de carro para o campo, onde podia pregar os cartazes nas árvores e nos postes das cercas. Nas duas pontas do quarteirão, ele afixou no alto um cartaz com um sinal de mão preta apontando para a casa. E acima da porta da frente havia outro cartaz.

No dia seguinte da propaganda já realizada, ele esperou no quarto da frente vestido com uma camisa limpa e gravata. Nada aconteceu. O joalheiro que lhe passava trabalho excedente para fazer por metade do preço enviou alguns relógios. Foi só. Ele levou um baque. Não saía mais para procurar outros trabalhos, mas a cada minuto tinha de estar ocupado fazendo alguma coisa pela casa. Tirava as portas do lugar e lubrificava as dobradiças – precisassem ou não. Batia a margarina para Portia e esfregava o chão dos andares superiores. Elaborou uma engenhoca por onde a água da geladeira podia ser drenada pela janela da cozinha. Entalhou algumas belas letras do alfabeto para Ralph e inventou um mecanismo para enfiar linha na agulha. Debruçava-se por horas a fio sobre os poucos relógios que tinha para consertar.

Mick ainda seguia o sr. Singer. Mas não queria fazer isso. Era como se houvesse algo errado em segui-lo sem que ele soubesse. Por dois ou três dias, ela matou as aulas na escola. Caminhava atrás do sr. Singer quando ele ia trabalhar, e ficava andando pela esquina perto da sua loja o dia inteiro. Quando ele almoçava no estabelecimento do sr. Brannon, ela entrava no café e gastava 5 centavos num saco de amendoim. Depois à noite, seguia-o naquelas longas caminhadas escuras. Ficava no lado oposto da rua em que ele se encontrava, e a uma distância de aproximadamente um quarteirão. Quando ele parava, ela também parava – e quando ele caminhava rápido, ela corria para acompanhá-lo. Enquanto pudesse vê-lo e estar perto dele, ela se sentia feliz. Mas às vezes vinha esse sentimento esquisito, e sabia que estava fazendo algo ruim. Por isso, tentava se manter ocupada em casa.

Ela e seu pai eram semelhantes no modo como agora tinham sempre de inventar alguma coisa para fazer. Ela acompanhava tudo que se passava na casa e no bairro. A irmã mais velha de Spareribs ganhou 50 dólares na loteria dos ingressos de cinema. Baby Wilson já não precisava usar a bandagem na cabeça, mas mantinha o cabelo cortado bem curto como o de um menino. Ela não pôde dançar na *soirée* naquele ano, e, quando a mãe a levou para ver o espetáculo, Baby começou a gritar e fazer um escarcéu durante uma das danças. Tiveram de arrastá-la para fora da Opera House. Na calçada, a sra. Wilson teve de bater na filha para que ela se comportasse. E a sra. Wilson também chorava. George odiava Baby. Ele segurava o nariz e tapava os ouvidos quando ela passava pela casa. Pete Wells fugiu de casa e sumiu por três semanas. Voltou descalço e com muita fome. Bravateava que tinha percorrido todo o caminho até Nova Orleans.

Por causa de Etta, Mick ainda dormia na sala de estar. O sofá pequeno era tão incômodo que ela precisava pôr o sono em dia no saguão de estudos na escola. A cada duas noites, Bill trocava com Mick e ela dormia com George. Foi então que surgiu uma oportunidade afortunada. Um sujeito que tinha um quarto no andar superior se mudou. Quando se passou uma semana sem que ninguém respondesse ao anúncio no jornal, sua mãe disse a Bill que ele podia se mudar para o quarto vago. Bill ficou muito satisfeito de ter um lugar inteiramente seu, longe da família. Ela se mudou para o quarto com George. Ele dormia como um gatinho quente e sua respiração era muito tranquila.

Ela vivenciava o tempo noturno de novo. Mas não como no verão passado, quando caminhava no escuro sozinha, escutava música e fazia planos. Agora conhecia a noite de maneira diferente. Na cama, ficava deitada acordada. Um medo esquisito a acometia. Era como se o teto pressionasse lentamente na direção de seu rosto. Como seria se a casa desmoronasse? Certa vez, seu pai tinha dito que todo o lugar devia ser condenado. Será que ele queria dizer que talvez numa noite, quando estivessem dormindo, as paredes rachariam e a casa entraria em colapso? Soterraria todos embaixo do gesso, vidro quebrado e mobília esmagada? De modo que não pudessem se mover ou respirar? Ela se mantinha deitada acordada, com os músculos rígidos. Durante a noite, havia rangidos. Era alguém caminhando — outra pessoa acordada além dela — o sr. Singer?

Ela nunca pensava em Harry. Tinha decidido esquecê-lo, e de fato o esqueceu. Ele escreveu que tinha um emprego numa garagem em Birmingham. Ela respondeu com um cartão dizendo "Tudo bem", como tinham planejado. Ele enviava à sua mãe 3 dólares toda semana. Muito tempo parecia ter se passado desde que foram passear juntos na mata.

Durante o dia, ela estava ocupada no quarto exterior. Mas à noite ficava sozinha no escuro, e fazer contas já não bastava. Ela queria alguém. Tentava manter George acordado. "É bem divertido ficar acordado e conversar no escuro. Vamos conversar um pouco."

Ele deu uma resposta sonolenta.

"Olha as estrelas ali fora da janela. É difícil compreender que cada uma dessas estrelinhas é um planeta tão grande quanto a Terra."

"Como é que eles sabem disso?"

"Simplesmente sabem. Eles têm maneiras de medir. Isso é ciência."

"Não acredito."

Ela tentou incitá-lo a entrar numa discussão para que se enfurecesse e ficasse acordado. Ele apenas a deixava falar e não parecia prestar atenção. Depois de certo tempo, disse:

"Olha, Mick! Tá vendo aquele ramo da árvore? Não parece um antepassado peregrino deitado com um fuzil na mão?"

"Parece. É exatamente o que parece ser. E olha ali sobre a escrivaninha. Essa garrafa não parece um homem engraçado de chapéu?"

"Não", disse George. "Não parece nem um pouco."

Ela tomou um gole de um copo de água que estava no chão. "Vamos eu e você brincar de um jogo – o jogo do nome. Você pode ser o adivinhador se quiser. O que quiser. Pode escolher."

George cobriu o rosto com os pequenos punhos e respirou de um modo silencioso e regular, porque estava adormecendo.

"Espera, George!", disse ela. "Vai ser divertido. Sou alguém começando com um M. Adivinha quem eu sou."

George suspirou e sua voz estava cansada. "Você é o Harpo Marx?"

"Não. Nem estou no cinema."

"Não sei."

"Claro que sabe. Meu nome começa com a letra M e eu moro na Itália. Você tem que adivinhar esta."

George se virou para o lado e se encolheu como uma bola. Não respondeu.

"Meu nome começa com um M, mas às vezes sou chamado por um nome que começa com um D. Na Itália. Você consegue adivinhar."

O quarto estava quieto e escuro, e George dormia. Ela o beliscou e torceu sua orelha. Ele resmungou, mas não acordou. Ela se encostou nele e pressionou o rosto contra o pequeno ombro nu e quente. Ele dormiu durante toda a noite, enquanto ela calculava decimais.

Será que o sr. Singer estava acordado em seu quarto do andar de cima? O teto rangia porque ele estava caminhando em silêncio de um lado para outro, bebendo um Orange Crush gelado e estudando as peças de xadrez dispostas sobre a mesa? Ele já tinha sentido alguma vez um medo tão terrível como esse? Não. Nunca tinha feito nada de errado. Ele nunca tinha feito nada de errado e à noite dormia de consciência tranquila. Mas, ao mesmo tempo, ele compreenderia.

Se ao menos pudesse lhe contar sobre isso, então seria melhor. Ela pensava em como começaria a lhe contar. Sr. Singer – conheço esta garota não muito mais velha que eu – sr. Singer, não sei se compreende uma coisa assim ou não – sr. Singer. Sr. Singer. Ela repetia seu nome muitas vezes. Ela o amava mais do que a qualquer outro na família, mais até do que a George ou a seu pai. Era um amor diferente. Não era como nada que já tivesse sentido na vida.

De manhã, ela e George se vestiam juntos e conversavam. Às vezes, ela queria muito estar perto de George. Ele tinha crescido e estava pálido e macilento. O cabelo macio e arruivado caía irregular sobre as pontas das orelhas. Os olhos agudos estavam sempre semicerrados, de modo que seu rosto guardava uma tensão. Os dentes permanentes estavam saindo, mas eram azuis e muito apartados como tinham sido os dentes de leite. Muitas vezes, o maxilar ficava torto porque ele tinha o hábito de passar a língua pelos dentes novos doloridos.

"Escuta aqui, George", disse ela. "Você me ama?"

"Claro. Eu te amo um pouco, sim."

Era uma manhã quente e ensolarada durante a última semana da escola. George estava vestido e deitado no chão fazendo sua lição de matemática. Seus dedinhos sujos apertavam bem o lápis, e ele não parava de quebrar a ponta do grafite. Quando terminou, ela o segurou pelos ombros e olhou bem em seu rosto. "Quero saber se você me ama muito. Muito mesmo."

"Me solta. Claro que eu te amo. Você não é minha irmã?"

"Sei. Mas vamos imaginar se eu não fosse a sua irmã. Você ia me amar mesmo assim?"

George recuou. Suas camisas tinham acabado, por isso ele estava com um suéter sujo. Seus punhos eram finos e exibiam veias azuis. As mangas do suéter tinham sido tão esticadas que pendiam soltas e faziam suas mãos parecerem muito pequenas.

"Se você não fosse minha irmã, então eu não ia te conhecer. E daí eu não ia poder te amar."

"Mas se você me conhecesse e eu não fosse sua irmã."

"Mas como você sabe que eu ia te conhecer? Você não tem como provar."

"Bem, apenas aceita sem discutir e imagina."

"Acho que eu ia gostar de você sem problema. Mas ainda digo que você não tem como provar..."

"*Provar!* Você encucou com essa palavra. *Provar* e *enganar*. Tudo é um engano ou tem que ser provado. Não aguento você, George Kelly. Odeio você."

"Tudo bem. Então eu também não gosto de você."

Ele se arrastou para debaixo da cama à procura de algo.

"O que que você quer aí embaixo? Melhor não mexer nas minhas coisas. Se um dia eu te pegar mexendo na minha caixa secreta, vou quebrar sua cabeça contra a parede. Sem compaixão. Vou esmagar seus miolos."

George saiu de baixo da cama com sua cartilha. Enfiou a mãozinha suja num buraco do colchão onde escondia suas bolas de gude. Nada conseguia perturbar essa criança. Ele se demorou escolhendo três ágatas marrons para levar com ele. "Ora bolas, Mick", respondeu. George era pequeno demais e durão demais. Não fazia sentido amá-lo. Ele sabia ainda menos que ela sobre as coisas.

A escola tinha terminado e ela passara em todas as matérias – algumas com A+ e outras raspando. Os dias eram longos e quentes. Por fim, ela podia voltar a se dedicar bastante à música. Começou a escrever peças para violino e piano. Ela escrevia canções. A música estava sempre em sua mente. Escutava o rádio do sr. Singer e errava pela casa pensando sobre os programas que tinha escutado.

"O que que tá afligindo a Mick?", perguntou Portia. "Que tipo de gato engoliu a língua dela? Ela anda por aí e não diz nenhuma palavra. Nem é mais gulosa como antes. Tá se comportando feito uma dama agora."

Era como se de alguma maneira ela estivesse esperando – mas o que ela esperava, não sabia. O sol queimava ofuscante e ardente sobre as ruas. Ao longo do dia, ela trabalhava com afinco na música ou brincava com as crianças. E esperava. Às vezes, olhava ao redor bem rápido, e um pânico a invadia. Depois, no final de junho, aconteceu de repente algo tão importante que tudo mudou.

Naquela noite, estavam todos na varanda. O crepúsculo era difuso e ameno. O jantar estava quase pronto e o cheiro de repolho chegava flutuando pelo saguão aberto. Estavam todos juntos exceto Hazel, que não tinha chegado do trabalho, e Etta, que ainda estava acamada, doente. Seu pai se inclinava para trás numa cadeira, com os pés só de meias sobre a balaustrada. Bill estava nos degraus com as crianças. Sua mãe, sentada no balanço, se abanava com o jornal. No outro lado da rua, uma garota nova no bairro patinava para cima e para baixo da calçada num único patim. As luzes no quarteirão estavam apenas começando a ser acesas, e muito longe um homem chamava alguém.

Então Hazel apareceu em casa. Seus saltos altos estalaram pelos degraus e ela se recostou preguiçosamente na balaustrada. Na meia escuridão, suas mãos gordas e macias eram muito brancas e tateavam a parte de trás do cabelo trançado. "Como eu queria que a Etta estivesse em condições de trabalhar", disse ela. "Fiquei sabendo de um emprego hoje."

"Que tipo de emprego?", perguntou o pai. "Alguma coisa que eu possa fazer, ou apenas pra moças?"

"Apenas pra uma garota. Uma balconista da Woolworth's vai se casar na semana que vem."

"A loja de departamentos...", disse Mick.

"Você está interessada?"

A pergunta a pegou de surpresa. Estava apenas pensando num saco de balas de menta que tinha comprado lá no dia anterior. Ela se sentiu excitada e tensa. Levantou as franjas da testa e contou as poucas primeiras estrelas.

Seu pai jogou a guimba do cigarro na calçada. "Não", disse ele. "Não queremos que a Mick assuma responsabilidades demais na sua idade. Que ela possa se desenvolver. Ter seu crescimento concluído, ao menos."

"Concordo com o senhor", disse Hazel. "Realmente acho que seria um erro a Mick ter um trabalho fixo. Não acho que seria certo."

Bill tirou Ralph de seu colo e arrastou os pés nos degraus. "Ninguém deve trabalhar antes dos 16. A Mick deve ter mais dois anos pra acabar os estudos na escola técnica... se a gente conseguir se manter."

"Ainda que tenhamos que sair da casa e nos mudar pra cidade dos moinhos", disse a mãe. "Prefiro manter a Mick em casa por enquanto."

Por um minuto, ela entrara em pânico, temendo que tentassem botá-la contra a parede para pegar o trabalho. Ela teria dito que ia fugir de casa. Mas o modo como reagiram neste momento a comoveu. Sentia-se excitada. Estavam todos falando sobre ela – e de um modo bondoso. Envergonhou-se por ter ficado com medo daquele jeito. De repente, sentiu um grande amor por toda a família e ficou com um aperto na garganta.

"Quanto é o salário mais ou menos?", perguntou.

"Dez dólares."

"Dez dólares por semana?"

"Claro", disse Hazel. "Achou que seriam só 10 dólares por mês?"

"A Portia não ganha nem perto disso."

"Oh, pessoas de cor...", disse Hazel.

Mick coçou o topo da cabeça com o punho. "É muito dinheiro. Um bom negócio."

"Não dá pra fazer pouco da quantia", disse Bill. "É o que eu ganho."

A língua de Mick estava seca. Ela a rodou pela boca e reuniu saliva suficiente para falar. "Dez dólares por semana comprariam uns quinze frangos fritos. Ou cinco pares de sapatos ou cinco vestidos. Ou prestações de um rádio." Ela pensou num piano, mas não falou isso em voz alta.

"Isso nos tiraria da enrascada", disse a mãe. "Mas ao mesmo tempo prefiro manter a Mick em casa por enquanto. Agora, quanto a Etta..."

"Espera!" Ela se sentia excitada e destemida. "Quero pegar o trabalho. Posso manter o emprego. Sei que posso."

"Escuta só a pequena Mick", disse Bill.

Seu pai palitou os dentes com um fósforo e tirou os pés da balaustrada. "Ora, não vamos nos precipitar. Prefiro que a Mick tenha tempo pra pensar. Podemos dar um jeito de seguir adiante sem que ela trabalhe. Pretendo aumentar meu trabalho dos relógios em 60% assim que…"

"Esqueci", disse Hazel. "Acho que há um bônus de Natal todos os anos."

Mick franziu o cenho. "Mas eu não ia estar trabalhando então. Eu ia estar na escola. Quero trabalhar apenas durante as férias e depois voltar pra escola."

"Claro", disse Hazel bem rápido.

"Mas amanhã vou sair com você e pegar o trabalho, se conseguir."

Foi como se uma grande preocupação abandonasse a família. No escuro, começaram a rir e conversar. Seu pai fez um truque para George com um fósforo e um lenço. Depois deu ao garoto 50 centavos para ir até a esquina comprar Coca-Colas para depois do jantar. O cheiro de repolho era mais forte no saguão e as costeletas de porco estavam sendo fritas. Portia chamou. Os pensionistas já esperavam à mesa. Mick jantou na sala de jantar. As folhas de repolho eram moles e amarelas em seu prato, e ela não conseguia comer. Quando estendeu o braço para pegar o pão, derrubou um jarro de chá gelado sobre a mesa.

Mais tarde, ela ficou sozinha no alpendre esperando o sr. Singer voltar para casa. De um modo desesperado, queria vê-lo. O excitamento da hora anterior tinha diminuído e ela se sentia enjoada. Ia trabalhar numa loja de departamentos e não queria trabalhar lá. Era como se tivesse caído numa cilada. O trabalho não seria apenas para o verão – mas por um longo tempo, até onde seu olhar podia alcançar no futuro. Uma vez acostumados com o dinheiro entrando, seria impossível se virar sem as moedas extras. Assim é que as coisas eram. Ela ficou parada no escuro, agarrada à balaustrada. Passou-se um longo tempo e nada do sr. Singer. Às onze horas, saiu para ver se podia encontrá-lo. Mas de repente ficou assustada no escuro e correu de volta para casa.

De manhã, tomou banho e se vestiu com muito cuidado. Hazel e Etta lhe emprestaram roupas e arranjaram os detalhes para Mick ficar bem bonita. Ela pôs o vestido de seda verde de Hazel, um chapéu verde e escarpins de salto alto com meias de seda. As irmãs puseram ruge e batom no rosto de Mick e depilaram suas sobrancelhas. Quando terminaram, ela parecia ter pelo menos 16 anos.

Era tarde demais para recuar agora. Ela realmente crescera e estava pronta para ganhar seu sustento. Mas, se fosse falar com seu pai para lhe dizer como estava se sentindo, ele lhe diria para esperar um ano. E Hazel, Etta, Bill e sua mãe, mesmo agora, diriam que ela não precisava ir. Mas não podia fazer isso. Não podia dar para trás. Subiu para ver o sr. Singer. As palavras saíram todas num jato:

"Escuta – acho que vou arranjar um emprego. O que o senhor acha? Acha que é uma boa ideia? Acha que tudo bem se eu sair da escola e trabalhar agora? Acha que é bom?"

Primeiro, ele não compreendeu. Seus olhos cinza meio que fecharam, e ele ficou parado com as mãos bem enfiadas nos bolsos. Mick tinha aquela velha sensação de que esperavam contar um ao outro coisas que nunca haviam sido contadas antes. O que Mick tinha a dizer agora não era muito. Mas o que ele tinha a dizer estaria certo – e se dissesse que o emprego parecia razoável, ela se sentiria melhor. Repetiu as palavras lentamente e esperou.

"O senhor acha que é bom?"

O sr. Singer considerou. Depois disse sim com um aceno da cabeça.

Ela conseguiu o emprego. O gerente as levou, ela e Hazel, para um pequeno escritório e conversou com as duas. Mais tarde, Mick não conseguia se lembrar das feições do gerente nem do que tinha sido falado. Mas foi contratada, e ao sair da loja, comprou 10 centavos de chocolate e um pequeno jogo de massinha de modelar para George. No dia 5 de junho, devia começar a trabalhar. Parou por um longo tempo diante da vitrine da joalheria do sr. Singer. Depois ficou andando à toa na esquina.

15

Chegara a época de Singer visitar Antonapoulos de novo. A viagem era longa. Pois, embora a distância entre eles fosse menos de 320 quilômetros, o trem seguia meandros bem longe do caminho e parava por longas horas em certas estações durante a noite. Singer deixaria a cidade à tarde e viajaria durante toda a noite e até as primeiras horas da manhã seguinte. Como de costume, estava pronto com muita antecedência. Planejava passar uma semana inteira com o amigo nessa visita. Suas roupas tinham sido enviadas à lavanderia, o chapéu recebera uma fôrma nova e as malas já estavam arrumadas. Os presentes que levava foram embrulhados em papel de seda colorido – e, além disso, havia um cesto luxuoso de frutas arranjado com celofane e uma caixa de morangos enviada com atraso. Na manhã antes da partida, Singer limpou seu quarto. Na geladeira, encontrou um pouco de restos de patê, que levou ao beco para o gato do bairro. Na porta, prendeu com tachinhas o mesmo cartaz que tinha afixado antes, informando que estaria ausente por vários dias para tratar de negócios. Durante todos esses preparativos, ele se movia devagar, com duas manchas de cor vívida nas maçãs do rosto. Sua face era muito solene.
 Por fim, a hora da partida se tornou iminente. Ele ficou parado na plataforma, carregado com as malas e os presentes, e observou o trem entrar rolando nos trilhos da estação. Encontrou um assento no vagão dos passageiros e levantou a bagagem para enfiá-la no bagageiro acima de sua cabeça. O vagão estava cheio, em sua maior parte de mães e crianças. Os assentos de pelúcia verde tinham um cheiro de sujeira. As janelas do vagão eram

sujas, e o arroz recentemente atirado num par de noivos estava espalhado pelo chão. Singer sorriu cordialmente para os companheiros de viagem e reclinou seu assento. Fechou os olhos. Seus cílios formavam uma franja escura e curva acima das bochechas ocas. A mão direita se movia nervosamente dentro do bolso.

Por algum tempo, seus pensamentos se demoraram sobre a cidade que estava deixando para trás. Ele via Mick, dr. Copeland, Jake Blount e Biff Brannon. Os rostos se amontoavam sobre ele saídos da escuridão, de modo que se sentia sufocado. Pensou na discussão entre Blount e o negro. A natureza dessa discussão era irremediavelmente confusa em sua mente – mas em várias ocasiões cada um deles rompera a fustigar com amargura o outro, o ausente. Ele tinha concordado com o que cada um dizia por sua vez, apesar de não saber o que desejavam que ele aprovasse. E Mick – seu rosto era veemente e ela falava muita coisa que ele não compreendia nem um pouco. E depois Biff Brannon no New York Café. Brannon, com seu maxilar escuro e de ferro e seus olhos vigilantes. E estranhos que o seguiam pelas ruas e conversavam com ele por razões inexplicáveis. O turco na loja de roupa de cama que punha o rosto entre as mãos e balbuciava em sua língua palavras com uma forma que Singer nunca imaginara antes. Um certo capataz de moinho e uma velha negra. Um comerciante na rua principal e um garoto de rua que atraía soldados para um bordel perto do rio. Singer contorcia os ombros, inquieto. O trem balançava com um movimento suave e tranquilo. Sua cabeça se inclinou para descansar sobre o ombro, e por bem pouco tempo ele dormiu.

Quando abriu os olhos de novo, a cidade já tinha ficado bem para trás. A cidade estava relegada ao esquecimento. Lá fora, pela janela suja, brilhava a paisagem rural do meio do verão. O sol enviava fortes raios oblíquos cor de bronze sobre os campos verdes com rebentos de algodão. Havia acres de tabaco, as plantas pesadas e verdes lembrando monstruosas ervas daninhas. Pomares de pêssegos com frutas exuberantes vergando as árvores anãs. Havia quilômetros de pastos e dezenas de quilômetros de terra devastada, exaurida, abandonada às ervas daninhas mais resistentes. O trem cortava por florestas de pinheiros verde-escuros, onde o terreno estava coberto com agulhas marrons lisas e os cimos das árvores se alongavam virgens e altos em direção ao céu. E mais além, bem longe ao sul da cidade, os pântanos de ciprestes – com as raízes retorcidas das árvores afundando tortuosas nas águas salobras, onde o musgo cinza e esfrangalhado abria caminho a partir dos ramos, onde as flores aquáticas tropicais floresciam na umidade e na sombra. Depois, saindo de novo para o ar livre sob o sol e o céu azul índigo.

Singer se mantinha sentado solene e tímido, o rosto totalmente virado para a janela. Os grandes desdobramentos do espaço e as cores fortes e elementares quase o cegavam. A variedade caleidoscópica do cenário, essa abundância de vegetação e cor, parecia de algum modo conectada com seu amigo. Seus pensamentos estavam com Antonapoulos. A felicidade de sua reunião quase o sufocava. Seu nariz estava entupido, e ele respirava num fôlego rápido e curto pela boca levemente aberta.

Antonapoulos ficaria feliz em vê-lo. Gostaria das frutas frescas e dos presentes. A essa altura, já estaria fora da ala de enfermaria e capaz de fazer uma excursão até o cinema, e mais tarde ao hotel onde tinham jantado na primeira visita. Singer tinha escrito muitas cartas a Antonapoulos, mas não as enviara pelo correio. Entregou-se inteiramente a pensamentos sobre o amigo.

O meio ano desde sua última visita não parecia um período nem longo nem curto. Por trás de cada um dos minutos em que esteve acordado, a presença do amigo sempre fora constante. E essa comunhão submersa com Antonapoulos tinha crescido e mudado como se eles estivessem juntos em carne e osso. Às vezes, ele pensava em Antonapoulos com temor e humilhação, às vezes com orgulho – sempre com um amor imune a críticas, liberto da vontade. Quando sonhava à noite, o rosto do amigo estava sempre à sua frente, imenso e gentil. E em seus pensamentos ao acordar, eles estavam eternamente unidos.

A noite de verão chegou pouco a pouco. O sol afundou atrás de uma linha irregular de árvores na distância e o céu empalideceu. O crepúsculo era lânguido e suave. Surgiu no céu uma lua cheia e branca, e nuvens baixas roxas pairavam sobre o horizonte. A terra, as árvores, as moradias rurais sem pintura escureciam lentamente. A intervalos, relâmpagos de verão amenos estremeciam no ar. Singer observava tudo isso com atenção, até que por fim a noite se fez, e seu próprio rosto é que aparecia refletido no vidro à sua frente.

As crianças cambaleavam para cima e para baixo no corredor do vagão com água pingando dos copos de papel. Um velho de macacão, sentado à frente de Singer, bebia uísque de tempos em tempos numa garrafa de Coca-Cola. Entre os goles, ele tampava a garrafa cuidadosamente com um chumaço de papel. Uma garotinha à direita penteava o cabelo com um pirulito vermelho grudento. Caixas de sapatos eram abertas, e bandejas de jantar chegavam do vagão-restaurante. Singer não comeu. Recostou-se em seu assento e observava, meio desligado, tudo o que se passava ao seu redor. Por fim, o vagão se aquietou. As crianças se deitaram nos largos assentos de pelúcia e dormiram, enquanto os homens e as mulheres se dobraram com seus travesseiros e descansaram da melhor maneira possível.

Singer não dormiu. Pressionou o rosto contra o vidro e fez um grande esforço para ver dentro da noite. A escuridão era espessa e aveludada. Às vezes, aparecia um rasgo de luar ou o tremeluzir de um lampião na janela de alguma casa ao longo do caminho. Pela lua, ele percebia que o trem tinha se desviado de sua rota para o sul e rumava para o leste. A ansiedade que sentia era tão aguda que seu nariz ficava entupido demais para respirar e as bochechas se tornavam coradas. Permaneceu ali, com o rosto encostado no vidro frio e fuliginoso da janela, durante a maior parte da longa viagem noturna.

O trem atrasou mais de uma hora, e a manhã de verão fresca e brilhante já estava bem avançada quando chegaram. Singer foi imediatamente ao hotel, um hotel muito bom onde havia reservado um quarto com antecedência. Desfez as malas e dispôs os presentes que levaria para Antonapoulos sobre a cama. No cardápio que o mensageiro lhe trouxe, escolheu um café da manhã suntuoso – anchova grelhada, mingau, rabanada e café preto quente. Depois da refeição, descansou diante do ventilador elétrico só com a roupa de baixo. Ao meio-dia, começou a se vestir. Tomou banho, fez a barba e separou roupa de baixo limpa e seu melhor terno listrado de algodão. Às três horas, o hospital estava aberto para horário de visita. Era terça-feira, dia 18 de julho.

No sanatório, procurou Antonapoulos primeiro na ala da enfermaria, onde estivera confinado antes. Mas na porta da sala viu imediatamente que o amigo não estava lá. A seguir, procurou se orientar pelos corredores até o escritório para onde o tinham encaminhado da outra vez. Ele já tinha a pergunta escrita num dos cartões que carregava consigo. A pessoa atrás da escrivaninha não era a mesma que o atendera na visita anterior. Era um jovem rapaz, quase um menino, com um rosto imaturo ainda por se formar e cabelos lisos. Singer lhe entregou o cartão e esperou quieto, os braços cheios de presentes, o peso do corpo apoiado nos calcanhares.

O jovem sacudiu a cabeça. Inclinou-se sobre a escrivaninha e rabiscou ligeiramente num bloco de papel. Singer leu o que estava escrito e as manchas de cor nas maçãs do rosto sumiram no mesmo instante. Olhou para a nota por um longo tempo, os olhos de soslaio e a cabeça curvada. Pois ali estava escrito que Antonapoulos tinha falecido.

No caminho de volta ao hotel, cuidou para não esmagar as frutas que trouxera. Levou os pacotes para seu quarto e depois desceu à toa para o saguão de entrada. Atrás de uma palmeira plantada num vaso, havia uma máquina de caça-níquel. Ele inseriu um níquel, mas, quando tentou puxar a alavanca, descobriu que a máquina estava emperrada. Por causa desse incidente, ele armou um escarcéu. Encostou o atendente contra a parede e demonstrou, furioso, o que tinha acontecido. Seu rosto estava mortalmente pálido, e ele ficou tão fora de si que as lágrimas rolavam pela ponta do nariz. Agitava as mãos e chegou até a bater seu longo, estreito e elegantemente calçado pé no chão acarpetado. Tampouco ficou satisfeito quando a moeda foi reembolsada, mas insistiu em sair do hotel imediatamente. Arrumou a mala e foi obrigado a fazer manobras enérgicas para fechá-la de novo. Pois, além dos artigos que trouxera, ele tratou de enfiar ali três toalhas, dois sabonetes, uma caneta e um frasco de tinta, um rolo de papel higiênico e uma Bíblia Sagrada. Pagou a conta e caminhou até a estação ferroviária para deixar seus pertences guardados. O trem partia só às nove da noite, e ele tinha a tarde toda pela frente.

Esta cidade era menor do que aquela em que ele vivia. As ruas do comércio se interligavam, traçando a forma de uma cruz. As lojas tinham uma aparência rural; havia arreios e sacos de ração em metade das vitrines com mercadorias à mostra. Singer caminhava desatento ao longo das calçadas. Sentia a garganta inchada e queria engolir, mas não era capaz de fazer esse movimento. Para aliviar a sensação de estrangulamento, comprou uma bebida numa das drogarias. Entrou na barbearia para passar o tempo e comprou algumas coisas triviais numa loja de variedades. Não olhava no rosto de ninguém, e sua cabeça pendia para um lado como a de um animal doente.

A tarde estava quase no fim quando algo estranho aconteceu a Singer. Ele andara caminhando lenta e irregularmente ao longo do meio-fio da rua. O céu estava encoberto e o ar, úmido. Singer não ergueu a cabeça, mas, quando passou pelo salão de bilhar da cidade, viu de soslaio algo que o perturbou. Passou pelo salão de bilhar e pouco depois parou no meio da rua. Meio distraído, voltou os passos e parou diante da porta aberta do lugar. Havia três mudos ali dentro, e eles conversavam com as mãos. Todos os três sem casaco. Usavam chapéu-coco e gravatas berrantes. Cada um tinha um copo de cerveja na mão esquerda. Havia uma certa semelhança fraterna entre eles.

Singer entrou. Por um momento, teve dificuldade em tirar a mão de dentro do bolso. Depois, desajeitadamente formou uma palavra de saudação. Recebeu palmadinhas no ombro. Solicitaram uma bebida gelada. Rodearam Singer, e os dedos de suas mãos dispararam como pistões quando o questionaram.

Ele disse seu nome e o nome da cidade na qual vivia. Depois dessas informações, não conseguia pensar em nada mais para lhes dizer sobre si mesmo. Perguntou se eles conheciam Spiros Antonapoulos. Eles não conheciam. Singer ficou parado com as mãos balançando soltas. Sua cabeça ainda estava inclinada para um lado e seu olhar era oblíquo. Estava tão desatento e frio que os três mudos de chapéu-coco olharam para ele de forma esquisita. Depois de algum tempo, eles o cortaram da conversa. E, quando pagaram as rodadas de cerveja e estavam prestes a sair, não sugeriram que ele os acompanhasse.

Embora Singer tivesse andado à deriva nas ruas durante a metade do dia, ele quase perdeu seu trem. Não estava certo de como isso acontecera, nem como passara as horas anteriores. Chegou à estação dois minutos antes de o trem partir e mal teve tempo de arrastar a bagagem para dentro e encontrar um assento. O vagão que escolheu estava quase vazio. Quando se acomodou, abriu a caixa de morangos e escolheu um a um com cuidado minucioso. Os morangos eram do tamanho gigante, grandes como nozes e plenamente maduros. As folhas verdes no topo das frutas de cores vivas eram como minúsculos buquês. Singer pôs um morango na boca, e, embora o suco tivesse uma doçura silvestre e exuberante, já havia um sabor sutil de apodrecimento. Ele comeu até o paladar ficar entorpecido pelo gosto, e então voltou a embrulhar a caixa para colocá-la na prateleira acima de sua cabeça. À meia-noite, puxou a cortina e se deitou no assento. Enrodilhou-se todo, o casaco cobrindo o rosto e a cabeça. Nessa posição, ficou deitado num estupor de meio sono por umas doze horas. O chefe de trem teve de sacudi-lo quando chegaram.

 Singer deixou sua bagagem no meio do saguão da estação. Depois caminhou para a loja. Cumprimentou o joalheiro para quem trabalhava com um movimento apático de cabeça. Quando tornou a sair, havia algo pesado em seu bolso. Por algum tempo, perambulou de cabeça curvada pelas ruas. Mas o brilho não refratado do sol e o calor úmido eram opressores. Ele voltou a seu quarto com os olhos inchados e a cabeça doendo. Descansou, depois bebeu um copo de café gelado e fumou um cigarro. Então lavou o cinzeiro e o copo, tirou uma pistola do bolso e meteu uma bala no peito.

Parte três

1

21 de agosto de 1939
Manhã

"Nada de me apressar", disse o dr. Copeland. "Apenas me deixem estar. Permitam gentilmente que eu fique aqui em paz por um momento."

"Pai, a gente não tá tentando apressar o senhor. Mas tá na hora de sair daqui."

Dr. Copeland se balançou, teimoso, com o xale cinza bem puxado ao redor dos ombros. Embora a manhã fosse quente e fresca, um fogo baixo crepitava no fogão a lenha. A cozinha não tinha mais mobília a não ser a cadeira em que ele se achava sentado. Os outros quartos estavam vazios também. A maior parte dos móveis tinha sido levada para a casa de Portia, e o restante fora amarrado ao automóvel lá fora. Tudo estava pronto, exceto sua própria mente. Mas como ele poderia sair da casa quando não havia nem início nem fim, nem verdade nem propósito em seus pensamentos? Ele levantou a mão para firmar a cabeça trêmula e continuou a se balançar lentamente na cadeira que rangia.

Atrás da porta fechada, ele escutava suas vozes:

"Fiz tudo que eu podia. Tá determinado a não se mexer até se sentir bem e pronto pra sair."

"Buddy e eu já embrulhamos os pratos de porcelana e..."

"A gente devia ter partido antes que o orvalho secasse", disse o velho. "Do jeito como está agora, é bem capaz de a noite pegar a gente na estrada."

Suas vozes silenciaram. Os passos ecoaram no pátio de entrada vazio, e ele já não conseguia escutá-los. No chão ao seu lado havia uma xícara com um pires. Ele serviu o café do bule que estava sobre o fogão. Enquanto se balançava, bebia o café e esquentava os dedos no vapor. Isso não podia ser verdadeiramente o fim. Outras vozes chamavam sem palavras em seu coração. A voz de Jesus e a de John Brown. A voz do grande Spinoza e a de Karl Marx. As vozes e os apelos de todos aqueles que tinham lutado e a quem fora concedido completar suas missões. As vozes de seu povo subjugadas pela dor. E também a voz dos mortos. Do mudo Singer, que era um homem branco justo de grande compreensão. As vozes dos fracos e dos poderosos. A voz contínua de seu povo sempre crescendo em força e poder. A voz do forte e verdadeiro propósito. Em resposta, as palavras tremiam em seus lábios – as palavras que são certamente a raiz de todo o sofrimento humano – de modo que ele quase dizia em voz alta: "Deus Todo-Poderoso! Poder supremo do universo! Fiz essas coisas que não devia ter feito e deixei de fazer aquelas coisas que deveria ter feito. Portanto, isso não pode ser verdadeiramente o fim".

Ele havia entrado pela primeira vez na casa com aquela a quem amava. Daisy estava com seu vestido de noiva e usava um véu de renda branca. Sua pele era da bela cor do mel escuro e seu riso era doce. À noite, ele tinha se fechado sozinho no quarto iluminado para estudar. Tentava meditar e disciplinar a si mesmo para estudar. Mas, com Daisy por perto, havia nele um forte desejo que não desaparecia com o estudo. Assim, às vezes ele se rendia a esses sentimentos, e novamente mordia os lábios e meditava com os livros a noite inteira. E depois chegaram Hamilton, Karl Marx, William e Portia. Todos perdidos. Não restou ninguém.

E Madyben e Benny Mae. E Benedine Madine e Mady Copeland. Aqueles que carregavam seu nome. E aqueles a quem tinha exortado. Mas entre esses milhares, onde estava um único a quem ele podia confiar a missão e então descansar?

Ao longo de toda a vida, sempre soubera sem titubear. Conhecia a razão de seu trabalho e tinha confiança em seu coração porque sabia a cada dia o que o esperava pela frente. Andava com sua maleta de casa em casa e falava com as pessoas sobre todas as coisas e explicando-as pacientemente. Então à noite ficava feliz por saber que o dia tivera um propósito. E mesmo sem Daisy, Hamilton, Karl Marx, William e Portia, podia sentar-se sozinho ao lado do fogão e se alegrar com esse conhecimento. Tomava uma sopa feita com folhas de nabo e comia um bolinho de milho. Um profundo sentimento de satisfação o confortava, porque o dia tinha sido bom.

Havia milhares desses momentos de satisfação. Mas qual tinha sido seu significado? De todos esses anos, ele não conseguia pensar em nenhum trabalho de valor duradouro.

Depois de certo tempo, a porta do hall se abriu e Portia entrou. "Acho que vou ter que vestir o senhor como um bebê", disse ela. "Tá aqui seus sapatos e as meias. Deixa que eu tiro seus chinelos e calço os sapatos. A gente vai ter que sair daqui logo, logo."

"Por que você fez isso comigo?", ele perguntou amargo.

"O que é que eu fiz agora?"

"Você sabe perfeitamente que não quero sair de casa. Você me pressionou para que eu dissesse sim, quando eu não estava em condições de tomar uma decisão. Quero ficar aqui onde sempre estive, e você sabe disso."

"Olha só como o senhor fala!", disse Portia zangada. "O senhor fica resmungando tanto que tá me deixando quase esgotada. Fica esbravejando e criando tanto caso que eu sinto vergonha do senhor."

"Ora bolas! Diga o que quiser. Você só me amola feito um mosquito. Sei o que desejo e não serei atazanado para fazer o que é errado."

Portia tirou seus chinelos e desenrolou um par de meias de algodão pretas e limpas. "Pai, vamos parar com essa discussão. A gente fez tudo da melhor maneira que a gente sabe. É de longe o melhor plano o senhor ir pro campo com o vovô, o Hamilton e o Buddy. Eles vão cuidar bem do senhor, e então o senhor vai ficar bom."

"Não, não vou", disse o dr. Copeland. "Mas eu teria me recuperado aqui. Sei disso."

"Quem o senhor acha que ia poder pagar a hipoteca dessa casa aqui? Como é que o senhor pensa que a gente ia te alimentar? Quem que ia poder cuidar do senhor aqui?"

"Eu sempre dei um jeito, ainda posso dar um jeito."
"O senhor tá só tentando ser do contra."
"Ora! Você fica zunindo na minha frente como um mosquito. E eu te ignoro."
"Essa é mesmo uma maneira muito gentil de falar comigo, enquanto eu tô tentando calçar seus sapatos e as meias."
"Sinto muito. Me perdoe, filha."
"Claro que sente", disse ela. "Claro que os dois, a gente sente. Eu e o senhor, não dá pra gente brigar. E além disso, quando estiver instalado na fazenda, o senhor vai gostar. Eles têm a horta mais bonita que eu já vi. Eu fico babando só de pensar nela. E as galinhas e duas porcas reprodutoras e dezoito pessegueiros. O senhor vai ficar louco pelo lugar. Queria ser eu que tivesse uma chance de ir pra lá."
"Eu também queria isso."
"Por que é que tá determinado a se lamentar, então?"
"Apenas sinto que fracassei", disse ele.
"Como é que o senhor acha que fracassou?"
"Não sei. Apenas me deixe estar, filha. Apenas me permita ficar aqui em paz por um momento."
"Tá bom. Mas a gente tem que ir embora daqui a pouco."
Ele queria ficar em silêncio. Queria permanecer quieto e se balançar na cadeira até o senso de ordem voltar a se impor dentro dele. Sua cabeça tremia e as costas doíam.
"Eu certamente espero isso", disse Portia. "Eu certamente espero que, quando eu morrer e desaparecer, tantas pessoas chorem por mim quanto choraram pelo sr. Singer. Eu ia gostar de saber que ia ter um funeral tão triste quanto ele teve e com tantas pessoas…"
"Silêncio!", disse o dr. Copeland rudemente. "Você fala demais."
Mas na verdade, com a morte desse homem branco, uma tristeza sombria tinha baixado em seu coração. Tinha falado com ele como não falara com nenhum outro homem branco, e confiara nele. E o mistério de seu suicídio o deixara desconcertado e sem chão. Não havia nem início nem fim para essa tristeza. Nem compreensão. Em seus pensamentos, ele sempre voltava a esse homem branco, que não era insolente nem

desdenhoso, mas que era justo. E como os mortos podem estar verdadeiramente mortos quando ainda vivem na alma daqueles que ficaram para trás? Mas, a respeito de tudo isso, ele não devia pensar. Devia expulsar tudo isso de seu ser.

Pois era de disciplina o que ele mais precisava. Durante o último mês, os sentimentos obscuros e terríveis tinham surgido de novo para lutar com seu espírito. Era tomado pelo ódio, que por dias o afundara verdadeiramente nas regiões da morte. Depois da discussão com o sr. Blount, o visitante da meia-noite, surgira dentro dele uma escuridão assassina. Mas agora ele não conseguia se lembrar com clareza das questões que foram a causa da disputa. E, depois, aquela raiva diferente que o dominou quando contemplou o toco das pernas de Willie. A guerra de amor e ódio – amor por seu povo e ódio pelos opressores de seu povo – que o deixava exausto e doente do espírito.

"Filha", disse ele. "Me passe o relógio e o casaco. Estou indo."

Ele se levantou, pressionando as mãos nos braços da cadeira. O chão parecia bem longe de seu rosto, e, depois de tanto tempo na cama, as pernas estavam muito fracas. Por um momento, sentiu que ia cair. Caminhou tonto pelo cômodo vazio e parou, apoiando-se contra o batente da porta. Tossiu e tirou de seu bolso um dos quadrados de papel para pôr sobre a boca.

"Aqui tá seu casaco", disse Portia. "Mas tá tão quente lá fora que o senhor não vai precisar dele."

Ele caminhou pela última vez pela casa vazia. As persianas estavam fechadas e nos quartos escurecidos havia o cheiro de poeira. Descansou contra a parede do vestíbulo e depois saiu para o ar livre. A manhã estava brilhante e quente. Muitos amigos tinham vindo se despedir na noite anterior e nas primeiras horas da manhã – mas agora só a família estava congregada no alpendre. A carroça e o automóvel já se encontravam na rua.

"Bem, Benedict Mady", disse o velho. "Acho que cê vai ficar com saudade de casa nos primeiros dias. Mas não vai ser por muito tempo."

"Eu não tenho casa. Então por que vou sentir saudade?"

Portia umedeceu os lábios e disse nervosa: "Ele vai voltar quando ficar bom e disposto. Buddy vai ficar feliz de trazer o pai pra cidade de carro. Buddy adora dirigir".

O automóvel estava abarrotado. Caixas de livros tinham sido atadas ao estribo. O assento traseiro estava cheio com duas cadeiras e o arquivo. Sua escrivaninha, de pernas para o ar, tinha sido presa no topo. Mas, apesar de o carro estar sobrecarregado, a carroça estava quase vazia. A mula esperava pacientemente, um tijolo atado às rédeas.

"Karl Marx", disse o dr. Copeland. "Preste atenção. Vá até a casa e confira se não ficou nada. Traga a xícara que deixei no chão e minha cadeira de balanço."

"Vamos partir. Tô louco pra chegar em casa na hora do jantar", disse Hamilton.

Por fim, estavam todos prontos. Highboy girou a manivela do automóvel. Karl Marx sentou-se ao volante, e Portia, Highboy e William se amontoaram no assento traseiro.

"Pai, quem sabe o senhor não senta no colo do Highboy. Acho que vai ficar mais confortável do que espremido aqui com a gente e toda essa mobília."

"Não, está cheio demais. Prefiro ir na carroça."

"Mas o senhor não tá acostumado a andar de carroça", disse Karl Marx. "Vai ser muito instável e a viagem é capaz de levar o dia inteiro."

"Não importa. Já andei muitas vezes de carroça."

"Diz pro Hamilton pra vir com a gente. Acho que ele prefere ir no automóvel."

O avô tinha conduzido a carroça para a cidade no dia anterior. Trouxeram uma carga de produtos, pêssegos, repolhos e nabos para Hamilton vender na cidade. Tudo, menos um saco de pêssegos, tinha sido negociado.

"Bem, Benedict Mady, vejo que vai viajar pra casa comigo", disse o velho.

Dr. Copeland subiu na parte de trás da carroça. Estava cansado como se seus ossos fossem de chumbo. A cabeça tremia e um repentino ataque de náusea o fez deitar-se de costas nas tábuas ásperas.

"Tô muito feliz que cê tá indo pra fazenda com a gente", disse o avô. "Cê compreende que sempre tive um profundo respeito pelos instruídos. Profundo respeito. Sou capaz de fazer vista grossa e esquecer muita coisa se um homem é instruído. Tô muito feliz de ter um homem de estudo como você na família de novo."

As rodas da carroça rangiam. Estavam a caminho. "Vou voltar em breve", disse o dr. Copeland. "Depois de um ou dois meses estarei de volta."

"O Hamilton, ele é bem instruído. Acho que se parece com você em muitos pontos. Ele faz todos os meus cálculos no papel e lê os jornais. E o Whitman acho que vai ser um homem de estudo. Agora ele já sabe ler a Bíblia pra mim. E fazer trabalho com os números. Pequeno assim como é. Eu sempre tive um profundo respeito pelos homens de estudo."

O movimento da carroça fazia suas costas sacolejarem. Ele olhava para os ramos das árvores no alto e depois, quando não havia sombra, cobria o rosto com um lenço para proteger os olhos do sol. Não era possível que isso pudesse ser o fim. Ele sempre tinha sentido o forte e verdadeiro propósito. Por quarenta anos sua missão era sua vida, e sua vida era sua missão. E, no entanto, tudo ainda estava por fazer e nada estava completado.

"Sim, Benedict Mady, tô muito feliz de ter você com a gente de novo. Tava esperando pra te perguntar sobre essa sensação diferente no meu pé direito. Uma sensação esquisita, como se meu pé tivesse dormente. Já tomei umas pastilhas e esfreguei ele com linimento. Espero que cê me indique um bom tratamento."

"Farei o que eu puder."

"Sim, tô feliz de ter você. Acredito em todos os parentes sempre unidos – os parentes de sangue e os parentes pelo casamento. Acredito em todos lutando juntos e ajudando uns aos outros, e um dia a gente vai ter uma recompensa no Além."

"Ora bolas!", disse o dr. Copeland amargamente. "Acredito em justiça agora."

"No que cê disse que acredita? Cê fala com uma voz tão rouca que eu não consigo escutar."

"Em justiça para nós. Justiça para nós, negros."

"Tá certo."

Ele sentiu o fogo dentro de si e não podia ficar imóvel. Queria sentar-se e falar em voz alta – mas, quando tentou se levantar, não conseguiu reunir forças para o movimento. As palavras em seu coração se tornaram enormes e não queriam calar. Mas o velho tinha deixado de ouvir, e não havia ninguém para escutá-lo.

"Vai, Lee Jackson. Vai, amor. Trata de mexer essas patas e para de ficar aí fuçando. A gente tem um caminho longo pela frente."

2

Tarde

Jake corria num ritmo violento e destrambelhado. Passou pela Weavers Lane e depois cortou por um beco lateral, pulou a cerca e acelerou adiante. A náusea lhe remexia o estômago e havia um gosto de vômito em sua garganta. Um cão latindo corria ao seu lado até que ele parou um momento e ameaçou atirar uma pedra. Seus olhos estavam arregalados de horror, e ele batia com a mão na boca aberta.

Jesus Cristo! Então este era o fim. Uma briga. Um tumulto. Uma luta de cada um por si. Cabeças sangrando e olhos cortados com garrafas quebradas. Jesus Cristo! E a música enferrujada do carrossel acima do barulho. Os hambúrgueres e os algodões-doces caídos no chão e as crianças gritando. E ele no meio. Lutando, cegado pela poeira e pelo sol. O corte afiado de dentes contra os nós de seus dedos. E risos. Jesus Cristo! E a sensação de ter disparado dentro de si um ritmo selvagem e duro que não queria parar. E depois olhando de perto o rosto negro morto sem saber. Sem sequer saber se o matara ou não. Mas espere. Jesus Cristo! Ninguém poderia ter impedido aquilo.

Jake reduziu a velocidade e, nervoso, virou bruscamente para olhar para trás. O beco estava vazio. Ele vomitou e limpou a boca e a testa com a manga da camisa. Mais tarde, descansou por um minuto e sentiu-se melhor. Tinha corrido por cerca de oito quarteirões, com os atalhos ainda havia quase 1 quilômetro a percorrer. Já não se sentia tão zonzo, de modo que, por entre todos os sentimentos loucos, conseguia se lembrar dos fatos. Partiu de novo, dessa vez num molejo de corrida constante.

Ninguém poderia ter impedido aquilo. Durante todo o verão, ele tinha extinguido conflitos que afloravam como incêndios repentinos. Todos, menos este de agora. E essa luta ninguém poderia ter impedido. Parecia se inflamar a partir do nada. Ele estava trabalhando no mecanismo dos balanços e tinha parado para pegar um copo d'água. Quando passou pelo terreno, viu um menino branco e um negro, um rodeando o outro. Estavam os dois bêbados. Metade da multidão estava bêbada naquela tarde, pois era sábado e os moinhos tinham funcionado em tempo integral naquela semana. O calor e o sol eram nauseantes, e havia um forte mau cheiro no ar.

Ele viu os dois lutadores chegarem mais perto um do outro. Mas ele sabia que aquele não era o início. Tinha sentido a aproximação de uma grande briga havia bastante tempo. E o engraçado era que encontrava tempo para pensar em tudo isso. Ficou observando por uns cinco segundos antes de abrir caminho pela multidão. Naquele curto intervalo, pensou em muitas coisas. Pensou em Singer. Pensou nas tardes de verão soturnas e nas noites escuras e quentes, em todas as brigas que tinha interrompido e nas que tinha acalmado.

Então viu o lampejo de um canivete ao sol. Passou empurrando com os ombros por um emaranhado de pessoas e saltou nas costas do negro que segurava a faca. O homem caiu com ele e os dois se viram juntos no chão. O cheiro de suor no negro se misturava com a poeira densa em seus pulmões. Alguém pisou em suas pernas e sua cabeça foi chutada. Quando conseguiu se levantar de novo, a briga tinha se tornado geral. Os negros estavam lutando contra os brancos, e os brancos contra os negros. Ele via tudo claramente, segundo por segundo. O menino branco que tinha começado a briga parecia uma espécie de líder. Era o líder de uma gangue que vinha frequentemente ao espetáculo. Pareciam ter uns 16 anos, e todos se vestiam com calças de algodão brancas e elegantes camisas de raiom. Os negros revidavam os golpes da melhor maneira possível. Alguns tinham lâminas.

Ele começou a gritar: Ordem! Socorro! Polícia! Mas era como gritar a uma represa que se rompia. Havia um terrível barulho em seus ouvidos – terrível porque era humano, mas sem palavras. O barulho aumentou até formar um rugido que o ensurdecia. Jake levou um golpe na cabeça. Não conseguia ver o que se passava ao seu redor. Via apenas olhos, bocas e punhos – olhos desvairados e semicerrados, bocas molhadas, frouxas e cerradas, punhos pretos e brancos. Arrancou a faca da mão de alguém e aparou um punho erguido. Depois a poeira e o sol o cegaram, e o único pensamento em sua mente era sair e descobrir um telefone para ligar pedindo socorro.

Contudo, Jake estava enredado. E, sem saber quando isso aconteceu, ele próprio se meteu na briga. Distribuía socos e sentia seu punho esmagar a carne mole de bocas molhadas. Lutava de olhos fechados e cabeça abaixada. Um ruído louco saía de sua garganta. Ele socava com toda a sua força e investia com a cabeça como um touro. Palavras sem sentido apareciam em sua mente, e ele ria. Não via aqueles que golpeava e não sabia quem o golpeava. Mas sabia que a linha da briga tinha mudado e que agora era cada homem por si mesmo.

Então de repente terminou. Ele tropeçou e caiu de costas. Nocauteado, de modo que talvez tivesse se passado um minuto ou talvez muito mais tempo quando abriu os olhos. Alguns bêbados ainda estavam brigando, mas dois policiais cuidavam de dispersar todo mundo bem rápido. Ele viu em que tinha tropeçado. Estava deitado metade em cima e metade ao lado do corpo de um jovem negro. Com apenas um olhar, soube que o jovem estava morto. Havia um corte no lado do pescoço, mas era difícil entender como tinha morrido tão depressa. Ele conhecia o rosto, mas não sabia de onde. A boca do rapaz estava aberta e seus olhos, arregalados de espanto. O terreno estava entulhado de papéis, garrafas quebradas e hambúrgueres pisoteados. A cabeça de um dos cavalos do carrossel tinha sido arrancada e uma barraca fora destruída. Ele se sentou. Depois viu os policiais e, em pânico, começou a correr. A essa altura, já deviam ter perdido sua pista.

Havia só mais quatro quarteirões pela frente, então ele estaria seguro, sem dúvida. O medo tinha encurtado sua respiração, estava sem fôlego. Cerrou os punhos e abaixou a cabeça. De repente, diminuiu a velocidade e parou. Estava sozinho num beco perto da rua principal. Num dos lados estava a parede de um prédio, e ele desabou contra esse esteio, ofegante, a veia saliente na testa inflamada. Na confusão, tinha corrido pela cidade para chegar ao quarto de seu amigo. E Singer estava morto. Ele começou a chorar. Soluçava alto, e a água escorria de seu nariz, molhando o bigode.

Uma parede, um lance de escada, uma estrada pela frente. O sol ardente pesava sobre ele. Começou a voltar pelo caminho que tinha percorrido. Dessa vez caminhava lentamente, limpando o rosto molhado com a manga gordurosa da camisa. Não conseguia parar o tremor nos lábios e por isso os mordeu até sentir o gosto de sangue.

Na esquina do quarteirão seguinte, topou com Simms. O velho esquisito estava sentado numa caixa com sua Bíblia sobre os joelhos. Havia uma cerca alta de tábuas atrás dele, e nas pranchas estava escrita uma mensagem com giz roxo.

Ele Morreu para te Salvar
Ouçam a História de Seu Amor e Graça
Toda Noite às 19h15

A rua estava deserta. Jake tentou passar para a outra calçada, mas Simms o pegou pelo braço.

"Venham, todos vocês desconsolados e de coração aflito. Ponham seus pecados e dificuldades diante dos pés abençoados d'Aquele que morreu pra salvar vocês. Pra onde vai, irmão Blount?"

"Pra casa cagar", disse Jake. "Tenho que cagar. O Salvador tem alguma coisa contra isso?"

"Pecador! O Senhor se lembra de todas as suas transgressões. O Senhor tem uma mensagem pra você esta noite."

"O Senhor lembra daquele dólar que eu te dei semana passada?"

"Jesus tem uma mensagem pra você às sete e quinze, hoje à noite. Esteja aqui pontualmente pra escutar Sua Palavra."

Jake lambeu o bigode. "Você reúne uma multidão tão grande

todas as noites que eu nem consigo chegar perto pra poder te escutar."

"Há um lugar pros escarnecedores. Além disso, tive um sinal de que em breve o Salvador deseja que eu faça uma casa pra Ele. Naquele lote na esquina da Oitava Avenida com a rua 6. Um tabernáculo enorme capaz de abrigar quinhentas pessoas. Então vocês escarnecedores vão ver. O Senhor prepara uma mesa diante de mim na presença dos meus inimigos; ele unge minha cabeça com óleo. Minha taça transborda..."

"Posso reunir uma multidão pra você hoje à noite", disse Jake.

"Como?"

"Me dá seu belo giz colorido. Prometo uma grande multidão."

"Já vi seus cartazes", disse Simms. "'TRABALHADORES! A AMÉRICA É O PAÍS MAIS RICO DO MUNDO, MAS UM TERÇO DE NÓS PASSA FOME. QUANDO VAMOS NOS UNIR E PEDIR NOSSA COTA?' – tudo isso. Seus cartazes são radicais. Eu não vou deixar você usar meu giz."

"Mas não penso em escrever cartazes."

Simms folheou com os dedos as páginas de sua Bíblia e esperou, cheio de suspeitas.

"Vou te arrumar uma boa multidão. Nos pavimentos em cada ponta do quarteirão, vou desenhar pra você algumas belas putas nuas. Tudo colorido, com setas apontando o caminho. Doces, rechonchudas, com a bunda de fora..."

"Babilônio!", gritou o velho. "Filho de Sodoma! Deus se lembrará disso."

Jake atravessou a rua para a outra calçada e partiu em direção à casa onde vivia. "Até mais, irmão."

"Pecador", chamou o velho. "Volta aqui às sete e quinze em ponto. E escuta a mensagem de Jesus que vai te dar fé. Pra ser salvo."

Singer estava morto. E seu sentimento quando ouviu pela primeira vez que ele tinha se matado não foi de tristeza – mas de raiva. Jake estava diante de uma parede. Recordou todos os pensamentos mais secretos que havia revelado a Singer, e, com sua morte, tinha a impressão de que estavam perdidos. E por que Singer havia desejado dar fim à sua vida? Talvez tivesse enlouquecido. Mas, de qualquer forma, ele estava morto, morto, morto.

Impossível vê-lo, tocá-lo ou lhe falar, e o quarto onde tinham passado tantas horas juntos fora alugado a uma moça que trabalhava como datilógrafa. Ele já não podia ir até lá. Estava sozinho. Uma parede, um lance de escada, uma estrada aberta.

Jake trancou a porta de seu quarto atrás de si. Estava faminto e não havia nada para comer. Sentia sede e restavam apenas algumas gotas de água morna no jarro ao lado da mesa. A cama estava desfeita e havia poeira acumulada no chão. Papéis se espalhavam por todo o quarto, porque recentemente ele tinha escrito muitas notas curtas e as distribuíra pela cidade. Melancólico, relanceou os olhos num dos papéis, intitulado "O T. W. O. C.[2] É SEU MELHOR AMIGO". Algumas das notas tinham apenas uma frase, outras eram mais longas. Havia um manifesto de página inteira intitulado "A AFINIDADE ENTRE NOSSA DEMOCRACIA E O FASCISMO".

Por um mês ele tinha se empenhado nesses papéis, rabiscando durante as horas de trabalho, datilografando e fazendo cópias na máquina de escrever do New York Café, distribuindo em mãos. Tinha trabalhado noite e dia. Mas quem os lia? De que tinha adiantado qualquer um deles? Uma cidade desse tamanho era grande demais para um único homem. E agora ele estava de partida.

Mas qual seria seu paradeiro dessa vez? Os nomes das cidades o chamavam — Memphis, Wilmington, Gastonia, Nova Orleans. Ele seguiria para algum lugar. Mas não sairia do Sul. A antiga inquietação e gana estavam de novo em seu coração. Dessa vez, era diferente. Ele não desejava espaço aberto e liberdade — era exatamente o inverso. Lembrava o que o negro, Copeland, tinha dito: "Não tente resistir sozinho". Havia tempos em que era o melhor a ser feito.

Jake deslocou a cama pelo quarto. Sobre a parte do chão que a cama tinha escondido, havia uma mala e uma pilha de livros e roupas sujas. Impaciente, ele começou a fazer a mala. O rosto do velho negro estava em sua mente, e algumas das palavras que ele dissera lhe voltavam à consciência. Copeland era

---

2 Sigla de Textile Workers Organizing Committee, Comitê Organizador dos Trabalhadores da Indústria Fabril. [NOTA DA TRADUTORA]

louco. Um fanático, por isso era enlouquecedor tentar discutir com ele. Ainda assim, fora difícil compreender a raiva terrível que tinham sentido naquela noite. Copeland *sabia*. E aqueles que sabiam eram um punhado de soldados nus diante de um batalhão armado. E o que tinham feito? Tinham passado a brigar um com o outro. Copeland estava errado – sim –, ele era louco. Mas, pensando bem, em alguns pontos talvez pudessem trabalhar juntos. Se não falassem demais. Ele iria visitá-lo. Surgiu dentro de si um ímpeto repentino de se apressar. Afinal, talvez fosse o melhor a fazer. Talvez fosse o sinal, a mão que tinha aguardado por tanto tempo.

Sem fazer uma pausa para limpar a sujeira do rosto e das mãos, ele afivelou a mala e deixou o quarto. Lá fora, o ar estava abafado e havia um cheiro ruim na rua. Nuvens tinham se formado no céu. A atmosfera estava tão parada que a fumaça de um moinho no distrito subia numa linha reta e ininterrupta. Enquanto Jake caminhava, a mala batia de mau jeito contra seus joelhos, e muitas vezes ele torcia o pescoço para olhar para trás. Copeland morava bem do outro lado da cidade, por isso não havia necessidade de se apressar. As nuvens no céu se tornavam cada vez mais densas e anunciavam um temporal de verão antes do cair da noite.

Quando chegou à casa onde Copeland morava, viu que as persianas estavam abaixadas. Caminhou até os fundos e espiou pela janela a cozinha abandonada. Um desapontamento oco e desesperado fez suas mãos suarem e seu coração perder o ritmo da batida. Chegou perto da casa à esquerda, mas não havia ninguém. Ele precisava ir até a casa dos Kelly e perguntar a Portia.

Ele odiava chegar perto dessa casa mais uma vez. Não suportava ver o cabide de chapéus no saguão da frente e o longo lance de escadas que tinha subido tantas vezes. Atravessou lentamente a cidade e se aproximou da casa pelo beco. Entrou pela porta dos fundos. Portia se achava na cozinha e o menino pequeno estava com ela.

"Não, sr. Blount", disse Portia. "Sei que o senhor foi um bom amigo do sr. Singer e que compreende o que o pai pensava dele. Mas a gente levou o pai pro campo hoje de manhã, e sei no fundo da minha alma que não tenho nada que contar pro senhor onde ele tá. Se não se importa, prefiro falar claro e sem papas na língua sobre esse ponto."

"Você não precisa ter papas na língua pra nada", disse Jake.

"Mas por quê?"

"Depois daquela vez que cê veio visitar, o pai ficou tão doente que a gente pensava que ele ia morrer. Levou muito tempo pro pai conseguir sentar direito. Tá passando bem agora. E vai ficar muito mais forte onde tá no momento. Mas, nem sei se o senhor vai entender isso ou não, ele sente muito rancor contra os homens brancos, e ele é fácil de ficar transtornado. Além disso, se não se importa de falar claro, o que cê quer mesmo com o pai?"

"Nada", disse Jake. "Nada que você possa compreender."

"Nós, o povo de cor, temos sentimentos como todo mundo. E eu continuo firme no que disse, sr. Blount. O pai é apenas um velho de cor que tá doente, e ele já tem problema de sobra. A gente tem que cuidar dele. E ele não tá ansioso pra ver o senhor – sei bem disso."

Na rua de novo, ele viu que as nuvens tinham adquirido uma cor roxa escura e zangada. No ar estagnado havia um cheiro de tempestade. O verde vívido das árvores ao longo da calçada parecia se infiltrar furtivamente na atmosfera, criando um estranho brilho esverdeado sobre a rua. Tudo estava tão silencioso e parado que Jake fez uma pausa por um momento, para farejar o ar e olhar ao redor de si. Depois agarrou a mala embaixo do braço e começou a correr na direção dos toldos da rua principal. Mas não foi rápido o bastante. Escutou-se um choque metálico de trovão, e o ar esfriou de repente. Grandes gotas prateadas de chuva chiaram no pavimento. Uma avalanche de água o cegou. Quando chegou ao New York Café, as roupas se grudavam, molhadas e enrugadas, ao seu corpo, e os sapatos estalavam com a água.

Brannon pôs o jornal de lado e apoiou os cotovelos no balcão. "Ora, isso é realmente curioso. Tive o pressentimento de que você apareceria bem quando a chuva desabasse. Sabia até a medula dos ossos que você estava vindo e que chegaria tarde demais." Ele amassou o nariz com o polegar até que ficasse branco e chato. "E uma mala?"

"Parece uma mala", disse Jake. "E tem aspecto de mala. Assim, se você acredita na realidade das malas, acho que essa é uma mala, por certo."

"Você não deve andar por aí assim molhado. Sobe no andar de cima e me joga as roupas. Louis vai passar todas as peças com um ferro quente."

Jake se sentou diante de uma das mesas nos fundos e descansou a cabeça nas mãos. "Não, obrigado. Quero apenas descansar aqui e recuperar o fôlego."

"Mas seus lábios estão ficando azuis. Você parece morto de cansaço."

"Estou bem. O que eu quero é um pouco de comida."

"O jantar só vai ficar pronto daqui a meia hora", disse Brannon paciente.

"Serve qualquer sobra de comida. Só põe os restos num prato. Nem precisa ter o trabalho de esquentar."

O vazio dentro dele doía. Ele não queria olhar nem para trás nem para a frente. Fez dois de seus dedos curtos e gordos andarem pelo tampo da mesa. Fazia mais de um ano desde que tinha se sentado a essa mesa pela primeira vez. E quanto tinha avançado desde então? Nem um pouco. Nada acontecera, salvo ter feito uma amizade e perdido esse amigo. Ele dera tudo a Singer e o homem tinha se matado. Assim, estava abandonado num limbo. E agora cabia a ele sair dessa sozinho e recomeçar do zero. Só de pensar nisso, o pânico tomava conta dele. Estava cansado. Encostou a cabeça contra a parede e pôs os pés no assento ao seu lado.

"Pronto, sua refeição", disse Brannon. "Isso deve ajudar."

Depositou diante de Jake um copo de bebida quente e um prato de empada de frango. A bebida tinha um cheiro forte e adocicado. Jake inalou o vapor e fechou os olhos. "Que bebida é essa?"

"Casca de limão raspada num pedaço de açúcar e água fervente com rum. É um bom drinque."

"Quanto lhe devo?"

"Não sei de imediato, mas vou calcular antes de você sair."

Jake tomou um longo gole da bebida e lavou a boca com o líquido antes de engolir. "Você nunca vai receber o dinheiro", disse ele. "Não tenho como pagar – e, se tivesse, eu provavelmente não pagaria, de qualquer jeito."

"Bem, eu ando te pressionando? Algum dia te apresentei uma conta e pedi que pagasse?"

"Não", disse Jake. "Você tem sido razoável. E, pensando bem, você é um cara bem decente – de uma perspectiva pessoal, quero dizer."

Brannon sentou-se à mesa diante de Jake. Algo estava na sua mente. Ele sacudia o saleiro de um lado para outro e não parava de alisar o cabelo. Cheirava a perfume e sua camisa azul listrada era nova e limpa. As mangas estavam arregaçadas e presas com antiquadas braçadeiras azuis.

Por fim, ele pigarreou hesitante e disse: "Estava dando uma olhada no jornal da tarde pouco antes de você chegar. Parece que você teve bastante encrenca no trabalho hoje".

"É verdade. O que dizia?"

"Espera. Vou pegar a notícia." Brannon buscou o jornal no balcão e se encostou contra a divisória de uma das mesas. "Diz na primeira página que no Sunny Dixie Show, localizado em tal endereço, houve um tumulto generalizado. Dois negros foram fatalmente feridos com lesões infligidas por facas. Três outros sofreram ferimentos menores e foram levados ao hospital pra tratamento. Os mortos foram Jimmy Macy e Lancy Davis. Os feridos foram John Hamlin, branco, de Central Mill City, Various Wilson, negro, e assim por diante. Citação: 'Várias prisões foram efetuadas. Alega-se que os distúrbios foram causados pelo movimento operário, porque papéis de natureza subversiva foram encontrados por todo o local do distúrbio. Outras prisões são esperadas em breve'." Brannon apertou os dentes. "A composição desse jornal vai de mal a pior. A palavra 'subversiva' escrita com '*u*' na segunda sílaba e prisões sem o *til*."

"Eles são espertos, sem dúvida", disse Jake em tom de zombaria. "'Causadas pelo movimento operário.' Extraordinário."

"De qualquer modo, toda a história é lamentável."

Jake pôs a mão na boca e olhou para o prato vazio.

"O que pretende fazer agora?"

"Estou de partida. Vou sair daqui esta tarde."

Brannon esfregou as unhas na palma da mão. "Bem, claro

que não é necessário – mas talvez seja bom. Por que tanta pressa? Não faz sentido partir a esta hora do dia."

"Prefiro."

"Não acho que lhe convém investir numa nova vida. Por que não aceita meu conselho a esse respeito? Eu próprio – sou conservador e claro que acho suas opiniões radicais. Mas, ao mesmo tempo, gosto de conhecer todos os lados de uma questão. Em todo caso, quero ver você se endireitar. Assim, por que não vai pra algum lugar onde possa encontrar pessoas mais ou menos semelhantes a você? E se estabelecer ali?"

Irritado, Jake afastou o prato à sua frente. "Não sei pra onde estou indo. Me deixa em paz. Estou cansado."

Brannon deu de ombros e voltou ao balcão.

Jake estava bastante cansado. O rum quente e o som pesado da chuva lhe davam sono. Era bom estar a salvo sentado diante de uma mesa depois de uma boa refeição. Se quisesse, poderia se debruçar sobre a mesa e tirar um cochilo – bem curto. A cabeça já parecia inchada e pesada, e ele se sentia mais confortável de olhos fechados. Mas teria de ser um cochilo curto, porque logo devia sair dali.

"Quanto tempo vai levar essa chuva?"

A voz de Brannon tinha um tom sonolento. "Não dá pra saber – um aguaceiro tropical. Pode se dissipar de repente – ou – talvez diminua um pouco e continue a chover a noite toda."

Jake apoiou a cabeça nos braços. O barulho da chuva era como o som do mar em alto volume. Escutou o tique-taque de um relógio e o ruído distante de pratos. Aos poucos, suas mãos relaxaram. Elas estavam abertas, palmas para cima, sobre a mesa.

Mais tarde, Brannon o sacudia pelos ombros e olhava bem em seu rosto. Um sonho terrível estava na mente de Jake. "Acorde", dizia Brannon. "Você teve um pesadelo. Vim dar uma olhada, e sua boca estava aberta e você gemia e arrastava os pés no chão. Nunca vi nada que chegasse perto de tal cena."

O sonho ainda pesava em sua mente. Ele sentia o antigo terror que sempre sobrevinha quando acordava. Empurrou Brannon para o lado e se levantou. "Você não precisa me dizer que eu tive um pesadelo. Lembro exatamente como foi. E tive o mesmo sonho umas quinze vezes antes."

Ele se lembrava agora. Das outras vezes, não tinha sido capaz de ver o sonho claro em sua mente acordada. Andava por uma grande multidão – como no parque. Mas havia também algo oriental nas pessoas ao seu redor. Um sol terrível brilhava, e as pessoas estavam seminuas. Silenciosas, lentas, e suas faces mostravam que estavam mortas de fome. Não havia som, apenas o sol e a multidão silenciosa. Ele caminhava entre as pessoas e carregava um imenso cesto coberto. Estava levando o cesto para algum lugar, mas não conseguia encontrar onde deixá-lo. E no sonho havia um horror peculiar em andar a esmo pela multidão sem saber onde depor a carga que tinha carregado nos braços por tanto tempo.

"O que foi?", perguntou Brannon. "O diabo estava te perseguindo?"

Jake se levantou e foi até o espelho atrás do balcão. Seu rosto estava sujo e suado. Havia círculos escuros embaixo dos olhos. Ele molhou o lenço na torneira do bebedouro e limpou o rosto. Depois tirou um pente do bolso e penteou com cuidado o bigode.

"O sonho não foi nada. É preciso estar dormindo pra compreender por que foi um pesadelo tão terrível."

O relógio marcava cinco e meia. A chuva tinha quase parado. Jake pegou sua mala e foi para a porta da frente. "Até mais. Vou lhe mandar um cartão-postal, talvez."

"Espere", disse Brannon. "Você não pode ir agora. Ainda está chovendo um pouco."

"Apenas uns pingos que caem dos toldos. Prefiro sair da cidade antes de escurecer."

"Mas espere. Você tem dinheiro? O bastante pra se manter por uma semana?"

"Não preciso de dinheiro. Já vivi duro antes."

Brannon tinha um envelope pronto, e nele estavam duas notas de 20 dólares. Jake as examinou dos dois lados e enfiou-as no bolso. "Só Deus sabe por que você faz isso. Nunca mais sentirá o cheiro desse dinheiro. Mas obrigado. Não esquecerei."

"Boa sorte. E mande notícias."

"*Adiós.*"

"Até logo."

A porta fechou atrás dele. Quando olhou para trás no fim do quarteirão, Brannon estava na calçada, observando-o. Jake caminhou até alcançar os trilhos da ferrovia. Em cada lado, filas de casebres de dois cômodos dilapidados. Nos quintais exíguos, viam-se latrinas estragadas e varais cheios de trapos rasgados, encardidos, dependurados para secar. Por três quilômetros, nenhum sinal de conforto, espaço ou limpeza. Até a própria terra parecia suja e abandonada. De vez em quando, havia indícios de que se tentara plantar uma fileira de hortaliças, mas apenas umas poucas couves murchas tinham resistido. E umas figueiras enegrecidas e sem frutos. Crianças pequenas se aglomeravam nessa sujeira, as menores totalmente nuas. A visão dessa pobreza era tão cruel e irremediável que Jake grunhiu e cerrou os punhos.

Chegou aos limites da cidade e virou para uma rodovia. Os carros passavam por ele. Seus ombros eram largos demais e seus braços, longos demais. Ele era tão forte e feio que ninguém queria lhe dar carona. Mas talvez um caminhão parasse dentro em breve. O sol de fim de tarde estava no céu de novo. O calor fazia o vapor se elevar do asfalto molhado. Jake caminhava sem parar. Assim que a cidade ficou para trás, uma nova onda de energia o invadiu. Mas isso era fuga ou investida? De qualquer maneira, estava a caminho. Tudo para começar outra vez. A estrada à sua frente se dirigia para o norte e ligeiramente para o leste. Mas ele não iria longe demais. Não deixaria o Sul. Isso estava claro. Havia esperança nele, talvez o traçado de sua jornada logo tomasse forma.

3

Noite

De que adiantava? Era isso que ela queria saber. De que diabos adiantava? Todos os planos que ela havia elaborado, e a música. Quando o que restava era tão somente esta cilada – a loja, voltar para casa na hora de dormir, e de volta à loja mais uma vez. O relógio na frente do lugar onde o sr. Singer costumava trabalhar marcava sete horas. E ela acabava de sair do trabalho. Quando havia horas extras, o gerente sempre dizia para ela ficar. Porque, mais que qualquer outra garota, ela aguentava ficar muito tempo de pé e trabalhar duro sem baquear.

A chuva forte tinha deixado um azul pálido e tranquilo no céu. O escuro vinha vindo. As luzes já estavam acesas. As buzinas dos automóveis trombeteavam na rua e os jornaleiros mirins gritavam as manchetes dos jornais. Ela não queria ir para casa. Se fosse para casa agora, deitaria na cama e berraria. De tão cansada. Mas, se entrasse no New York Café e tomasse um pouco de sorvete, talvez se sentisse bem. E quem sabe fumar um cigarro e ficar a sós consigo mesma por algum tempo.

A parte da frente do café estava cheia de gente, por isso ela foi para a última mesa. Era a região da lombar e o rosto que ficavam mais cansados. Seu lema devia ser "Fique alerta e sorria". Assim que saía da loja, tinha de franzir as sobrancelhas por muito tempo para recuperar seu semblante natural. Até as orelhas ficavam cansadas. Tirou os brincos verdes pendentes e beliscou os lóbulos. Comprara os brincos na semana anterior – e também uma pulseira prateada. Primeiro trabalhava na seção de Potes e Panelas, mas agora a tinham passado para Bijuterias.

"Boa noite, Mick", disse o sr. Brannon. Ele limpou o fundo de um copo de água com um guardanapo e colocou-o sobre a mesa.

"Quero um sundae de chocolate e um chope de 1 níquel."

"Juntos?" Ele pôs um cardápio na mesa e apontou com o dedo mínimo em que tinha uma aliança feminina. "Olha... temos um bom frango assado ou um ensopado de vitela. Por que não janta um pouco comigo?"

"Não, obrigada. Só quero um sundae e o chope. Ambos bem gelados."

Mick passou a mão para tirar o cabelo da testa. Sua boca estava aberta, por isso as bochechas pareciam ocas. Duas coisas em que ela jamais poderia acreditar. Que o sr. Singer tinha se matado e estava morto. E que ela havia crescido e precisava trabalhar na Woolworth's.

Foi ela que o encontrou. Eles tinham pensado que o barulho fosse do escapamento de um carro, e só no dia seguinte é que ficaram sabendo. Ela entrou para ligar o rádio. O sangue estava por todo o pescoço, e, quando chegou à cena, seu pai a empurrou para fora do quarto. Ela havia corrido para o escuro e desferido socos em si mesma. E, na noite seguinte, ele estava num caixão na sala de estar. O agente funerário tinha posto ruge e batom na face para lhe dar uma aparência natural. Mas ele não parecia natural. Ele estava muito morto. E, misturado com o aroma das flores, havia esse outro cheiro que não a deixava ficar na sala. Mas, durante todos aqueles dias, ela se manteve no emprego. Embrulhava pacotes, entregava-os no balcão e fazia o dinheiro tilintar na caixa registradora. Caminhava quando devia caminhar e comia quando se sentava à mesa. Só a princípio, quando ia para a cama à noite, é que não conseguia dormir. Mas agora também dormia como devia dormir.

Mick se virou para o lado em seu assento para poder cruzar as pernas. Sua meia-calça estava desfiada. Tinha começado a desfiar quando caminhava para o trabalho, e ela pusera cuspe em cima do rasgo. Mais tarde, o desfiado fora adiante e ela tratou de pôr um pouco de chiclete na ponta. Mas nem isso adiantou. Ela

teria de ir para casa e costurar. Era difícil lidar com essas meias-
-calças. Elas estragavam muito rápido. Só se ela fizesse como as
garotas comuns que usam meias de algodão.

Não devia ter entrado no café. As solas de seus sapatos estavam completamente gastas. Devia ter poupado os 20 centavos para comprar uma meia-sola nova. Pois, se continuasse a ficar de pé sobre um sapato com um buraco, o que aconteceria? Surgiria uma bolha em seu pé. E ela teria de furá-la com uma agulha queimada. Teria de ficar em casa sem trabalhar e seria demitida. E então o que aconteceria?

"Pronto, aqui está", disse o sr. Brannon. "Mas nunca ouvi falar dessa combinação antes."

Ele pôs o sundae e o chope na mesa. Ela fingiu limpar as unhas, porque, se lhe desse atenção, ele começaria a puxar papo. Ele não parecia mais ter aquele rancor contra ela, devia ter esquecido sobre o pacote de chicletes. Agora ele sempre queria conversar com ela. Mas ela queria ficar quieta e sozinha. O sundae estava bom, todo coberto com chocolate, castanhas e cerejas. E o chope era relaxante. Tinha um gosto amargo bom após o sorvete, embriagava. Depois de música, cerveja era o que havia de melhor.

Mas agora não havia música em sua mente. Engraçado. Era como se tivesse sido enxotada do seu quarto interior. Às vezes, uma pequena melodia rápida ia e vinha – mas ela nunca mais entrava no seu quarto interior pensando em música como costumava fazer. Era como se estivesse tensa demais. Ou talvez porque a loja roubasse toda a sua energia e tempo. A Woolworth's não era o mesmo que a escola. Quando vinha da escola e entrava em casa, ela se sentia bem e pronta para começar a trabalhar em suas músicas. Mas agora estava sempre cansada. Em casa apenas jantava, dormia, mais tarde tomava o café da manhã e saía para a loja de novo. Uma canção que tinha começado em seu caderno de notas havia dois meses ainda não estava terminada. E ela queria permanecer no seu quarto interior, mas não sabia como. Era como se o quarto interior estivesse trancado em algum lugar distante dela. Algo difícil de compreender.

Mick empurrou com o polegar o dente da frente quebrado. Mas ainda tinha o rádio do sr. Singer. As prestações não estavam todas pagas, e ela assumiu a responsabilidade. Era bom ter alguma coisa que pertencera a ele. E talvez um dia ela conseguisse poupar um pouco para um piano de segunda mão. Vamos dizer 2 dólares por semana. E não deixaria ninguém, a não ser ela própria, chegar perto de seu piano particular – apenas ela ensinaria pequenas peças a George. Colocaria o piano no quarto dos fundos e tocaria toda noite. E todo o dia de domingo. Mas e se numa das semanas ela não conseguisse pagar? Eles viriam buscar o piano como tinham levado a pequena bicicleta vermelha? E se ela não deixasse? E se escondesse o piano embaixo da casa? Ou então se os esperasse na porta da frente? E lutasse? Derrubasse os dois homens para que ficassem de olho roxo, nariz quebrado e acabassem desmaiados no chão do hall?

Mick franziu as sobrancelhas e esfregou o punho com força contra a testa. As coisas eram assim. Era como se ela estivesse sempre furiosa. Não como uma criança fica furiosa por alguns minutos, uma fúria que logo passa – mas de outra maneira. Só que não havia nada com que ficar furiosa. Exceto a loja. Mas a loja não tinha pedido que ela aceitasse o emprego. Por isso não havia nada com que ficar furiosa. Era como se ela tivesse sido trapaceada. Só que ninguém a trapaceara. Portanto, não havia ninguém a quem culpar pela trapaça. Entretanto, ainda assim era como ela se sentia. Trapaceada.

Mas talvez conseguisse comprar o piano e tudo desse certo. Talvez ela conseguisse uma oportunidade em breve. Senão, de que diabos adiantava – a maneira como se sentia sobre a música e os planos que havia feito no quarto interior? Tudo isso tinha de ser algo bom, se alguma coisa fizesse sentido. E era bom demais, e bom demais, e bom demais, e bom demais. Algo bom.

Está certo!
Assim será!
Algo bom.

4

Madrugada

Tudo estava sereno. Quando Biff secou o rosto e as mãos, uma brisa fazia tilintar os pingentes de vidro do pequeno pagode japonês sobre a mesa. Ele acabara de acordar de um cochilo e tinha fumado seu charuto noturno. Pensou em Blount e ficou imaginando se a essa altura ele já não estaria bem longe. Havia um frasco de Agua Florida na prateleira do banheiro, e ele encostou a tampa em suas têmporas. Assobiou uma antiga canção, e, enquanto descia as escadas estreitas, a melodia deixava um eco entrecortado atrás de si.

Louis devia estar a postos atrás do balcão. Mas ele tinha largado o batente, e o café estava deserto. A porta da frente permanecia aberta para a rua vazia. O relógio na parede marcava dezessete minutos antes da meia-noite. O rádio estava ligado, e havia comentários sobre a crise que Hitler tinha forjado a respeito de Danzig. Voltou à cozinha e encontrou Louis dormindo numa cadeira. O menino tinha tirado os sapatos e desabotoado as calças. A cabeça pendia sobre seu peito. Uma longa mancha molhada na camisa mostrava que ele estava dormindo havia bastante tempo. Os braços estavam pendurados de cada lado, e o milagre é ele não ter caído de cara no chão. Dormia profundamente e não adiantava acordá-lo. A noite seria tranquila.

Biff atravessou a cozinha na ponta dos pés até uma prateleira onde havia um cesto de osmantos e dois jarros de água cheios de zínias. Carregou as flores até a frente do restaurante e removeu da vitrine os últimos pratos envoltos em celofane. Estava enjoado de comida. Uma vitrine de flores naturais de verão – isso seria bom. Mantinha os olhos fechados enquanto imaginava como poderia arranjar as flores. Uma base de osmantos espalhados sobre o fundo da vitrine, viçosos e verdes. A tina de cerâmica vermelha cheia de zínias brilhantes. Nada mais. Começou a arrumar a vitrine com cuidado. Entre as flores, havia uma bem esquisita, uma zínia com seis pétalas cor de bronze e duas vermelhas. Ele examinou essa curiosidade e separou-a para guardá-la. A vitrine acabou ficando pronta, e ele parou na rua para observar sua obra. Fez as hastes canhestras das flores se curvarem no grau exato para parecerem soltas. As luzes elétricas prejudicavam o efeito, mas, quando o sol nascesse, sua exposição se revelaria com toda a sua beleza. Absolutamente artístico.

O céu preto e salpicado de estrelas parecia estar perto da terra. Ele deu uma volta pela calçada, fazendo uma pausa para chutar uma casca de laranja na sarjeta com a lateral do pé. No final do quarteirão seguinte, dois homens, à distância e imóveis pequenos, estavam de braços dados. Não havia mais ninguém à vista. Seu café era o único estabelecimento em toda a rua com uma porta aberta e luzes no interior.

E por quê? Qual era a razão para manter o estabelecimento aberto durante toda a madrugada, quando qualquer outro café na cidade fechava? Muitas vezes, lhe faziam essa pergunta, e ele nunca sabia dar a resposta em palavras. Não era dinheiro. Às vezes, um grupo entrava para tomar uma cerveja e comer ovos mexidos, gastavam 5 ou 10 dólares. Mas isso era raro. Em geral vinha um de cada vez, pedia pouca coisa e ficava por muito tempo. E em algumas madrugadas, entre meia-noite e cinco da manhã, não entrava nenhum freguês. Não havia lucro – isso era evidente.

No entanto, ele nunca fecharia de madrugada – não enquanto mantivesse o negócio. Era um período especial. Havia aqueles que ele nunca veria de outra maneira. Alguns vinham regularmente várias vezes por semana. Outros tinham vindo apenas uma vez, tomaram uma Coca-Cola e nunca voltaram.

Biff cruzou os braços sobre o peito e caminhou mais lentamente. Dentro do arco da luz da rua, sua sombra aparecia angular e preta. O silêncio pacífico da noite se assentou nele. Essas eram as horas para descanso e meditação. Talvez fosse por isso que ele ficava no andar térreo e não dormisse. Com um último olhar rápido, escrutinou a rua vazia e entrou no café.

No rádio, ainda se falava da crise. Os ventiladores no teto criavam um zumbido tranquilizador. Da cozinha, vinha o som de Louis roncando. Ele pensou de repente no pobre Willie e decidiu lhe enviar 1 litro de uísque na primeira oportunidade. Voltou-se para as palavras cruzadas no jornal. Havia no centro a foto de uma mulher para ser identificada. Ele a reconheceu e escreveu o nome – Mona Lisa – nos primeiros espaços. O número um para baixo era uma palavra para mendigo, começando com *m* e dez letras. Mendicante. Número dois, horizontal, era uma palavra significando *afastar para longe*. Uma palavra de seis letras começando com *e*. Evadir? Sondou tentativas de combinação de letras em voz alta. Evitar. Mas ele tinha perdido o interesse. Já havia charadas suficientes sem palavras cruzadas. Dobrou e afastou o jornal. Voltaria a lê-lo mais tarde.

Examinou a zínia que quisera guardar. Ao segurá-la na palma da mão sob a luz, a flor não se mostrou, afinal, um espécime assim tão curioso. Não valia a pena guardar. Puxou as pétalas macias e brilhantes, uma por vez, até terminar em bem me quer. Mas quem? Quem ele estaria amando agora? Não uma única pessoa. Qualquer ser decente que entrasse da rua para se sentar por uma hora e tomar um drinque. Mas não uma única pessoa. Ele tivera seus amores e eles estavam terminados. Alice, Madeline e Gyp. Terminados. Deixando-o melhor ou pior. Qual dos dois? Dependia de como se considerasse o caso.

E Mick. Aquela que nos últimos meses tinha vivido tão estranhamente em seu coração. Esse amor também chegara ao fim? Sim. Estava terminado. Ao cair da noite, Mick entrava para tomar uma bebida gelada ou um sundae. Ela amadurecera. Seus modos abruptos e infantis tinham quase desaparecido. Em seu lugar, havia nela algo feminino e delicado que era difícil de especificar. Os brincos, o tilintar de suas pulseiras e a nova maneira de cruzar as pernas e puxar a bainha da saia para baixo dos joelhos. Ele a observava e sentia apenas uma gentileza. Nele, o antigo sentimento não existia mais. Por um ano, esse amor tinha florescido estranhamente. Ele o questionara centenas de vezes sem encontrar resposta. E agora, como uma flor de verão que se despedaça em setembro, estava terminado. Não havia ninguém. Biff bateu no nariz com o indicador. Uma voz estrangeira falava agora no rádio. Ele não sabia ao certo se a voz era alemã, francesa ou espanhola. Mas soava como catástrofe. Sentia os nervos à flor da pele ao escutar a voz. Quando desligou o rádio, o silêncio era profundo e ininterrupto. Percebeu a noite lá fora. A solidão apertou-lhe o peito, acelerando sua respiração. Era tarde demais para telefonar a Lucile e falar com Baby. Nem poderia esperar que um freguês entrasse a essa hora. Foi até a porta e olhou para todos os lados da rua. Tudo estava vazio e escuro.

"Louis!", chamou. "Está acordado, Louis?"

Nenhuma resposta. Pôs os cotovelos sobre o balcão e apoiou a cabeça nas mãos. Moveu o maxilar com a barba escura de um lado para outro, e lentamente sua testa baixou num franzir de sobrancelha.

O enigma. A pergunta que se enraizara em sua mente e não lhe dava descanso. O enigma de Singer e do restante daquelas pessoas. Mais de um ano se passara desde que tudo tinha começado. Mais de um ano desde que Blount andara pelo café em sua primeira longa bebedeira e tinha visto o mudo pela primeira vez. Desde que Mick começara a seguir Singer por toda parte. E agora já havia um mês que Singer estava morto e sepultado. E o enigma ainda existia dentro de Biff, impedindo que ficasse tranquilo. Havia algo não natural nisso tudo – semelhante a uma piada de mau gosto. Quando pensava no enigma, sentia-se inquieto e, por algum motivo desconhecido, amedrontado.

Ele tinha cuidado do funeral. Deixaram tudo em suas mãos. As contas de Singer estavam uma bagunça só. Prestações devidas em todos os seus bens, e o beneficiário de seu seguro de vida estava morto. Havia apenas o suficiente para sepultá-lo. O funeral foi ao meio-dia. O sol queimava com um calor selvagem quando eles se reuniram ao redor da cova úmida recém-aberta. As flores se encrespavam e ficavam marrons ao sol. Mick chorava tanto que se engasgava, e o pai teve de lhe dar uns tapinhas nas costas. Blount olhava carrancudo para o túmulo com o punho perto da boca. O doutor negro da cidade, que tinha alguma relação com o pobre Willie, estava à margem da multidão e gemia para si mesmo. E havia estranhos que ninguém jamais tinha visto ou de quem eles tivessem ouvido falar. Só Deus sabe de onde vieram ou por que estavam ali.

    O silêncio na sala era profundo como a própria madrugada. Biff estava paralisado, perdido em seus pensamentos. Então de repente ele sentiu um despertar dentro de si. Seu coração começou a bater forte, e ele se apoiou no balcão para não cair. Pois, num rápido fulgor de iluminação, teve um vislumbre da luta humana e da bravura. Da interminável passagem fluida da humanidade através do tempo infinito. E daqueles que labutam e daqueles que – uma palavra – amam. Sua alma se expandiu. Mas só por um momento. Pois sentia dentro de si um alerta, um raio de terror. Estava suspenso entre os dois mundos. Percebeu que olhava para o próprio rosto no vidro do balcão à sua frente. Suas têmporas brilhavam de suor, e seu rosto se contorcia. Um olho estava mais arregalado que o outro. O olho esquerdo mergulhava atentamente no passado, enquanto o direito contemplava esbugalhado e assustado um futuro de escuridão, erro e ruína. E ele estava suspenso entre o fulgor e a escuridão. Entre a amarga ironia e a fé. Bruscamente, afastou-se.

    "Louis!", chamou. "Louis! Louis!"

    Mais uma vez, não houve resposta. Mãe de Deus, ele era um homem sensato ou não? E como esse terror podia sufocá-lo desse jeito, quando ele nem sequer sabia sua causa? E ele ficaria ali como um pateta nervoso, ou se controlaria e seria razoável? Pois, afinal, ele era ou não um homem sensato? Biff molhou o lenço na torneira e bateu de leve na face tensa e abatida. Por alguma razão, lembrou-se de que o toldo ainda não fora erguido. Ao se dirigir para a porta, seus passos ganharam firmeza. E, quando por fim se viu de novo dentro do café, ele se recompôs sobriamente para aguardar o sol da manhã.

Posfácio
GIOVANA PROENÇA GONÇALVES

Raras vezes a literatura olhou com tanta simpatia para os corações solitários quanto na obra da escritora norte-americana Carson McCullers, aclamada logo em seu romance de estreia, publicado aos 23 anos. Embora célebre nos Estados Unidos, o nome de McCullers permanece uma incógnita para os leitores brasileiros, escondido por trás dos cânones tradicionais.

No ensaio *O sonho florescente: notas de escrita*, Carson afirma: "Nada humano é estranho para mim".[1] Essa apropriação do poeta latino Terêncio, autor da expressiva sentença, marca a essência da produção literária da escritora ou, como afirma o crítico Harold Bloom, o seu credo estético.

O reconhecimento da obra de McCullers, que tornaria a jovem sulista um dos maiores tesouros ocultos da literatura de língua inglesa, começou com o fascínio dos críticos por seu primeiro romance, cunhado com o belo título *O coração é um caçador solitário*, retirado dos versos do escocês William Sharp. Originalmente, o manuscrito foi nomeado *O mudo* pela autora. Publicado em 1940, o livro causou espanto nos círculos literários: como era possível uma autora tão jovem, vinda do estado da Geórgia, contemplar a alma humana de maneira tão profunda, com o êxito que tantos escritores experientes passam toda a carreira tentando alcançar?

Carson se dedicou ao livro por um ano sem, contudo, dar a ele uma estrutura. O problema era que o protagonista estava

---

1 Carson McCullers. "O sonho florescente: notas de escrita". In: *Coração hipotecado*. Osasco: Novo Século, 2010, p. 322.

em constante mudança nas ideias da escritora. Mas, em um momento de iluminação, a figura de John Singer veio à autora de forma clara. Assim, o foco do romance por fim foi fixado, e, como declarou, pela primeira vez ela estava com toda a sua alma entregue à empreitada.

Foi por insistência de Sylvia Chatfield Bates, professora de escrita criativa de McCullers na Universidade de Nova York, e pelo incentivo do escritor Whit Burnett que ela apresentou o manuscrito à editora Houghton Mifflin. O projeto submetido por McCullers foi aceito pela editora, o que rendeu a ela uma bolsa de criação literária no valor de 1.500 dólares.

Fundidas à trama do romance, residem a complexidade psicológica das cinco personagens principais e a profundidade do mundo interior em que buscam refúgio. Em uma cidade sulista, no final da década de 1930, o surdo John Singer escuta os anseios e desejos de um peculiar grupo de personagens: o trabalhador de inclinação comunista Jake Blount; o dr. Benedict Copeland, médico negro que luta pelos direitos de seu povo; Biff Brannon, dono de um café; e a jovem Mick, que experimenta os anseios da puberdade. Todos acreditam ter uma conexão singular com Singer, mas nenhum deles sabe que a devoção do homem é voltada exclusivamente para o grego Antonapoulos, também surdo, e seu companheiro durante muitos anos.

O cenário colabora para o isolamento. As ruas da cidade clamam a desolação, com os rostos famintos e solitários de uma população pobre, de pouco mais de 30 mil habitantes, em sua maioria dependentes das fábricas de algodão. Notícias sobre a iminência da Segunda Guerra Mundial chegam longínquas via rádio, mas passam tão despercebidas quanto as crueldades da segregação racial sulista.

A leitura do romance deixa evidente que Carson McCullers não revoluciona a linguagem e a forma literária nos moldes de autores norte-americanos como William Faulkner e Ernest Hemingway, mas sim tece uma transgressão silenciosa que, contudo, não passa despercebida ao leitor.

A estrutura musical do romance ilustra bem a sutileza do gênio vanguardista de McCullers. A autora incorpora em *O coração é um caçador solitário* os estudos de piano que marcaram sua infância e juventude – há até indícios de que a autora se mudou para Nova York a fim de estudar na escola de ensino superior de música Juilliard. No projeto do romance submetido à editora, ela evidencia o esquema contrapontístico do livro, o que não passou despercebido pela crítica, com destaque para os estudos de Michael C. Smith e Janice Fuller.

No esboço de *O coração é um caçador solitário*, Carson McCullers escreve "Como uma voz em uma fuga, cada uma das personagens principais é uma totalidade em si mesma – mas sua personalidade adquire riqueza quando contrastada e entrelaçada com as outras personagens do livro".[2] A fuga, citada por McCullers, é um tipo de composição musical na qual um tema é repetido por múltiplas vozes. Assim, no romance, as vozes de Mick, Biff, Copeland e Blount são uma variação da voz inicial – a de John Singer. Vale ressaltar também a divisão do romance em três partes, característica marcante da fuga.

A incorporação da estrutura musical na narrativa se aproxima de um dos mais brilhantes artifícios do romance: o uso do narrador onisciente. Ao mesmo tempo que a terceira pessoa demarca um distanciamento, há a assimilação da perspectiva de cada uma das personagens, com seu ponto de vista interno e pessoal, evidenciando a concepção psicológica de *O coração é um caçador solitário*. Essa técnica expressa bem o conflito entre o externo, a visão social, e o "quarto interior", voltado para o privado. Dela resulta também o entrelaçamento de vozes do romance. Segundo McCullers:

> A afinidade do livro com a música contrapontística fica clara no estilo real com que o livro é escrito. Há cinco estilos diferentes de escrita – um para cada personagem principal, que é tratada subjetivamente, e um estilo objetivo e fabuloso para o mudo. A finalidade de cada um desses métodos de escrita é aproximar-se o mais possível dos ritmos mentais interiores da personagem cujo ponto de vista é escrito.[3]

---

2 "Resenha de *O mudo* (mais tarde publicado como *O coração é um caçador solitário*)", op. cit., p. 188.
3 Ibid., p. 188.

Embora o livro tenha sido recebido com entusiasmo, Carson McCullers causou certa controvérsia entre os críticos. A obra foge às classificações simplistas, de modo que muitos leitores especializados não sabiam dizer se estavam diante de uma obra modernista ou regionalista. Ainda por cima, debatia-se se *O coração é um caçador solitário* é um romance simbólico, uma tentativa de investigar os anseios humanos em face da solidão, ou uma ficção realista acerca dos efeitos da alienação, resultante do avanço da modernidade, em conflito com as heranças tradicionais do Velho Sul. De fato, o romance opera bem nos dois níveis de interpretação.

Há um consenso entre os críticos de que a solidão está no centro do projeto literário de McCullers, na busca falha pelo amor e na impossibilidade de comunhão entre os membros da comunidade, que resta desintegrada por causa da incomunicabilidade. A própria autora aprova essa visão, ao escrever que o isolamento espiritual está na base da maioria de seus temas. Para ela, todos os seres humanos são solitários.

O contexto histórico em que Carson escreve é propício para essas reflexões, englobando dos horrores da Segunda Guerra Mundial até a paranoia da Guerra Fria, período no qual os Estados Unidos consolidam de vez o poderio mundial. O caso torna-se ainda mais complexo ao se compreender o Sul como uma terra à parte do país, segundo a visão dos Confederados defendida na Guerra da Secessão. Carson McCullers também considerava a região uma zona apartada, por causa das diferenças econômicas fundamentais com relação ao restante do território norte-americano.

Contudo, após a Segunda Guerra, o Sul aos poucos caminha rumo à reintegração, de modo que as heranças agrárias entram em conflito com a industrialização e o avanço da modernidade, gerando uma tensão entre diferentes modos de vida, obrigados a coexistir em uma mesma localidade.

Antes de Carson McCullers, houve Lula Carson Smith, seu nome de batismo. Nascida em fevereiro de 1917, a autora era natural de Columbus, cidade da Geórgia muito semelhante ao cenário de *O coração é um caçador solitário*. Carson descendia de famílias sulistas de classe média, compostas por trabalhadores, de modo que a ideia de tradição herdada pela escritora é muito diferente do senso de autores como William Faulkner, em conflito com o antigo sistema agrário. Aos 17 anos, ela se muda para Nova York e também altera a direção de sua carreira, da música para a escrita.

A vocação de McCullers, seu olhar com tanta empatia para o sofrimento humano, tem fortes indícios autobiográficos. Carson viveu um turbulento casamento com Reeves McCullers – de quem obteve o sobrenome –, um aspirante a escritor que nunca vislumbrou o sucesso e que cometeu suicídio. Também são famosas as anedotas das falhas investidas da autora em mulheres. A principal fonte de agonia, entretanto, é a doença que a acompanhou desde a infância e que a levou em 1967, aos 50 anos. Durante a vida, ela sofreu uma sucessão de derrames que paralisaram partes do seu corpo. Vem daí a lenda de que a escritora teria digitado seus últimos textos com o uso de apenas um dedo.

McCullers deixou uma prolífica carreira literária, impressionante quando se pensa na brevidade de sua vida. Após o êxito de *O coração é um caçador solitário*, as expectativas da crítica foram frustradas com *Reflexos num olho dourado* (1941). A novela *A balada do café triste* (1943) e *A convidada do casamento* (1946), porém, tiveram boas recepções. Por último, temos *Relógio sem ponteiros* (1961), seu romance derradeiro. McCullers escreveu também contos, peças de teatro, poemas e ensaios. Grande parte do material inédito de sua obra foi reunida postumamente em *O coração hipotecado* (1972).

Quando questionada sobre suas influências, Carson cita uma miríade de autores muito diferentes entre si: William Faulkner, Eugene O'Neill, os russos, Gustave Flaubert, as irmãs Brontë. Ela é frequentemente comparada a Sherwood Anderson, autor de *Winesburg, Ohio* (1919), por causa do uso de personagens que fogem ao convencional; e a outras grandes escritoras sulistas, suas contemporâneas: Flannery O' Connor, Katherine Anne Porter e Eudora Welty.

A produção de McCullers está localizada dentro do movimento que se costuma chamar de Renascença Sulista, quando, de 1920 ao final da década de 1940, a região torna-se o centro literário dos Estados Unidos. O cânone do movimento foi estabelecido, em grande parte, por Allen Tate e seus seguidores, ligados aos críticos agrários e à Nova Crítica. Eles priorizaram escritores homens, brancos e descendentes das velhas oligarquias – como William Faulkner, Robert Penn Warren e Thomas Wolfe –, cujo talento é inegável, mas que não representam o panorama pleno da produção do período; em detrimento de autores negros, autoras mulheres e aqueles que escreviam sobre as classes mais baixas. Assim, Carson McCullers, que se debruça sobre a classe média urbana, permaneceu como uma autora menor dentro do movimento.

A obra de Carson é comumente considerada como pertencente também ao Gótico Sulista, por causa da preferência por personagens vistas como incomuns, o cenário desolador e a violência pulsante. Esse rótulo, claramente reducionista, foi calcado pela crítica conservadora, que se referia às personagens da autora como "aberrações", por expressarem identidades consideradas desviantes em relação às normas sociais, tendo em vista o Sul marcado pela hegemonia branca, os ideais cristãos e o núcleo familiar tradicional. A escritora rejeitava veementemente a pecha, definindo a escrita de seu período como: "Uma corajosa e visível justaposição rígida do trágico com o cômico, o imenso com o trivial, o sagrado com o obsceno, toda a alma humana com detalhamento materialista".[4]

Já os críticos que se referem à obra de McCullers com a nomenclatura do Grotesco Sulista tendem a considerar a transgressão da autora – suas personagens que fogem à normatividade da época e que poucas vezes foram retratadas antes na literatura – como algo positivo. Assim, questões ligadas ao caráter *queer*, como gênero – que podemos observar em personagens como Mick e Biff – e sexualidade (insinuada na relação de Singer e Antonapoulos), são vistas como uma resistência à rígida estrutura hegemônica sulista, em vigor no meio do século XX.

O teor social da ficção de McCullers fica ainda mais evidente em seu entendimento do racismo e na profunda empatia com

---

4   Ibid., p. 295.

que cria personagens negras. Em sua resenha do romance, Richard Wright, escritor negro e militante antirracista, observa que para ele "o aspecto mais impressionante de *O coração é um caçador solitário* é a surpreendente humanidade que permite, pela primeira vez na ficção sulista, que um escritor branco trate personagens negras com a mesma justiça com que trata os de sua própria raça".[5] (É interessante notar que, em 1958, McCullers se negou a doar um de seus manuscritos para uma biblioteca de Columbus, sua cidade natal, por causa da política de segregação racial praticada pela instituição.)

A escritora adiciona novas gradações à questão, tornando-a ainda mais complexa. Primeiro, o judaísmo de John Singer, por exemplo, permite que ele transite, sem receber olhares desconfiados, pelo bairro negro. Depois, à problemática da segregação sulista, a autora une a ascensão do nazifascismo na Europa. Isso acrescenta novas camadas ao desfecho do livro, que se dá de modo aparentemente sereno no dia 21 de agosto de 1939. Em 1º de setembro do mesmo ano, a Alemanha invadiria a Polônia, dando início à Segunda Guerra.

Ao final, as personagens passam por uma reconciliação melancólica com o mundo exterior. A ordem social permanece a mesma, e, no entanto, elas parecem estar mais próximas de uma assimilação à comunidade. Mas suas aspirações acabam frustradas, pois elas renunciam aos desejos iniciais de seu mundo interior, por vezes rumo a um novo ideal de futuro; ou ao menos abrem mão de expressar as ambições que norteavam a busca infindável de seus corações.

Oitenta e dois anos depois e muito longe do Sul dos Estados Unidos, *O coração é um caçador solitário* se consagra um clássico, inesgotável em suas possíveis interpretações. Lê-lo é contemplar o trabalho de uma incessante caçadora da condição humana. Por um lado, o isolamento espiritual perscrutado pela autora é atemporal e uma marca da universalidade de sua obra. Por outro, é um tanto menos solitário, atualmente, olhar para o

---

5 Richard Wright. "Inner Landscape", *The New Republic*, nº 103. Nova York, ago. 1940.

grupo de personagens criado por essa jovem sulista de meados do século XX. Com a mesma meditação contemplativa de Biff Brannon ao fim da narrativa, na espera pelo sol da manhã, é tempo de nos voltarmos para *O coração é um caçador solitário*.

GIOVANA PROENÇA GONÇALVES é pesquisadora do Departamento de Teoria Literária e Literatura Comparada da USP, no qual se dedica ao estudo da obra de Carson McCullers e de William Faulkner. Colabora com veículos como o caderno *Aliás*, do *Estado de S. Paulo*, e o jornal *Rascunho*.

ROSAURA EICHENBERG nasceu em Porto Alegre e vive no Rio de Janeiro desde 1975. Formada em letras, tem mestrado e doutorado em Literaturas de Língua Portuguesa. Atua como tradutora desde os anos 1980 e é organizadora do site da revista *Íbis Literatura e Arte* (ibisliteraturaearte.com).

PREPARAÇÃO Silvia Massimini Felix
REVISÃO Débora Donadel, Ricardo Jensen de Oliveira e Tamara Sender
CAPA E ILUSTRAÇÃO Giulia Fagundes
PROJETO GRÁFICO DE MIOLO Bloco Gráfico

DIRETOR-EXECUTIVO Fabiano Curi

EDITORIAL
Graziella Beting (DIRETORA EDITORIAL)
Livia Deorsola (EDITORA)
Laura Lotufo (EDITORA DE ARTE)
Kaio Cassio (EDITOR-ASSISTENTE)
Pérola Paloma (ASSISTENTE EDITORIAL/DIREITOS AUTORAIS)
Lilia Góes (PRODUTORA GRÁFICA)

RELAÇÕES INSTITUCIONAIS E IMPRENSA Clara Dias
COMUNICAÇÃO Ronaldo Vitor
COMERCIAL Fábio Igaki
ADMINISTRATIVO Lilian Périgo
EXPEDIÇÃO Nelson Figueiredo
ATENDIMENTO AO CLIENTE Meire David
DIVULGAÇÃO/LIVRARIAS E ESCOLAS Rosália Meirelles

EDITORA CARAMBAIA
Av. São Luís, 86, cj. 182
01046-000 São Paulo SP
contato@carambaia.com.br
www.carambaia.com.br

copyright desta edição © Editora Carambaia, 2022
© The Estate of Carson McCullers and Columbus State University's Carson McCullers Center for Writers and Musicians

Título original *The Heart Is a Lonely Hunter* [Nova York, 1940]

CIP-BRASIL. CATALOGAÇÃO NA PUBLICAÇÃO
SINDICATO NACIONAL DOS EDITORES DE LIVROS, RJ

M149c
McCullers, Carson, 1917-1967
O coração é um caçador solitário / Carson McCullers; tradução Rosaura Eichenberg; posfácio Giovana Proença Gonçalves.
1. ed. – São Paulo: Carambaia, 2022.
368 p. ; 23 cm

Tradução de: *The Heart Is a Lonely Hunter*.
ISBN 978-85-69002-90-1

1. Romance americano. I. Eichenberg, Rosaura.
II. Gonçalves, Giovana Proença. III. Título.

22-80367   CDD: 813   CDU: 82-31(73)
Meri Gleice Rodrigues de Souza – Bibliotecária CRB-7/6439

ilimitada

FONTE
Antwerp

PAPEL
Pólen Bold 70 g/m²

IMPRESSÃO
Geográfica